T0348852

No pasa NADA

No pasa NADA

Cecilia Rabess

Traducción de Mia Postigo

Ọ Plata

Argentina – Chile – Colombia – España
Estados Unidos – México – Perú – Uruguay

Título original: *Everything's Fine*
Editor original: Simon & Schuster
Traducción: Mia Postigo

1.ª edición: septiembre 2024

Copyright © 2023 Cecilia Rabess
All Rights Reserved
© de la traducción, 2024 *by* Mia Postigo
© 2024 *by* Urano World Spain, S.A.U.
Plaza de los Reyes Magos, 8, piso 1.º C y D – 28007 Madrid
www.letrasdeplata.com

ISBN: 978-84-92919-68-0
E-ISBN: 978-84-10159-86-0
Depósito legal: M-16.619-2024

Fotocomposición: Urano World Spain, S.A.U.
Impreso por: Rodesa, S.A. – Polígono Industrial San Miguel
Parcelas E7-E8 – 31132 Villatuerta (Navarra)

Impreso en España – *Printed in Spain*

Para mi madre y para la de ella también.

Dios mío. Amo a Josh.
—*Fuera de onda.*

El amor no es nunca mejor que el amante.
—TONI MORRISON, *Ojos azules.*

Parte uno

1

E s el primer día de trabajo de Jess. El primer día del resto de su vida. Se sube al ascensor directa a la vigésima planta, donde las puertas se abren con un siseo casi imperceptible.

El edificio entero huele a dinerito del bueno.

Le entregan una credencial con su nombre en mayúsculas: JESSICA JONES, ANALISTA DE INVERSIONES. Y luego llegan las presentaciones de los demás analistas del equipo: Brad y John, además de Rich y Tom. O quizás eran Rich y Tom y luego Brad y John. Y también está Josh, a quien Jess recuerda de la universidad.

—¡Anda! —suelta—. ¡Pero si eres tú!

Josh alza la vista de su escritorio, donde ya está instalado con su ordenador y tiene toda la pinta de estar sumido en tareas muy importantes, pero no parece reconocerla.

Tuvieron una clase juntos el año anterior, y Jess lo recuerda porque el tipo era de lo peorcito.

—Soy Jess. —Decide echarle un cable—. De la uni.

Josh parpadea, sin reaccionar.

—Teníamos una clase juntos. —Lo intenta una vez más—. La de la Corte Suprema, ¿te suena?

Él se queda mirándola, sin decir nada. ¿Es que tiene monos en la cara o qué?

— … con Smithson. Durante el primer trimes…

—Sí, me acuerdo de ti —la interrumpe él, para luego hacer girar su silla.

Ah, guay, piensa Jess. *Yo también me alegro de verte.*

Empieza a marcharse.

—¿Sabes? —dice él, sin girarse—. Sabía que te habían asignado a este escritorio.

—¿Ah, sí? —pregunta Jess, al detenerse.

Lo ve asentir. O bueno, ve que la nuca se le mueve de arriba abajo.

—Trabajé con estos tipos el verano pasado. Y me gradué antes de tiempo, así que he estado trabajando aquí desde enero. —Hace una pausa—. Y me preguntaron por ti.

—¿Y qué les dijiste?

—Nada.

—¿En serio? ¿Por qué no les dijiste que era la hostia?

—Pues… —empieza, girándose por fin para mirarla mientras le habla—. Porque no me consta que seas la hostia.

La primera vez que Jess vio a Josh fue a principios de su primer año en la universidad. En noviembre, durante la noche de las elecciones presidenciales del 2008. El campus había estado en carne viva el día entero, pues era un día en el que la historia iba a cambiar. A eso de las once se decidieron las elecciones y Jess llegó a la plaza del campus casi delirante por la estupefacción, la cual se había convertido en una especie de festival de música. Los estudiantes salieron a celebrar en plena noche, entre vítores y abrazos. Se oyeron las bocinas de los coches. Alguien chilló «¡Oleeee!» y otro alguien, en algún otro lado, contestó con su trombón en una escala lenta.

Jess se sentía como si hubiese salido volando de un cañón; estaba contemplando el cielo nocturno cuando un par de chicos del periódico de la universidad la detuvieron. Estaban recopilando citas de estudiantes en la víspera de aquel momento histórico. ¿Tenía un segundín para contarles lo que opinaba? ¿Y le molestaba que le hicieran una foto? Jess dijo que no había problema, claro, por mucho que el ambiente pareciera a punto de explotar y ella de ponerse a llorar.

El periodista preparó su boli.

—Cuando quieras —le dijo.

¿Qué puñetas podía decir? Las palabras no alcanzaban para expresar lo que sentía.

—Es que... es una fantasía, en serio. ¿Estoy soñando o algo? Y ahora me iré a zamparme como treinta chupitos o así. No, espera, mejor cincuenta. ¡Para apoyar a la patria!

El periodista alzó la vista de su libretita para mirarla.

—¿Eso es todo?

—¡No, no! Espera, no escribas eso.

—¿Qué quieres decir, entonces?

Jess se lo pensó, intentó serenarse e imaginar a su padre leyendo sus palabras. Su padre, con quien había hablado hacía unas pocas horas y cuya reacción a los resultados parciales —se suponía que Obama iba a sacar ventaja en Ohio y Florida— fue servirse otro vaso de Coca-Cola y decirle: «Mira, Jessie, lo veo y no lo creo».

Así que empezó de nuevo:

—Noto el peso de la historia esta noche. Que mi primera vez votando sea para nombrar al primer presidente negro de nuestro país es un privilegio impresionante. Uno del que mis ancestros esclavos no disfrutaron. Contar con todo ese apoyo y sacrificio como respaldo es algo que me llena de esperanza y de humildad.

—Mola —le dijo el periodista—. Y ahora ponte por ahí y te haremos una foto.

Jess dio un paso a la izquierda y observó cómo el periodista se le acercaba a otro estudiante. Uno de primero con el cabello rubio arena que llevaba unos pantalones chinos y una camisa con cuello.

—Mira a la cámara —le pidió el fotógrafo a Jess—. Contaré hasta tres.

Mientras tanto, el periodista le preguntó al chico con el *look* entre profesional e informal:

—¿Qué te parecen los resultados de estas elecciones?

Jess se volvió hacia la cámara con una sonrisa.

—Parece que todos se han olvidado de que estamos en plena crisis económica —dijo el tipo de los chinos para contestarle al periodista—. La bolsa se va a pique. La gasolina ya ha subido a cuatro dólares. No creo que sea el momento adecuado para confiarle la economía del país a otro liberal fan de los impuestos y de las ayudas públicas, pero supongo que podría ser peor. —Y se encogió de hombros.

Jess, horrorizada, se volvió hacia él para fulminarlo con la mirada y la sonrisa le desapareció del rostro justo en el momento en el que el flash la iluminaba.

Al día siguiente, salió en la portada del periódico de la universidad bajo un titular que rezaba: UNIVERSITARIOS REACCIONAN A LA VICTORIA HISTÓRICA DE OBAMA.

La foto había salido bien (el ángulo, la luz de la luna y su expresión que irradiaba un sobrecogimiento sincero) y eso, sumado a la importancia de aquel momento, hizo que Jess sintiera que aquel artículo sería algo que querría mostrarles a sus hijos algún día. Y a los hijos de sus hijos.

La cuestión es que había un problemilla.

El periódico de la universidad había consultado la opinión de diez estudiantes y tenía una cuadrícula que mostraba las fotos, las citas, los nombres y el año de graduación de cada alumno de dos en dos bajo el titular. Y allí estaba Jess, acompañada del tipo de la camiseta con cuello y sus palabras tan horribles. Las amigas de Jess estuvieron de acuerdo con que la de él era una opinión muy idiota. Miky, quien era su vecina del otro lado del pasillo, dijo: «¿Qué mosca le ha picado a ese?». Y Lydia, la chica con la que compartía habitación, le echó un vistazo a su foto y declaró: «Vaya muermo».

Aun con todo, Lydia pegó el recorte en la puerta de su habitación con una masilla y, con un rotulador, le hizo un cuadro de corazoncitos y estrellas a la foto de Jess. Solo que no había forma de doblar el papel de modo que solo se apreciara su foto, porque el texto quedaba cortado de forma extraña y su sonrisa se distorsionaba. Era imposible verla sin verlo a él. Al final, Miky terminó dibujando unos cuernos de demonio y un bigotito gracioso sobre la foto de Josh y algo mejoró la cosa.

Al cabo de un tiempo, la masilla se despegó y el recorte terminó en el suelo. Para entonces ya había llegado el segundo semestre y el pasillo se había convertido en una leonera sin fin: cajas de pizza aplastadas, alargadores retorcidos y hasta los calzoncillos de algún estudiante que nadie sabía cómo habían llegado hasta allí. Así que, cuando los de la limpieza vaciaron las habitaciones de la residencia entre las clases de primavera y el verano, arrasaron con todo, incluido aquel trascendental recordatorio.

No obstante, hasta que aquello sucedió, Jess podía volver cada día a su habitación y ver el recorte, como un talismán, pegado a su puerta y con una presencia que emanaba fuerza e inspiración, por lo que, cuando lo veía, pensaba: *Nos encontramos a un paso de un mundo nuevo y mejor, lleno de esperanza y de determinación, a las puertas del progreso y con la certeza de lo que nos encontraremos al otro lado.*

Solo para deslizar la mirada hacia la derecha, hacia la foto de Josh Hillyer, promoción del 2012, y sus horribles palabras, y añadir un *¡Será gilipollas!* para sus adentros.

Los escritorios de Brad y John y Rich y Tom, y también el de Josh, están todos dispuestos en un semicírculo, bastante cerca los unos de los otros, y en torno a una moqueta sucia que ocupa el centro de la habitación. En la oficina abierta que comparten, están todos apretujados como sardinas y rodeados de papeleo, mochilas de gimnasio y tazas de café, por lo que no queda nada de espacio para Jess.

—Te hemos acomodado por aquí —le dice Charles. Es el asociado más veterano del equipo, y Jess sabe que es él quien manda porque lleva la corbata más suelta que los demás y se refiere a todos por su apellido. Por encima de él se encuentra Blaine, el jefe de equipo, pero él no tiene tiempo para nimiedades como darle la bienvenida a la empresa.

Charles la conduce a una fila de escritorios acomodados junto a la pared. Llegados a aquel momento, después de un día entero de capacitación, ya pasan de las cinco de la tarde, aunque eso no quita que la oficina siga llena de gente. Aun así, la silla que Charles le señala y todas las que la rodean están vacías. Los escritorios, por otro lado, están a petar de ordenadores, teléfonos, terminales Bloomberg y líneas fijas.

Operadores, asume Jess.

Si bien son los primeros en llegar, también son los primeros en marcharse. Cuando cierra la bolsa, su día de trabajo llega a su fin. Jess nota un cosquilleo de emoción. Los operadores suelen ser escandalosos, tienen boca de camionero y llevan unos trajes de raya diplomática espantosos. Los analistas de inversión, por otro lado, son terribles y carecen de sentido del humor. A Jess quizá le habría ido mejor como operadora, pero había llegado tarde a la convocatoria. Así que quizás aquello era una señal. Una nueva oportunidad.

Se imagina a sí misma chillando órdenes por teléfono, diciéndole a alguien que se vaya a tomar por culo si no le gusta el precio que le ofrecen.

—¿Aquí es donde trabajan los operadores, entonces?

—No —contesta Charles, con un parpadeo confuso—. No hay operadores aquí.

—¿Y qué hacen todos esos teléfonos ahí?

—Es la centralita —le explica—. Para las secretarias y eso. En plan: «Goldman Sachs, ¿en qué puedo ayudarlo?» y esas cosas. Esa centralita —repite—. Para las secretarias.

—Ah.

—Ajá —dice él, tras una pausa.

•

Para cuando acaba su primer mes de trabajo, Jess puede decir «¿en qué puedo ayudarlo?» en cuatro idiomas distintos, pero aún no le han asignado ninguna tarea de verdad. Pese a que se encuentra de espaldas a la oficina, cada vez que se gira ve a los demás analistas encadenados a sus sillas, encorvados sobre su escritorio y sumidos en distintas y complicadas tareas.

Mientras que ella se pasa el día entero de brazos cruzados.

Y no ayuda para nada que, cuando los analistas piden sus cafés a gritos o que alguien vaya a sacar una fotocopia, lo hagan en dirección a donde trabaja ella. Al fin y al cabo, una secretaria siempre será una secretaria, por mucho que técnicamente sea una analista.

De hecho, el día anterior un asociado sénior que parecía muy ocupado le pidió que fuera a recoger un traje que había dejado en la lavandería que había abajo.

—Ah, es que soy analista.

Él se limitó a mirarla.

—Así que… ¿tal vez deberías pedírselo a uno de los asistentes?

—No tengo tiempo que perder —le dijo, extendiéndole su recibo de color rosa brillante—. ¿Puedes echarme un cable o no?

Jess le dijo que no podía, para luego esconderse en el baño durante quince minutos y que el asociado no viera que en realidad no tenía nada mejor que hacer.

Le suplica a Charles que le dé algo que hacer.

Lee un artículo sobre las mujeres en el ámbito laboral que dice: «Les corresponde a las mujeres crear sus propias oportunidades de crecimiento en los sectores de trabajo dominados por hombres».

De modo que le dice a Charles:

—Les corresponde a las mujeres crear sus propias oportunidades de crecimiento en los sectores de trabajo dominados por hombres.

Él la mira con los ojos entrecerrados.

—Así que quería saber si podías ayudarme un poco. A crear una oportunidad. Quizá podrías darme algo que hacer.

Miky le envía a Jess el enlace a un vídeo de Nicolas Cage sobrepuesto en el cuerpo de una adolescente, con unas braguitas blancas y una camiseta de tirantes, mientras se balancea sobre una bola de demolición gigante.

Jess abre el enlace.

Justo entonces, Charles pasa por su escritorio.

—Ah, mira tú por dónde —comenta.

Más tarde aquel mismo día, le deja una pila de informes financieros de distintas empresas sobre su escritorio.

—Jones, necesito cifras —le indica.

—Vale.

—No debería darte problemas —le explica, pasando las páginas de uno de los documentos—. Si te metes al sistema, verás que ya tenemos una plantilla hecha. Lo único que necesito es que ajustes el modelo y hagas unas cuantas simulaciones. ¿Todo claro?

—Clarísimo. —Jess le echa un vistazo a la pila de documentos—. ¿Para cuándo lo necesitas?

—Para ayer —contesta él.

★ ★ ★

A Jess no se le pasa por la cabeza que no tiene ni pajolera idea de qué es lo que está haciendo hasta que es demasiado tarde como para pedir ayuda. Él único que se ofrece a echarle un cable es Josh, aunque no precisamente por lo bondadoso que es, sino porque son «colegas».

En su segundo día de trabajo, se presentó en su escritorio.

—Eh, Jess.

Jess se giró para quedar cara a cara con su cintura.

—Hola, Josh.

—Somos colegas —le dijo.

—¿Perdona? —preguntó ella, a la hebilla de su cinturón.

—Que somos colegas —repitió él.

Le dio a la palanquita debajo de su silla y perdió unos siete centímetros de altura. Todavía tenía la cara demasiado cerca de su entrepierna, lo que le resultaba bastante incómodo, por lo que se puso de pie.

—¿Y qué quieres decir con eso? Con que somos colegas.

—Que me han asignado para ayudarte. Para contestar tus preguntas, si es que tienes alguna. —Se encogió de hombros—. Intentan emparejar a todos los analistas en su primer año con uno que ya lleve dos años en la empresa, como una especie de mentoría. Y nos han puesto juntos. Probablemente porque venimos de la misma universidad.

—Pero si no llevas dos años trabajando en la empresa.

—Bueno, pero casi —dijo él—. En fin, que aquí estoy si me necesitas. —Y, tras eso, se marchó.

A partir de entonces, cada día antes de terminar de currar, si lo hace antes que ella, le pregunta si puede ayudarla con algo. Solo que siempre tiene el móvil y el maletín en la mano, así como la chaqueta ya puesta y la credencial de la empresa bien metida en el bolsillo, por lo que Jess sabe que no se lo pregunta en serio. Solo es algo que dice de boquilla y porque da la casualidad de que su escritorio queda al lado del ascensor.

Y claro que Jess necesita ayuda. Por supuesto que tiene preguntas que hacer. ¿En qué se diferencia un modelo de capacidad de endeudamiento de un análisis de riesgo crediticio? ¿Cómo afectan las tasas de interés impuestas por la Reserva Federal al LIBOR? ¿Por qué puñetas su credencial no funcionaba en la puerta del gimnasio de la primera planta?

Solo que Josh es la última persona en el planeta al que quiere hacérselas. Sabe que la considera una idiota, que cree que no pinta nada trabajando en una empresa como esa. Lo ha sorprendido en ocasiones, dedicándole miraditas de reojo. Con una curiosidad desinteresada. Como si estuviera esperando que la cagase.

Además, ya le había dejado claro lo que opinaba de ella.

★ ★ ★

La dichosa clase que habían compartido en su último curso: Temas de la Corte Suprema. Cada semana debatían una sentencia relevante distinta, y siempre había alguien que hablaba a grito pelado o que contaba alguna anécdota personal completamente irrelevante o que citaba a los padres fundadores del país solo para demostrar que su argumento estúpido era válido. Aunque Jess odiaba asistir, era la clase que necesitaba para cumplir con los créditos de la rama de Derecho y Sociedad que le exigía la carrera.

Se sentaban en torno a una gran mesa de madera que se suponía que motivaba un «diálogo activo» y eran los propios estudiantes quienes conducían el debate, con un formato digresivo hasta decir basta, de modo que si, por ejemplo, la guía docente decía que tocaba el caso Grutter contra Bollinger: discriminación positiva, aun así podían pasarse la mitad de la clase hablando sobre baloncesto y las pruebas estandarizadas hasta que alguien se quejaba en voz alta con un «¿Alguien más cree que este debate es un muermazo?».

Dicho alguien era el tipo que salía en el recorte de la puerta de Jess, JOSH HILLYER, PROMOCIÓN DE 2012, a quien le importaba el precio de la gasolina y odiaba a Barack Obama. A quien Jess se las había ingeniado para evitar desde su primer curso, pero que había reaparecido tres años después. Aún con su corte de pelo de presentador de telediario y sus opiniones que dejaban mucho que desear.

Jess se había girado hacia él para fulminarlo con la mirada. Y no porque no considerase que el debate fuese un muermazo, sino porque sabía que Josh estaría aburrido por todas las razones equivocadas habidas y por haber. Sus palabras habían sido claras en la primera página del periódico universitario, pero no era simplemente eso: el problema era él en sí. Su sudadera del colegio privado Choate, por ejemplo, la cual hacía que Jess pensara en jardines impecables, regatas, cócteles de ginebra y rubias arrogantes. Y también había algo en su cara que le molestaba. Lo había notado en la foto del periódico, pero el efecto era todavía más notorio en persona.

Tenía la apariencia de lo que un chiquillo de diez años podía dibujar cuando alguien le pedía que se imaginara a un hombre adulto: hecho de líneas rectas y una simetría simplona. De barbilla angulosa y ojos azules. Como alguien a quien la vida había decidido dejar que se fuera de rositas. Como un tipo en una *sitcom* viejuna que le hablaba con condescendencia a su mujer.

—Estamos en 2011 —empezó Josh—, ¿por qué seguimos hablando de esto? ¿Cómo erradica la discriminación que las universidades de élite le abran las puertas a medio mundo? El problema está en las familias disfuncionales y en la sociedad en ruinas. Es ahí donde deberían empezar las políticas de intervención. En los hogares, en los vecindarios, en las escuelas.

—Esto es una escuela —señaló Jess.

—Ya, bueno —había acotado otro compañero—. Pero eso es racismo inverso.

Ante eso, Jess había soltado un «¡Más quisieras!».

Y otro estudiante:

—La gente no debería entrar en la universidad solo por ser negra.

—Claro —asintió Jess—. Porque, cuando presenté mi solicitud, solo puse «Soy negra» tropecientas veces y ya.

—Creo que lo que quiere decir es que no deberíamos considerar la raza de las personas para ver quién entra en la universidad y quién no —dijo otro alguien, para intentar aclarar las cosas.

—Exacto. La discriminación positiva no es nada justa.

—No es meritocrática.

—No es constitucional.

—La verdad es que es un poco absurdo que haya una doble moral justificada solo por la melanina, sí.

—¡¿Y qué pasa con la doble moral que favorece a los deportistas y a los hijos de exalumnos?! —A Jess el corazón le latía desbocado y sabía que tenía la mirada un poco desorbitada—. ¿Eso no es absurdo? —Miró en derredor, en busca de... ¿en busca de qué, exactamente? ¿Alguien que estuviera de acuerdo con ella? Porque no lo iba a encontrar. Sus compañeros iban a seguir defendiendo sus argumentos carentes de emoción y, cuando la clase llegara a su fin, iban a recoger sus libros con toda la tranquilidad del mundo antes de marcharse y Jess sería la única que se iba a quedar con la sensación de que la habían molido a patadas entre todos.

Respiró hondo.

—A lo que voy es a que cualquiera que venga con un palo de golf o con una herencia millonaria se salta completamente el escrutinio. Nadie se pregunta si merecen que los admitan o no. ¿Por qué?

—No es lo mismo y lo sabes.

—Claro que lo es.

—Que no.

—¡Que te digo yo que...!

El profesor carraspeó para interrumpirlos.

—Volvamos al tema que nos corresponde. ¿Era válido lo que reclamaba Grutter? ¿O es que la decisión de la Corte, pensándolo bien, fue anticonstitucional?

Jess soltó un suspiro antes de echarse atrás en su silla.

A su derecha, Josh se inclinó hacia ella para susurrarle:

—¿Ese es tu argumento? Que los hijos de exalumnos y la discriminación positiva son lo mismo... ¿De verdad piensas eso?

Jess decidió no hacerle caso y se concentró en alguien que se puso a parlotear sobre que no tenía sentido que las universidades «bajaran el listón».

Josh deslizó los codos sobre la mesa hasta entrelazar las manos sobre la libreta de Jess. Lo tenía tan cerca que le llegaba el aroma a suavizante que emanaban sus mangas.

—Venga ya —dijo él, en voz baja—. No me creo que sea eso lo que piensas de verdad.

Jess tomó el boli y se puso a dibujar un montón de espirales y líneas varias en la esquina superior derecha de la libreta, sin hacer contacto visual.

—Al menos dime que ves la falsa equivalencia. La ves, ¿verdad?

Lo único que veía Jess eran sus muñecas paliduchas y el reloj de titanio que movía las agujas en silencio. Seguro que había sido un regalo de su padre al cumplir los dieciocho. Eso y una botella de whisky escocés de hacía cincuenta años y las claves para todas sus cuentas millonarias.

Jess no le contestó, y él se inclinó un poco más en su dirección.

—¿Lo que me estás diciendo es que en serio crees que facilitar la admisión de «minorías infrarrepresentadas» —y eso último lo dijo haciendo comillas con los dedos, lo que le confirmó a Jess que, sin lugar a dudas, era de lo peor— es un mecanismo aceptable con el que alcanzar —más comillas con los dedos— la «igualdad»?

Era por eso que Jess detestaba la rama de Derecho y Sociedad. Siempre era lo mismo: pueblos oprimidos, hechos históricos recordados de forma conveniente y una pizca de supremacía blanca. A diferencia de lo que ocurría con sus clases de Cálculo o Economía, en las que el profesor escribía las respuestas en la pizarra en silencio y frente a la clase entera y en las que prácticamente nunca había temas controvertidos (salvo que alguien se pusiese a hablar del infinito), en las de Artes Liberales la gente insistía en compartir sus opiniones a gritos, sin importar lo desatinadas que fueran. Era muchísimo que apechugar por un par de créditos miserables. Aun con todo, allí la tenían.

Y allí lo tenía a él. Consumiendo oxígeno. Mirándola sin parpadear. Queriendo obligarla a contestarle mientras irradiaba aires de grandeza. A la espera de su reacción.

—Entonces, según tú, tener la piel de un determinado color es equiparable a tener una habilidad o un talento demostrable. —Meneó la cabeza—. ¿Estás de coña?

¿Por qué no podía irse a pulir su relojito y dejarla en paz?

Solo que dejarlo estar no entraba en sus planes.

—No me creo que sea eso lo que piensas —añadió él, sin dejar de negar con la cabeza.

Hasta que Jess lo interrumpió con un:

—Oye, Josh.

Él se inclinó hacia ella, a la expectativa, y Jess le dio un tirón a su libreta, la cual estaba bajo las muñecas de él.

—Me estás aplastando los apuntes.

Josh pareció sorprenderse por un instante, aunque no se dejó distraer.

—Sabes que lo que estás defendiendo es que la «diversidad» importa más que el mérito, ¿verdad?

A Jess se le estaba acabando la paciencia.

—¡Pues tú estás diciendo que sacudir un palo de golf es equiparable con cuatrocientos años de esclavitud y una discriminación sistemática!

Las conversaciones a su alrededor cesaron.

Todos se volvieron hacia ellos. Entonces Jess reparó en que no había sido tan discreta como creía y ni siquiera se había expresado en voz baja precisamente.

El profesor frunció el ceño.

—¿Tenías algo más que agregar, Jess?

Era lo que siempre le pasaba: conseguían arrastrarla hasta el meollo cuando lo que ella quería era quedarse calladita y seguir haciendo sudokus en el móvil bajo la mesa.

Sin embargo, al mismo tiempo y a regañadientes, se dio cuenta de que tenía la responsabilidad de hacerse notar. Eso lo había aprendido de su padre, quien se había pasado la infancia de Jess en Nebraska «haciéndose notar». Al exigirle al gerente en Walmart que no solo pusieran muñecas blancas en exposición, mientras que Jess se escondía detrás de él, muerta de vergüenza. Al salir del estado en Navidad solo para ir en busca del único Papá Noel negro que había en toda la zona de las Grandes Llanuras. Al darle la brasa al director del colegio sobre cómo podía ser que no hubiera ningún libro en la biblioteca que hablara sobre la historia afroamericana.

Su padre hacía todo lo que podía, Jess lo tenía claro. Probablemente para compensar el hecho de que su madre había muerto cuando ella era muy pequeñita. Solo que, en ocasiones, Jess se preguntaba qué sentido tenía. ¿No habría sido más sencillo mudarse y ya? En lugar de ponerse a reclamarles a gritos a sus profesores por haberles enseñado mal sobre la Guerra Civil. O podría haberle comprado unas Barbies de imitación. Lo único que ella había querido era encajar, no leerse otra biografía del doctor Martin Luther King para niños.

No tener que pelear en voz baja con Josh y su sudadera de niño bien y su cabellera de presentador de telediario. No tener que defenderse a sí misma, a su raza y su derecho de estar allí, en la universidad.

★ ★ ★

Más tarde aquel mismo día, en el bar al que todos solían ir, Josh la había buscado para continuar con su conversación pendiente. Eran las nueve de la noche y todos estaban pedo. La Taberna Avenida tenía el suelo pegajoso y un cartel sobre la puerta que rezaba: «Mañana cerveza gratis». Unos quince pavos y un carné falso le aseguraban bebidas baratas durante toda la noche.

Jess había bebido vodka con jugo de arándano hasta que se había quedado sin calderilla y, cuando la sala había empezado a darle vueltas, había buscado una mesa vacía cerca de los baños. Llevaba unos pocos minutos sentada cuando notó que el asiento se hundía. Alguien se le había sentado al lado. Abrió un ojo y ladeó un poquitín la cabeza.

—Eres Jess, ¿no? —Otra vez él—. Soy Josh —se presentó, muy formalito él, estirando la mano para que se la estrechara.

Solo que ella no le hizo ni caso y volvió a cerrar los ojos, con la esperanza de que se marchara.

No tuvo tanta suerte. Oyó los cubitos de su bebida tintinear dentro del vaso.

—Y bueno —empezó—. Tu argumento en la clase de hoy no daba para mucho.

Jess no dijo ni «mu», y se deslizó más abajo en su asiento.

Josh decidió pasar por alto el hecho de que estaba ignorándolo y siguió hablando:

—Como alguien que podría beneficiarse de primera mano de la discriminación positiva, entiendo por qué querrías justificar algo así. De verdad que lo entiendo. Pero es que es imposible que creas, y cuando digo «creer» me refiero a de forma intelectual, no emocional, que bajar los estándares de admisión a la universidad es un mecanismo apropiado para corregir la discriminación sistemática. ¿Hacer que chicos estudien en universidades para las que no están preparados? ¿Se supone que eso los ayudaría? Además, sería imposible llevarlo a cabo. Lo que quiero decir es que la discriminación en este país no tiene nada que ver con la raza, ¿me sigues? Sino con las clases. ¿Cómo va a ser justo que un chico afroamericano rico y con notas mediocres tenga preferencia por encima de un chico pobre de los montes Apalaches que casi no tiene ninguna oportunidad en la vida?

—Lo que me estás preguntando, a mí, la experta —empezó Jess, tras por fin abrir los ojos—, es ¿por qué no tenemos una discriminación positiva para los pobres blancos?

Josh asintió.

—No solo para ellos, y sé que estás siendo sarcástica, pero sí, me gustaría saber tu opinión al respecto.

—Opino que... —bebió un sorbo de su cóctel, el cual básicamente era hielo derretido con sabor metálico— puedes irte bien a la mierda.

Josh negó con la cabeza.

—En serio es imposible mantener una conversación intelectual y sincera con alguien en esta universidad.

—¿No quieres pedir un traslado a la universidad de los Apalaches?

—Qué graciosa —dijo él, poniéndose de pie.

Solo para volver un segundo después.

—Toma. —Le tendió un vaso de agua y Jess tuvo que esforzarse para no darle las gracias—. ¿Qué planes tienes para el año que viene? —le preguntó, con un brazo apoyado en el respaldo del asiento.

—¿Cómo dices?

—Para cuando te gradúes. Yo voy a trabajar en Goldman Sachs. ¿Y tú?

—Ah. —Jess se encogió de hombros—. Ni idea.

—¿En serio? ¿No tienes nada pensado?

Jess se volvió a encoger de hombros.

—Quizá me busque una organización sin ánimo de lucro que trabaje con niños. O una galería de arte. —Ese era el plan de Lydia, su compañera de habitación. Quería alquilar un piso en West Village o en Brownstone, en Brooklyn, e ir cada día en taxi a sus prácticas a tiempo completo en la galería Christie del Rockefeller Center.

—¿Algo con niños? ¿Una galería de arte? —Josh negó con la cabeza—. Pero si esos no son trabajos de verdad.

—Resulta que no todos queremos ser Gordon Gekko cuando seamos mayores para hablarle a nuestra secretaria a gritos y saquear fondos de pensiones para comprarnos más caviar y perros de pura raza. Algunos queremos hacer algo por la sociedad.

—¿Hacer algo por la sociedad? ¿Con un salario de cuarenta mil dólares al año?

—Mira tú —dijo ella—. No sabía que todo giraba en torno al dinero.

La verdad era que Jess quería que aquello fuese cierto. Quería que su relación con el dinero fuese algo casual, aparentar que le importaba lo mismo tenerlo que no tenerlo. No quería que la vieran demasiado ansiosa. O desesperada. O dispuesta a todo. Ninguna de sus amigas quería trabajar en el sector de las finanzas. Lo que querían era hacer trabajo voluntario, sentirse realizadas o dedicarse a su arte. ¿Y qué tenía de malo eso? Tenían razón; el dinero daba igual.

Siempre y cuando ya lo tuvieras, claro.

O si no pretendías que te tomaran en serio.

Josh la miró con una ceja alzada.

—Entonces ¿qué? ¿Pretendes pagar el alquiler con promesas vacías?

—Josh. —Jess le dedicó una mirada de lo más exasperada—. ¿A ti qué más te da?

—Es curiosidad y ya está. ¿Es eso a lo que aspiras porque es lo que harán tus amigas? Creía que tú no eras así.

—¿Así cómo?

—Como ellas.

Era cierto que Jess no era como sus amigas en muchos sentidos: no era como Lydia, quien había estudiado en un internado en los Alpes en el que se tomaban un descanso al mediodía para deleitarse con un poco de queso y chocolate y cuyo padre era el presidente de un banco suizo. Ni tampoco como Miky, quien no era miembro de la familia real de Corea, pero que bien podría serlo sin problema. De hecho, se tomaba muchas molestias para enfatizar que no lo era, lo que lo hacía parecer todo un pelín más sospechoso. Sin embargo, habían sido amigas desde primer curso, y a Jess le repateaba pensar que todo lo que se había esforzado para dar el pego había sido en vano y que un tipo cualquiera, en un bar, con una camisa rosa, la había descubierto.

—Pero ¿a qué te refieres con «como ellas»?

—A que no eres una chica de galería de arte.

—A ver, me vas a disculpar. —Jess se había quedado a cuadros—. Pero ¿tú por qué crees que me conoces?

—No te pongas a la defensiva —dijo él—. A algunos nos ha costado llegar hasta aquí. Y algunos tendremos que ponernos a trabajar ni bien terminemos los estudios. Suponía que tú encajabas en ese grupo.

—Pero si no me conoces de nada. ¿Te crees que solo porque soy negra no tengo dónde caerme muerta? Habrase visto.

—Pues los números no mienten y esa es la realidad. Aunque no iba por ahí. Lo que quería decir es que pareces... —Caviló algunos segundos para intentar dar con la palabra precisa.

—¿Parezco...? —Sin pensar, Jess se inclinó hacia él.

Josh se puso a recorrer el borde de su vaso con un dedo hasta que se produjo un silbido bajo y melódico, como el canto de una ballena.

—Vehemente —dijo, tras un rato.

¿Vehemente? ¡¿Vehemente?! Jess se habría ofendido menos si le hubiese dicho que apestaba a cloaca.

—Oye, Josh. —Señaló más allá de él.

—Dime —dijo él, sin moverse.

—Me largo. —Se deslizó por el asiento, sin importarle tener que empujarlo para pasar y hacer que tanto su bebida como la de él se derramaran.

En la barra, Lydia estaba pidiendo otra ronda de bebidas.

—¿Y ese quién era? —le preguntó, tendiéndole un chupito a Jess—. ¡Es mono! ¿Te lo vas a cepillar?

Jess echó la cabeza hacia atrás y el líquido helado le quemó la garganta. Permitió que una oleada de náuseas la recorriera entera y luego arrugó la nariz.

—¿No lo reconoces?

—¿Debería?

—Es el tipo del periódico. De primer curso. Al que le dibujasteis unos cuernos.

—¡Ah, claro!

—Así que no, nada mono.

—Mmm. —Lydia hizo una mueca.

—¿Mmm qué?

—Es que... —Su amiga se encogió de hombros—. No estoy segura.

—Bueno, pues yo sí —dijo Jess, meneando la cabeza—. Y lo odiamos. Es de lo peor.

—Me piro —la avisa Josh—. ¿Todo bien por aquí?

Y, dado que Jess está bastante desesperada, decide cambiar su respuesta mecánica:

—Ahora que lo dices, tengo una duda.

Josh le echa un vistazo a su reloj.

—¿Qué pasa?

—Es el modelo que Charles me ha pedido que hiciera. Se me está resistiendo un poquitín.

—¿No has acabado con eso?

—Digamos que no.

Jess le da un toque a su ordenador y este vuelve a la vida. Tiene la intención de impresionarlo o quizá de intimidarlo con todos los números y gráficos complicados que aparecen en la pantalla, pero él no tarda nada en reconocer lo que está haciendo.

—¿Un análisis de transacciones precedentes? —Se inclina sobre ella, le da un par de toques al teclado y le echa un vistazo a unos cuantos documentos que tiene en el escritorio. Según va leyendo cada uno, lo menciona en voz alta—: Flujo de fondos descontados, balance general, coste de capital. —La mira—. ¿Y qué problema hay?

—Es que no sé.

Josh clava la vista en la pantalla y va alternando entre varias hojas de cálculo. Tiene la cara a unos pocos centímetros de la de ella, y Jess repara en que huele a un jabón de marca blanca y a caramelos de menta.

—¿Acaso sabes qué es lo que tienes que hacer?

—Eso depende de cómo entiendas las palabras «saber» y «hacer».

—Dios bendito —suelta él, acercando la silla del escritorio de al lado para sentarse—. ¿Dónde estás calculando la tasa de interés? —Ha empezado a teclear en las celdas de su hoja de cálculo y desliza los dedos sobre el teclado con la misma elegancia que lo haría un pianista.

—Ahí. —Señala hacia la pantalla.

—Pues está mal.

Jess no se lo discute.

—Tienes que sacar el coste medio ponderado de capital. —Toma uno de los informes financieros de su escritorio, lo hojea un poco, escoge otro y se desplaza hasta los anexos—. De aquí. —Señala una de las cifras que hay en la página, antes de resaltarla con un subrayador amarillo—. Y luego tienes que usar eso para calcular las estimaciones del modelo aquí —le dice, señalando a la pantalla—. ¿Lo entiendes?

Jess asiente.

—A ver, quita. —Acerca su silla hasta ella y se pone el teclado sobre el regazo—. ¿Sabes cómo crear un rango definido dinámico?

Jess niega con la cabeza.

—Dios bendito.

Aun con todo, la ayuda.

Es un pelín hostil, aunque también paciente. Como un profesor de instituto alemán. Y, tras un rato, está hecho.

Ni bien entra a trabajar a la mañana siguiente, le envía el modelo a Charles y este no tarda nada en enviarle su respuesta: «Ven un segundo».

Jess se apresura hasta su escritorio. Está repantigado sobre la silla, con una pierna cruzada sobre la otra en una especie de triángulo, y lanzando una pelotita hecha de gomas elásticas contra un tablón de corcho. Tiene el modelo abierto en su ordenador.

—¿Me llamabas?

Charles se vuelve hacia ella.

—¿Qué es esto?

—El modelo que me pediste. —Jess se interrumpe para no soltar nada más.

—¿En Calibri?

—Eh…

—No estamos en una revista de cachondeos. Para la próxima, usa Arial. O Times New Roman, si te sientes inspirada. —Hace que una sola goma pase volando por encima del hombro de Jess—. ¿Entendido?

★ ★ ★

Jess da con Josh en una sala de conferencias vacía.

—Gracias otra vez por haberme ayudado anoche —le dice.

Solo que él no le hace ni caso y se limita a seguir ojeando su móvil.

—¿Nada de «No es nada, Jess»? —le pregunta ella—. ¿Ningún «Me alegro de haber podido ayudar» o un «Cuando quieras, para eso somos colegas»?

—Ayer tenía planes —le suelta, aún con la vista clavada en el móvil.

Está intentando ser amistosa y mostrarse agradecida. Para lo que le sirve.

—¿Te perdiste la hora feliz con los Jóvenes Republicanos o algo así?

Eso hace que deje el móvil y la observe con una ceja alzada.

Jess se pregunta si lo ha ofendido y si debería importarle. Insinuar que alguien es republicano técnicamente no es un insulto, y menos en un banco. Aunque está convencida de que lo es. Se pasaba su clase sobre la Corte Suprema hablando sobre temas peliagudos de economía, como retenciones en la nómina y la deuda nacional. Una vez lo vio en la librería de la universidad pagando por unos chicles con un billete de cien dólares.

—Qué graciosa —dice, antes de devolver la atención a su móvil.

—Bueno —contesta ella, de camino a la puerta—, si sirve de algo, de verdad agradezco tu ayuda.

Fuera, la ciudad rebosa de universitarios recién graduados con ganas de pasárselo bien. Es fines de agosto, por lo que lo peor del verano y su calor pegajoso ya ha pasado y parece más bien primavera.

A Jess le recuerda a la universidad, cuando el cuerpo estudiantil por completo emergía del invierno gris con pantalones cortos y gafas de sol baratas y entre todos arrastraban sofás hasta plantarlos en medio del jardín. Jess, Miky y Lydia se saltaban clases de vez en cuando y se acomodaban en algún patio a beber unas birras que se habían calentado bajo el sol o *spicy margaritas* hasta que todo les diera vueltas.

Solo que aquello se ha acabado.

Miky y Lydia han hecho otras amigas, mientras que Jess está atrapada en el interior de un edificio.

Las nuevas amigas de sus amigas, las Chicas del Vino, son unas ricachonas de lo más optimistas y de melenas alborotadas que vienen de la soleada California y cuyos padres tienen viñedos en el Valle de Napa. También creen en el amor libre, la acupuntura, los vuelos espaciales privados y los coches eléctricos.

Jess las conoce una noche, cuando consigue escabullirse del trabajo a una hora decente. El bar restaurante está a oscuras y tiene la música muy alta, y, en medio de todo el barullo, a Jess le entra la nostalgia.

Las encuentra a todas sentadas muy apretujadas alrededor de una mesa llena de cócteles y largas botellas de cristal de agua con gas.

Se saludan a gritos y entonces las Chicas del Vino alzan la voz por encima de la música para preguntarle:

—¿Por qué vas con traje?

Jess se sienta y les explica también a voz en cuello que trabaja en Goldman Sachs.

Las chicas fruncen el ceño por encima de sus cócteles.

—Ay, no, ¡qué horrible! ¿Por qué trabajas ahí? —exclaman en respuesta.

Miky desliza una copa en silencio hasta dejarla frente a Jess. Pero las Chicas del Vino no la sueltan.

—En serio, ¿cómo puedes trabajar ahí?

—No es para tanto —dice Jess, encogiéndose de hombros.

—¿Cómo que no es para tanto? ¡Si Goldman Sachs es un chupóptero chupasangre! —le insisten—. Usa sus tentáculos para pegarse a la cara de la economía y dejarla seca.

Entonces se les acerca un camarero.

—¡Uh! —suelta Lydia, animada—. ¿Deberíamos pedir el calamar?

Las Chicas del Vino le informan a Jess que, dado que echa unas cien horas a la semana, básicamente está trabajando por un sueldo mínimo. Y quizás incluso menos que si estuviese sirviendo hamburguesas en algún restaurante de comida rápida.

Claro que aquello no es cierto. Y, lo que es más importante, trabajar en un McDonald's no le otorga el sello de calidad del banco más importante y poderoso en el mundo en su currículum. Ni el respeto a regañadientes de ciertas personas que, de no ser por eso, no le darían ni la hora. Ni que la lleven en un coche negro de vuelta a casa todas las noches. Aun con todo, las Chicas del Vino no van tan desencaminadas: Jess como que odia su trabajo. Es un muermo, nadie la trata bien y todos esos jerséis de lana que se pone hacen que le pique la piel. Casi no ve a sus amigas, casi no duerme y casi que no come nada que no sea comida a domicilio. Cuando Lydia se lo preguntó, Jess se quejó sobre lo que es trabajar en una empresa así de importante.

—Es horrible, Lyd. Es un mogollón de tipos enfundados en traje, que solo hacen y dicen gilipolleces. Todo el santo día y todos los días de Dios.

—Bueno —le había dicho Lydia—, no se puede acabar con el patriarcado en un solo día. Al menos no tienes que hacer cola para ir al baño.

Aquel no era el caso en la oficina en la que Lydia trabajaba, una casa de subastas de arte, en la que dos tercios de los trabajadores eran mujeres y donde los baños siempre estaban atascados con tampones y purpurina.

A menudo Jess fantasea con buscarse otro empleo.

Uno como el que tiene Lydia en la casa de subastas, el cual puede ser un poco humillante, pero al menos tiene un aire de glamour que lo rodea. O como el de las Chicas del Vino: Callie, quien trabaja en una *startup* de galletas, y Noree, que trabaja en una empresa ecológica que hace zapatos a base de bambú reciclado. Incluso Miky, que es una ejecutiva de cuentas para la agencia de marketing más grande del mundo, termina de currar y vuelve a casa antes de las seis de la tarde cada día.

Qué bonito sería: un trabajo de mentira con un piso bonito y unos padres que le pagasen las cuentas.

¿Qué tiene ella en su lugar? Préstamos universitarios, el alquiler de un estudio en el que se le va más de la mitad del sueldo y gente que no deja de echarle miraditas malintencionadas.

Jess recibe una llamada de su padre.

—¿Y qué? ¿Les estás haciendo la vida imposible? —le pregunta.

Sabe lo que su padre quiere que le diga. Que llega pronto al trabajo y se marcha muy tarde; que piensa ganarles en su propio juego. Cuando era pequeña era algo que le repetía una y otra vez. Tenía que ser el doble de buena que los demás y aun así solo le iba a tocar la mitad que a ellos. Sabía que tenía razón, pero no por eso la idea le sentaba mejor. ¿Por qué su éxito tenía que depender del hecho de que siempre diera un 100% en lugar de, por ejemplo, ser alguien con quien los demás quisieran ir a tomarse unas cañas?

Aun así, se esfuerza. Por darlo todo, por pasar desapercibida, por justificar su existencia. Por mucho que no tenga claro si alguien lo nota. Y, si bien no tiene dudas de que es mejor que Rich (quien estudió en Harvard y aun así es incapaz de distinguir entre «ahí» y «hay»), no está muy segura de ser mejor que Josh, quien es capaz de hacer un flujo de fondos descontados mentalmente y sin ayuda. Se piensa si debería contarle a su padre la verdad: que a veces se siente como una niña pequeña, inútil e indefensa. Que es la única en la oficina que no se entera de las cosas, la única que no tiene una opinión certera sobre Las Cosas Importantes: el precio de la soja, los matices de la Ley de Bancos o el nuevo menú en el University Club.

Solo que oye su sonrisa desde el otro lado de la línea, mientras espera su respuesta, por lo que termina diciéndole:

—Pues claro. Soy la hostia. La mejor de las mejores. No te preocupes, que no pasa nada.

2

Viajan a Cincinnati para una serie de sesiones de preparación con una empresa de seguros para el consumidor que tiene pensado hacer una oferta pública de venta.

—Tweedledee y Tweedledum —llama Charles a Jess y a Josh—, haced la maleta que nos vamos a California.

—¿Cómo? ¿En serio? —pregunta Jess.

—No, que es broma. En realidad, nos vamos a Ohio —contesta él—. Aunque dicen por ahí que el tiempo da asco, así que da igual.

En el primer vuelo en primera clase que encuentran desde el aeropuerto La Guardia hasta Ohio, Jess se queda dormida en su asiento antes de que la azafata tenga la oportunidad de ofrecerles un poco de zumo de naranja. Toman un taxi desde el aeropuerto directo a las oficinas del cliente y arrastran sus maletas consigo como si de unos cadáveres se tratase.

Los hacen pasar a una sala de conferencias muy amplia y de techos altos que tiene una mesa casi tan larga como un carril de bolos.

Charles les hace unas preguntas bastante técnicas y complicadas sobre sus modelos actuariales mientras que Josh no deja de dar la vara con sus estrategias de crecimiento. Por su parte, Jess lo apunta todo.

El cliente tiene algo que lo hace parecer un tanto escurridizo, y Jess casi se lo puede imaginar en unos tonos sepia, como un barón ladrón que pretende saquear los cofres del país para llenarse sus propios bolsillos o quizás un simple forajido que roba cobre de los raíles de un tren bajo el cobijo nocturno. Se pone a parlotear sobre la discriminación de precios y la maximización de las ganancias y prácticamente tilda a sus clientes de ser todos unos pringados.

En algún momento de la sesión, mientras habla de un tema bastante complicado, Charles se gira hacia Jess y le pregunta:

—¿Has anotado todo eso?

Jess asiente y decide resumirlo todo en sus apuntes como: «Robar a los pobres para dárselo a los ricos».

★ ★ ★

Al terminar, Jess descubre en internet una cadena de restaurantes especializados en chili que hay en la ciudad.

—«Ven y prueba lo que nos hizo famosos» —Jess lee en voz alta el eslogan de la página.

—Paso, gracias —contesta Josh.

—Venga, en algún sitio tenemos que comer. —Charles se irá a comer con el cliente y ellos no están invitados, claro.

Y es así como terminan cruzando seis carriles de tráfico para llegar hasta el centro comercial del otro lado de la autopista, donde, una vez en el restaurante, ven a gente hacer cola para pedir unos perritos calientes y pasta.

—Cómo se nota que no estamos en Manhattan —comenta Josh.

—¿A que no sabías que soy de aquí? Más o menos —le dice Jess.

—¿De aquí dónde?

—De aquí mismo —contesta ella, según se acomodan a una mesa y un camarero les sirve unos vasos de agua—. Del Medio Oeste del país. Ya sabes, la zona de paso, como decís los neoyorquinos.

—¿De Chicago?

Jess niega con la cabeza.

—Nebraska.

Josh se inclina hacia ella de forma tan repentina que un poco más y vuelca su vaso de agua.

—¿En serio?

—Y a mucha honra.

—Quién lo hubiera dicho. Pareces tan... —se pone a pensar hasta dar con la palabra precisa— neoyorquina.

—Gracias, supongo.

—Conque Nebraska —dice, reclinándose en su asiento—. Tengo que corregir unas cuantas cosas de la imagen que me he hecho de ti.

—¿Y tú por qué andas imaginándote cosas sobre mí?

Josh hace caso omiso a su pregunta y se pide una ensalada con un filete de pollo a la plancha. Jess escoge el sándwich de chili con queso.

—A ver, deja que adivine —dice ella—: Te estás preparando para correr una maratón.

—¿Cómo dices?

—El restaurante es famoso por su chili, no por su... combinado de verduras hervidas. ¿Por qué eres tan muermo?

—Estoy seguro de que las enfermedades cardíacas y el colesterol alto no son nada aburridos.

—O sea que... ¿solo comes comida sana?

—Casi siempre, sí. ¿Por qué iba a comer algo que no sea sano?

—Porque lo que no es sano está bueno —contesta Jess—. Te pasas al lado oscuro. Te rindes ante sus apetitos más depravados.

Josh arquea una ceja.

—¿Me estás diciendo que nunca se te antojan... no sé, unas patatas fritas o unas Oreo rebozadas o una pizza de pepperoni? —insiste ella.

—Me gustan las verduras de hoja verde.

El camarero vuelve y deja dos platos sobre la mesa: una montaña de chili y queso cheddar rallado para Jess y un triste cuenco de verduras para Josh.

Jess se echa a reír y Josh acaba haciendo lo mismo.

—Vale —acepta, mientras pincha una coliflor marchita con el tenedor—. Tú ganas.

Más tarde, Jess le dice a Charles:

—¿Te puedes creer lo que están haciendo esos tipos? Tienen toda su estrategia como... invertida.

—Muy provechosa es lo que es.

—Pero no te parece que en cierto modo están haciendo las cosas... ¿al revés? Es casi como si estuviesen aprovechándose de los demás. ¿No lo ves muy retorcido?

—Creo que así es el mundo de los seguros.

—¡Pero está todo mal! —Aunque Jess entiende que su postura es bastante ingenua, no le importa.

—Puede que tengas razón, pero... —Charles se encoge de hombros—. No deberíamos mirar la paja en el ojo ajeno, ¿no crees?

Los bautiza como los anti Robin Hood. Y, cuando alguno de ellos se pasa de listo o propone algo demasiado turbio, Charles lo corona como el nuevo rey del bosque de Sherwood.

Sin embargo, lo más cerca que está ella de todo eso es cuando un día se pone una blusa de seda de cuello de volantes y Charles le dice:

—Qué bonita blusa, Lady Marian.

Cuando llegan al aeropuerto se topan con que su vuelo de vuelta a Nueva York va con tres horas de retraso. El único asiento disponible de un vuelo que sale en unos veinte minutos se lo queda Charles al reclamarlo como suyo al hacer el *check-in*.

—Lo siento, jovencitos, pero tengo que irme de aquí ya —les dice.

Jess y Josh se quedan esperando cerca de las puertas mientras observan los aviones pasar a través de un ventanal enorme. Jess se pone a pensar en esa pregunta implícita que se hacen en las entrevistas de trabajo, la parte en la que se decide si encaja o no en un determinado puesto: ¿Querría quedarme tirado en un aeropuerto con esta persona? Se vuelve hacia Josh, para pensárselo. Él la mira de reojo, y el contacto visual que hacen es breve. Jess pide para sus adentros que no sea capaz de leerle la mente.

—Bueno, cuéntame sobre Nebraska —le dice él, tras un rato—. ¿Cómo fue tu infancia por ahí?

Jess pone los ojos en blanco.

—Siempre hacéis la misma pregunta los de la Costa Este. Como si quisierais que nos reuniéramos alrededor de la hoguera para que os contara mis vivencias de la infancia en el corazón del país. Que iba todos los días al colegio en un tractor y tenía un coyote en lugar de un perro como mascota.

—No es eso lo que quería decir.

Por alguna razón que no entiende del todo, Jess decide contarle la verdad.

—Pues, si de verdad lo quieres saber, supongo que fue un poco… solitaria.

—¿Había muchas familias afroamericanas?

—No, no muchas —contesta ella. Aunque con «no muchas» se queda bastante corta, en realidad. En ocasiones había tenido la impresión de que ella y su padre eran los únicos negros en toda el área metropolitana de Lincoln. Los únicos dos negros del oeste de Nebraska, en las Grandes Llanuras, en el universo.

Y no era solo que prácticamente no conociese a ninguna otra familia negra, sino que, más allá de su padre, no tenía más familia. Todos habían fallecido (como su madre o sus abuelos) o vivían demasiado lejos (un tío al que su padre nunca mencionaba, unos cuantos primos que Jess nunca había conocido y que le enviaban postales desde sitios muy lejanos como Los Ángeles o Toronto).

Todo el mundo parecía vivir en hogares llenos de gente y mascotas: hermanos, hermanas, perros y gatos. Y, cuando Jess iba de visita, las casas de los demás siempre le parecían escandalosas y desordenadas, lo que hacía que pensara que su familia era bastante correcta, del tamaño adecuado. Solo que entonces llegaban las Navidades o el Día de Acción de Gracias o el Día de la Madre y cuando la familia solo es de dos las opciones son un poco limitadas, por lo que entonces le entraba una soledad desgarradora y recordaba que su familia no estaba completa.

—Debe de haber sido duro —le dice Josh.

—¿No eras tú el que decía que la clase es el verdadero problema del país y no la raza?

—A ti no se te escapa nada, ¿no? ¿Tienes una carpeta con todas las sandeces que dije cuando estaba en la universidad que piensas usar en mi contra cada vez que hablemos?

—Entonces admites que lo que dijiste fue una sandez.

Josh suelta un suspiro.

—Es posible que haya dicho muchas cosas desatinadas por aquel entonces.

—¿Por aquel entonces? ¿Quieres decir el año pasado?

Josh se queja en voz baja.

—No me tortures, anda. No es como si tú hubieses sido el prototipo de la virtud y la comprensión tampoco.

—¿Cómo dices?

—Tú y tus amigas. Os pasabais el día borrachas y colocadas y mirando con desdén a todo lo que se os cruzaba. Ibais a clase con resaca, con vuestros sándwiches de huevo y vuestros cafés enormes. Hazme el favor de no pretender que eras la más digna del campus.

—Prefiero ser una borracha que una constitucionalista conservadora —acota Jess, y él suelta una risa contenida—. Se burlaban de mí —le cuenta—. Nada demasiado extremo, tampoco. Nadie me escribió por Facebook que me suicidara ni nada por el estilo, pero... No sé. Los críos a veces pueden ser muy capullos, ¿sabes?

Josh asiente.

—¿Y cómo fue tu infancia? En...

—Connecticut.

—Ah, claro. Choate está en Connecticut. —De golpe, Jess recuerda quién es la persona con la que está conversando y se arrepiente de haberle contado tantas cosas—. A ver, no me digas. Cuando eras pequeño te metiste en una buena porque tu pelota de béisbol se coló en el jardín de David Letterman. Llevabas corbata con el uniforme del colegio y los fines de semana te ibas a jugar al club de polo.

—Crees que me tienes calado, ¿no? —dice, mirándola de reojo—. Pero sí que lo entiendo.

—¿Qué entiendes?

—El sentir que no encajas. Mi familia no tenía mucho dinero cuando era pequeño. Mis padres se divorciaron cuando estaba acabando la primaria y mi padre se mudó a California. Mi madre tuvo que ponerse a trabajar y no fue nada fácil.

—Pero fuiste a un colegio privado.

—Con ayuda.

—¿Y los demás críos eran todos unos capullos? Los ricachones.

—La verdad es que no —contesta, negando con la cabeza—. Pero eso no quitaba que me sintiera diferente, ¿me explico?

Jess sí que lo entiende, aunque le sorprende oírlo comunicar una idea que no provenga directamente de un libro de texto de economía.

—Sí —le dice, asintiendo—. O sea, por mucho que mis compañeros de clase sí que eran todos unos capullos… eso no quitaba que quisiera parecerme a ellos. Que quisiera que fuesen mis amigos.

El aviso para embarcar resuena por los altavoces y ambos avanzan hacia las puertas.

—Es comprensible —dice Josh, mientras arrastra su maleta detrás de él—. La necesidad de encajar es uno de los instintos humanos más básicos. Estamos programados de forma cognitiva para querer encajar.

Y por ahí se asoma: siempre tiene una teoría insufrible para todo que parece haber sacado de una entrada de Wikipedia.

—Ya, claro —contesta Jess, cortante, antes de ajustarse las tiras de la mochila—. La ciencia lo explica todo.

3

Dos semanas después.

—Jess. —Josh se ha plantado frente a su escritorio.

—Ya, ya. Lo sé —contesta ella—. Ya casi estoy con la estructura de capital, lo juro. La voy a enviar… en algún momento.

—No, no es eso —dice él.

Jess alza la vista.

—Quería preguntarte si querías ir a por algo de comer.

Así que terminan comiendo unos *bagels* en un banco del parque Rockefeller.

—Y bueno —empieza Josh—. ¿Qué te parece el memorando de inversión de LyfeCo? Me interesa saber qué opinas sobre cómo hemos estructurado el documento.

Jess se apoya el sándwich sobre el regazo.

—¿El memo de inversión? ¿Me has pedido que te acompañase a comer para que hablemos de seguros?

—Sí, claro.

—Ah, pues no sabía que iba a ser una comida de trabajo, si no me habría preparado con anticipación. Quizás habría traído unas fotocopias.

—Solo pregunto tu opinión.

—Bueno, vale. Creo que LyfeCo es casi un sindicato criminal cuyo único propósito en la vida es hacerse ricos a costa de los miembros de la sociedad más vulnerables. —Si bien sabe que suena como una hipócrita, se imagina que lo único peor que ser cómplice del proceso es que no le afecte.

—En realidad quería saber qué opinas del memo, no que me dieras una charla marxista, pero… bueno. —Hace una pausa y luego añade—: ¿Crees que tenga sentido hacer un análisis FODA con tanta anticipación a la evaluación de riesgo cuando van más o menos de lo mismo?

Jess se encoge de hombros y abre su *bagel* para acomodar la lechuga y el tomate en el interior. Josh suelta un suspiro.

—Vale, ¿de qué quieres hablar tú?

—He oído por ahí que uno de los directores ejecutivos le está poniendo los cuernos a su mujer con una becaria de Relaciones Públicas. Alguien los vio enrollándose en las escaleras.

—¿Ah, sí? —Josh parece sorprendido—. ¿Quién?

—Ya no me acuerdo.

A Josh se le escapa una especie de resoplido y carcajada.

—Menuda pieza estás hecha.

Se come el último bocado de su sándwich y se sacude las miguitas que le han quedado en las manos. Cuando estira las piernas frente a él y cruza un tobillo sobre el otro, Jess se pregunta si mandará sus zapatos a lustrar.

—A ver, yo tengo una pregunta —la aborda él—. ¿Por qué odias tanto a Rich Golden?

Jess se plantea contestarle algo banal e hipócrita como «¿Odiarlo? ¿Yo?».

—¿Tanto se me nota? —Es lo que termina diciendo.

—No.

—Es que es muy… mediocre.

—¿Sabes que su padre está en la junta?

—Lo sé —contesta Jess, asintiendo—. Todo el mundo conoce al capullo de Dick Golden. Lo capto. Es solo que interactuar con él me cuesta horrores. Es como intentar mantener una conversación con un saco de harina.

—Es cierto que no es la persona más espabilada del mundo —concede Josh.

—Es que me parece muy frustrante que en cinco años probablemente lo vayan a hacer vicepresidente y yo vaya a seguir yendo a por café e imprimiendo informes financieros.

—No va a llegar a vicepresidente.

—¿Cómo estás tan seguro?

—Si sirve de algo, no creo que lo que sea que hiciera que lo contrataran lo vaya a llevar muy lejos. Creo que Goldman sabe identificar y reconocer el talento. El ideal de meritocracia triunfará al final.

—¿Crees que lo que hace Goldman se basa en la meritocracia?

—Un poco, sí.

—Pues claro.

—¿Cómo dices?

—He dicho: «Pues claro» —repite Jess, quizás en un tono demasiado estridente.

—Te he oído —contesta él—. Lo que quiero saber es a qué te refieres.

—Me refiero a que es lógico que tú y todos los Rich del mundo penséis que todo es una meritocracia perfecta y feliz en la que todas las personas inteligentes y trabajadoras son quienes tienen éxito, mientras que el resto son unos pringados.

—¿Yo y todos los Rich del mundo?

—Blanquitos con miembros fálicos.

—Buah, vale, no creía que fueras a ir directa al meollo —le dice—. En cualquier caso, no tengo nada que ver con Rich, Jess. Él es un imbécil y estoy completamente de acuerdo contigo. Pero ¿qué pasa? ¿El hecho de que los dos seamos blancos hace que nos la tengas jurada?

—Lo que pasa es que me parece muy injusto que, para cuando los capitalistas clientelares terminen de solucionarles la vida a todos los niños bien del mundo, no quedará nada para el resto de nosotros.

—¿Y cómo es que te afecta eso?

—¿A qué te refieres? —inquiere Jess.

—A que lo tienes todo.

—Claro que no. ¿Qué dices? Te piden que participes en más tratos, valoran más tu trabajo. Recibes más llamadas de reclutadores que yo. ¿Quieres que siga?

—Pero eso no es capitalismo clientelar, Jess. Lo que pasa es que soy mejor que tú.

—¿Mejor que yo?

—En el trabajo.

—No pretendo llenarme la boca diciendo que soy la mejor analista del planeta, pero a veces estaría bien que me tocara un poco del trato especial que les cae a todos los demás.

—¿Qué quieres que te diga? ¿Que lamento que el mundo no te trate como te mereces? Estamos en las mismas: recibimos la misma educación y tenemos el mismo puesto. ¿Qué más quieres?

—¡Quiero el beneficio de la duda, joder! Quiero que reconozcan que tengo potencial, sin importar si es cierto o no, y que intenten sacarle provecho y celebrarlo. Que me digan que soy excelente y magnífica y que reconozcan todo lo que puedo aportarle al mundo. Quiero que digan: «Hostia, Jess también trabaja aquí y se le da de maravilla».

—Ya, bueno —dice él, tras algunos segundos en silencio—. No creo que eso vaya a pasar.

Jess le lanza el resto de su *bagel* a un par de palomas que tiene aleteando cerca.

—En fin, ¿quieres que te diga la verdad?

—Claro —dice él.

—¿Un ricachón llamado Rich? ¿En qué estaban pensando?

—Pues, creo que lo hicieron porque Dick Jr. ya estaba pedido.

•

En un intento por que lo asciendan, Charles empieza a proponer sus propios acuerdos potenciales, a atraer a más negocios por su cuenta.

Uno de los clientes más importantes de la empresa —«el mejor proveedor de galletas y pasteles del mundo»— había estado buscando una oportunidad de inversión y Charles tiene un objetivo en la mira. Un negocio familiar de galletas saladas con unas bases sólidas y una posición dominante en el mercado del Medio Oeste superior del país.

Los llamó para ver si estaban interesados.

Tras tenerlo en la línea durante varios minutos, finalmente lo conectaron con el propio presidente de la empresa, un paterfamilias de ochenta y cinco años que llevaba dirigiendo la empresa desde hacía medio siglo.

—Soy Charles Macmanus, llamo de Goldman Sachs —se presentó.

Como respuesta: una tos flemosa y luego un silencio.

—¿Qué dices, hijo? ¡Habla más fuerte!

—Que llamo de Goldman Sachs —gritó Charles por el teléfono.

—¿De dónde? —graznó el anciano.

—De Goldman Sachs —repitió Charles.

—¿Goldman Snacks?

Jess le cuenta la historia a su padre y espera a que este se ría.

—Pero, Jessie, quizá pensó que tu amigo no era un «analista» sino un «barista».

Y, en lugar de reírse por la anécdota de Jess, se ríe de su propio chiste.

El viernes está tranquilo; los directores ejecutivos se han marchado ya para empezar el fin de semana, así que la oficina está atestada de analistas que se turnan para jugar un videojuego de disparos en primera persona que alguien descargó pirata. Galones de sangre falsa se derraman por las calles y unas prostitutas gritan aterrorizadas según unos coches robados se suben a las aceras sin ningún cuidado. Jess se acerca al meollo y hace como si le llamara la atención que un almacén abandonado esté en llamas.

Josh se desliza en su silla hasta ella.

—¿Quieres jugar un rato? —le pregunta.

—No, gracias —contesta ella—. Ya he cubierto mi cuota por hoy. Para desayunar he asesinado a unos cuantos viandantes, así que me he quedado satisfecha.

Otras cosas a las que juegan: un juego de cartas muy complicado llamado Set. Los primeros en jugarlo son los operadores. Dado que es un juego de lógica, de ingenio y de reconocer patrones, se convierte en una especie de atajo para conocer a los que ganan y a los que pierden, tanto en el juego como en la vida. Set establece una jerarquía bastante simple: a mejor operador, más partidas ganadas.

Una tensión palpable, aunque implícita, se extiende entre los analistas y los operadores. El líder de los operadores es un individuo que viene del Bronx y que vendió enciclopedias para pagarse los estudios en una universidad local y llegó a su puesto tras empezar desde abajo, en la oficina de mensajería. El líder de los analistas de inversiones estudió en Harvard y va a heredar la fortuna de un imperio de ceras de colores.

Una tarde, bastante cargadita tras unos informes de ganancias que los habían hecho sudar, la planta entera se sumerge en un torneo improvisado.

Usan el sistema de eliminación directa, de modo que, con cada partida, el que gana tiene más probabilidades de ganar y viceversa. El vicepresidente, los asociados, los analistas y así sucesivamente, hasta que se quedan observando a un novato aterrado tras otro recibir una paliza por parte del campeón. En ese sistema, los más fuertes devoraban a los más débiles enteritos. Los operadores llevan la delantera, tienen la mente ágil y no tardan nada en calcular las probabilidades con las que cuentan.

Los analistas se ponen a refunfuñar.

Solo que, de pronto, el director ejecutivo de Jess, Blaine, un analista tozudo de acento británico que lleva un corbatón, le pone fin a la racha de victorias de los operadores. Con unas jugadas prestas, interrumpe la mano ganadora de un operador al que hace años hicieron fijo en la empresa: un trabajador agresivo, sumamente inteligente y al que le encantan los riesgos que, según las malas lenguas, perdió mil millones de dólares del banco y consiguió recuperarlos antes de que nadie se diera cuenta.

Los analistas se dan palmaditas en la espalda.

Blaine gana y sigue ganando. Llaman a algunos analistas de otras plantas solo para echarlos poco después. Es una matanza.

Entonces le llega el turno a Jess. Se excusa, porque sabe que Blaine la detesta. Había esperado que fuese cosa suya, pero, cuando se lo comentó a Charles, en lugar de descartar la idea, este hizo una mueca y le dijo: «Es probable que tengas razón, Jones. Dudo que te tenga en muy alta estima». Al ver el horror en la cara de Jess, había añadido sin demora: «Pero todo el mundo sabe que es un capullo insufrible».

Para cuando las excusas ya no le sirven de nada, Jess termina sentándose frente a Blaine.

Juegan una partida rápida, más que todas las anteriores, y luego otra y otra más, hasta que después de cinco partidas sucesivas y raudas, un silencio cargado de sorpresa se extiende por la oficina.

Algunas personas pierden sin más. Pero también están las que son completamente aniquiladas y eso último es lo que ha presenciado todo el mundo.

Cuando Jess alza la vista, con la respiración ligeramente entrecortada, lo que ve en los ojos de Blaine le queda clarísimo: se la tiene jurada.

—Jolín, Rain Man, ¿qué ha sido eso? —le dice Josh.

Como es lógico, Blaine no sabe perder y había dado por hecho que le ganaría sin darle el beneficio de la duda siquiera. Y, por supuesto, nadie daba ni un duro por ella. Pero ¿qué esperaban? ¿Que perdiera a propósito? ¿Solo para no hacerle pupa a su frágil ego masculino?

—¿Crees que tendría que haber perdido aposta?

—No, claro que no. ¿Y tu integridad dónde la dejas? —Se calla un instante—. Pero creo que podrías haber hecho como que… te esforzabas un poco.

Charles no está de acuerdo.

—La has cagado, Jones.

Jess nunca le ha caído bien a Blaine, y ahora muchísimo menos. Le dice que su trabajo tiene errores o que no se entiende o que simplemente está mal, y procede a darle unas tareas horribles y a preguntarle una y otra vez en qué universidad estudió.

Algo que sorprendió a Jess sobre trabajar en un banco es que todos trabajan de verdad. Blaine juega al golf, sale a comer y tiene varias asistentes —unas secretarias muy guapas de mediana edad que nunca son tan tontas como parecen ser—, pero también trabaja como un condenado. Revisa todos los documentos que llegan a su escritorio, con un boli rojo, como si fuese un profesor de literatura cabreadísimo. Y no se le escapa nada.

★ ★ ★

—¿Por qué esta tasa bancaria dice 7,6 % y no 7,56 %? —le pregunta a Jess, mientras revisa el modelo que le ha entregado con tanto detenimiento como si albergara los secretos del universo.

—Ah, es que lo he redondeado —contesta ella.

—No —declara él, deslizando su boli rojo por toda la página.

—Es un 7,56 % —le asegura—. Solo que se muestra como un 7,6 %. Y todas las cifras siguientes se calculan en base a ese 7,56 %. Es que me ha parecido que sería más fácil de leer así.

—Tiene que verse lo que es en realidad —suelta él, cortante—. ¿O acaso también redondeaste tu nota media en la universidad una décima hacia arriba?

Entonces procede a llenar su documento con los comentarios más petulantes posibles. Lo peor de todo son los fallitos, los cambios diminutos que la obliga a hacer una y otra vez, de modo que hace y deshace lo que ya ha corregido, como si no recordara todo lo que ya le ha pedido que cambiase.

Fallo: redondear solo a una cifra decimal.

Fallo: <u>siempre</u> redondear a dos cifras decimales.

Fallo: colocar a la derecha este título.

Fallo: <u>siempre</u> colocar el título centrado.

Fallo: hay demasiado espacio vacío en los márgenes.

Fallo: los márgenes son demasiado angostos.

Fallo: se escribe «costo» y no «coste».

Fallo.

Fallo.

Fallo.

Fallo.

Llega el momento en que se cansa y se limita a marcar las últimas siete páginas de su presentación con una raya roja y al final del documento escribe simplemente: «No».

A veces, a Jess le da la impresión de que la muerte la alcanzará en esa oficina.

Lydia la llama.

—*Tierra llamando a Jess* —le dice.

—Sí, sí. Ya sé.

—*¿Entonces? ¿Vale la pena, al menos?* —le pregunta Lydia, cuando Jess no puede ir a su cumpleaños.

¿Sí o no?

Jess no está segura.

Está la cuestión de si vale la pena de verdad, en el sentido existencial de la expresión. Hay mil y una maneras en las que Jess podría estar aprovechando su juventud que no impliquen encadenarse a una silla de oficina en un cubículo sin ventanas. Pero también está la cuestión de su valor literal, la diferencia entre sus responsabilidades y sus recursos, y ese es un conteo que lleva en una app. Es algo que ha empezado a hacer hace poco, inspirada por otros analistas del equipo. Pese a que ninguno de ellos pasa de los veinticinco, les obsesiona la idea de la jubilación, de saber que podrían tener suficiente dinero ahorrado para cuando cumplan los treinta —aunque parezcan cuarentones— como para hacer todo lo que querrían hacer en aquellos momentos, pero no pueden porque tienen que trabajar: viajar, comer sano, sentirse realizados.

Y todos parecen tener un número en mente. En qué momento de su vida tienen pensado mandar al cuerno el curro de nueve a cinco para irse a hacer carreras de lanchas en el Mediterráneo. O subir una montaña. O aventurarse a invertir en empresas pequeñas. Para ellos, el dinero es sinónimo de libertad. Pero para Jess, el dinero es algo más abstracto. No tiene pensado comprarse un yate ni pagarle a un chofer que la lleve a todos lados, en realidad.

Tampoco es que no le guste gastar el dinero. Es cierto que a veces despilfarra un poquitín (vive sola en la ciudad más cara del planeta cuando el resto del mundo comparte piso, se gasta once dólares en gastos de envío para que le traigan un sándwich de ocho dólares solo porque no quiere ponerse pantalones, cosas así). Y le gustan las cosas bonitas, también: una marca de *macarons* franceses que cuesta cincuenta dólares la caja, o unos tacones de trescientos pavos que hicieron que Lydia soltara un silbido de envidia.

Todo ello a pesar de haberse criado en un hogar austero (o quizá debido a ello). Cada año, su padre le daba un sobre con un billete de veinte por su cumpleaños, y estaba convencida de que él de verdad se esperaba que se lo guardara para alguna emergencia. Su padre tenía unos conceptos sobre el dinero bastante anticuados, los cuales hacían que Jess a veces se preguntara si eran pobres, por mucho que él tuviera un buen empleo y un buen sueldo. Beneficios laborales. Estabilidad. Ella quería eso y más, cómo no, pero esa no era la cuestión, en realidad.

Más que unos *macarons* carísimos o unos zapatos de diseñador, lo que de verdad quería era que la tomaran en serio. Si tuviese un millón de dólares —pues ese era su número—, a lo mejor la gente dejaría de asumir que no tenía nada que ofrecer o que era alguien a quien no se debía tratar en serio o que era una secretaria y ya.

Al principio había tenido sus reservas sobre trabajar en un banco. Su padre trabajaba para la universidad de la ciudad como vicedecano de Diversidad Cultural, lo cual quería decir que abogaba por la multiculturalidad y mejoraba la vida de los demás. También significaba que fuera de su oficina no había nadie con carteles que rezaban «EL PROBLEMA ERES TÚ», algo que sí hacían los manifestantes que ocupaban Wall Street frente a los bancos a los que Jess había ido a buscar trabajo. Cuando leía sus carteles y veía toda su furia, cruzaba los dedos y pensaba: *No es conmigo con quien tienen un problema... aún.* Aquel no era el caso de su padre. Porque él ayudaba a los demás, él estaba en el lado correcto de la historia. Él no saqueaba la economía del país con su ambición.

En la universidad, los alumnos que querían ganar dinero, aquellos que se metían en clases sobre el mercado de valores y que aspiraban a tener trabajos con sueldos altísimos que les consumieran el alma, eran de quienes se burlaban y a quienes les decían que solo se estaban preparando para dejarse la vida trabajando. Tipos como Josh. Así que Jess había intentado una táctica distinta. En su último verano antes de graduarse, había conseguido un trabajo como asistente de investigación en una revista feminista, lo cual no tenía nada que ver con lo que estaba estudiando, pero le había parecido interesante. Y lo había sido (había investigado de todo, desde un escándalo con el proceso de selección de una universidad hasta las tendencias de pornografía más perturbadoras), solo que le habían pagado una miseria. Casi ni le había dado lo suficiente para alquilar algo decente en la ciudad.

Y era así como había terminado alquilando un piso que técnicamente no era un piso. Ni tampoco un «no apartamento» en el sentido en el que el lugar en el que Lydia vivía (una habitación enorme y llena de luz en un edificio de cristal en el centro de la ciudad con una piscina en la planta más alta) no era un apartamento, sino un *pied-à-terre*. El piso de Jess era un «no apartamento» porque era una residencia de la universidad de Columbia con una cama individual extralarga y un cuarto de baño mixto que compartía con unos desconocidos.

La cuestión era que era barato y quedaba cerca del metro, y que básicamente era lo único que Jess se podía permitir. Porque siempre se quedaba sin dinero y consultaba su cuenta bancaria conteniendo el aliento para ver con qué iba a encontrarse, para ver qué cargos de sus tarjetas de débito y de crédito la habían dejado sin blanca de un día para otro. ¿Por qué nadie le había advertido de lo mucho que costaba todo? ¿Qué estaba haciendo mal?

Lo entendió todo al volver al campus de la universidad. Y entonces se sintió como una tonta. Había estado buscando un boli en el escritorio de Lydia, mientras hacía a un lado un puñado de calderilla, un lío de gomas para el pelo, un pintalabios rojo chillón sin tapa (porque hacía poco que Lydia se había vaciado los bolsillos), cuando reparó en el recibo hecho un gurruño. Era un retiro bancario de cien pavos, más una comisión de tres, y el saldo restante en la cuenta era de 97432,66 dólares. Entonces casi le había dado un soponcio. Cabía la posibilidad de que hubiese visto su vida pasar por delante de sus ojos. Recordaba que, justo el día anterior, había tenido que asegurarse de cuánto costaba una caja de tampones antes de comprarlos. ¿Y su compañera de habitación tenía cien mil dólares? ¿En su cuenta corriente? Si bien sabía que Lydia era rica, que vivía en un casoplón, se iba de vacaciones a sitios caros y tenía una canguro que le pelaba las uvas y le ahuecaba los cojines hasta que cumplió los dieciocho, no había comprendido la magnitud de sus riquezas, no se había dado cuenta de lo ingenua que había sido. Ni en un millón de años Jess podría trabajar para una revista. ¿A quién quería engañar? No era ninguna chica de galería de arte. Josh había estado en lo cierto. Y a Jess le repateaba que tuviese razón. Además, estaban sus préstamos universitarios.

Para entonces, Jess había recibido una oferta de trabajo a tiempo completo —si es que podía llamársele así— de parte de la revista feminista. Solo que, en lugar de ganar más de cien mil dólares al año y que le dieran una prima de contratación despampanante, querían pagarle por hora. Y la empresa ni siquiera tenía un departamento de Recursos Humanos. Aquel verano, en su último día de trabajo, le habían entregado un cheque y le habían pedido con algo de apuro si podía esperar hasta la próxima semana para ir a cobrarlo.

Volver a trabajar allí después de graduarse no era opción. Y así fue como, conforme cursaba su segundo semestre de su último año, se resignó a tener que buscar un trabajo en finanzas. Qué remedio. Aunque se había especializado en Matemáticas, lo cual le otorgaba un aire bastante práctico, ¿cuántas ofertas de empleo había para matemáticos? Parecía que todos los demás que se habían especializado en números se decantaban por las finanzas o el mundo académico. Una nómina suculenta en una gran ciudad o manchas de tiza en la cara y una deuda que no iba a terminar de pagar hasta cumplir los treinta. No había punto de comparación.

Entonces se puso a memorizar lo que decían en el *Wall Street Journal* y se enfundó en un traje y soltó comentarios muy atinados en sus entrevistas. Recibió varias advertencias (las horas de trabajo infinitas, el abuso laboral, ¿de verdad creía que valía la pena?) y claro que no estaba nada segura, pero iba a ganar más de cien mil dólares al año, además de recibir beneficios e incentivos varios. Así que ni se lo pensó.

Y su padre se había mostrado muy orgulloso. Había viajado en avión para ir a su graduación, con una sonrisa de oreja a oreja. Se había secado las lágrimas, negando con la cabeza, solo para decirle: «¡Cómo pasan los años! Si ayer te tenía llorando en el regazo porque te habías raspado la rodilla».

—De verdad que no fue ayer, papá.

—Y ahora mírate —le dijo, con otra sonrisa.

La tomó de las manos, hizo que extendiera los brazos a los lados y la contempló de arriba abajo, como si estuviera admirando un vestido nuevo que se había puesto.

—¡Mírate! Mi niña se ha graduado y se va a la gran ciudad.

—¡Papá! —se quejó ella, alargando la palabra—. Que solo me gradúo, no me voy a morir. No es para tanto. Ni siquiera me he graduado con honores ni nada, ¿lo ves? —Le mostró las solapas de su toga negra, la cual caía sin mucha gracia sobre su vestido de verano—. No es gran cosa.

Cuando llegó el momento de la ceremonia, el decano le dio la bienvenida al distinguido orador que representaba al profesorado, el cual había ganado el premio a mejor profesor de la universidad durante los últimos doce años.

Los estudiantes lo aplaudieron y vitorearon como locos.

—¿Y ese qué tal es, Jessie? ¿Es tan bueno como dicen? —le había preguntado su padre, inclinándose hacia ella para hablarle en voz baja.

Jess había tenido que explicarle que nunca antes había visto a ese hombre, que ni siquiera sabía de su existencia, por mucho que, aparentemente, llevara cambiando vidas desde 1993.

Luego, cuando todos estaban en los jardines esperando para recibir sus diplomas, su padre había señalado a un grupo de varios estudiantes que reían y se abrazaban bajo un árbol de magnolias (los de la Asociación de Estudiantes Afrodescendientes) para preguntarle si le iba a presentar a sus amigos. Una vez más, Jess había tenido que decirle que no los conocía.

Durante su primer año había recibido un porrón de propaganda, de colores y mensajes llamativos, que le dejaban bajo la puerta y en la que la invitaban a ir a por pollo frito, a desayunar gofres, a hacer de voluntaria durante el Día de Martin Luther King y, en una ocasión, a una charla que iba a dar Oprah, pero ella había hecho caso omiso de todas sus invitaciones y su papelera había estado constantemente llena de aquellos folletos de colores chillones.

Los miembros de la Asociación de Estudiantes Afrodescendientes habían subido al escenario muy orgullosos con sus estolas de motivos Kente y, cuando el decano terminó de estrecharles la mano a cada uno, alguien del público hizo sonar un tambor.

En ese momento, Jess se dio cuenta de que había ciertas cosas que se había perdido y por un instante le entró la nostalgia.

Hasta que le pidieron que subiera al escenario y su padre gritó de alegría por todo lo alto. Entonces sí que había sonreído, a pesar de todo.

Todos empiezan a acumular cacharritos que les dan tras cerrar un trato, unos trofeos de acrílico y metacrilato que parecen unos pisapapeles muy sofisticados, los cuales reciben todos los miembros de un equipo de fusiones y adquisiciones cuando se llega a un acuerdo. Ponen sus juguetes en fila sobre sus escritorios, como pequeños soldaditos, como trofeos de guerra. Tras un tiempo, Josh se queda sin espacio en su escritorio y tiene que empezar a apretujarlos en uno de sus cajones.

A Jess aún no le han dado ninguno.

Pero entonces el mayor comerciante minorista *online* del mundo decide adquirir al comerciante de crecimiento más rápido de la actualidad, una empresa que lleva la palabra «guarra» en el nombre y que vende ropa *vintage* y lencería a adolescentes. La presidenta de la empresa es una jovencita que solo le saca un par de años a Jess y que se presenta en la oficina con unos taconazos y una chaqueta de cuero que le envuelve los hombros. En lugar de con un «hola», saluda a todo el mundo preguntando «¿Cómo va?», exige que le paguen mil millones de dólares por la empresa que fundó en el sótano de su casa y se niega a cerrar ningún trato si no hay una mujer presente en la sala con ellos.

Es así como, por fin, Jess participa en un acuerdo de verdad.

Por su esfuerzo, Charles le da una estatuilla de cristal con un par de botas altas sobre la base. Su primer juguete de premio.

—Muy explosivo todo este acuerdo con tanto estrógeno en la sala, ¿verdad?

Al día siguiente, cuando Jess llega a la oficina, se encuentra con que alguien ha arrancado todos los cables de su ordenador y estos parecen tentáculos inertes. Su monitor parpadea, moribundo, pero nada más se enciende. Parece el escenario de un crimen.

—¿Qué coño ha pasado?

Su teclado, su regleta y sus auriculares están todos apilados uno encima del otro y apartados a un costado de su escritorio. Si bien la alfombrilla del ratón sigue en su correcto lugar, el ratón, el aparato en sí, ha desaparecido, y en su lugar hay un ratón de verdad: de esos con ojos y orejas y una cola muy larga y delgada. Casi pega un grito antes de darse cuenta de que no está vivo, sino que es una réplica tan real que da miedo.

Enfurruñada, enfila hacia la oficina donde están todos sus compañeros.

—¿De casualidad alguien tiene un... esto... un ratón que pueda prestarme?

Aunque todos permanecen en silencio, encorvados sobre sus ordenadores, Jess nota una especie de tensión, la tirantez de unas carcajadas que apenas consiguen contenerse, y sabe de inmediato que es el hazmerreír del día.

—¿Charles? —lo llama, tras volverse con las manos apoyadas en las caderas—. ¿Cómo se supone que voy a trabajar sin ordenador?

—Sí que tienes ordenador —contesta él, encogiéndose de hombros.

—Ya sabes a lo que me refiero. No tengo los accesorios necesarios para usar dicho ordenador.

—Tienes todo lo que necesitas.

—Alguien se ha llevado mi ratón.

—Me parece que no me has oído bien —dice Charles, juntando las manos como una especie de erudito—. Tú, señorita Jones, tienes todo lo que necesitas. Ayer no eras más que una jovencita, hoy te has convertido en todo un hombretón.

—Sí que te he oído, pero es que no me entero de lo que me estás diciendo.

Charles suelta un suspiro.

—Que no necesitas un puñetero ratón, Jones. ¿Acaso ves que alguien use ratón aquí?

Pues no, la verdad.

Todos sus escritorios parecen haber sido arrasados por chatarreros. Nadie usa ratón y las teclas que no les sirven (la del bloqueo numérico, la virgulilla o el punto y coma) terminan en la papelera. En su primera semana de trabajo, Jess había encontrado una tecla F4 en la basura y hasta le había dado penita.

Sabe que devolver el ratón a los de Mantenimiento es una especie de honor, como posar la espada en el suelo tras una batalla, pero también es consciente de que nada de eso se aplica a ella.

O eso creía.

Parece que ha pasado alguna especie de prueba implícita, que ha cruzado un umbral invisible. Por mucho que vaya lentísima (apenas consigue abrir su correo sin usar el ratón) y que el bicho ese siga en su escritorio (tiene que anular por completo su visión periférica y mover su silla para alejarse de él todo lo posible), por primera vez desde que entró a trabajar a la empresa, tiene la sensación de que está progresando.

Claro que eso aún le deja por resolver el problema del ratón de verdad que sigue sobre su escritorio. Parece tan real, como si tuviese una energía palpitante y llena de vida, que Jess sabe que no puede deshacerse de él. Por tanto, se queda ahí, haciéndola sudar y poniéndola incómoda.

Más tarde ese mismo día, Josh se pasa por su escritorio para preguntarle algo sobre el modelo de compra financiada en el que están trabajando. Jess lo ve mirar el ratón de refilón, sin decir nada.

Pero, cuando se marcha, agarra el ratón de su escritorio sin pronunciar palabra, atraviesa la sala y lo tira en el cubo de basura que se encuentra justo fuera de la oficina.

4

Josh está solo en la oficina, con unos cascos gigantescos que lo hacen parecer un DJ en una discoteca europea, por lo que no se da cuenta de que tiene a Jess plantada a sus espaldas. Está apretando algunas teclas de su teclado, navegando entre ventanas, con una decena de hojas de cálculo abiertas, documentos PDF y presentaciones que aún no están terminadas.

Jess lo ve darle al Intro y de pronto un arcoíris se despliega por toda la hoja de cálculo, como un arreglo de lucecitas navideñas: colores, números, cuadros y tablas. Jess no tiene idea de dónde salen, porque simplemente aparecen y ya. Y, entonces, más magia aún: bordes y formatos y, de algún modo, se las arregla para conjurar un modelo de tres declaraciones de la nada.

—¿Cómo puñetas has hecho eso? —le suelta Jess.

Josh se vuelve en su silla y se quita los cascos de un tirón.

—¿Qué haces aquí?

—¿Cómo has hecho eso?

—¿Cuánto tiempo llevas ahí parada?

—Lo suficiente —contesta ella, entornando los ojos—. ¿Qué hacías?

Le da a un par de teclas más y todas las ventanas que tiene abiertas desaparecen hasta que Jess solo puede ver su escritorio. La mayoría de las personas tiene fotos de montañas o paisajes marítimos o cachorritos, o incluso fotos personales como fondo de pantalla, pero él tiene un fondo azul y ya.

—Nada importante —le dice—. ¿Necesitas ayuda con algo?

—¿Qué acabas de hacer? ¿Magia o algo así? Has hecho el equivalente a dos horas de trabajo en ocho segundos. Literal. ¿Has usado una macro?

—No, era un script de Python. Lo hice yo mismo.

—¿Y me lo puedes enviar?

—No —contesta él.

—¿Por qué no?

—Porque no forma parte de los recursos compartidos de la empresa. Lo hice yo.

—Entonces... ¿no me lo puedes enviar?

Josh alza la vista al techo, la baja hasta el suelo, agarra un boli y empieza a darle golpecitos al escritorio con él hasta que, al fin, suelta un:

—No.

—¡¿Por qué?!

—¿Tú le darías acceso a un misil nuclear a un niño de quinto de primaria?

—Ay, calla. ¿De verdad no piensas enviármelo? ¿Por qué?

—Porque no sabrías ni qué hacer con él.

—Conque ese es tu secreto, entonces.

—No es ningún secreto.

—¿Y por qué te lo tenías tan bien guardado?

Josh suelta un suspiro.

—Porque no quiero que todo el mundo me esté fastidiando para que le simplifique la vida. No quiero ser el tipo de los ordenadores de la oficina. No quiero que nadie sepa que me descargué un IDE pirata.

—Pues envíamelo a mí y ya.

—No.

—¡Porfa!

—Que no.

—Envíamelo o se lo contaré a todo el mundo. Les contaré tu secretito a todos.

—¿Me estás chantajeando?

Jess se lo piensa un momento.

—Pues sí. Es chantaje.

Una vez en su escritorio, Jess le envía un mensaje.

**El archivo que me has enviado es un montón de
palabras en un archivo de texto.**

Ajá.

¿Y dónde está el programa o lo que sea que tengas?

Ahí está todo.

¿Y cómo funciona?

Josh no le contesta, por lo que se olvida del tema hasta mucho más tarde, tras haberse tirado casi una hora buscando unos
formularios en internet para un compromiso de préstamo. Le
vuelve a escribir.

¿Qué más puedes automatizar?

Lo que quieras.

¿Comparativas?

Sí.

¿Informes financieros?

Sí.

¿Informes de comités de crédito?

Quizás eso no.

¿Por qué no? Es lo que quiero hacer.

Sería bastante complicado.

Pero no imposible.

No para mí.

¿Y para mí sí?

¿Acaso sabes programar?

¿Me enseñas?

No.

Miky, mi amiga, ve toda clase de cosas raras en internet y hay un chico que le gusta y que hace unos coches así bien raros, como artísticos, y la gente se los compra como por un millón de pavos. Y hay uno que tiene como dos motores o algo así y creo que es eléctrico. No sé, la cosa es que lo fabricó desde cero, pieza a pieza.

¿Y todo eso para decirme que...?

Que todo eso empezó cuando aprendió a hacer un carburizador viendo vídeos en YouTube, así que quizá yo haga lo mismo.

Jess, se dice «carburador».

A Jess le toma unas cuarenta o tal vez cincuenta horas (deja de contarlas después de un par de semanas) y no le sale, no le sale, no le sale... Hasta que le sale.

Va a buscar a Josh.

—Me estás vacilando —le dice—. ¿En serio has aprendido a hacerlo?

—Que sí —contesta ella—. Te dije que prefería ponerme unos clavos calientes en los ojos antes que pasarme otra noche entera haciendo informes de comités de crédito, ¿recuerdas?

—Me acuerdo, sí —dice él—. Igual no era tan complicado como pensaba.

—Qué va. —Pone los ojos en blanco—. Hasta un mono podría haberlo hecho.

—No he dicho eso.

—Ya, ya.

—¿Has aprendido a programar en Python?

—Lo suficiente como para dar miedo.

—¿Y cómo resolviste el problema de la cardinalidad?

—Ah, sí, eso fue un rollo. Terminé usando MapReduce para convertir todas las etiquetas de cotización en variables ficticias y así limitar el número de dimensiones. —Cuando termina de hablar, lo mira—. ¿Qué? ¿Qué pasa?

—Nada —dice él, meneando la cabeza—. Es que es una solución muy... elegante. ¿Me lo pasas?

Y a eso Jess le dice:

—No.

—Echémonos una partida —le propone Josh al día siguiente. Se encuentra en el escritorio de Jess con una baraja de Set y se da golpecitos en la palma con ella.

—¿Quieres jugar a las cartas?

—Quiero ver cómo lo haces.

—¿Cómo hago qué?

—Cómo haces los grupos tan rápido. Quiero entender cómo funciona esa cabecita tuya, así que venga, vamos a jugar.

—Eso pasó una sola vez. —Jess no ha vuelto a jugar al Set en el trabajo desde entonces. Charles le dijo que no sería nada bueno para su futuro profesional.

—¿Estás diciendo que fue un golpe de suerte?

—Claro que no.

—Bueno —dice él, acercándose una silla—. Pues a jugar, entonces.

Jess pone los ojos en blanco, pero lo deja empezar a repartir doce cartas sobre su escritorio. Antes de que coloque la séptima, exclama:

—Set.

—Estás de coña —suelta él, antes de que Jess levante tres cartas, un set, y él se vea obligado a repartir tres más.

—Set —dice ella de nuevo, prácticamente de inmediato.

—¿Así es como lo haces, entonces? ¿Dices «Set» antes de encontrarlo? ¿Como cuando pides algo para que nadie te lo quite?

Jess niega con la cabeza.

—No, lo veo primero. Si no, me arriesgaría a que no hubiera ninguno. —Y levanta tres cartas.

Juegan otra tanda y entonces Jess tiene tres sets y Josh no tiene ninguno.

—¿Y escoges un color? ¿O una forma? ¿Y entonces esperas a que el que reparte complete el set?

—No —dice ella, retirando otras tres cartas de la mesa.

—¿Has memorizado todas las combinaciones posibles?

—No.

—¿No son sets, sino que eliges tres cartas al azar antes de que nadie se dé cuenta?

—No.

—¿Entonces cómo lo haces?

—Pues la verdad es que no lo sé —le contesta, mirándolo.

—Eso no me sirve de nada.

—Perdona que sea más lista que tú, pero no puedo explicarte cómo lo hago. —Le saca la lengua—. Es lo que hay.

—No eres más lista que yo —repone él, echándole un vistazo a las cartas que ella ha conseguido reunir, apiladas de modo acusador en grupitos de a tres—. Pero sí me has dejado flipando.

Se están pasando una pelota hecha de gomas elásticas de un lado para otro mientras esperan los comentarios de Charles sobre un informe de fusión, cuando Josh le pregunta a Jess:

—¿Estudiaste Álgebra Lineal?

—¿En la uni?

Él asiente y le lanza la pelota con maña.

—Pues sí. —Deja que la pelota rebote una vez para luego atraparla y lanzársela de vuelta—. Saqué un notable.

—¿Y qué más cursaste?

—Ecuaciones Diferenciales. Teoría Numérica. Combinatoria.

—Podrías haberte especializado en Matemáticas. —Parece impresionado.

—Y eso hice.

Josh está a punto de lanzarle la pelota, pero se detiene en mitad de movimiento.

—¿En serio?

Jess se ofende un poquitín.

—Sí, en serio —contesta, separando las palmas para pedirle que le pase la pelota—. ¿En qué creías que me había especializado? ¿Sociología? ¿Cestería?

—«Las matemáticas son la música de la razón» —cita Josh, antes de devolverle la pelota—. ¿Y qué? ¿Te chiflaban las mates?

Jess asiente.

—Eso y que, si te soy sincera, creo que era la única especialización en la que daba igual si le caías bien al profe o no. Te limitabas a presentarte a los exámenes, contestar todo bien, y luego no tenías que ponerte a discutir con el idiota que tuvieses por profesor por la nota que te había puesto al terminar el semestre.

Lanza la pelota lejos y hacia arriba, con lo que consigue que rebote contra la pared de corcho y termine cayendo sobre el escritorio que hay detrás de Josh.

—¿Te acuerdas de que nuestro profe de Derecho y Sociedad me acusó de haber plagiado el trabajo final? Solo por el hecho de que estaba bien escrito. Intentó darme un suspenso de verdad.

—Lo recuerdo —dice él, recogiendo la pelota para empezar a lanzársela de una mano a la otra—. ¿Por qué crees que haría algo así?

—¿Porque era un gilipollas? Porque… No sé, creía que venía de una escuela pública de medio pelo de algún pueblecito y por ende no era posible que presentara un trabajo bien hecho. O simplemente porque podía y ya está. Fue un asco, la verdad.

Josh se muestra de acuerdo con ella.

—Sí que lo fue.

El profesor la había citado en su oficina porque tenía ciertas «preguntas» que hacerle sobre su trabajo final. Jess había hecho una investigación sobre una sentencia de la Corte Suprema algo turbia sobre la ley de prescripción federal. Si bien no era lo mejor que había escrito en la vida, sí que tenía varias ideas interesantes sobre los límites del poder en el Congreso. Y había revisado la ortografía dos veces. Entonces el profesor la había acusado de plagio y había amenazado con suspenderla.

Al acabar la reunión, mientras esperaba el ascensor, Jess oyó que alguien la llamaba. Cuando se giró, vio a Josh. Tenía su trabajo final en la mano (pues debía de haberse pasado por su buzón de estudiante a recogerlo) y Jess pudo ver su nota: un notable grande y escrito con boli rojo. Y, junto a la nota, en la letra del profesor, las palabras: «¡Bien hecho!».

Y eso fue la gota que colmó el vaso.

Mira tú por dónde, pensó para sus adentros.

Y eso fue exactamente lo que dijo en voz alta también.

—¿Cómo dices? —le preguntó Josh.

Las puertas del ascensor se abrieron, y ambos entraron.

Jess hizo un ademán hacia su trabajo.

—¿«Bien hecho»? —soltó, con sarcasmo—. Smithson me acaba de llamar a su despacho para acusarme de haber plagiado. —El ascensor repiqueteó al detenerse, y Jess siguió hablando—: ¡Sin ninguna prueba! Es que ¿cómo me va a preguntar si he copiado?

Josh salió del ascensor, para luego girarse y preguntarle:

—Pero ¿copiaste o no?

Publican un artículo en una revista bastante respetable que dice que Goldman ha demostrado ser hostil con las minorías. El periodista había entrevistado a varios trabajadores de forma extraoficial y había descrito la oficina como un lugar con ciertos prejuicios en el mejor de los casos y, en el peor, como una empresa deliberadamente racista y misógina. Jess se pone a pensar por un instante que, si se hubiese quedado trabajando en la revista feminista, podría ser ella quien estuviese al otro lado de la noticia, pues ya habían publicado un post en su blog comentando al respecto: «Noticia de última hora: hasta los propios trabajadores de Goldman Sachs odian la empresa». De vez en cuando piensa en cómo habrían sido las cosas si hubiese hecho algo diferente, pero entonces piensa en lo que es no tener ni un duro y vivir en Nueva Jersey compartiendo piso con otras cinco personas o así.

Por mucho que el equipo de directivos niegue con vehemencia las acusaciones del artículo, se organiza un taller de sensibilización de asistencia obligatoria. Aunque nadie quiere participar, ni siquiera Jess. Todos se quejan de que va a ser una pérdida de tiempo descomunal y, además, ¿desde cuándo le hacen caso a lo que dice la prensa?

Lo peor es que todos los de su planta la miran como si fuese culpa suya.

No porque crean que sea una de los trabajadores cuyo nombre no han publicado (o eso espera), sino porque, si no estuviera ella allí, nadie tendría que levantarse de su escritorio en pleno horario de trabajo para que le hablen con condescendencia durante una hora.

En el mismo auditorio en el que el secretario del Tesoro dio una conferencia, un par de mediadores muy animados intenta convencer a la sala de que el sesgo inconsciente existe, mientras que todo el mundo tiene la vista clavada en el móvil. Tras un rato deciden empezar un debate y la conversación que se desata es tan predecible que Jess tiene que preguntarse cuántas veces más en la vida se verá obligada a sentarse en una sala y dejar que la traten de tonta.

Se imagina que esa conversación se repetirá una y otra vez, por los siglos de los siglos, hasta que pase a mejor vida. Sentada en su silla de ruedas, en una residencia para ancianos, rodeada de gente que nunca dejará de preguntar por qué deben «bajar el listón».

Y, como si le hubiera leído la mente, alguien se pone de pie y exclama:

—Esto es una empresa, no una organización benéfica. Les debemos nuestra responsabilidad a nuestros accionistas, no a intentar crear una especie de utopía en la que todos pueden llegar a lo más alto. Tenemos que contratar a los mejores y los más capaces, no bajar el listón. Así nos aseguraremos la ventaja competitiva.

Unos murmullos de asentimiento se extienden por toda la sala.

Jess quiere protestar o al menos subirse a su silla y chillar a todo pulmón, pero sabe que no está en una clase de la universidad (y de verdad tiene mucho que perder, es en esa empresa donde se gana la vida). Por lo que, por mucho que quiera ser la voz de los marginados, no tiene intención de morder la mano que le da de comer.

Varias filas por delante de donde está sentada, Josh se pone de pie para hablar y a Jess le gustaría que se volviera a sentar o que se lanzara por la ventana, pues no tiene nada de ganas de recordar sus opiniones respecto a ese tema.

—En términos empíricos, sabemos que la inteligencia sigue una distribución bastante convencional —empieza, y ahí viene el *déjà vu*. Cómo le gustaría tener una pistola de balines o un tomate o algo que lanzarle en la cocorota. Josh sigue hablando—: El problema es que el éxito, relacionado con el dinero, el poder o las oportunidades, sigue una distribución de ley potencial. Y así se produce una falta de simetría, unas distorsiones sistemáticas como el sexismo, el racismo o cualquier tipo de discriminación institucional. Hay datos que lo avalan, investigadores que han hecho simulaciones que demuestran que la relación entre el coeficiente intelectual y el éxito es desproporcionada y no lineal. Así que si creéis que estamos bajando el listón… habéis calculado mal.

Hace una pausa para girarse lentamente y contemplar la sala en derredor.

—Es complicado, lo sé, pero no me vais a decir que la idea no vale la pena como para dedicarle como mínimo un poco de atención.

Y, tras ello, se sienta.

Jess casi no puede creer lo que ha dicho, las palabras que le han salido de la boca y con las que está de acuerdo. No tiene sentido y no sabe qué pensar que no sea: *¿Qué coño ha pasado aquí?*

Más tarde ese mismo día, decide confrontarlo.

—Explícate, porfa —le pide, con una mano apoyada en la cadera.

Josh está sentado a su escritorio y cierra un archivo antes de volverse hacia ella en su silla para poder mirarla.

—¿A qué te refieres exactamente?

—En el taller de sesgo inconsciente, todo eso que has dicho sobre que la distribución de ley potencial del éxito se corresponde de forma matemática con el racismo institucional.

Josh se reclina en su silla y cruza una pierna sobre la otra.

—¿Y qué pasa con eso?

—¿Por qué lo has dicho?

—¿No debería haberlo hecho?

—Pero si no es eso lo que opinas.

—Claro que sí.

—Pues no era lo que decías en la universidad. En clase. ¿O no te acuerdas de...?

—Jess —la corta—, lo que distingue a alguien con gran intelecto es la capacidad de aceptar y procesar nueva información de forma continua. El poder actualizar el modo en que vemos el mundo sistemática y regularmente. Es el método científico.

—Me estás diciendo que... has cambiado de parecer.

—Exacto.

—¿Y por qué?

—No es una razón específica. Pero he leído varios estudios que explican de forma muy clara que la raza y el género son factores predictivos en los resultados económicos incluso si se tienen en cuenta otras variables como los ingresos y la educación de los padres y... me han convencido.

—¿Así que leíste un artículo científico y ya no eres racista? Josh se la queda mirando.

—Muy graciosa, aunque supongo que es un modo de verlo. —Se vuelve en su silla para quedar frente a la pantalla de nuevo—. Pero que conste que nunca he sido racista.

A la semana siguiente, Jess está encorvada sobre su escritorio peleándose con un informe cuando Charles se le acerca casi a hurtadillas. Golpetea el escritorio con los nudillos, le lanza una goma elástica a su monitor y hace chasquear un portaminas una y otra vez para ponerla de los nervios. Jess pasa de él hasta que sujeta un brazo de su silla y la hace girar para dejarla cara a cara con él.

—¿Necesitas algo? —le pregunta, fulminándolo con la mirada y de mala leche.

—Mira tú qué atrevimiento —dice él, fingiendo estar ofendido.

—¿Qué pasa?

—Que eres famosa —contesta Charles, antes de inclinarse por encima de ella para escribir «ofertas de trabajo en Goldman Sachs» en la barra de búsqueda de Google y hacer muchos clics hasta que la página de reclutamiento de la empresa aparece en la pantalla de Jess.

En unas letras grandes en lo alto de la pantalla, dice «Nuestros trabajadores son nuestro punto fuerte» y, bajo el título, una imagen en alta resolución de Jess, enfundada en un traje y con apariencia muy seria, con el pelo recogido y unos aritos dorados como pendientes. Tiene la cabeza ligeramente ladeada, como si estuviese pensando, mientras sostiene un boli en la mano derecha a punto de escribir en un bloc de notas. En el fondo se ven algunos hombres en traje, pero borrosos.

—¿Qué es esto? —le pregunta a Charles, alzando la vista hacia él.

—Eres tú, Jones —le contesta él, con voz taimada.

—¡No pueden hacer algo así! —exclama ella, volviendo a mirar la pantalla—. ¿Cómo se les ocurre?

—¿Qué pasa? ¿Te ves gorda en la foto?

Jess lo fulmina con la mirada, pero Charles se encoge de hombros.

—Mira el lado positivo: siempre que tengan tu careto plasmado por toda la página, no es como si pudieran echarte, ¿verdad?

—Cómo osan —dice Jess, a cualquiera que se digne a escucharla.

—¿Y qué más da? No es para tanto —suelta Josh.

—Se están aprovechando de mi imagen para ganar dinero. ¿Cómo es posible?

—A ver, lo pregunto de nuevo: ¿qué más da?

—¿Estás de coña? ¿Es que no lo ves? ¿Creen que pueden poner mi foto en su página web y de pronto doscientos años de racismo institucional desaparecerán como si nada? ¿Así nos olvidaremos de las negativas sistemáticas de ofrecerle préstamos a la gente negra por un lado y de los prestamos abusivos por el otro? Es que me hierve la sangre. Primero el taller de sensibilización y ahora esto. Pero claro, es demasiado pedir que alguien haga algo en serio para cambiar la situación.

—¿Crees que todo esto tiene algo que ver con ese artículo que publicaron?

Jess se lo queda mirando.

—¿Tú qué crees? —le pregunta, con todo el sarcasmo que es capaz de infundirles a sus palabras—. Es obvio.

—Los de reclutamiento y selección de personal están completamente aislados de todo lo que concierne a Relaciones Públicas, así que dudo que haya sido un esfuerzo coordinado para explotar tu imagen. Le estás dando demasiadas vueltas.

—Y tú no le estás dando suficientes —rezonga Jess—. Ha sido 100% coordinado.

—¿Entonces crees que es una especie de conspiración?

—No, claro que no. ¿Ves por ahí algún sombrero de papel aluminio? No digo que los Illuminati estén detrás de todo esto, solo que no me gusta que usen mi nombre para... No sé, perdonarle todos los pecados a Goldman.

—¿Te suena la navaja de Ockham? —pregunta él.

—Sí, ¿por?

—Resulta que por cada explicación posible para un fenómeno —empieza a declamar de todos modos—, podría haber un número infinito de alternativas posibles y aún más complejas. Así es como las teorías más sencillas se prefieren a las complicadas, porque es más fácil constatarlas.

—¿Y me cuentas esto porque...?

—Porque aplica en este caso. Seguro hay una explicación más sencilla.

—Es que todo es muy sencillo —repone Jess—. Me están usando para corregir lo que se cree de la empresa en lugar de cambiar lo que se vive aquí.

Cuando Josh no le contesta, Jess clava la mirada en él.

—Vale, Isaac Newton. ¿Cuál es la explicación más sencilla según tú?

—No sé —dice, encogiéndose de hombros—. Quizás es que han usado tu foto porque eres guapa.

Jess no sabe cómo responderle. Josh es más presumido e insufrible que nadie.

Pero también está el hecho de que la ha llamado «guapa».

Una vez, en el baño de la Taberna Avenida, dos chicas que iban borrachas le habían dado un toquecito en el hombro a Jess mientras ella se lavaba las manos frente al espejo. Por el reflejo, las había visto debatirse sobre si se acercarían o no, entre risitas nerviosas, como si ella fuese una famosa a la que les diese apuro hablarle.

Tras un rato, una de las chicas le dijo:

—Eh..., ¿hola?

—¿Sí? —había contestado Jess.

—Es que mi amiga y yo queríamos decirte que eres la chica negra más guapa que hemos visto en la vida —le dijo una de ellas.

Al principio, Jess se había sentido muy complacida. Si era la chica más guapa que habían visto... ¡Eso quería decir que era preciosa!

Hasta que, al cabo de un minuto, lo había comprendido.

En la universidad había salido con un tal Ivan y el desastre que había sido su relación se había basado en que él creía que era guapa y que Jess creía que eso era suficiente.

Se había pasado meses dándole la tabarra.

Cuando salía, a una fiesta o a un bar, se las arreglaba para dar con ella mientras hacía fila para ir al baño, o jugaba a lanzar monedas a unos de esos vasos rojos con Lydia y le pedía que lo acompañara a su casa. Y, si bien Jess se mantenía alerta —para que no pretendiera tratarla como a un guiñapo, contagiarle una ETS o simplemente para no darle el gusto—, también se sentía halagada.

Por mucho que no fuese a decirlo en voz alta, Jess sabía que ni en sueños podría estar con alguien como Ivan. El tipo era rico, popular y estaba muy bueno, por lo que podía salir con quien le diera la real gana. Y Jess era consciente de que existía una jerarquía: primero iban las rubias, luego las de pelo castaño, tras ellas las pelirrojas y, al final, el resto.

Cuando estaba en secundaria, en una fiesta de pijamas, Jess había admitido a regañadientes que le gustaba uno de sus compañeros, un tal Tom. Al igual que Ivan, Tom era rico, popular y muy apuesto; tenía un skate de esos largos y con pegatinas en la parte de abajo y unas mechas perfectas dignas de un integrante de una *boy band*. La confesión de Jess no había sido gran cosa, pues todas las chicas de su clase también estaban coladitas por él.

Sin embargo, las demás habían meneado la cabeza y le habían dicho:

—No, no os veo juntos a ti y a Tom.

—¿Por qué no? —había preguntado Jess, pese a que ya sabía la respuesta.

—Porque Tom tiene muchas otras opciones —le habían explicado—. Y cuando los chicos pueden escoger a la chica que quieren, siempre se van con la que está más buena. Se quedan con las rubias, después con las castañas y luego las pelirrojas.

Cuando Jess había señalado que ella no encajaba en ninguno de los grupos, las chicas habían puesto los ojos en blanco y le habían aclarado:

—Primero rubias, después castañas y pelirrojas. Y luego todas las demás.

Jess había echado un vistazo en derredor a todas las demás chicas en sus sacos de dormir: pálidas, de cabello claro y como si viniesen del norte de Europa, y había comprendido que, si se hubiesen alineado según el orden de su supuesto atractivo, ella ni siquiera podría estar en la fila.

Entonces había llegado Ivan, al que las chicas (las rubias, las castañas y las pelirrojas) parecían lanzarse a sus pies, pero era ella (Jess, que quede claro) la que encabezaba su lista. Hacía que se le subiera el ego, y aquello le molaba. Así que intentó no mostrar su interés.

—Siempre te veo en el gimnasio —le dijo él una noche en la que se encontraron en el Lantern, un bar de mala muerte lleno de humo—. Y esos pantalones cortitos te quedan de infarto. —Se inclinó en su dirección y apoyó una mano contra la pared que Jess tenía detrás, a la altura de los hombros. Pudo notar su aliento en la cara cuando le dijo—: Pareces la hermana de Beyoncé o algo.

—¿Solange?

—¿Cómo? —Ivan se había echado un poco hacia atrás.

—Que si me parezco a Solange Knowles —le dijo ella—. La hermana de Beyoncé.

—¿Quién? No, no. Quería decir que podrías ser la hermana de Beyoncé, pero más guapa.

—Entonces, según tú soy más guapa que alguien que en teoría podría ser la hermana de Beyoncé.

—Mucho más guapa.

—¿Entonces no podría ser la hermana imaginaria de Beyoncé? —se burló Jess.

Ivan, en lugar de seguirle el juego, quiso saber:

—¿Por qué me lo pones tan difícil?

Según sus amigas, Ivan no era el tipo de chico con el que una salía, pues era un farsante que haría cualquier cosa por echar un polvo. Sin embargo, era justo eso lo que lo hacía atractivo: que estaba bueno, era rico y arrogante. Y eso formaba una especie de campo de fuerza a su alrededor. Mientras estaba a su lado en el bar, Jess percibió parte de ello. Cuando un tipo cualquiera se había chocado con ella y había hecho que se le derramara la bebida, Jess se había girado a la espera de recibir unas disculpas, pero el hombre la había ignorado como si fuese parte de la decoración. Hasta que había visto a Ivan. Entonces habían llegado las disculpas, los «qué idiota he sido» y el «deja que te compre otra bebida». Fue como si la presencia de Ivan demostrara que Jess era alguien importante, y a ella le pareció como si estuviese robándole parte de su poder. Era una sensación de la que podría deleitarse sin cansarse.

Intentó explicárselo a sus amigas, pero no consiguió convencerlas del todo.

—Vale, puede ser —concedió Miky—. Pero ¿en serio quieres pasarte los viernes por la noche viendo cómo esnifa cocaína usando su rodillo abdominal como mesita?

★ ★ ★

La fraternidad de Ivan había organizado una fiesta de Carnaval con bebidas en vasos altos y unas guirnaldas de cuentas de plástico colgadas por todos los muebles. Jess lo encontró en las escaleras, quitándole la espuma a su cerveza.

—Hola —le dijo, agitando las pestañas.

—¿Tienes pensado darme una respuesta el día de hoy? —le preguntó él.

—¿A qué pregunta?

Ivan le dedicó una sonrisita.

—A qué hace falta para conseguir quitarte todo eso que traes puesto.

Entonces Jess le había contestado:

—Una cita.

Para su primera cita, Ivan la llevó a cenar a un bistró italiano que había en la ciudad y que estaba muy de moda entre políticos y miembros de la mafia. La pasó a buscar en un deportivo de lunas tintadas, como si fuese una especie de villano de las pelis de Bond. Jess sabía que lo hacía con la intención de impresionarla, y en parte lo había conseguido, pero también acababa de pagar el alquiler y lo único que le quedaba en la cuenta eran veintitrés dólares, por lo que, al mismo tiempo, no quería que la impresionase en lo más mínimo.

Ivan se presentó más de media hora tarde y, en lugar de acercarse a la puerta para buscarla, puso el coche en punto muerto e hizo sonar el motor. Jess se subió al asiento del copiloto y, sin mediar palabra, Ivan pisó el acelerador y el coche salió pitando como a mil kilómetros por hora.

Al final de la calle había una señal de *stop*.

—¿Es seguro que vayamos en este coche? —quiso saber Jess.

—Nena, si quieres ir a lo seguro, te has equivocado de persona.

Jess se puso el cinturón con un gesto de lo más dramático.

Lo siguiente que Ivan le dijo una vez que se incorporaron a la autopista fue:

—Estás buenísima.

—Y tú —contestó ella.

Entonces Ivan dio un volantazo para meterse en el arcén, paró el coche y encendió las luces de emergencia.

—¿Qué pasa? ¿Por qué paras?

Ivan soltó un gruñido, uno de verdad, como el que hacía un animal herido.

—Es que me la pones durísima.

—¿Estás de coña?

—No puedo conducir así.

—¿Así cómo?

—Con esta erección monumental.

—¿Quieres que conduzca yo?

—¡Ja! Qué graciosa, nena —le dijo, como si fueran los genitales de ella los que hubiesen hecho que atravesaran tres carriles de forma intempestiva—. ¿Te haces una idea de la cilindrada que tiene este coche? —Meneó la cabeza—. No podrías con él.

Entonces se giró un poco hacia ella y separó las piernas para exponer el bulto.

—Lo que quiero es que me eches una mano con esto de aquí. —Alzó una ceja, luego la otra y finalmente la pelvis entera en dirección a Jess, por si no lo había entendido.

—Eh... —Fue lo único que dijo ella.

Ivan esperó a que cambiara de parecer y, cuando no lo hizo, se encogió de hombros y se dispuso a conducir de nuevo, tan pancho. Parecía querer decirle: «Tú te lo pierdes, pero no pasa nada. Con preguntar no perdía nada».

A Jess la impresionó su total compostura y el hecho de que no se pusiera en plan capullo. En cierto modo, era hasta adorable.

Y, si era sincera consigo misma, si bien no quería hacerle una mamada en un arcén de la autopista (en su coche ridículo y con las luces de emergencia puestas), tampoco era que no quisiera hacerlo, de hecho.

5

Todo el mundo dice que Josh es una estrella en ciernes. Así, con esas palabras. Tras un año trabajando, los analistas se ganan un nombre y su correspondiente reputación. O lo están petando o bien están en las últimas. Y, aparte de todos esos, está Josh. La gente dice que es «popular», lo cual es el mejor cumplido que le pueden dar a un analista, y eso implica que le tocan los mejores acuerdos, que es el que más visibilidad tiene y que le llegan un sinfín de llamadas telefónicas de reclutadores de fondos de inversión y capital privado. También implica que lo inviten a jugar al golf con los directores ejecutivos.

—¿Juegas al golf con Blaine? —le pregunta Jess.

—No juego con él. He jugado con él, que es distinto —aclara él.

—Lo que has dicho hace que me entren arcadas.

—¿Qué parte?

—La parte en la que intentas esconder tu complicidad con el club de los viejos capitalistas detrás del uso del participio.

—Tú también podrías aprender a jugar al golf. —Una pausa y su consecuente sonrisa—. O podrías haber aprendido a jugar al golf.

Para compensar el porrón de siglos de opresión, Josh la invita a comer.

Y, un día, porque el tipo del puestecito de salchichas *kosher* no le acepta la tarjeta, es Jess quien invita.

Y, otro día, es Josh quien invita porque le apostó diez pavos a que Jess no podría deletrear «polimetilmetacrilato», y sí que pudo.

Y, en algún momento, dejan de llevar la cuenta.

Para almorzar, suelen darle la vuelta al edificio, por lo que comen en un perímetro alrededor de la calle West y la avenida North End. Descubren puestecitos de falafel y de sopa, además de bares de bocadillos y un sitio que solo vende arroz, en unos cuencos enormes, espolvoreado con azúcar, canela y miel.

—Comer fuera mola —dice Jess en una ocasión mientras hacen fila para pedir sus burritos—. A veces creo que noto que los huesos se me van debilitando o que me estoy convirtiendo en Quasimodo.

—La jorobada de Notre Jess —decide Josh.

Algunas veces, cuando están demasiado liados, en lugar de salir, piden que les traigan la comida a la oficina y se sientan a comer en una sala de conferencias vacía.

—¿Algún plan para el finde? —pregunta Jess un día, mientras moja un triangulito de pan pita en un poco de hummus.

—Me toca visitar a la familia por las fiestas.

—¿Por Semana Santa?

Josh asiente.

—No sabía que eras creyente —dice ella, sin dejar de masticar. Recuerda una de las diatribas particularmente encantadora que soltó en una de sus clases, en la que había dicho que la religión era el enemigo del raciocinio. Había citado a Nietzsche y todo.

—¿Entonces no debería volver a cenar en familia nunca más?

—Quizá no. Quizá deberías decir: «Madre, padre, que os den, y de paso al Papamóvil en el que os habéis montado también, porque no creo en vuestro Dios de los santos cojones». Porque eso es lo que cualquier empirista racional y que se precie haría, ¿verdad?

Josh se echa a reír.

—Se te ha ido la pinza, está claro. Y mis padres ni siquiera son católicos.

—¿Qué son?

—Nada. Normales —contesta—. En cualquier caso, están divorciados. Así que solo veré a mi madre esta vez.

—Pues tendrás que esperar hasta las Navidades para hacerle la peineta a tu padre —concluye Jess, sonriendo.

Josh escoge un pinchito de pollo.

—¿Así son las fiestas en tu casa? ¿Mandas a tu madre al cuerno, lanzas la comida por los aires y prendes fuego a los muebles?

—No tengo madre.

Josh alza la vista hacia ella.

—Murió.

Él se queda callado.

—Cuando era bebé. O muy muy pequeñita, no sé. No la recuerdo y pues…, eso.

Josh mete una mano en la bolsa de papel y saca un cuadradito de hojaldre con miel y trocitos de nueces, envuelto en papel de cera.

—Toma —le dice, extendiéndole el pastelito—. Para ti.

El siguiente viernes, cuando ya es bastante tarde, Josh se pasa a verla.

Medio se sienta y medio se apoya con las manos sobre su escritorio.

—¿Te toca trabajar este finde? —le pregunta.

—No creo.

Entonces asiente.

Y no dice nada más.

Y ella tampoco dice nada más.

Solo que él sigue sin marcharse, hasta que se le ocurre hablar a la vez que a Jess y ambos terminan interrumpiéndose.

—Y bueno… —empieza ella.

—Tengo un amigo… —empieza Josh.

—¿Qué le pasa a tu amigo? —inquiere Jess.

—Va a invitar a unos amigos mañana por la tarde. Sus padres se van de viaje.

Jess suelta una carcajada.

—¿Y alguien va a hacerse con un paquete de cervezas y otro alguien con la maría y cruzarán los dedos para que los vecinos no llamen a la policía?

Josh también se ríe.

—Es que su casa está bastante bien. Bueno, la de sus padres.

—¿Ah, sí?

—Sí, cuando estábamos en el instituto nos pasábamos el día allí.

—Mira tú.

—Hace tiempo que no invita a nadie.

—Anda.

Josh recoge un boli de su escritorio y juguetea con él entre el índice y el dedo corazón.

—¿Quieres venir? —le pregunta, al fin.

Dentro de una enorme casa de arenisca con un portón de hierro, un tipo en unos pantalones cortos de color rosa sale a recibir a Jess.

—Soy David —se presenta, y se lo ve bastante amigable—. Pasa, pasa —le dice, haciéndole un ademán para que lo siga. Echa un vistazo por la sala enorme, como si estuviera un poco confundido, pero entonces añade—: ¿Sabes? Creo que Josh está fuera. —Señala en la dirección correcta con su lata de cerveza, le hace un gesto con su sombrero imaginario y pasa a camuflarse en la estancia llena de rubios en polos que beben cervezas y chupitos. Le recuerda a uno de esos anuncios viejos de Abercrombie & Fitch. O a una de esas fiestas improvisadas que se organizan alrededor de un coche con estudiantes de Harvard y Yale. O al tipo de fiestas universitarias que la hacían sentir vergüenza ajena.

La fiesta universitaria que más incómoda la puso fue una que organizaron en la fraternidad de Ivan para que la gente se conociera, una de temática sureña anterior a la guerra con limonada con alcohol servida en unos tarros y a la que las chicas iban con vestidos voluminosos y sombrillas decorativas. Durante varias semanas antes de la fiesta, uno de los compañeros de Ivan colgó una bandera confederada de su ventana, la cual ondeaba justo por encima de la plaza principal de la uni. Jess la veía agitarse de forma amenazadora por el viento invernal cada vez que pasaba por allí, y cada vez se sorprendía de que a nadie se le hubiese ocurrido quitarla.

A ella le parecía un gesto racista, aunque no daba la impresión de que a nadie más le importase ni que compartiese su opinión. La combinación del orgullo sureño (por mucho que Jess estuviese casi convencida de que la bandera era de un chico de Washington D.C.) y de la libertad de expresión la protegía de cualquier tipo de escrutinio.

Por tanto, Jess había intentado hacer como si no estuviese allí. Lo que había sido más difícil de pasar por alto había sido la fiesta en sí, a la cual no solo la habían invitado, sino que habían hecho hincapié en que debía asistir «vestida para causar sensación». Y aquello le había sentado como un vil guantazo en toda la cara.

—¿No crees que es un poco retorcido? —le había preguntado a la amiga que le había insistido para que fuera, que se lo pasarían bien, que las bebidas serían fuertes. Una amiga con la que Jess no ha vuelto a hablar desde que se graduaron. Se llamaba Gretchen.

—¿Qué es retorcido? —había preguntado Gretchen.

—¿Una fiesta prebélica? ¿La Guerra de Secesión? ¿La Confederación? ¿Me están vacilando? ¿O de verdad se supone que debo ponerme mis mejores galas de esclava de plantación de algodón? Y, para más inri, van y cuelgan esa bandera fuera de su casa. ¿Todo eso está pasando de verdad o es que me he fumado algo muy loco?

Jess había ido con todas.

—¡Tranqui! Es de temática sureña. De té helado y columpios en el porche de tu casa. No de la esclavitud ni nada por el estilo. ¿En qué parte de la invitación pone algo sobre la Confederación? No seas aguafiestas. A no ser que... —Entonces una sonrisita presumida le había llegado al rostro—. Ya sé de qué vas —dijo, resoplando por la nariz—. Venga ya, Jess, ¿en serio vas a dejarlo ganar? Todo este lío que te estás montando —hizo un ademán en el aire con la mano, como si estuviera restándole importancia a todo lo que Jess acababa de decir— es por Ivan, ¿verdad?

No tenía nada que ver con Ivan. Sí, habían cortado justo la semana anterior. Y sí, había ido fatal. Espeluznante, incluso. De lo más humillante, eso seguro. Pero nada de eso tenía que ver con Ivan. O quizás un poco sí. Si aún hubiesen estado juntos, quizás a Jess le habría dado igual lo de la fiesta. Tal vez ni le habría molestado. A lo mejor ni cuenta se habría dado.

Gretchen tenía la invitación abierta en el móvil, y en ella Jess vio la silueta de una mujer, con su falda voluminosa y su sombrilla, frente a un fondo con una mansión al estilo del estado de Georgia, la cual era obvio que era una plantación con esclavos.

Así que sí, se habría dado cuenta.

Aun con todo, Jess fue a la fiesta. Porque técnicamente no era una fiesta en honor a la Confederación y porque no pensaba dejar que Ivan ganara. Así que fue y se emborrachó a más no poder.

—Vas a potar si no paras ya —le advirtió Lydia, quitándole uno de esos vasos rojos de la mano.

—Tú no me das órdenes, Lydia —balbuceó Jess, de modo que el nombre de su amiga le salió más parecido a «Lilia».

—Estás como una cuba.

Jess se encogió de hombros.

—Ivan ni siquiera está aquí —dijo su amiga.

—Me la suda. —Jess agitó los brazos de un modo bastante exagerado para marcarse un bailecito que demostrara su total desinterés, con lo que se derramó la bebida encima y sobre el suelo—. En serio, que me da igual.

—Jess, has bebido demasiado, volvamos a casa. —Lydia la agarró de un brazo—. Venga, vamos.

Una chica con guantes de encaje y un sombrerito rosa de lo más idiota pasó por su lado. Al verlas, se echó a reír y gorjeó en un acento sureño muy marcado:

—¡Y que lo digas, mujer!

Y la gota colmó el vaso.

Jess se sacudió del agarre de Lydia y se las arregló para subirse a la mesa de billar.

—¡Eh, gente! —llamó a gritos—. ¡Eh! ¡Que me escuchéis!

—Jess, venga, baja de ahí.

Jess se puso a tirar las bolas de billar de la mesa a patadas.

—Jess, porfa, para ya.

—Tengo algo que decir —anunció, y, cuando la gente empezó a girarse hacia ella, se puso a chillar—: ¡Esta fiesta es una mierda! ¿Me oís? ¡Una puta mierda!

—¡Que te den! —le gritó alguien.

—¡Que te den a ti! —Y apuntó con el dedo a un lugar al azar de la sala—. Y a ti. Y a ti. Y a ti también. ¡Que os den a todos! Que le den a esta fiesta de mierda. ¡Y a todos vosotros, por gilipollas!

Mucho más tarde, Jess se percató de que se había olvidado de usar la palabra «racista». Aunque parecía imposible que no supieran que era eso de lo que los estaba acusando, también le parecía imposible que montaran una fiestecita semejante o que hubiese decidido asistir tantísima gente como para que empezaran a impedir la entrada. ¡Que estaban en el 2011! ¡Y en una universidad liberal de la Costa Este! ¡Obama era presidente! ¿Cómo podía estar pasando algo así? Así que, por mucho que fuese demasiado tarde y que Jess no conservase sus cinco sentidos y que *técnicamente* no fuese una fiesta en honor a la Confederación y que ella misma hubiese decidido asistir, al final se había visto obligada a «hacerse notar». Claro que ese tipo de activismo probablemente no era lo que su padre había tenido en mente cuando la había alentado a alzarse en armas en contra de la injusticia.

Entonces oyó que alguien decía:

—Oye, Ivan, tienes que controlar a tu chica.

Y, por primera vez en toda la noche, Jess lo vio. Al otro lado de la sala y junto a una rubia altísima y muy esbelta. Su nueva novia. Una más guapa que Jess. Rubias, castañas y luego pelirrojas. Y, al final, todas las demás.

—¡Eh! —Jess lo señaló con un dedo tembloroso pero fijo en él.

Ivan meneó la cabeza e hizo el ademán de marcharse, con la mano de la rubia bien segura entre la suya.

—¡Ni se te ocurra largarte! ¡Que te quedes, te digo!

Jess tomó carrerilla —con lo que casi se fue de espaldas— y chutó la bola blanca más o menos en su dirección.

—¡Te odio! ¡Pedazo de imbécil!

Sin embargo, su puntería no dio para nada en el blanco, sino que la bola salió disparada hacia adelante y directa hacia una ventana de cristal tintado, la cual atravesó y destrozó con un tintineo de lo más enfático.

Jess notó que alguien le ponía las manos encima y que varios la bajaban a rastras de la mesa de billar.

—¡No la toquéis! —advirtió Lydia.

—Tiene que irse ya.

—Venga ya, es una fiesta y está borracha. Mira tú qué cosa.

—Tienes que sacarla de aquí.

—Que no la toquéis —insistió Lydia, tirando de Jess hacia ella—. Vale, su majestad, nos largaremos de su palacio real ahora mismo.

Una vez fuera, Jess se bamboleó, así como hacían los árboles.

—¡Ay, Jess, mira cómo estás! —dijo Lydia.

Jess se puso a llorar.

—Ivan no vale la pena, cielo. De verdad que no.

Jess se dejó caer hasta el suelo.

—Pobrecita Jess —dijo su amiga, agachándose a su lado y sosteniéndola suavemente del codo—. Vamos a casa, ¿vale? ¿Puedes ponerte de pie? —Entonces la ayudó a incorporarse—. No pasa nada, todo va bien —añadió, sujetándola del brazo.

Jess apoyó la cabeza sobre el hombro de su amiga conforme volvían a su piso, hasta que se detuvo de sopetón y gritó:

—¡Espera!

—¿Qué pasa? —le preguntó Lydia, preocupada y dando un bote por la sorpresa.

—Gilipollas —dijo Jess, sacudiendo un dedo en el aire como si la idea se le acabase de ocurrir—. Que todos esos son una panda de gi-li-po-llas.

—Ya, lo sé —le dijo Lydia—. Pero, para la próxima, si vas a una fiesta y piensas «Jolín, aquí está todo lleno de gilipollas»... Quizá mejor que no vayas y ya.

Jess sigue la música hasta llegar a la fiesta y luego sale por la puerta trasera que David le ha señalado.

Encuentra a Josh en el patio, y él le sonríe al verla.

—¡Has venido!

—Me ha costado la vida encontrar la casa —dice Jess—. Era la más pequeña de todo el barrio.

Josh se ríe. Lleva el cabello alborotado y está un poco colorado; a pesar de que va descalzo, aún tiene abrochado hasta el último botón de la camisa.

Fuera hace tanto calor que casi parece verano. Josh se apoya contra la pared de piedra que rodea el patio y se saca una latita de papel de liar del bolsillo trasero de los pantalones antes de ofrecerle uno.

—¿Un porro?

—Bueno.

Saca una cerveza de un paquete ya empezado y le hace un ademán a Jess con una lata.

—¿Una cerveza?

—Bueno —vuelve a decir, aceptando la cerveza y observándolo de reojo.

Lo ve liar un porro sin vacilar (pasando la lengua por el papel con una precisión que resulta casi acorde a la de un anfibio) y luego otro. Se lleva ambos a la boca, enciende un mechero, suelta un poco de humo por la comisura de los labios y finalmente le entrega uno a Jess.

La maría hace que se le apague un poco la intensidad de la mirada y, cuando vuelve a alzar la vista, algo dentro de Jess parece activarse. Por un instante siente como si estuviese cayendo desde muy muy alto.

—Y yo pensando que eras un santurrón cuando estabas en el instituto —le suelta.

—¿Porque crees que soy un santurrón ahora? —contesta él, con la boca llena de humo.

—¡No! —repone Jess, a toda prisa—. Es que… no, no.

—¿Qué te hace pensar que no lo era? —le dice, entre risas.

Dentro de la casa, alguien le sube el volumen a la música, y por la ventana Jess ve cómo una chica de cabello largo suelta un chillido cuando alguien la salpica con agua del grifo.

—Es que creía que eras así, muy inocente, y aquí estás, ofreciéndome drogas en una fiesta. Así que me has sorprendido un poco.

—¿Drogas?

Jess alza el porro.

—No me imaginaba que te gustara ir de fiesta, es todo —se explica—. Es que eres muy… —Usa las palmas para dibujar un libro imaginario en el aire—. ¿Sabes lo que te digo? Como que siempre sigues un manual para todo.

—¿Me estás diciendo que crees que soy un cuadrado? —dice él, sonriendo.

Jess no las tenía todas consigo antes —pues incluso cuando está achispado y tranquilo y descalzo se comporta de un modo muy serio—, pero ahora está segura. Está intentando ligar con ella.

Así que le devuelve el favor.

—No del todo, no… Más como de bordes redondeados.

—Qué graciosa eres —dice él.

—Gracias.

—De nada. —Y allí está otra vez, esa sonrisa.

Soplan el humo de sus porros en dirección al otro en silencio.

Tras un rato, Jess pregunta:

—¿Y dónde están los padres de David? ¿En el Caribe o algo así?

—Ja, no. En Londres. Su hermana vive allí, tiene un hijo.

—¿Y aquí tuviste todas tus fiestas con morreos cuando estabas en el insti?

—Casi, sí. Decíamos que íbamos a pasar el finde fuera y tomábamos el tren hasta aquí —le cuenta—. ¿Sabes que la primera vez que vine pensé que estábamos en un museo cuando me bajé del taxi?

Jess sonríe.

—He pensado lo mismo. O quizás en una de esas fundaciones privadas que tienen los ricos en su casa, donde todas las obras de arte se las robaron a países menos desarrollados y así.

—Se te nota lo marxista —dice Josh—. Es mono.

—¿Sabes qué es mono? Que los medios de producción estén bien repartidos.

Josh se echa a reír antes de abrir otra cerveza, la última que queda, y pasársela a ella.

—¿No la quieres? —pregunta Jess.

—Podemos compartirla.

—Me he puesto pintalabios.

—Eso veo.

—Quiero decir... ¿No te molesta? Que deje la lata con pintalabios.

—No me molesta.

Así que Jess bebe un sorbo y deja una marca rosa y pegajosa en el borde de la lata antes de pasársela.

Josh clava la mirada en ella, se lleva la lata a los labios, sobre la marca que ella acaba de dejar y echa la cabeza hacia atrás.

Y en ese momento, a pesar de todo, Jess decide que no le molestaría acostarse con él.

Cuando se terminan la bebida, caen en la cuenta de que se han quedado sin cerveza. Y lo mismo les pasa con el porro. El sol se esconde por el horizonte y empieza a refrescar. La música ha dejado de sonar.

—¿Deberíamos ir a ver qué están haciendo? —pregunta Jess.

Sin embargo, cuando abren las puertas del patio, no ven a nadie.

—¿Dónde han ido?

—Deben estar en la piscina —contesta él.

Entonces Jess se imagina que todos se han pirado a uno de esos hoteles pijos con piscinas en el tejado.

—Ven conmigo —le dice Josh de pronto.

La hace bajar una escalera muy larga que, al final, tiene unas puertas que conducen a una piscina interior. El lugar es tan disparatado, tan magnífico y poco práctico, que Jess se echa a reír.

Él acaba haciendo lo mismo.

—Lo sé, lo sé —le dice.

Aun así, Jess está bastante segura de que no lo sabe. *Cuéntame de nuevo cómo fue tu infancia de clase media*, piensa, aunque no está lo bastante borracha como para decirlo en voz alta.

Las paredes de la sala en la que está la piscina son de teca, como en una sauna, y las lámparas empotradas hacen que el ambiente parezca poco iluminado pero acogedor. Hay una fila de tumbonas al lado de la piscina y parece como si las hubiesen hecho a medida con la madera de un bosque en peligro de extinción.

Jess se pasa el día pensando en dinero y hablando sobre dinero y preocupándose por dinero hasta que el asunto se ha convertido en algo siniestro y abstracto. No obstante, al encontrarse al lado de una piscina, no le cuesta recordar lo sexi que puede ser el dinero.

En la piscina, los invitados beben latas de cerveza y juegan a pasarse una pelota de playa medio desinflada sin que uno de ellos llegue a tocarla.

Jess se vuelve hacia Josh.

—No tengo traje de baño.

—Ven conmigo.

En un vestuario, Josh le indica un cajón que tiene tres filas de bikinis, tanto de la parte de arriba como de la de abajo, doblados en montañitas ordenadas y con las etiquetas aún puestas.

Cuando se marcha, Jess escoge un traje de baño con unos caballitos de mar bordados en tonos rosa y azul y una cuerda que une los dos triángulos de la parte de arriba con la de abajo, y se lo pone.

Una vez que vuelve a salir, se acomoda en una tumbona y Josh va y se sienta a su lado en el borde de la silla.

—¿Sabes nadar? —le pregunta.

—¿Me lo preguntas porque soy negra? —lo pincha. Aunque, en parte, no lo hace solo por eso.

Josh arquea una ceja.

—Te lo pregunto porque no estás nadando.

—Era coña —contesta ella, antes de hacer una pausa—. Pero solo un poco. Una vez, como en segundo o tercero de ESO hubo una fiesta. Bastante parecida a esta, de hecho. Alguien de mi clase tenía una tía o alguien que se iba de viaje. ¿O quizás era que se mudaba y que todavía no había vendido la casa? Algo así. Bueno, la cosa es que no había nadie en casa.

—Ajá…

—Y bueno, nos colamos y estábamos haciendo el tonto, ya sabes, bebiendo cerveza light y comiendo regaliz. Hasta que un grupo de chicos, los populares, se pusieron a lanzarse a la piscina. La cuestión es que estaba asquerosa. Porque la bomba de agua se había estropeado o no estaba encendida o no sé, y el agua llevaba ahí estancada desde quién sabe cuándo y quizás hasta se había muerto una ardilla ahí dentro porque había hojas y mierdas varias flotando en la superficie. Un asco total.

»La cosa es que intentaron que todas las chicas se lanzaran. Creo que lo único que querían era que se quitaran la camiseta, y claro, ninguna lo hizo. Hasta que Cath, una chica que era, en plan, un regalo de Dios para los del insti…

—Y que seguro que se ha quedado preñada y ahora trabaja en un supermercado —le facilita Josh, con lo que la hace sonreír.

—¡Ojalá! Y bueno, que se acerca y me dice así en un tono muy de bruja: «Sí sabes nadar, ¿no?», y no se lo había preguntado a nadie más y la piscina no era nada profunda, además de estar asquerosa y llena de mugre, así que no venía al caso.

»Entonces una de sus secuaces horribles se inclina y le murmura al oído (lo bastante alto como para que pudiera oírla) que «seguro que era por mi pelo». Y Cath le dijo: «Ay, cierto, que son de lo más tiquismiquis con su pelo. He oído que ni se lo lavan». Y usó el plural. —Jess hace una pausa para darles énfasis a sus palabras, con una mueca—. Así que me lancé.

—Dime que no.

—Que sí, que sí. Fue un asco, como nadar en petróleo. Y entonces Cath dijo: «¡Mira, tienes razón! No mete la cabeza». Y pues eso fue lo que hice.

Josh se lamenta en voz alta.

—Y terminé con una infección en el ojo.

—Joder —suelta él—. Bueno, al menos le cerraste la boca. Que le den a esa tal Kat.

—Cath.

—Esa, esa.

Pero Jess niega con la cabeza.

—En realidad, no.

—¿No qué?

—No le cerré la boca. Porque tenía razón. El cabello se me puso como loco.

—¿A qué te refieres con «loco»?

—Pues a que lo tenía liso y luego se ensortijó. Como lo tengo ahora —se explica, señalándose la cabeza.

Solía alisárselo siempre, hasta que leyó un artículo titulado «A todas mis chicas que siguen alisándose el pelo: ha llegado la hora de que dejéis de someteros a los estándares de belleza eurocéntricos». Eso y que tardaba la vida alisándoselo cada mañana. Y por eso ahora lleva sus rizos al natural.

—O sea, sabía que se suponía que a las mujeres negras no les gusta mojarse el pelo —añade—, pero pensé que era un estereotipo sin más, como... ese de que a los negros no nos gusta la mayonesa.

—¿No os gusta la mayonesa?

—No, no. Por eso te digo que es un estereotipo absurdo. —Se calla un segundo—. Pensándolo bien, ¿quizás es que nos encanta la mayonesa? Ay, nunca me acuerdo.

—¿Y a ti te gusta la mayonesa?

Jess clava la mirada en él.

—¿No te gusta la mayonesa?

Jess lo sigue mirando, sin parpadear.

—¿Ni te va ni te viene la mayonesa?

Entonces sonríe.

—Exacto. Y bueno, que hubo muchísimas cosas así. Pero mi padre no tenía ni idea. Me compraba un montón de revistas, en plan *Ebony* y *Essence*, todas esas para mujeres negras, ¿sabes? Y me las dejaba en la habitación sin decirme nada. Creo que tenía la esperanza de que de alguna forma pudiesen enseñarme a ponerme un tampón o qué sé yo. Me daba penita, la verdad. En fin, lo del pelo... Claro que se mojaba cuando me daba una ducha, pero en esos casos había champú de por medio y el secador y no sé... Creo que no até cabos con el hecho de que tuviese el pelo rizado... —Vuelve el rostro para que no la vea—. Fue una soberana estupidez, ya te digo. Hasta tuve que tomar antibióticos para el ojo y todo. Y el médico fue un poco gilipollas, también. Se puso en plan: «Es que ¿por qué te metiste al agua? ¿Qué se te pasó por la cabeza? No ha sido muy responsable de tu parte, jovencita». Así que le contesté: «¿Quieres que te cuente por qué me metí? ¿En serio? Pues porque mi madre está muerta, imbécil».

Jess deja de hablar, porque de pronto se siente vulnerable y como si se hubiese quedado sin aire.

Pero entonces Josh le dice:

—Jolín, Jess. Es la historia más triste y más graciosa que me han contado nunca. —Y luego añade—: A mí me gusta tu pelo.

Alza una mano como si fuese a tocarlo, aunque termina volviendo a bajarla hasta dejarla sobre el regazo.

No deja de hacer contacto visual con ella, de mirarla con intención, y solo le mira el pecho de vez en cuando. A Jess le preocupa que oiga cómo le late el corazón o como mínimo que vea cómo la sangre le corre por las venas de la garganta a toda prisa. Y ella se humedece los labios con la lengua una y otra vez, como si no pudiera parar. Josh tiene el rostro muy cerca del suyo, con un rastro de barba por haber pasado un día sin afeitarse y sonrojado por haber estado toda la tarde bebiendo bajo el aire un poco frío de inicios de primavera.

Los triángulos de tela que le cubren los pechos de pronto le parecen muy muy delgados.

—¿Tienes frío? —pregunta Josh.

—No —confiesa ella.

Quiere que la toque, que se dé cuenta de algún modo de la electricidad que le está surcando las venas. Se siente como uno de esos pacientes a los que les toca un anestesiólogo alcohólico que le da una dosis equivocada, así que, por mucho que se suponga que no debe sentir nada, termina sintiéndolo todo y lo único que puede hacer es yacer tendida en un silencio insoportable mientras que sus terminaciones nerviosas parecen erupcionar.

Echa un vistazo de refilón a la puerta que conduce al pasillo. La casa de David está llena de pasillos infinitos delineados con puertas que llevan a quién sabe cuántas habitaciones. Quiere ir con Josh a una de esas habitaciones y apagar las luces.

Solo que entonces aparece David.

—Oye. Abby cree que ha llegado la hora de sacar el tequila —le informa a Josh.

Desde la piscina, una chica con el cabello rubio oscuro sujeto en una larga trenza al estilo Pocahontas (la tal Abby, asume Jess) se pone a chillar:

—¡Es hora del tequila!

—¿Me ayudas a bajar unas cosas? —pide David.

Josh pasa la mirada de su amigo a Jess y no parece muy convencido.

Aun así, termina levantándose.

—Ya vuelvo —le dice.

En el vestuario, Jess se da un repaso en el espejo. Se hace muecas a sí misma, se recoge el pelo y se lo vuelve a soltar. Se enjuaga la boca con un poquito de enjuague que encuentra en un botiquín. Se lleva una mano al cuello y lo nota caliente, por lo que se pasa una mano por debajo de la cinturilla del bikini hasta que algo la interrumpe. Voces.

Se vuelve, pero no ve a nadie.

Las voces provienen de la rejilla de ventilación que hay en el techo y, tras un momento, Jess se da cuenta de que, debido a alguna especie de ajuste acústico de la arquitectura del edificio, alcanza a oír las voces de David, Josh y alguien más, alguien cuya voz no reconoce, mientras están en la cocina. Las voces suenan muy lejos y apenas consigue captar unos cuantos fragmentos.

—*Josh... pásame... Abby dice que... esos... estante de abajo.*

Cuando oye su nombre, se queda totalmente quieta.

—*Jess... es...* —dice David.

—*Sí* —apenas alcanza a oír a Josh—, *me recuerda a... es...*

¿Es qué?, se pregunta Jess.

David dice algo más y todos estallan en carcajadas hasta que oye unos cristales chocar entre sí y le da la impresión de que han dejado de hablar. Pero entonces Jess vuelve a oír su nombre y uno de ellos dice, claras como el agua, las palabras: *... ponen las negras.*

Jess contiene el aliento.

¿Quién ha sido?

Espera que alguien conteste. Al final, es Josh quien dice algo, aunque Jess no sabe qué. Sea lo que fuere, hace que David se eche a reír. O quizá todos se ríen. No puede asegurarlo.

Uno de ellos dice: *¿Tenley... la ha visto... Jess?*

Y Josh debe de haberse movido porque Jess oye lo siguiente que dice como si lo tuviese plantado al lado y hablándole a la oreja:

—*Tenley no...*

A Jess se le pasa el calentón.

No tiene idea de qué significa ni de quién es Tenley, pero está bastante segura de que nada de eso era un cumplido.

Porque claro que Jess no es su tipo, del mismo modo que no era (no en realidad, no al final) el tipo que le gustaba a Ivan.

Y no es como si no lo hubiese sabido. A pesar de que le había hecho unas cuantas promesas veladas (cuando se quejó de su clase de Temas de la Corte Suprema, le había dicho: «La próxima vez que ese profe gilipollas que tienes trate de meterse contigo, me avisas e iré a partirle la cara hasta que no lo reconozca ni su madre»), lo cual parecía hacer énfasis en lo comprometido que estaba con su relación, siempre la mantenía a cierta distancia. Fue obvio desde el principio que Jess no era el tipo de chica con el que se veía en un futuro.

Al inicio de su relación, si bien quería hacerlo, Jess evitó acostarse con él tanto tiempo como pudo, como cuando uno intenta dominar a un animal salvaje al atarlo a una reja. Y aquello la había dejado más tranquila, el ver cómo esperaba con paciencia, aunque claro, tras un tiempo se le acabó la paciencia. Y, llegado el momento, Ivan le había puesto morritos, había pegado gritos, la había acusado de ser una calientapollas y, al final, Jess había terminado cediendo.

A la mañana siguiente, Jess volvió a su piso con el rímel corrido y las bragas en el bolso.

—¿Y? —la saludó Lydia—. ¿Cómo fue?

—Bien —había contestado Jess, dejándose caer sobre el sofá—. ¿Más o menos? O sea, bien, pero... Es que hizo y dijo algunas cosas que me han dejado pensando.

—¿Qué cosas? —preguntó Miky.

—¿Pensando qué? —preguntó Lydia.

—Que tal vez tenga algún fetiche raro. Como que soy otro tanto que marcar en su colección de colores. Otra chica «exótica» más a la que tirarse para luego ir a contárselo a sus amigotes en el vestuario. Como que no saldría conmigo en serio, ¿me explico?

—Es que eso es algo a lo que te arriesgas, ¿no? Al follar con blancos.

—Pero Albie no es así —se quejó Jess—. ¿Verdad? No está contigo solo porque eres asiática, ¿a que no?

Miky se había enrollado con un estudiante de posgrado llamado Albie Shumway, una especie de Capitán América pero de Salt Lake City. Jess lo había visto sostener la puerta de un taxi para que Miky se subiera y luego rodear el vehículo para que ella no tuviese que deslizarse por el asiento. Hasta donde había visto, el tipo era estupendo.

—Bueno, a veces lee *manga* porno.

—¿En serio?

—Sí, pero de los de buen gusto —aclaró su amiga.

★ ★ ★

En el vestuario de la casa de David, Jess siente que el corazón le va a mil por hora. Busca el estante en el que se ha dejado la ropa y se la pone tan rápido como puede. Quiere marcharse cuanto antes. Si dobla rápido la esquina tras subir las escaleras, podrá evitar que la vean desde la cocina.

Solo que no es lo bastante rápida y se los cruza en las escaleras. Llevan botellas bajo los brazos y pilas de vasos diminutos en las manos.

—¡Ey! —dice Josh, deteniéndose. Se vuelve hacia sus amigos y les dice—: Os veré abajo, ¿vale?

—Tengo que irme —le dice Jess a Josh.

—¿En serio? ¿Ahora?

—Sí. —Jess se niega a mirarlo—. Es que he olvidado que... Tengo algo que hacer.

—Ah —contesta él, con el ceño fruncido—. Bueno, deja que te acompañe a la puerta.

—¡No! —Casi ha llegado al final de las escaleras—. O sea, no hace falta. Gracias por invitarme.

—¿Va todo bien? —pregunta él, extrañado.

—Sí. Todo... genial. Es que he olvidado... eso que tengo que hacer.

—Jess —la mira, sin comprender—, ¿estás...?

No termina la oración y Jess le da unos segundos para que acabe de hablar.

Solo que no lo hace y ella tampoco, por lo que termina marchándose.

El lunes en la oficina, lo ignora por completo.

—¿Vamos a comer? —propone.

Y ella contesta, muy fría:

—No puedo.

A mitad de semana le vuelve a preguntar y, una vez más, Jess le dice que está muy ocupada y que no puede, pese a que está en su escritorio ojeando una página que vende zapatos y es obvio que no lo está.

La próxima vez que se lo pregunta y la siguiente a esa, Jess le dice que tiene mucho que hacer.

Al final, termina preguntándole qué es lo que le ocurre.

—Es que no tengo ganas de ir a comer —contesta ella.

—¿Por qué no? —le insiste—. No entiendo qué está pasando.

—No me apetece y ya. No tengo hambre.

Josh se la queda mirando durante unos segundos y finalmente menea la cabeza.

—Vale, lo entiendo —dice, para luego marcharse.

★ ★ ★

Alguien tiene que quedarse y comerse el «turno de noche», lo que implica quedarse hasta las tantas, procesar los cambios y revisar los documentos impresos para un libro de presentación muy importante para un acuerdo aún más importante, y a Blaine se le ocurre que Jess es buena opción.

Es viernes por la noche y las Chicas del Vino les han conseguido entradas VIP para ver a Rihanna, así que Jess se queja.

—Hoy no, Blaine, por favor.

—Dime, ¿qué puede ser tan urgente como para que te tomes la molestia de perder el tiempo intentando escaquearte? —inquiere.

Jess vacila antes de responder.

—Es que tengo entradas para un concierto.

—¿Un *concierto*?

—Para ver a Rihanna —añade Jess, y se arrepiente de inmediato.

—¿A *Rihanna*? —repite Blaine, y Jess no puede evitar sentirse como una tonta. La verdad es que ni siquiera le importa el concierto, no es eso. Solo que las cosas con Lydia y Miky están un poco tensas porque lleva semanas sin poder quedar con ellas.

Entonces Blaine alza la voz, como si estuviese anunciando algo para toda la oficina:

—Perdona, quiero asegurarme de que te he oído bien. ¿Alguien más ha oído eso? Jess, aquí presente, prefiere pasarse la velada haciendo *twerking* o meneándose quién sabe cómo en un concierto de Rihanna que aumentando los ingresos de la empresa.

Todos los trabajadores a su alrededor alzan la vista, y Jess se arrepiente a más no poder de haber abierto la boca.

—Si fuese cualquier otra noche no me habría quejado —dice, con un suspiro.

—No es negociable —contesta él, cortante—. La respuesta es «no». Esto es un banco, no un preescolar con método Montessori. Para la próxima, ni te molestes en preguntar.

Jess está refunfuñando en su escritorio cuando Josh se pasa a verla.

—Te has librado.

—¿Cómo dices?

—Que puedes irte. Le he dicho a Blaine que ya me quedo yo.

—¿ … en serio?

Josh asiente.

—¿Seguro?

—No pasa nada. Me debes un favor.

Jess quiere darle un abrazo.

Pero no lo hace. En su lugar, recoge sus cosas antes de que Josh pueda cambiar de parecer y, cuando llega a la puerta, le dice:

—¡Gracias, gracias, muchas gracias! Es un detallazo de tu parte.

—Descuida —le dice, como si no fuese para tanto.

—Retiro todas las cosas horribles que he dicho sobre ti —añade ella.

Y él suelta una risa, aunque solo una cortita, porque es viernes por la noche y tendrá que quedarse en la oficina hasta las 2 a. m.

A la semana siguiente, vuelven a almorzar juntos.

Mientras comen unas samosas vegetarianas, Jess le dice:

—Lamento haber dejado de salir a comer contigo.

—¿Vas a contarme por qué lo hiciste?

—Da igual.

Josh alza la vista hacia ella.

—Bueno, al menos me alegro de que hayas decidido volver a comer conmigo.

6

Están en otro almuerzo fuera de la oficina.

—Siempre te sirves una fresa y media —comenta Josh, mientras están en el bufé de ensaladas—. ¿Por qué no una ni dos?

Jess se pregunta si se acuerda de lo de las fresas en la universidad. Seguro que no. En lugar de preguntárselo, le dice, con falsa modestia:

—¿Estás intentando descifrarme?

—Puede ser.

—Pues mal vas, porque soy indescifrable.

—¿Qué hay en un conjunto de conjuntos que no forman parte de sí mismos?

—¿Eh?

—Imagina un conjunto de conjuntos que no forman parte de sí mismos. Llamémoslo «S». ¿«S» forma parte de sí mismo? Si lo hace, no debería formar parte del conjunto, pero, si no, entonces sí. Así que «S» se pasa el día dando saltos para formar parte de sí mismo y no formar parte de sí mismo. Eso de ahí es algo indescifrable. Lo que contienen esos conjuntos. Tú, al igual que el resto del mundo, eres más predecible de lo que te imaginas.

Jess se echa a reír.

—Solían meterte la cabeza en el inodoro cuando eras pequeño, ¿no?

—La mente es lo último que se debe desaprovechar, Jess —contesta él, antes de pescar una fresa y media del cuenco y ponerlas en el plato de Jess.

Lo que la lleva a pensar que sí que se acuerda.

Ivan y Jess acababan de cortar y ella estaba apoyada contra una pared de ladrillos que había detrás de un soporte para bicis, llorando.

No hacía nada más que estar ahí parada, chorreando por los ojos y frotándoselos para intentar recomponerse un poco, cuando alguien se chocó contra ella, con fuerza, con una mochila.

—Ay, mierda, lo siento —dijo una voz, para luego agregar—: ¿Jess?

Jess alzó la vista y lo vio.

Josh.

—¿Estás llorando? —le preguntó, observándola.

Jess se encogió de hombros.

—¿Estás bien? —añadió, sin demora—. ¿Te has hecho daño?

—No —contestó ella, negando con la cabeza, aunque la voz aún le salía distorsionada porque seguía llorando. A moco tendido. No podía parar.

Josh se quedó mirándola durante un largo rato hasta que al final le dijo:

—Espera aquí, ¿vale? No te vayas. —Empezó a alejarse solo para volverse unos pasos más allá, para confirmar—. En serio, no te vayas.

Jess asintió.

Sin embargo, mientras Josh desaparecía al doblar la esquina, deseó haberse marchado. Se limpió los ojos y la cara con la manga de la chaqueta y se quedó allí plantada, como una idiota, llorando en contra de su voluntad, detrás de los puñeteros soportes para bicis.

Estaba buscando un pañuelo en el bolsillo cuando Josh volvió a aparecer. Hacía frío y podía ver las nubecitas que dejaba su aliento.

En una mano llevaba un plátano y un recipiente de plástico lleno de fruta, mientras que en la otra tenía un montón de servilletas, las cuales le extendió.

Jess aceptó las servilletas, se sonó la nariz y luego le devolvió el montón lleno de mocos. Él vaciló un poco, pero lo recibió.

—¿Has ido... a por algo de picar? —le preguntó Jess.

—Eh... No —contestó él, bajando la vista.

Al otro lado de la calle había un puestecito de fruta muy popular. Cuando Jess pasaba por ahí, se pedía el cuenco de frutas varias, el cual era básicamente melón y algunos cítricos, porque, si bien decían que tenían frutas exóticas durante todo el año (como kiwi, mango o papaya), esas eran más caras. Entonces vio que Josh había pagado de más por un cuenco de fresas, las cuales definitivamente no eran de estación.

—Son para ti —le dijo, tendiéndole el recipiente.

—¿Fresas?

—Son mis favoritas —explicó, sonriendo. Y, cuando Jess lo miró, confundida, añadió—: Pero las he comprado para ti.

—¿Cómo sabes que no soy alérgica? —inquirió ella.

Fue su turno de mirarla confundido.

—¿Eres alérgica?

Jess se encogió de hombros. La verdad era que sí, sí que era un poquito alérgica. Las fresas hacían que le diera urticaria y que le picara la garganta. Pero ella se las comía de todos modos (una vez había leído algo sobre la terapia de exposición) porque también eran sus favoritas.

—Están buenas, te lo prometo —le dijo, agitando el recipiente en su dirección—. Venga, toma.

Así que Jess las aceptó.

Intercambiaron una mirada. Josh estaba bastante cerca y la hizo pensar en Ivan, aunque no en mal plan, por mucho que cada vez hubiera menos formas de no pensar en él en mal plan.

Josh olía a lana y a escarcha.

—¿Quieres que me las coma ahora? —le preguntó.

Él se echó a reír.

—No, cuando tú quieras.

Le sonrió, pero ella no le devolvió la sonrisa, por mucho que sintiera que debía hacerlo. Era muy confuso. Justo el otro día, en una de sus clases, había defendido la teoría de la heredabilidad de la inteligencia y Jess le había dicho: «Anda, pues hasta tus queridos padres fundadores defendían que todos los hombres son iguales al nacer», y él le había contestado: «Pues hay diferencias innatas biológicas que distinguen a las diversas poblaciones de humanos». Entonces ella lo había tildado de eugenista y él a ella de irracional y de estar en contra de la biología. Hasta que el profesor les había dicho que se dejaran de majaderías.

Jess procuró no devolverle la mirada.

—Todo irá bien —le dijo, tras un rato.

Y allí estaba.

Era insoportable, con sus fresas y su optimismo.

—¿Qué sabrás tú? —le soltó, fastidiada.

—No te pongas así...

—A ver, deja que adivine —lo interrumpió ella—. Vas a decirme que, tenga los problemas que tenga, no pueden compararse con... no sé, la muerte térmica del universo, o quizá que lo que me preocupa no es más que un granito de arena en la inmensidad del calendario cósmico. —Entonces adoptó un tono de burla para añadir—: *Y para qué te preocupas, mujer.*

Josh se negó a contestarle, con los labios apretados.

—Qué graciosa —le dijo, algunos segundos después, y Jess sintió que le hablaba con condescendencia.

—¿Sabes qué? —contestó ella, limpiándose la nariz con la manga de la chaqueta—. Tengo que irme ya. —Y se apartó de la pared donde había estado apoyada.

Josh asintió y se retiró para dejarla pasar.

—Espero que te sientas mejor pronto.

Jess empezó a alejarse, parpadeando para contener las lágrimas.

—Oye —la llamó, y ella se volvió para mirarlo una vez más—. Has faltado a clase.

Pues sí, Jess se había saltado unas cuantas. Ya casi se acababa el semestre, ya habían entregado su trabajo final y no tenía nada más que decir en clase.

—Deberías volver —añadió él, dándole un toquecito en la manga de su chaqueta.

Nueva York se vuelve a convertir en un hervidero. Un nuevo grupo de analistas llega para salvarlos, para sufrir todo el trabajo pesado (los informes actualizados y los libros de presentación y las salidas a por café) y para hacer que se luzcan frente a los directores ejecutivos.

La oficina se sume en un estado de tranquilidad. Los vicepresidentes se van a Los Hamptons los viernes por la tarde, el Congreso se toma vacaciones de verano, los investigadores de la Comisión de Bolsa y Valores dejan de llamar y Jess, por fin, puede tomarse un fin de semana libre.

Para celebrarlo, pasan el puente en el norte del estado (Jess, Miky, Lydia y las Chicas del Vino), donde la familia de Callie tiene una casita. Una casita de doce hectáreas en un lago, pero, como las tuberías son medio quisquillosas y los muebles tienen un poco de humedad impregnada, pues dicen que es una cabaña.

—¡Qué mona! —dice Lydia.

—Muy en plan *true-crime* —proclama Miky, mientras conducen por el bosque.

—¡Será como cuando estábamos en la uni! —Jess da unas palmaditas, contenta, según descarga una bolsa de la compra llena de chuches y alcohol.

Aunque el lago está verde y un poco mugriento, todas deciden hacer caso omiso de los carteles que lo rodean y dicen «PROHIBIDO NADAR».

Se meten con unos flotadores mientras beben unas cañas y quitan las algas que hay en la superficie del agua. Cuando sus flotadores chocan entre ellos, Noree le cuenta a Jess sobre un viaje que hizo hace poco a Camboya en el que se alojó en un hotel sobre el océano y vio a los peces nadar bajo el suelo de su cuarto de baño.

—Suena estupendo —le dice Jess.

—Sí, pero había pobreza por todos lados y es que me dio mucha pena.

Jess suelta un sonidito de asentimiento y entonces se quedan observando la superficie del agua en silencio hasta que Noree añade:

—¿Sabes que deberías hacer? Las primas que dan a los analistas son un pastón. Deberías donar la tuya a una buena causa.

Jess tiene pensado hacer donaciones a la caridad en algún momento. En cuanto pueda abrir la app del banco y no vea una cifra en rojo chillón que le recuerde que sigue estando sin blanca. En cuanto la app deje de pitar cada vez que compre algo que no sea en el supermercado porque «¿SEGURO QUE QUIERES COMPRAR ESO? ¡AÚN TE QUEDAN 4381 DÍAS PARA LLEGAR A TU META DE AHORRO!». Jess había buscado lo que valía la cabaña, cómo no, e incluso en las condiciones en las que estaba —«¡En una orilla del lago muy pintoresca que podrás decorar a tu gusto!»—, le habría bastado para saldar su deuda diez veces. Era muchísimo más dinero que su prima del año pasado o la de este o la de los cinco años siguientes juntos.

—Sí, chica. En serio deberías donarla —repite Noree.

—Tienes razón —contesta Jess, para luego hacer como que se la lleva una corriente del lago y empezar a alejarse flotando.

En la oficina se desata una súbita ola de emergencias dentales, con gente que se esfuma de su escritorio durante una hora o dos, como si se hubiese desatado una plaga de gingivitis por toda la planta. Se escabullen para acudir a entrevistas, tienen la mira puesta en curros de fondos de inversión libre y capital de riesgo que todo el mundo anhela, y se escapan de la oficina a escondidas con excusas poco creíbles y unos maletines de cuero llenos de ideas de inversiones.

Aunque todos quieren escalar puestos o cambiar de trabajo, Jess está contenta donde está. Después de la cuesta del primer año, nada ha sido tan complicado. Ya puede sobrevivir al día solo con cuatro horas de sueño y almorzar en cuarenta y cinco segundos. Casi se siente cómoda haciendo contacto visual con su aterrador director ejecutivo y, lo que es más importante, ya tiene un escritorio en la oficina abierta como tal. Cuando ascendieron a uno de los analistas que llevaba dos años en la empresa a asociado, ella se había quedado con su escritorio y con su desagrado por los novatos.

¿Por qué querría irse?

Llega la temporada de las bonificaciones. Ha sido un buen año y el banco puede permitirse pagarles, pero el efecto derrame hace que todo sea muy inconsistente y que a los analistas se les pase por alto, se les exijan más horas de trabajo y se les pague una miseria.

Los convocan a una sala de conferencias, cuyas paredes de cristal han cubierto por cuestiones de privacidad, y les dicen cuánto van a pagarles uno por uno.

Cuando le llega el turno a Jess, le entregan un sobre con su nombre impreso. Su jefe le dedica una sonrisa tensa que no acompaña de ninguna palabra. Jess lo abre procurando que su expresión no la delate.

Es menos de lo que esperaba, aunque sigue siendo muchísimo dinero. Cuando el dinero pase a su cuenta bancaria, será lo más que ha tenido a su nombre, suficiente para comprarse un cochazo de gama media o un reloj de oro de esos que cuestan un riñón.

Claro que no se decanta por ninguna de esas opciones, y, en su lugar, se va de compras. A una de esas tiendas exclusivas que tienen botas de 17000 machacantes en el escaparate, donde los vendedores harán como que no la ven o la conducirán sutilmente a la zona de ofertas. Jess se adentra en el establecimiento con la cabeza bien alta. Y, si bien no se ponen bordes (pues están en Nueva York y existe la posibilidad de que sea una famosa), queda claro que no creen que lo sea. La ignoran de forma sutil y se concentran en la rubia y en su amiga que entran detrás de ella.

Como Jess tiene muy claro lo que quiere, empieza a sacar prendas de los exhibidores hasta que tiene los brazos tan llenos que una de las dependientas se ve obligada a atenderla. A través de la puerta de los probadores, le preguntan cómo va, si necesita alguna otra talla y, cuando Jess contesta que no, se las imagina cuchicheando al otro lado e intercambiando una mirada en plan «te lo dije». De modo que, cuando sale de los probadores deján-dolo todo tras ella —ropa, zapatos, bolsos y accesorios desperdi-gados en una maraña desordenada— y les dice que se lo llevará todo, las dependientas se quedan a cuadros.

Esa sensación de «¡Chupaos esa! Creéis que me conocéis, pero os equivocáis» es una por la que Jess pagaría una millonada. Y así ha sido. Por lo que, aunque se ha gastado la prima entera, se siente como si valiese un millón de dólares. Por mucho que se haya gastado la prima entera y siga sin tener un millón de dólares.

—¿Y qué te has comprado? ¿Un coche o un barco? —le pregunta Jess a Josh cuando están en la oficina.

—No pienso contártelo —le dice él, negando con la cabeza.

—¿Qué? ¿Por qué? Si no pienso reírme —contesta ella.

—Ya, claro.

—¡Cuéntamelo, anda! Te dejo ver lo mío si me dejas ver lo tuyo —lo tienta.

Entre risas, Josh arquea una ceja.

—Conque esas tenemos, ¿eh?

—Oye —lo interrumpe ella, señalando algo que tiene de-trás—. ¿Y eso qué es?

Josh se vuelve y levanta uno de esos cacharritos que les dan por haber firmado un acuerdo, que tiene la forma de una «L».

—¿Esto?

—¿De dónde lo has sacado? —le pregunta, con el ceño fruncido.

—Es del acuerdo con LyfeCo. —Se encoge de hombros—. Charles me lo dio la semana pasada.

—A mí no me ha dado nada.

—¿No?

—Y me encargué yo de la mitad del modelo —se queja Jess—. De más de la mitad, de hecho.

Josh no la contradice.

—Y también me encargué de hacer las respectivas llamadas.

—Pues sí...

—Y del análisis de sensibilidad entero. Y de todas las limitaciones de préstamos. ¡Y de ir a buscar las puñeteras bebidas incluso! ¿Por qué te dan un cacharro a ti y a mí no?

—No sé —contesta él, a la defensiva—. Igual es que no te lo han dado aún. Quizá te lo den en la fiesta de celebración.

—¿Fiesta de celebración? —La voz de Jess se alza una octava por la indignación—. ¿Cuándo es la dichosa fiesta?

—El próximo viernes.

—¿Me estás vacilando?

—Venga ya, Jess. Seguro que se han olvidado y ya está. ¿Y si...?

—¡Es que no me lo creo! A ti te dan el cacharro ese y te invitan a la fiesta de celebración. ¡Seguro hasta te pagaron más de prima que a mí! —Menea la cabeza, ofuscada—. En serio, qué es esto.

Qué excusa más conveniente, que simplemente se hayan olvidado de ella. Como si olvidarse de ella implicara una ausencia de malicia. Olvidar todo su esfuerzo, sus contribuciones, su simple existencia. Casi preferiría que fuera intencional y que le guardaran alguna especie de resentimiento o que la vieran como a una amenaza, porque eso sería mejor que ser invisible. Que ser nadie. Pero no vale la pena que le explique nada de eso a Josh. Porque a él nadie lo olvida, no.

Se dispone a marcharse.

—Jess, espera.

Se vuelve para mirarlo.

—Deberías venir.

—¿Cómo dices?

—A la fiesta de celebración. Te lo has ganado, tienes razón —le dice—. Ven como mi acompañante.

Mientras Jess procesa sus palabras, su expresión pasa de ligeramente sorprendida a un poco fastidiada, y luego a un cabreo de los mil demonios.

—Me estás diciendo —empieza, muy despacio— que quieres que vaya a la fiesta... ¿como tu *acompañante*?

—Como mi cita —aclara Josh, lo que no lo ayuda ni un poco. Tiene una expresión tan sincera, tan llena de esperanza, que Jess casi se obliga a sí misma a creer que es una buena idea. Casi se deja engañar. Pero ver el chisme que aún lleva en la mano hace que despierte.

—¡¿Como tu cita?! —repite, en un siseo que lo hace dar un respingo.

—Creía que...

—¿Qué? ¿Que me iba a poner contenta de poder ir contigo? ¿En lugar de que se reconozca mi esfuerzo junto a todos los demás que apenas movieron un dedo por el puñetero acuerdo? Que me quedaría bien tranquila a tu lado como una especie de novia analista trofeo que no sabe sumar dos y dos.

—No me refería a eso. Claro que mereces ir, tienes toda la razón. Así que te estoy invitando. ¡Sé que tienes razón! Solo estoy intentando hacer las cosas bien.

—¿Y eso es lo mejor que puedes hacer? —lo interroga ella, de brazos cruzados.

—¿Qué quieres que haga?

—Que te quejes. Que les digas a todos que esto es una mierda y que es muy injusto que no se me reconozca el esfuerzo que le puse a un acuerdo que ambos conseguimos. ¡Que boicotees la fiesta, vamos! Que le lances el juguetito ese a Charles a la cabeza.

—Venga ya, Jess —suelta, con un suspiro—. Sabes que no pienso hacer nada de eso.

—Lo sé muy bien —contesta ella, fulminándolo con la mirada—. Y es por eso que no pienso dirigirte más la palabra —añade.

Y eso es lo que hace, por mucho que no le siente precisamente bien.

●

Al cabo de algunas semanas, uno de los analistas le pregunta:

—¿Te has enterado de lo de Josh?

Resulta que ha dimitido. Que se lo ha llevado una empresa de fondos de inversión a corto y largo plazo que parece una secta y cuyo presidente es un multimillonario muy inteligente que siempre está negando cargos de abuso de información privilegiada. Todos creen que Josh se va a comer el mundo.

Lo encuentra en su escritorio guardando cosas en una caja.

—¿Vas a dimitir? —le pregunta, con lo que él alza la vista hacia ella.

—Sí, eso acabo de hacer.

—¿Y no pensabas contármelo?

—Dijiste que no pensabas dirigirme la palabra.

—¿Así que te vas y ya?

Josh asiente.

—¿Ahora mismo?

Vuelve a asentir.

—¿No se supone que tienes que avisar con dos semanas de antelación? Dicen por ahí que te irás para el lado de las gestorías.

—Sí, bueno, también tienen una sucursal de asesoría, lo que quiere decir que técnicamente es la competencia, así que... —Se encoge de hombros en dirección a un guardia de seguridad que lo espera en la parte de fuera de su cubículo.

—¿Entonces este es tu último día?

—Mi última hora, más bien.

Jess traga en seco. El pecho se le llena de una sensación similar al pánico.

—Pero...

Josh la mira, a la espera de que termine de hablar.

—Es que... —intenta de nuevo, aunque no puede formar las palabras.

Josh estira una mano hacia ella, y Jess parpadea sin saber qué hacer. Su credencial cuelga de un cordón que lleva en el cuello y él sostiene la cinta entre los dedos.

—Oye... —dice, y ella nota una ligera presión en el cuello cuando la atrae un poco hacia él.

Siente como si el corazón se le hubiese subido a la garganta. Hace mucho calor.

Josh sostiene el cordón sin más, casi rozándole la blusa con los dedos.

El guardia de seguridad sigue allí plantado.

Jess baja la vista hacia la mano de él y sigue bajando hasta reparar en lo que lleva en su caja, en el premio que le dieron por el acuerdo con LyfeCo. Josh le sigue la mirada y se percata de lo que le ha llamado la atención.

Entonces suspira y la suelta.

—Ya, cierto —dice.

—Cierto —repite ella.

7

El otoño pasa muy despacio.

Aburrida y sin saber qué hacer, Jess se dedica a chinchar a su padre. Lo ayuda a crearse una cuenta en una app de videollamadas y, cuando le ve la cara, su padre menea la cabeza, contento de verla a pesar de todo.

—¡Esta juventud con tanta tecnología!

—Vivimos en el futuro, sí —contesta ella.

Entonces su padre baja la voz y le dice, en broma:

—Pero, Jessie, ¿y se me hubieses sorprendido en el baño?

—¡Que me has llamado tú! —le recuerda ella.

En la oficina, aunque la meten en varios acuerdos, todo le parece siempre lo mismo, como si estuviese yendo marcha atrás en una cinta de correr.

Lee una lista que encuentra en internet sobre treinta y cinco trucos que probar ya mismo y se enseña a separar la yema de la clara del huevo usando una botella de agua vacía, a encender una vela con un espagueti seco, y termina ordenando todos sus cables de alimentación en rollos de papel higiénico, pero, aun así, siente como si no estuviese haciendo nada.

Un día, mientras está en el trabajo, busca en Google «la crisis de los 25» y después «psicosis inducida por falta de sueño».

Por encima del hombro, Charles le dice:

—¿Estás buscando inspiración para tu nota de suicidio?

—No es asunto tuyo —contesta Jess, cerrando el portátil de un movimiento.

—Eh, que eso es propiedad de Goldman Sachs —la regaña él—. Venga, a currar.

Y entonces, en su bandeja de entrada aparece un correo de Josh. El asunto dice «Cena mensual de Jess y Josh» y, cuando clica para abrir el correo, ve que no hay nada escrito, sino tan solo una invitación de calendario.

Llevan más de un mes sin hablar.

Jess sonríe como una desquiciada y le da al botón de aceptar.

★ ★ ★

Quedan en un restaurante tailandés en el que las mesas están hechas de asientos de coches viejos, los camareros llevan camisas hawaianas y los domingos preparan grillos.

—¡Tenía muchas ganas de comer aquí! —dice Jess, en cuanto los acomodan en una mesa.

—Me queda de camino al trabajo —dice él—, así que cada vez que paso y miro para dentro, me recuerda a ti.

Jess se inclina en su dirección, por encima de la mesa, y solo le sorprende un poquitín lo coqueta que suena cuando le pregunta:

—¿Qué más te recuerda a mí?

Josh arquea una ceja.

—Los payasos —contesta—. Los teatros de marionetas, las improvisaciones reguleras.

Jess le sonríe.

—Me alegro de verte.

Josh le devuelve la sonrisa.

—Y yo a ti.

Cuando el camarero les lleva los aperitivos, Jess pregunta:

—¿Y cómo va el nuevo curro? ¿En qué estás trabajando?

—En fondos de inversión a corto y largo plazo en función de las circunstancias, básicamente. Está muy bien, tengo mucha más autonomía que antes. Goldman estuvo bien..., pero no para siempre.

—Menos da una piedra —suelta Jess.

Josh la mira, pensativo.

—No es nada seguro, porque no estamos contratando de momento, pero podría preguntar por ahí si tienen algún cupo. Si quisieras una entrevista o hablar con alguien para entrar a trabajar ahí.

—Pero ya tengo trabajo.

—¿Quieres trabajar con los bancos de inversiones toda la vida?

—Mientras me sigan pagando pequeñas millonadas, sí.

—Pues que sepas que gano más que tú.

—Un dólar por cada sesenta y tres céntimos que gano yo, ¿verdad?

—No me refería a eso.

—Sé a qué te referías, pero... ¿Podemos dejar de hablar del curro? Es muy deprimente.

—No tiene por qué serlo. No tienes que odiar tu trabajo; lo sabes, ¿verdad? Deberías trabajar en algo que te apasionase.

—A nadie le apasiona su trabajo.

—Eso no es cierto. Pero bueno, no estoy sugiriendo que te pongas a diseñar bolsos ni que montes tu empresa de vodka de dieta ni nada por el estilo. Solo que no creo que las fusiones y adquisiciones sean lo tuyo. Creo que hay otras cosas que se te darían mejor y que disfrutarías más haciendo.

—¿Como lo que haces tú?

—Por ejemplo.

—Pero ¿no se supone que es imposible trabajar para Gil Alperstein?

—No es el único que trabaja con fondos de inversión.

—Entonces ¿quieres decir que no conseguiría un puesto ahí?

—Como te decía antes, como no estamos contratando de momento, me parece bastante complicado.

—Ah, conque no *estáis* contratando de momento. ¿Formas parte del comité de contratación? ¿Te juntas con Gil Alperstein cada tarde para beber un coñac supercaro y jugar a hacer canasta con todos los currículums patéticos que descartáis de los analistas mal pagados que trabajamos con los bancos de inversión?

—No lo habría comentado si no creyera que podrían aceptarte. Pero, dado que no estamos..., que ellos no están contratando de momento, probablemente no sea buena idea. A eso me refería.

—Vale.

—Vale.

—¿Podemos cambiar de tema?

—¿Qué te parece el desarme y el control de armamento nuclear en Oriente Medio?

Comen arroz glutinoso y curri de coco, y Josh le cuenta que unos físicos de Yale han desarrollado un sistema híbrido para entrelazar pares de magnones y los fotones de microondas.

—Es todo un descubrimiento para la computación cuántica —le explica, como si estuviese hablando de sexo o de chocolate.

Y, cuando Jess se lo queda mirando sin saber qué decirle, dibuja una serie de bolitas y palitos sobre una servilleta mientras repite, palabra por palabra, lo que ya le ha dicho.

—¿Lo entiendes?

—No.

—Venga, Jess. —Empuja la servilleta para que la tenga más cerca—. Que sí que lo entiendes.

—Hay dos clases de personas en el mundo: los que entienden el sistema binario y los que no.

Josh se echa hacia atrás en su asiento y se cruza de brazos con actitud petulante.

—¿Eras una de esas que se hacían las tontas en el instituto para gustarles a los chicos? —inquiere, arrugando la servilleta y lanzándola sobre la mesa.

—¿Os pongo algo de postre? —pregunta el camarero, apareciendo de repente.

—No —contesta Jess.

—No, gracias —contesta Josh.

—Gracias —añade ella, con lo que él pone los ojos en blanco.

—Solo la cuenta, por favor.

Fuera, la oscura cortina del invierno ha caído sobre la ciudad y todo se encuentra en penumbra y en silencio. La iluminación y la calidez del restaurante parecen disolverse en la noche.

—Casi se me olvida lo bien que nos llevamos —comenta Jess, con amargura.

Pero entonces Josh le da un toquecito en el codo, con cariño.

—Nos vemos dentro de un mes, ¿vale?

Al día siguiente, le envía un mensaje.

Es un enlace a un libro en PDF llamado *Computación cuántica para torpes,* y, debajo:

Si te empieza a doler la cabeza, tú mira los dibujitos y ya está.

•

En la oficina, Charles está de un humor de perros. Un acuerdo importante se ha ido al traste porque el cliente ha decidido que el equipo que le han asignado es incompetente y, según lo ve Jess, todo es culpa de ella.

El archivo que le habían enviado al cliente incluía un par de páginas extra a las que Blaine no les había dado el visto bueno y que eran un truño. Y lo peor era que en ambas páginas había un error de conversión de moneda que aumentaba el valor de la empresa por un orden de magnitud; es decir que había nueve ceros cuando tendría que haber habido ocho.

Nadie se había percatado del lapsus hasta que fue demasiado tarde, y el cliente les hizo muchas preguntas difíciles de responder. En ese momento, Blaine advirtió el error y le preguntó al vicepresidente cómo era posible que cometiese semejante gilipollez, quien a su vez le preguntó a Charles por dicha gilipollez hasta que todo ese caos llegó hasta abajo, con Charles plantado frente al escritorio de Jess, patitieso, con una copia del documento abierta de par en par por encima de su cabeza, como si fuese un crucifijo.

Arranca una página y la hace un gurruño que luego deja caer al suelo frente al escritorio de Jess.

—¿Esta porquería te parece aceptable? —le chilla.

Y arranca otra página.

—¿Quieres hacer informes de comités de crédito y evaluaciones el resto de tu vida laboral? —sigue gritando.

Y arranca una página más.

—¿Sabes cuánto dinero pierde la empresa con tus meteduras de pata?

Sigue y sigue arrancando páginas hasta que Jess tiene a sus pies un mar de papeles arrugados.

—¿Y? ¿Te haces una idea? —le insiste.

Solo que hay algo en todo su cabreo que le parece muy dramático, y Jess casi espera que le guiñe un ojo y que reconozca que solo le está montando el numerito para quedar bien delante de Blaine. Lo cual es así. Porque, si bien es cierto que Jess fue la última en editar el documento, que era quien tenía que encargarse de imprimir la versión final y encuadernarla, no es ella quien la ha cagado. Era tarde y ya habían acabado. Jess se había pasado más de una hora moviendo puntos y comas por toda la página y, finalmente, le habían dado el visto bueno. Y entonces Charles le había enviado otras dos páginas.

—¿Se las envío a Blaine? —había preguntado Jess.

—No hace falta —le había contestado él, restándole importancia y casi hasta con petulancia.

Así que Jess no lo había hecho, porque Charles era más listo que Blaine de todos modos y también porque eran las cuatro de la madrugada.

Pero ahora Charles va y viene por la oficina como un poseso, y es como si todo ese intercambio no hubiese sucedido.

Los otros analistas la miran con una mezcla de lástima y *schadenfreude* y Jess se queda sentada en su sitio, con la vista clavada en Charles mientras acepta su castigo.

★ ★ ★

—La cosa se ha puesto muy fea hace un rato, ¿no? —le dice Charles más tarde.

Eso no califica como disculpa, piensa ella.

—¿La he cagado? —Es lo que dice.

Mentalmente, le pide que lo niegue, pero él se limita a hacer una mueca, como si le doliera contestarle, y se niega a reconocer su error.

—Jones —dice, tras algunos segundos—. Lo mejor es que siempre asumas que la has cagado.

Josh le da plantón en una de sus cenas.

Jess está sentada sola en una mesa para dos, mojando un poco de pan en aceite y bebiendo a sorbitos un vaso de agua con hielo mientras que el *maître* la fulmina con la mirada desde el otro extremo de la sala.

—¿Quizás estaría más cómoda en la barra? —propone el camarero, con una sonrisa un poco incómoda.

Cuando Jess lo llama, Josh le dice:

—*Mierda, lo había olvidado.*

—¡¿Lo habías olvidado?!

—*Perdona.*

—¿Dónde estás? ¿Estás fuera?

—*Estoy en casa.*

—¿Cómo que en casa?

—*Lo siento, Jess. Es que... se me ha pasado.*

Ninguno de los dos dice nada durante varios segundos.

—¿Puedo ir a verte? —termina preguntando ella.

Josh vive en un quinto sin ascensor en un bloque de edificios pijos en el centro, en un barrio que las Chicas del Vino denominan «el último barrio de Manhattan que vale la pena». A diferencia de la zona donde vive Jess —que puede llegar andando a la oficina—, la cual, según ellas, es un páramo de cemento carísimo y desierto que está lleno de autómatas corporativos. Siempre le preguntaban por qué no se mudaba a Brooklyn, como ellas. Había buen rollo, los pisos eran más baratos, aunque no realmente si, como ellas, vivías en una vieja mansión con vista al mar.

El piso de Josh es toda una sorpresa. Jess estaba convencida de que debía vivir en una torre de cristal sin ventanas o en un edificio de esos que tenían folletos en el vestíbulo.

Le abre la puerta desde arriba y se queda en lo alto de las escaleras mientras la ve subir cada planta más y más cerca de él, hasta que quedan cara a cara en lo más alto.

—Pasa, pasa —le dice, haciendo un ademán con el brazo hacia la puerta.

Jess echa un vistazo en derredor y recorre la estancia por completo a paso lento. Alza la vista hacia el techo para observarlo de verdad, como si tuviese un mural, como si estuviese en un museo.

—Vale, ya está bien —le dice él.

—Es que no es lo que me esperaba —se excusa ella.

—¿Y qué esperabas?

—No sé... ¿Una estantería llena de libros de Ayn Rand? Quizás un ejemplar enmarcado de la Constitución. Pilas de dinero muy bien ordenadas, para que puedas contarlas cada noche antes de irte a dormir. Un gato de esos sin pelo. ¿Palos de golf? Un cartel de las elecciones del 84 entre Reagan y Bush. No, carteles.

Por todos lados y que cubran todas las paredes. Cabezas humanas en el congelador.

Parece que no le sienta bien su respuesta.

—Perdona, era broma —le dice.

—Aún crees que soy un capullo.

—No.

—Todo esto —dice, agitando las manos sin especificar— se está volviendo un poco cansino, ¿no crees?

Jess considera si la va a echar, pero entonces él le pregunta:

—¿Quieres algo de beber?

Ella asiente y Josh le señala el sofá.

—Ponte cómoda, quítate el abrigo.

En la cocina, Jess lo ve mientras pone una ollita de agua a hervir. Abre alacenas, saca tazas, whisky y té.

Sirve un poquito de Jack Daniel's en cada taza, pone una bolsita de té y luego vierte el agua hirviendo. Corta en dos una ramita de canela, lo que a Jess le parece un gesto tanto adorable como totalmente ridículo. Cuando termina, limpia la encimera con un trapo y se va a sentar con ella en el sofá.

Le entrega una de las tazas.

Jess bebe un sorbo y se quema los labios.

—¡Joder, cómo quema!

—Pero si me acabas de ver poniéndole agua hirviendo.

Rodea la taza con la palma y se pone a soplar con intención.

—Sí, pero no creía que iba a...

—¿Quemar? —termina por ella, con una sonrisa.

Cuando sonríe, Jess le ve el hoyuelo, un agujerito perfecto en la comisura de los labios. Le entran unas ganas repentinas y muy intensas de apoyar un dedo allí, como si estuviese mojando el dedo en chocolate caliente. Solo que, cuando vuelve a mirarlo, el hoyuelo ha desaparecido.

Se sientan en el suelo, cara a cara y con la mesita de centro en medio de ambos, y se beben sus tés con alcohol hasta que ambos están borrachos. Josh le enseña a jugar al Texas Hold'em y se echan partida tras partida hasta que Jess pierde tantísimas veces que se levanta de un salto y mete un montón de cartas al triturador de la basura.

—Joder, Jess —se queja Josh, aunque lo hace entre risas. Después, en lugar de seguir jugando, se ponen a ver unos vídeos en YouTube sobre cómo se originó el universo hasta que Jess chilla «¡Me aburro!» y Josh le contesta que no hay nada más fascinante que el origen del mundo y Jess le demuestra que sí al ponerle un vídeo de un gato desatascando un inodoro.

Ponen música y Jess baila, pero Josh no.

—No te subas a los muebles —le pide, aunque también riendo.

Luego se pone a preparar pasta, pero se olvida de colarla y termina dejando caer un pegote de pasta con agua caliente en el fregadero, con las cartas, y a Jess se le cae un poco de aceite de oliva sobre el parqué.

—Así es pasar una noche con Jess, ¿a que sí?

—Si con eso quieres decir que es la hostia, pues sí.

—No era lo que tenía en mente, la verdad —contesta él.

Se quedan mirándose el uno al otro, con los ojos abiertos como platos, en extremos opuestos del sofá. Quizás unos minutos, quizás unas horas —no lo sabe porque la cabeza le da vueltas y el tiempo es un círculo sin fin—, pero el espacio entre ambos se acorta. Cada vez más y más. Solo que, igual que como pasa con las ouijas, Jess no sabe quién se está moviendo. ¿Él? ¿Ella? ¿Una fuerza misteriosa? Lo único que sabe es que antes los separaban dos cojines del sofá y ahora no hay ni treinta centímetros entre ambos. Nota la estática que se aferra al jersey de él y que parece una corriente sobre su brazo descubierto.

—¿En qué piensas? —quiere saber Josh.

Y Jess está pensando en sexo.

Intenta recordar si su sujetador se abre por delante o por detrás. Si es ella la que huele a whisky y a limón o si es él.

—¿En qué piensas tú? —Opta por devolverle la pregunta.

Josh pone una mueca como si estuviese pensando, se lleva una mano a la barbilla y suelta un:

—Mmm...

—No, espera, que ya sé en qué estás pensando —lo interrumpe.

—¿Ah, sí? —Sonríe—. ¿En qué?

—Seguro que estás calculando una tercera derivada —lo pica—. O intentando resolver algún teorema matemático olvidado que termine siendo el secreto para predecir el precio de la soja.

Josh se echa a reír.

—Pues un poco de razón sí que tienes. Estaba pensando en una paradoja del movimiento. ¿Conoces la paradoja de Zenón?

Aunque Jess asiente, Josh se la explica de todos modos.

—Si me acerco un centímetro —dice, poniendo en acción sus palabras—, y luego medio centímetro y un cuarto, y un octavo —sigue y sigue acercándose, con lo que Jess contiene el aliento—, podría acercarme de forma infinita al dividir la cantidad anterior en dos, y la distancia que nos separa siempre sería superior a cero. Es decir que jamás nos tocaríamos —concluye, antes de hacer una pausa—. La paradoja afirma que no se puede recorrer una distancia finita, lo cual implica que todo movimiento es algo imposible. Pero se puede demostrar que eso no es cierto, ¿verdad? Así que ¿cómo se concilia la paradoja con la realidad?

Jess parpadea, sin más.

—¿Sabes cómo? —insiste él, sin apartar la mirada.

—No —contesta ella, antes de tragar en seco.

Ambos tienen las manos apoyadas en las rodillas y casi se tocan, pero no. Tienen las rodillas y las manos lo más cerca posible del otro sin llegar a tocarlo.

—Deja que te lo explique —le dice, para luego enganchar su meñique izquierdo con el derecho de ella, como si estuviesen haciendo una promesa—. Si la paradoja de Zenón no se pudiese resolver, ¿sería capaz de hacer esto?

Entonces Jess se ríe, porque menudo intento para ligar más trillado. Aunque también porque, por fin, ha podido confirmar que sus sentimientos son correspondidos. Y porque está borracha y no sabe ni dónde está, pero está encantada de la vida. La parte más pequeña del cuerpo de Josh está tocando la parte más pequeña de su cuerpo, con lo que desafían el tiempo y el espacio. Y qué bien se siente, joder.

—Seguro que se lo dices a todas las chicas —dice ella, sonriendo.

—Claro que no.

—Que sí. —No puede dejar de sonreír.

—Que no, te digo —le asegura, negando con la cabeza. Levanta sus manos unidas y se las lleva a los labios—. Solo a algunas chicas —precisa, y le hace cosquillas en los dedos con el aliento—. Solo a ti. A chicas como tú.

La frase hace que Jess se tense. Y, casi sin querer, aparta la mano del agarre de él de un tirón.

—¿Qué pasa? —le pregunta, enderezándose—. ¿Qué he dicho?

Jess tiene la mano inmóvil en el aire, como si fuese un globo medio deshinchado. Al darse cuenta, se la lleva a una de las sienes.

—¿Estás bien?

Jess niega con la cabeza. No lo está. ¿De verdad le acaba de decir eso? «Chicas como tú». Seguro que lo decía en el buen sentido, pero no se lo ha parecido. Lo único que significa es que hay dos tipos de chicas: las chicas en general y las que son como ella. No quiere lidiar con eso otra vez, así que se levanta.

—No me encuentro bien —se excusa—. Es que me duele la cabeza. Y tengo que madrugar mañana. Puede que no llegue a tiempo al último tren.

—¿En serio? —Aunque la observa con preocupación, no le hace ningún reproche.

—Sí, lo siento. Tengo... Tengo que irme. —No espera a que reaccione, sino que recoge sus cosas y pone los pies en polvorosa—. Perdona, de verdad. Lo siento mucho —le dice, mientras le cierra la puerta en las narices y en su expresión de sorpresa. Y lo dice en serio. Lamenta no haber anticipado algo que podría haber anticipado sin problemas.

Cuando llega al vestíbulo, respira hondo, con las palabras de Josh repitiéndose en su cabeza. «Chicas como tú», le ha dicho.

Una chica como ella. ¿Cómo se suponía que era una chica como ella?

Jess se había enterado de que Ivan le ponía los cuernos de la forma más humillante y absurda posible. Le habría gustado sorprenderlo con las manos en la masa, en un callejón oscuro, con los pantalones en los tobillos y haciendo algo de lo más guarro de modo que ella pudiese contarle a todo el mundo lo que había pasado y así no les habría quedado más remedio que coincidir con ella en que Ivan era un depravado de lo peor. Sin embargo, le tocó enterarse a plena luz del día, delante de la biblioteca y con los padres de él de testigo. Le había comentado que iban a visitar la ciudad durante el fin de semana y que, por ende, iba a estar muy ocupado, así que cuando se encontró con ellos frente a la biblioteca le pareció que era cosa del destino. Sabía que sus padres eran pijos, así que se dispuso a hacerles la rosca: «Encantada de conoceros... ay, qué maravilla... Me han hablado muchísimo de... Es que Ivan es tan...» y montones de risas falsas.

Le llevó algunos segundos darse cuenta de que los estaba poniendo incómodos a todos. Así que dejó de hablar. El padre de Ivan, enfundado en una americana, la miró confundido y con los ojos entornados. La madre de él, quizás al olerse lo que sucedía, le ofreció una sonrisa incómoda. Y él parecía mirarla hasta con desdén, aunque Jess no tenía ni idea de por qué. Fue entonces que reparó en la rubia escuálida que Ivan tenía prendida al brazo. La reconoció, pues era una de sus compañeras de clase. Y fue así como cayó en la cuenta. La chica tenía un dedo enganchado en el cinturón de su novio. ¿Habría estado allí todo el rato? Ella pensando que se estaba ganando a sus suegros y lo único que había conseguido era hacer un papelón. De pronto le entró la sensación de que era algo sucio y vulgar: el cadáver de un animal en la autopista, los desechos de una cloaca sobre una carretera impoluta. ¿Cómo podía hacerle algo así Ivan? Antes de que pudiese decir nada más, la madre de él soltó un «En fin» y todos siguieron avanzando, como si Jess no fuese más que un trozo de basura que hay que sortear para seguir andando.

Más tarde ese mismo día, lo llamó, pero él no le atendió el teléfono. Así que lo llamó de nuevo. Y luego una vez más.

Decidió enviarle un mensaje:

Contesta. Contesta. Contesta. Contesta. QUE CONTESTES, COÑO.

Y luego otro:

Contesta que te estoy llamando.

Y otro más:

Hijo de la gran puta.

Tumbada en la cama y con las manos hechas puños, Jess dejó que la humillación y la ira la envolvieran. Cuando no pudo soportarlo más, se levantó de un salto, por mucho que fuesen las cuatro de la madrugada.

Dado que la puerta de la casa en la que vivían los de la fraternidad de Ivan no estaba cerrada con llave, Jess entró sin más. Subió las escaleras sin hacer ruido y enfiló hacia su cuarto, donde, por suerte, lo encontró en su cama y sin compañía.

Dormido, con los párpados moviéndose ligeramente, parecía inofensivo. Hasta vulnerable. Y una parte de ella todavía quería acurrucarse en la cama con él, lo que hizo que lo detestara aún más.

Lo llamó.

Y nada.

Así que pronunció su nombre más fuerte.

—¿Jess? —preguntó, incorporándose de golpe.

—Tenemos que hablar. La puerta estaba abierta.

Ivan se quejó en voz alta y se aplastó una almohada en la cara.

—Joder, Jess. Largo de aquí —le dijo, con la voz amortiguada por la almohada.

—¡No! ¡Me debes una explicación y no me devuelves las llamadas!

—¿Estás de coña? ¿De verdad creías que iba a follar contigo toda la vida?

—¿Es eso, entonces? ¿Estás con otra? ¿Y no se te ocurrió contármelo? ¿Ni siquiera tener la cortesía de avisarme por mensaje? Oye, Jess, que sepas que te estoy poniendo los cuernos con una zorra cualquiera.

—¿Quién dice que la zorra es ella?

—¿Entonces soy yo a quien te tiras y ya? No a quien le presentas a tus padres, claro.

—Mis padres no quieren verte.

—¿Qué? ¿Por qué? ¿A mí en particular? ¡Pero si ni me conocen!

Ivan se puso de pie y se acercó para hablarle desde arriba, con lo que su aliento apestoso le dio de lleno en la cara.

—Vale —soltó—. Estoy saliendo con otra. ¿Contenta? Supéralo ya, joder. Ni siquiera le he presentado a mis padres, ya los conocía. Nuestros padres son amigos. —Solo en ropa interior, cruzó la habitación y abrió la puerta de un tirón dándole un golpe con el puño—. ¿Te vas ya? —la instó, hablando casi entre dientes.

Pero Jess no se movió ni un ápice.

—Anda, qué bien. Así que vuestros padres son compis de golf. Vais al mismo club. Es la doncella rubia y virgen a la que jamás mancillarías con tu pene. La chica perfecta para presentarle a tu madre, ¿no?

—No metas a mis padres en esto. Y deja de hacer como si en algún momento hubiese pretendido presentarle a mis padres a una chica como tú.

—¿Una chica como yo? ¿Qué quieres decir con eso?

—Sabes muy bien lo que quiero decir —contestó, entornando los ojos.

Solo que Jess no lo sabía.

O quizá sí, muy en el fondo.

—Ivan —empezó—, escúchame bien...

—No, escucha tú —la cortó él, dando un paso en su dirección que hizo que Jess pegara un bote y retrocediera.

Ivan soltó una carcajada con sorna.

—¿Creías que iba a pegarte? —Y entonces añadió, con desdén—: Menudos humos que tienes.

No podía creer lo rápido que se había vuelto contra ella. Tan solo la semana anterior le había dicho que era guapísima y que tenía un culo de muerte y que follar con ella era casi una experiencia religiosa.

Era obvio que el tipejo no era Shakespeare precisamente, pero menos daba una piedra.

—Mira quién habla. ¿Sabes qué, Ivan? —le soltó—. ¿Sabes lo que dice la gente sobre ti? ¿Sobre tu familia? Que tu padre es un delincuente —escupió—. Un ladrón y un matón. Y que prácticamente encargó a tu madre por correo. Y soy yo a quien no le presentarías a tus padres, ya.

—Lárgate. —Sin camiseta y con la respiración entrecortada, parecía listo para explotar.

—¡Que no me voy! Eres el hazmerreír del campus —le chilló—. Hasta das pena. Crees que tu cochecito es la hostia, ¡y no! ¡Los únicos que se gastan tanto dinero en un coche son los cuarentones pringados a los que ya no se les levanta!

—¡Que te largues!

—¡Oblígame!

Y entonces sí que se lanzó contra ella. Le envolvió el cuello con sus manazas de gigante y apretó. Jess intentó soltar el agarre de su garganta, pero la estaba apretando con demasiada fuerza. Cuando quiso gritar, no le salió más que un sonido ahogado. Le sorprendió lo mucho que dolía. Parecía que todas las venas y las arterias le iban a explotar y no conseguía llevar aire a los pulmones.

—Ivan, para. ¡Para!

Trató de quitárselo de encima, apretó los puños y empezó a golpearlo sin parar: en la cara, en el pecho, en los brazos. Notaba una especie de cosquilleo. Empezó a ver borroso y la cabeza le dio vueltas. Y entonces, de golpe, acabó. Ivan le dio un empujón que hizo que se tropezara y cayera hacia atrás, entre toses y respiraciones entrecortadas.

—Pero ¡qué coño te pasa! —gritó, con la voz tan ronca que casi ni se le oía. Días más tarde, la garganta le seguía doliendo. La tenía amoratada y dolorida. Y, durante semanas, cada vez que comía o bebía algo, lo hacía con la sensación de que se estaba tragando un montón de piedras.

★ ★ ★

La cuestión era que tendría que haberlo sabido. Ivan era el tipo de chico del cual su padre tanto le había advertido.

Sexto de primaria. Se habían estado pasando revistas para adolescentes y suspirando por los actores y actrices casi adolescentes que protagonizaban distintas series de televisión y salían en la portada. En un arrebato de inmadurez, Jess se había pasado la tarde entera obsesionada con unas ediciones antiguas de *Teen Vogue* y *Seventeen* y había arrancado todas las páginas en las que salían los chicos más guapos. Luego, las había pegado por toda su habitación: rostros adolescentes atractivos que hacían muecas para la cámara, posando sin camiseta en medio del bosque o con trajes en mitad de la carretera.

Su padre lo comentó durante la cena.

—He visto que has redecorado tu habitación —le dijo, por mucho que era obvio que aquello no era lo único que quería decirle.

—Ah, sí —contestó ella. No quería hablar del tema con su padre. Por mucho que no supiera exactamente cuál era el tema en cuestión.

—¿Y crees que esas fotos son algo apropiado? —le preguntó.

—¡Claro que sí! Ni siquiera están en pelotas —protestó—. Solo algunos van sin camiseta y no es para tanto. —No las tenía todas consigo que no fuese para tanto, precisamente. Su padre no la dejaba ver pelis que tuviesen escenas violentas o de sexo o con «temática para adultos», pero no podía ser tan puritano, ¿verdad?

—No me refiero a eso —dijo, negando con la cabeza.

Jess esperó a que se explicara.

—Todos esos jovencitos son blancos.

Jess no supo qué decirle. No creía que comentarle que uno de ellos era mitad japonés fuese a ayudarla precisamente, así que se quedó callada.

—No ganas nada persiguiendo a los blanquitos. Nunca te querrán como quieren a las que son como ellos. —Se quedó callado algunos segundos—. Eso y que ¿cómo crees que se sentiría un chico negro si entrara en tu habitación y viera todo eso?

Jess clavó la vista en su plato de espaguetis.

—Cariño, contéstame.

La vergüenza hacía que se le cerrara la garganta. Ni siquiera había pensado en eso, lo que hacía que todo fuese aún peor.

—Jessie, contesta que te he hecho una pregunta.

—Mal —farfulló.

—Exacto, Jessie, muy mal. Ahora mírame.

Jess hizo lo que su padre le pedía.

—Quiero que reflexiones un poco sobre el mensaje que transmiten todas esas fotos, ¿vale?

Y eso mismo hizo. Volvió a su habitación, enfurruñada, y se puso a pensar en lo que había en su pared: los rostros llenos de pecas, la piel pálida y los ojos claros. Su vergüenza no tardó nada en convertirse en asco.

¿Qué rayos le pasaba?

Arrancó las fotos con unos movimientos enfurecidos y poco cuidadosos hasta que no quedó nada más que una pila de papeles arrugados y rasgados a sus pies. Se dejó caer en la cama y notó que una diminuta bola de furia se le iba formando en el pecho.

¿Y, ya que estaba, qué rayos le pasaba a su padre?

No había colgado esas fotos con mala intención. Y, lo que era más importante, no era como si ningún chico, negro o no, fuese a ver su cuarto en algún momento. No le gustaba a ninguno de sus compañeros de clase. Y solo había un chico negro en su clase, el único de todo el colegio. ¿Acaso su padre pretendía que se pusiera a perseguir al gordo de Stevie Jenkins?

Tenía claro lo que no esperaba que hiciera: fracasar estrepitosamente al no aceptar los pocos consejos que le ofrecía y enamorarse del paradigma más simplón de macho alfa: un blanquito guaperas y ricachón que no supiera nada de la vida.

En la oficina, Charles le informa:

—Llegas tarde, Blaine te estaba buscando.

—Ay, madre.

—Le he dicho que habías ido a por café.

—¡Perfecto! Muchas gracias. —Entonces se gira de vuelta a su ordenador.

Charles agarra el respaldo de su silla, la hace girar para que vuelva a mirarlo y le planta un pósit en la frente. Cuando Jess se lo quita, ve que dice: «Un moca grande, un *flat white* con leche desnatada, un expreso doble y un capuchino».

—Le he dicho que habías ido a por café —insiste.

—¿En serio? —pregunta Jess, pues tiene trabajo que hacer.

—Me gusta el capuchino bien amargo, ¿vale?

★ ★ ★

Josh le escribe:

Me lo pasé muy bien anoche.

Gracias por venir.

Jess empieza a responder:

...

...

...

No sabe si debería reconocer el hecho de que por su culpa todo se fue al traste y qué fue lo que le pasó. O si debería hacer como si nada.

Entonces Josh le envía otro mensaje:

¿Ya te encuentras mejor?

No pasa nada, piensa. Nada de nada. Josh no es Ivan.

Entonces le contesta:

Ajá.

Y ese domingo, al cruzar la cuarta avenida, se encuentra con Josh mientras vuelve a casa después de haber comprado detergente, papel de cocina y café.

—¡Hola! —se saludan, sorprendidos y contentos de verse.

Se quedan plantados sonriéndose como tontos mientras los turistas y los estudiantes de la Universidad de Nueva York pasan por su lado, hasta que Josh le dice:

—¿Quieres ir a por algo de comer o beber?

Se ponen en marcha y pasan por un supermercado enorme, la librería Strand y el cine AMC.

Jess señala la marquesina.

—Oye, me apetece ver esa. ¿Quieres verla conmigo?

—Puede ser. ¿Cuándo?

—¿El jueves?

—El jueves es Día de Acción de Gracias.

Jess se encoge de hombros.

—¿No piensas volver a casa para celebrarlo?

—En una situación normal lo haría, pero... las cosas están un poco raras. Hace unas tres semanas, me llamó mi padre para decir que se irá a hacer una cata de vinos con una amiga —le cuenta—. O sea, en vez de celebrar el Día de Acción de Gracias. ¿Quién se va a hacer una cata en esas fechas? Y en Sudáfrica, para colmo. Ni que fuese el príncipe de Inglaterra.

Jess se sorprendió con la noticia, y no porque su padre nunca viajara, sino porque lo único que lo había visto beber toda la vida era sidra espumosa y solo en ocasiones especiales. Había sonado como que la idea lo entusiasmaba y, de todos modos, a Jess no le hacía mucha ilusión precisamente pasar el día los dos solos.

Entran en un bar irlandés que huele a cerveza negra y patatas fritas y escogen una mesa en el fondo del local.

—¿Qué clase de amigos se van a una cata de vinos una semana entera durante el Día de Acción de Gracias?

—El tipo de amigos que folla.

—¡Puaj, no! Mi padre no se está follando a nadie. Qué asco. Mi padre no folla —repone Jess—. Es un hombre decente y con principios.

Josh se echa a reír.

—¿Y qué piensas hacer tú solita en la ciudad?

—Ni idea. Mis amigas se van a Cabo San Lucas, pero yo no puedo, claro, porque curro. Así que probablemente me quede en casa y pida comida tailandesa para comerla en la cama en pijama. Les pediré que me la envuelvan en uno de esos cisnes de papel de aluminio que hacen, para que parezca festivo.

—Como lo querían los peregrinos —sentencia Josh.

Beben unos cuantos sorbos de cerveza.

—¿Y si vienes conmigo a casa a pasar la fiesta? —propone él, tras un rato.

Jess se olvida de que tenía planes y, cuando Josh se acerca a la barra a pedir más cerveza, llama a Lydia para decirle que se reúna con ellos en el bar en el que están, en la tercera avenida.

—Mi amiga está de camino —le dice a Josh.

Él echa un vistazo a su reloj.

—Yo debería irme pronto.

—No hace falta que te vayas.

—No pasa nada —contesta él. Y, cuando se terminan la cerveza, se va.

No mucho después, Lydia aparece y se sienta frente a Jess.

—¿Quién era el tipo? El que acaba de irse. ¿Lo conozco?

Jess asiente.

—¿Te acuerdas de Josh? De la uni.

—¿Y de qué hablabais?

—De nada, ¿por?

—Porque estabais así —dice, antes de echar la cabeza hacia atrás y hacer como que suelta una carcajada histérica, aunque ningún sonido sale de su boca.

—Claro que no.

—Que sí.

—Que no.

—Que os estabais comiendo con los ojos, ya te digo yo.

—Ay, calla.

8

Josh le pide prestado el coche a su amigo David y empiezan su viaje en la noche del miércoles para ahorrarse la peor parte del tráfico.

—Me alegro de que hayas querido conducir —dice Jess—. Hace mucho que no iba de copiloto. Solo me muevo en taxis, ¿sabes?

—¿Quieres decir que estarías más cómoda si alguien hubiese fumado cinco cajetillas de cigarro y vomitado en el asiento de atrás?

—Qué gracioso. Me refiero a que se está bien así en la autopista. Me parece una experiencia muy propia de los Estados Unidos.

Entonces pasan por una valla publicitaria que anuncia «CHICAS DESNUDAS» y se echan a reír.

—¿Cuánto tiempo tardaremos en llegar? —pregunta Jess.

—No mucho —contesta él—. Greenwich está a menos de setenta kilómetros de la ciudad.

—¡¿Greenwich?! —chilla—. ¿Eres de Greenwich? ¿En Connecticut?

—¿Por qué chillas? —le pregunta él, cubriéndose la oreja—. Creo que no te han oído en Nueva Jersey.

—Es que —Jess se inclina sobre la consola del coche— ¿cómo vas a ser de Greenwich? ¿No me habías dicho que eras pobre?

—Nunca dije que fuese pobre.

—Pero si eres de Greenwich es que eres rico.

Josh niega con la cabeza.

—Hay mucha gente rica en Greenwich, en eso tienes razón. Pero nosotros no somos ricos, ni de lejos.

—Ya. —Jess vuelve a reclinarse en su asiento, tras apoyar los pies en el salpicadero—. Seguro que solo tenías un poni cuando todos los demás tenían dos. Querías un Ferrari al cumplir los dieciocho y tus padres decidieron que mejor te pagaban los estudios.

—Espera y verás —le dice él.

Conducen por el centro de Greenwich, donde las tiendas de la ciudad, como Hermes y Tiffany's y Brooks Brothers, brillan en la oscuridad como si fuesen cajas llenas de joyas. Y, mientras tanto, Jess espera. Recorren un bulevar delineado por árboles y luego otro y otro más; dejan atrás casas con portones y arbustos muy altos con Lamborghinis aparcados en la entrada. Y Jess sigue esperando. Pasan por delante de un club náutico y uno de golf y otro que dice que es un club privado, aunque no menciona de qué. Y Jess espera.

Sigue esperando cuando Josh le dice que ya casi llegan y, para entonces, los barrios parecen muy distintos. Todo es más pequeño y las viviendas están más apretujadas, pero, como sigue siendo Greenwich, Jess no puede evitar pronunciar un *Venga ya* para sus adentros.

Josh aparca al final de una calle llena de casitas de estilo colonial, con unos sedanes de gama media aparcados fuera de unos garajes independientes.

—Vale —dice él, apagando el motor—. Hemos llegado.

Jess se baja del coche y echa un vistazo a su alrededor. La casa parece sacada de unos dibujos animados: un rectángulo coronado con un triángulo. Unas contraventanas azules un pelín torcidas y una cerca blanca.

—No era lo que te esperabas, ¿a que no? —dice Josh, mientras saca sus maletas del asiento trasero—. ¿Ves a lo que me refiero?

Jess se encoge de hombros, porque, si bien puede aceptar que no es una mansión, tampoco es una choza precisamente.

Una vez dentro, la madre de Josh, enfundada en una bata, los saluda en voz baja.

—Mamá, te presento a Jess. Jess, esta es mi madre. —Las presenta, para luego agacharse y recoger del suelo una bola de pelo de color grisáceo oscuro—. Y este señorito refunfuñón es Kachka.

El gato suelta un bostezo desganado y se lame una pata. Tiene unos ojos intensos y amarillos y, cuando los posa sobre Jess, parece que le pregunta: «¿Tú quién eres y qué haces en mi casa?».

La madre de Josh le pide a su hijo que le muestre a Jess su habitación, la cual resulta ser donde dormirá ella, pues él se quedará en el sofá-cama que hay en el estudio, y luego les sirve un poco de té. Se sientan a la mesita de la cocina, Kachka incluido, el cual se sube a su propia silla y procede a contorsionarse en una postura digna de una clase de yoga: una pata estirada hacia el techo mientras se lame las partes pudendas con intensidad y sin dejar de fulminar a Jess con la mirada.

—Anda, le caes bien —le dice Josh, haciendo un ademán hacia el gato.

★ ★ ★

Para cuando dan las doce, ya todos se han ido a dormir. Jess se cepilla los dientes, se pone el pijama a oscuras y procede a meterse en la cama de Josh, no demasiado grande y con un edredón azul. Le parece algo muy íntimo el estar allí tumbada y rodeada de sus pertenencias. Sobre la cómoda hay una lámpara, una caja de pañuelos, una taza llena de lápices y bolis y una fila de cuadros. Fotos de Josh de niño: en un acuario, soplando unas velas y con los pies colgando en una piscina. Repara entonces en que Josh fue un niño en algún momento, que no cayó del cielo siendo socioliberal y creyendo en el conservadurismo fiscal. Su padre no sale en ninguna de las fotos. A oscuras, Jess parpadea para ver mejor una de él con uniforme de escultista y siente un pinchazo de familiaridad. Ella también lo fue de pequeña, por mucho que odiara todas esas noches de películas madre e hija y las salidas a acampar y los días en que hacían manualidades.

Cuando decide que no puede dormir, siente que debe levantarse de la cama, por lo que baja las escaleras de puntillas y enfila hacia el estudio, que aún tiene la luz encendida.

Llama a la puerta.

—Hola —dice Josh—. Pasa, pasa.

Está recostado en un gran sofá gris que hace las veces de cama.

El gato se le ha hecho un ovillo en la curva del brazo y Josh le rasca las orejas y la cabecita, distraído pero con delicadeza.

Parece un chico en su cama con su gato —y técnicamente lo es—, y Jess nota una súbita ola de afecto en su interior.

—¿Quieres ir a dormir a tu cama? —le pregunta, y él alza una ceja—. Me refiero a que si quieres que cambiemos. Me sabe mal que tengas que dormir aquí abajo. ¿No prefieres dormir en tu cuarto?

—No, no pasa nada —contesta él.

De pronto, Kachka se levanta y mueve la cola antes de acomodarse sobre el regazo de Josh. Se pone a ronronear como loco mientras su dueño le hace cosquillas detrás de las orejas y le hace soniditos varios.

A Jess le cuesta muchísimo procesar al Josh que está viendo.

—¿Os he interrumpido? —pregunta, medio en broma, pero también medio en serio.

—Siéntate —dice Josh.

Jess se queda quieta y, cuando Josh la mira, dice:

—¿Me lo decías a mí? Creía que hablabas con el gato.

Así que se sienta en el borde del sofá-cama.

Kachka se frota contra la mano de Josh.

—¿Quién es el gatito más bonito? —le dice al animal—. Sí, tú eres el gatito más bonito.

Entonces Jess suelta:

—¿De verdad crees que los negros tenemos menos coeficiente intelectual?

Josh alza la vista hacia ella.

—Creo que eres una de las personas más inteligentes que he conocido en la vida, Jess.

—Gracias, pero no es eso lo que te he preguntado.

—No. No creo eso.

—A veces recuerdo nuestra clase de Derecho y Sociedad —dice ella.

—No deberías —repone él, con un suspiro.

—Es que creo que me he estado comportando como si fueses... No sé, un republicano desalmado de pantalones rosas. Pero ahora...

—¿Crees que soy un desalmado?

—No, es que...

—¿Y cuándo me he puesto yo unos pantalones rosas?

—Quiero decir que antes lo eras. O que antes creía que lo eras...

—¿Y qué crees ahora?

—Pues... A veces... La verdad es que no sé lo que creo.

Josh se incorpora en su sitio y el gato se queja. Baja la cola y suelta un gruñidito. Josh lo aparta.

—Lo siento, Jess —le dice, posando una mano sobre la suya—. Lo siento si alguna vez dije algo que te hiciera sentir que no vales la pena. Porque es todo lo contrario. Creo que eres... estupenda.

La toma de la mano y le acaricia los nudillos suavemente con el pulgar. Es un gesto muy muy agradable. Pero entonces recuerda la paradoja de Zenón. Recuerda ese «chicas como tú».

Aparta la mano de la suya.

—Lamentas haberlo dicho y hacerme sentir mal, pero no es que no creas en lo que has dicho.

—¿A qué te refieres?

—A todo lo que decías sobre la clase y las razas y cómo la discriminación positiva y otras formas de consideraciones raciales discriminan a los blancos y tal.

—Nunca he dicho que «discriminen a los blancos».

—Ya sabes a lo que voy.

—Creo que sí. En ese entonces y también ahora, aunque quizás ahora me expresaría mejor o de otra forma, estaba convencido de que la cuestión socioeconómica era la más alarmante. Creo que el énfasis que se hace en la raza y en cuestiones de etnicidad en el discurso político actual no es acertado, diría que es hasta patológico, y hace que se pierdan muchísimas oportunidades de mejorar la situación económica de todo el mundo, no solo de los grupos que de forma arbitraria consideremos minorías o en desventaja. Lo que, por cierto, siempre va a ser algo cambiante y que impida que se consiga el apoyo de ambos partidos.

—¿Eso quiere decir que admites que los republicanos son racistas?

—Creía que estábamos hablando como adultos.

—Entonces en serio crees que alguien negro y pobre en este país se enfrenta a las mismas dificultades que alguien blanco e igual de pobre.

—No, Jess. No es como si nunca hubiese leído un libro de historia. Lo que creo es que me parece un poco irónico que se usen las preferencias raciales para tratar el problema de las preferencias raciales. Sobre todo, cuando hay un modo más obvio y elegante de tratar el problema.

—Ya, claro —resopla—, porque resolver la desigualdad sistemática es coser y cantar.

—Calla y escucha. ¿Por qué el racismo es algo malo? ¿Porque queremos que todos traten al prójimo como si estuviésemos en un festival hippie donde todo es amor y paz y respeto? Sueños de opio, teniendo en cuenta la historia de la humanidad. Pero los liberales quieren que pienses que ese es su cometido. Una sociedad de bombos mutuos en la que todos celebremos nuestras diferencias y ya está.

—No hablas en serio. No crees que…

—No he terminado de hablar. La igualdad y la justicia son, en esencia, problemas económicos; y, cuanto más nos dejemos distraer con el politiqueo de identidades y el postureo ético, menos conseguiremos resolver la desigualdad estructural. Estoy convencido de que la mayoría de los liberales prefieren tener la razón que ganar. Su forma de ver el mundo tiene muchísimos huecos y no creo que querer defender un enfoque que de verdad tiene una oportunidad de funcionar me convierta en una mala persona.

Entonces vuelca el peso de su mirada sobre Jess.

—¿Me explico?

—Sí.

—¿Y no estás de acuerdo conmigo?

—No lo sé.

Ninguno de los dos dice nada durante un buen rato.

Al final, es Josh el que dice:

—¿Quieres ver una peli? —Mientras señala la tele con el mando.

Jess niega con la cabeza y se pone de pie.

—No, me voy a la cama.

—¿Te duele la cabeza? —le pregunta él, con un intento de sonrisa.

—Algo así.

Josh asiente y agarra al gato de la patita para hacer como que se despide de ella.

—Di «buenas noches», Kachka. Dile «buenas noches» a Jess.

El gato se estira sin hacerle caso y procede a tumbarse de lado.

—Buenas noches, gato —dice Jess—. Buenas noches, Josh.

El Día de Acción de Gracias, durante la cena, la madre de Josh le pregunta:

—Cuéntame, Jess, ¿tu familia celebra Acción de Gracias?

—Mamá, que Jess es de Nebraska.

—Estos boniatos están buenísimos —dice ella.

—¿Y tu madre prepara algo especial para la cena?

—Eh… No. No, supongo que no.

Como la madre de Josh espera a que elabore un poco más, Jess se ve obligada a aclarar:

—Mi madre murió.

Y cómo le gustaría poder decir esas palabras sin que la gente la mirara con cara de haberle dado un pisotón.

Solo que no es posible, así que la madre de Josh empieza con todo el ritual.

—Ay, querida, lo siento mucho. En serio, lo siento muchísimo.

—No pasa nada. —Jess niega con la cabeza e intenta cambiar de tema—. De verdad, los boniatos están buenísimos.

Los tres se quedan en silencio hasta que, tras un segundo:

—¿Eres adoptada?

—Jolín, mamá. Que no es ninguna huérfana. Su padre está en Sudáfrica. —Y entonces especifica—: De *viaje*. No es ninguna niña africana que hayan dado en adopción. Lo que pasa es que su padre está de viaje esta semana.

—Josh, cielo, no hace falta que te ofusques. Solo estamos conversando. —Se vuelve hacia Jess—. Perdona si me he pasado de curiosa.

—No, no. No pasa nada, en serio. Me alegro mucho de que me hayáis invitado. —Entonces se calla y se vuelve hacia Josh—. ¿Los boniatos? Buenísimos, te digo.

★ ★ ★

—Menuda escenita has montado —dice Jess, esa misma noche, pero más tarde.

—¿Cómo dices?

—En la cena. Que has dejado en evidencia a tu madre, vamos. Casi casi la has llamado «racista» con todas las letras.

—Jess, te ha preguntado si eras adoptada. ¿Por qué? ¿Porque tu dicción es impecable? Si la hubiese dejado seguir, habría terminado preguntándote si cuando naciste eras adicta al crack o si tus padres tenían sida.

—No me habría preguntado eso, no te pases.

—Te digo yo que sí.

—Lo que pasa es que querías quedar bien conmigo.

—Claro que no.

—Que sí. Te eché en cara tus inclinaciones políticas cuestionables y tú has intentado demostrar que me equivocaba al dejar a tu pobre madre en evidencia.

—No ha sido así.

—Venga ya —lo pica ella—. Admítelo y ya está.

—No pienso admitir nada.

—Anda, no pasa nada.

—Jess, no te pongas pesada —le dice él, aunque con el rostro colorado.

Jess llama a su padre para felicitarlo por las fiestas, por mucho que sepa que no tendrá cobertura donde está y que no le contestará. Solo que, tras algunos segundos, se produce el vacío antes de que alguien conteste. Oye un crujido y luego la voz de una mujer.

—¿Hola? —dice Jess.

—*¿Diga?* —contesta la mujer.

—¿Papá? —pregunta Jess, como una estúpida, pues sabe que su padre no tiene voz de mujer.

Oye a la mujer llamar a su padre y entonces es a él a quien oye decir:

—*¡Mi niña querida!*

—¿Quién era esa?

—*¿Jessie?* —dice su padre—. *¿Cómo…? ¿Qué dices?*

No se está haciendo el loco, sino que de verdad no se oye nada. Jess oye gritos, risas y ¿quizás un megáfono?

—Papá, ¿dónde estás? ¿Me oyes?

—*Ay, sí* —contesta él—. *Es increíble. Todo es muy bonito.*

—¿Qué es muy bonito? ¿Papá? ¿Dónde estás?

Un sonido como el de unas rocas golpeándose dentro de una lata, luego estática y luego nada.

Jess corta la llamada.

Qué cosa más rara, piensa.

—Y bueno… —empieza Jess a la mañana siguiente, de camino a salir de la ciudad—. Tu casa es muy bonita.

Josh sale de la entrada de su casa, pasa por encima de unos badenes y unas señales que dicen: ¡BAJE LA VELOCIDAD! ZONA IN-FANTIL.

—Sí, sí. —Entonces la mira, porque sabe exactamente lo que está insinuando—. Mira por la ventana.

Jess le hace caso.

—Tenía que pasar por aquí todos los días de camino al colegio.

—¿De camino a Choate?

—No, no —dice él—. Antes del internado. Antes de Choate. —Se asoma para ver por encima del volante a través del parabrisas—. Todos los días de Dios.

Fuera, casi hasta el horizonte, hay mansiones, o al menos unas paredes detrás de las cuales se encuentran escondidas las mansiones esas que cuestan varias decenas de millones de dólares. Y Jess lo sabe porque, mientras hacía como que estaba leyendo sus correos, en realidad estaba buscando el precio de las viviendas de la zona.

—En el país de los ciegos millonarios, el tuerto multimillonario es rey —acota Jess.

—De verdad que no eres tan graciosa como crees que eres —dice él, entre risas—. Venga —añade, al tiempo que aparca frente a uno de los portones que hay al lado de una torre de seguridad—, te la mostraré.

—¿Me vas a mostrar qué?

Josh hace un ademán hacia la reja.

—Vamos a echar un vistazo.

Jess se ríe.

—¿Cómo? ¿Vas a llamar al timbre y les vas a pedir que te den una visita guiada?

—Gil vive aquí.

—Gil... ¿Tu jefe? ¿El director ejecutivo de tu empresa?

Josh asiente.

—¿Cómo sabes dónde vive? Y ya que estamos, ¿pretendes presentarte sin avisar en casa de tu jefe un día después de Acción de Gracias y pedirle qué? ¿Que nos invite a un tecito?

Solo que Josh ya está avanzando con el coche, mientras niega con la cabeza.

—Gil no está en casa. Está en Barbados.

Baja la ventanilla y saca un brazo para llegar al teclado.

—¿Vas a hablar con el guardia de seguridad? —pregunta, sorprendida. Se inclina más cerca del parabrisas, para intentar ver dentro de la torre.

Josh no le contesta. En su lugar, aprieta unos cuantos botones y Jess se lo queda mirando, un poco con la boca abierta, cuando la reja se abre.

—¿Cómo...? ¿Cómo es que te sabes el código?

—No es la primera vez que vengo —le cuenta, lo que no es exactamente una respuesta a su pregunta.

La entrada es larga, tanto que hasta le hace gracia, y está delineada por unos cipreses muy altos, como si estuviesen en el Palacio de Versalles, nada menos. Llegan a una bifurcación y Josh va por la derecha.

—¿Qué hay por ahí? —pregunta, señalando.

—El establo.

—Ah, claro —suelta—. El establo al este y la pista de aterrizaje al oeste.

—Es una plataforma para helicópteros —le explica Josh—, y en realidad está detrás de la casa principal.

—Ni te cuento lo mucho que me perturba que hayas pronunciado esas palabras sin un ápice de burla —le dice ella.

La casa, que más bien son varias, aparece de pronto y Jess no puede evitar soltar un:

—Madre mía.

Tres edificios de piedra, y el más grande de todos se parece a la Mansión Wayne.

—¿Gil combate contra el crimen por la noche? —pregunta.

Le dan una vuelta a la propiedad con calma. Ven caballos y helicópteros y piscinas y fuentes y, tras otros veinte minutos (porque de verdad tardan unos veinte minutos en recorrer la propiedad de Gil), Jess le pregunta:

—¿Es esto lo que quieres?

—¿Tú no? —contraataca él, mirándola.

Jess se detiene a pensarlo. Por un lado, parece casi patológico querer tener tanto dinero. Quizás hasta absurdo. Un sueño de opio. Aunque puede que no para Josh.

Cuando era niña, cada vez que se ponía caprichosa (al exigir chuches o ropa o un móvil nuevo), su padre le decía: «No confundas el hambre con las ganas de comer», lo cual le parecía el típico sermón pesado de padre o de una de esas series trilladas que pasaban por la tarde. Jess se pregunta qué pensaría de ella ahora, obsesionada con un número que es solo una parte de una parte de lo que tiene delante, pero que sigue siendo bastante más de lo que necesita. Más de lo que cualquier persona necesita.

¿Está siendo codiciosa? ¿Al querer todas esas cosas? Cosas que se adquieren al robar y saquear y cometer delitos de guante blanco, valiéndose de ayudas corporativas y de la clase obrera. Solo que, tras contemplar aquel lugar con sus jardines inmensos y la entrada serpenteante, no es difícil olvidar todo eso. La mansión es impecable y totalmente privada. Pero, lo que es más importante, Gil es un pez gordo. Da charlas en el Foro Económico Mundial y tiene montones de títulos honorarios. Cuando entra en una sala, la gente le presta atención. Lo toman en serio. Lo único que tiene que hacer es chasquear los dedos y escribir un cheque. Eso es lo que quiere ella.

De modo que, tras unos segundos, termina diciendo:

—Sí, supongo que sí.

Se sientan en un banco de piedra que hay cerca de la piscina, y Jess alza la cara hacia el sol.

—Ese es el plan, ¿entonces? —le pregunta, mirando hacia el cielo—. ¿Tendrás una casa gigantesca en Greenwich, con fuentes y helicópteros y árboles italianos y enviarás a tus hijos a un internado?

—Puede ser —contesta Josh, a su lado.

—¿Y tendrás una esposa preciosa que prepare el mejor asado de carne del mundo y que gane los torneos de tenis que organizan en el club año tras año?

Él se ríe.

—Bueno, no estamos en 1950, así que quizá no sea así exactamente. Pero una vida a lo grande, eso sí. O eso pretendo.

Jess asiente, para luego soltar:

—¿Quién es Tenley?

—¿Tenley? ¿Cavendish? —Se vuelve para mirarla, asustado y con el rostro muy pálido—. ¿Por qué lo preguntas? ¿De dónde la conoces?

—No la conozco —contesta—. La vi en tu anuario. Te escribió una carta. —No le dice lo que oyó a escondidas en la fiesta de David.

—¿Y la leíste?

—Pues no, la verdad. —Y no la había hecho, técnicamente al menos.

Había encontrado el anuario de Josh en su habitación, en una estantería baja, enterrado bajo un montón de libros de texto. Lo había hojeado un poco: las fotos del equipo de navegación, del consejo de estudiantes, de algo llamado Fiesta de la Corona, en la que las chicas iban con vestidos blancos y coronas de flores. Al final de todo, en una de las páginas en blanco, encontró una carta escrita en una letra cursiva muy bonita. Abarcaba la página entera y, si bien empezaba con un «¡Hola, Josh!», luego se iba volviendo más íntima, hasta que ella misma había decidido dejar de leer. Solo que, antes de cerrar el anuario, había visto que la carta estaba firmada al final de la página con un «Siempre te querré. Besos, Tenley».

Josh no le dice nada y se mantiene con la vista fija en el horizonte.

—¿Quién era, entonces? —lo presiona.

—Una amiga —contesta, poniéndose de pie de pronto—. Hace siglos que no hablamos.

—¿Quieres decir una novia? —Jess también se pone de pie.

«Siempre te querré. Besos, Tenley».

—Pues no, la verdad. —Entonces se saca el móvil del bolsillo—. ¿Vamos volviendo?

Jess ladea la cabeza, sin poder evitar la curiosidad que la embarga al verlo tan esquivo, ante lo que él entiende como «siempre», pero termina diciendo:

—Sí, claro. Vámonos ya.

9

Josh escoge el restaurante de enero. La espera en la esquina y le abre la puerta antes de entrar.

—Es como si estuviera en un bar tiki de peli de ciencia ficción —dice Jess.

—¿Eso es bueno?

—Pues si los dos fuésemos restaurantes y tuviésemos un bebé, así sería.

—Qué cosas más raras dices —contesta él, echando un vistazo a su alrededor—. Pero sí, tienes razón.

Los acomodan en una mesa de tapicería azul brillante con unas servilletas con flores al estilo art déco dobladas sobre platos plateados.

—¿Cómo va el curro? —le pregunta Jess, según hojea la carta de cócteles.

Josh frunce el ceño.

—Me preocupa no estar dedicándome lo suficiente a una plataforma tecnológica que tengo a mi cargo. Una vez diseñado el algoritmo, no se le puede meter mucha creatividad al proceso de compraventa, eso lo sé. Pero es que tengo la sensación de que primero podría ponerme más creativo con los modelos. ¿Me explico?

Jess tiene la vista clavada en la carta, sufriendo por no poder decidirse entre un cóctel de ron que sirven en un coco y un ponche que sirven en una calavera.

—¿Y si minas criptomonedas?

—¿Minar criptomonedas? ¿Qué sabes tú sobre eso?

—Es como un dinero digital. Está encriptado para controlar las reservas y usas una cadena de bloques, como un registro contable distribuido, para llevar la cuenta de todas las transferencias de activos.

—Ya sé de qué va todo el tema de las criptomonedas. Lo que quiero saber es cómo lo sabes tú —le dice—. ¿Estáis trabajando mucho con eso en Goldman?

Jess se encoge de hombros.

—No sé. Puede que no, puede que sí. ¿Quién sabe? Quizá los equipos de operadores. La verdad es que no tengo idea, no es como si me contaran nada.

El camarero se acerca a preguntarles qué quieren beber.

—¿Entonces cómo sabes sobre minar criptomonedas? Es algo muy rebuscado.

—Por el libro que me pasaste —contesta ella, mirándolo.

—¿Qué libro? Nunca te he dado ningún libro.

—El de computación cuántica.

—¡¿Y te lo leíste?!

—Jess. Saber. Leer —contesta, con voz ronca, antes de intentar soltar una especie de sonido tribal.

—No sabía que te interesaran esas cosas.

—Es que estaba interesante. No todo, pero unas partes sí.

A Josh se le ilumina la expresión.

—Sí que lo es. ¿Qué fue lo que te pareció más interesante?

—Pues, querido profesor —empieza, juntando las manos e inclinándose sobre la mesa—. Me pareció muy interesante todo eso de los bits cuánticos y el espín de las partículas. O sea, eso de usar la superposición cuántica para hacer que todo vaya más rápido.

—Sí, sí, justo eso —asiente él—. Los patrones de almacenamiento. ¿Y entendiste todo eso? ¿Todo todo?

—Jolín, que el libro decía «para torpes» en el título, Josh. Claro que lo entendí. No me trates de tonta.

—Es que es teoría bastante compleja, la verdad. Me sorprende.

—Pues no te sorprendas.

—Ya lo estoy.

—Pues deja de estarlo.

—Es que tú me sorprendes —dice él, hasta que Jess pone los ojos en blanco—. No es algo malo.

El camarero les deja las bebidas en la mesa y Jess da un largo sorbo de una pajita colorida que está metida en una calavera de acero inoxidable.

—Puede que no —concede ella, esbozando una sonrisa torcida—, pero que sepas que mañana te voy a enviar un PDF llamado «Cómo no ser un sabelotodo condescendiente para torpes».

Al día siguiente, Jess recibe su evaluación de desempeño. Y es lo bastante buena como para que no la echen a la calle, pero ya está.

Más tarde ese mismo día, ve que Blaine está en su oficina, con un marcador listo sobre una pila de documentos.

Le da un golpecito al cristal para llamarle la atención y, cuando él la mira, le dice:

—Sé que esto probablemente sea material para una conversación más larga, pero quería pedirte que, cuando tengas un momentito, me encantaría saber qué crees que puedo hacer para mejorar en mi puesto. Si hay algún área en específico en la que podría centrarme.

Siendo sincera, aunque a Jess le importa tres pepinos la opinión de Blaine (es como pedirle a Vlad el Empalador que le dé algún consejo), él tiene su destino en sus manos.

Blaine se la queda mirando.

—Puedo volver más tarde si estás… —empieza a decir ella, retrocediendo un poco.

—¿Sabes lo que puedes hacer? —suelta él, tras un rato.

Jess se frena un segundo.

—Aprender cuántos ceros hay en un millón y cuántos en mil millones.

Su padre la llama.

—¿Cómo van las cosas, cariño mío?

Jess suelta un suspiro.

—*Cuéntame qué ha pasado.*

Y eso hace. Le cuenta sobre el problemón que hubo con los ceros: lo de Charles y el informe desastroso y el cliente enfadado y el cabreo de Blaine y su bonificación que dejaba mucho que desear.

—¿Te descontaron dinero?

Jess se alegra de que no sea una videollamada y que su padre no pueda verle la cara.

—Haces que suene como si trabajara en una fábrica. Las primas son algo subjetivo. Lo más probable es que solo necesitasen una excusa de nada para no pagarme y ya.

—*Pues eso no me parece* —dice su padre.

—¡Ni a mí!

—*Tienes que hacer algo.*

—¿Algo como qué?

—*Tienes que decirles que no fue culpa tuya.*

—¿Decírselo a quién, papá? —Jess nota un pinchazo de fastidio. ¿Qué cree que va a conseguir con eso? ¿Quién se va a dignar a escuchar sus quejas?

—*A tu supervisor. Al tal Blaine ese.*

—Es que así no funcionan las cosas.

—*Jessie, tienes que hacerte notar.*

—No pasa nada, papá.

—*Jessie.* —Puede oírlo removerse al otro lado de la línea, acomodar el teléfono para adoptar una postura digna de un sermón—, *estos tipos no van a darte ni un poquitín de margen, ¿me entiendes? Van a encontrar diez mil razones para no confiar en ti y ¿pretendes que tengan diez mil una? Además, esto no solo va sobre ti, cariño. ¿Qué va a pasar con la siguiente chica negra que llegue a la oficina? ¿Y con la que llegue después?*

—Papá, que ya lo sé.

Aunque, si hubiese sabido que su padre iba a armar tremendo lío, no le hubiese contado nada.

Porque ahora está dándole la tabarra sobre la igualdad de oportunidades y el legado de la discriminación y el mito de que los negros son una raza inferior.

Y es por eso que no puede contarle nada.

Quiere dejar de escucharlo, pero no es nada fácil. Porque el hombre está en lo cierto, al fin y al cabo. Se suponía que ella tenía que ir allanando el camino y haciendo que el arco del universo moral se inclinara más hacia la justicia, no haciéndose pequeñita en una sala de conferencias mientras un papanatas con bléiser le da órdenes a gritos sobre cómo poner unos cuantos puntos y comas.

•

Queda para cenar con Josh en un restaurante mexicano que se encuentra detrás de una bodega, como una especie de antro que vende burritos.

Una vez que se sientan, Josh le dice:

—Dicen que ya han entregado las primas en Goldman.

Jess moja una patata en una salsa verde y no contesta.

—Dicen que este año pagaron una miseria.

Jess se pone a intentar pescar un jalapeño que hay en su cuenco con una tortilla y no le hace ni caso.

Solo que Josh se limita a beber su agua sin alterarse, hasta que Jess termina cediendo.

—¿Me estás preguntando si estoy en el 5% más bajo de mi grupo de analistas?

—¿Lo estás?

—Tu pregunta casi ni amerita que la conteste. Pero no, no me han pagado una miseria. O sea, tampoco me voy a poder comprar un bolso de Chanel este año, pero ya está. Gracias por la confianza.

—Entonces, ¿piensas irte?

—Yo no he dicho eso.

—¿Y qué planes tienes? ¿Qué piensas hacer ahora?

—Si lo que quieres es saber si me pasaré al capital de inversión o al de riesgo o si me meteré a una escuela de negocios, la respuesta es que no. Estoy bien donde estoy.

—Ya, y yo me lo creo.

—¿Qué quieres decir con eso? ¿Por qué iba a dejar algo que está bien? A ver, sí, todos estamos cansados por los horarios y el abuso, pero... no pasa nada. Ya lo tengo asumido. Más vale malo conocido y todo ese rollo.

—¿Lo tienes asumido?

—Pues sí. Ya sé que no voy a ganar el premio a la mejor analista del año, eso está claro, pero no tengo problema con cómo están yendo las cosas. Puede que no haya pasado este año, pero seguro que me ascienden el año que viene. —Se lo piensa un momento—. O el que viene.

—¿De verdad crees eso?

—Te estás pasando un poco, ¿no te parece?

—Pero ¿de verdad lo crees?

—Pues es obvio que tú no lo crees, me lo.has dejado bien claro. Cambiemos de tema.

—Solo pretendo entender qué es lo que quieres hacer.

La cuestión es que Jess está haciendo lo que quiere. Después de haberse pasado dos años dedicándole sangre, sudor y lágrimas y siendo la chica del café, no tiene intención de empezar desde cero en otro sitio. La van a ascender. Es solo cuestión de tiempo. Probablemente. A lo mejor. No piensa seguir hablando del tema.

—No tengo ningún plan, ¿vale? —contesta, al final—. ¿Qué planes tienes tú?

—Ya me han ascendido —dice él, como si nada—. Y voy a dirigir mi propio equipo de trabajo.

—Mira tú qué bien —dice Jess mientras aferra su menú—. Enhorabuena, felicidades, etcétera.

—Jess, no te pongas así.

—¿Me estás vacilando? Si acabas de decirme lo patética y hundida en la mierda que estoy. ¿Pretendes que me ponga a tirar cohetes porque a ti te han ascendido?

—Ni eres patética ni estás hundida en la mierda. Y no estoy presumiendo. Lo he mencionado porque quiero contratarte para mi equipo.

—¿Y trabajar para ti? ¡Ja! No, gracias.

—Estás perdiendo el tiempo en Goldman. —Josh la mira a los ojos—. No saben lo que vales.

—¿Y tú sí?

—Claro que sí —contesta él, muy serio.

—¿Desde cuándo?

—Desde… siempre.

Jess suelta un suspiro ante su convicción. Lleva un dedo al borde de su copa de margarita y se queda pensando. Se frota un grano de sal de tamaño considerable entre los dedos y finalmente le dice:

—Vale, cuéntame.

Josh le sonríe.

—No sería nada raro ni jerárquico, de verdad. Técnicamente serías un miembro más del equipo de operadores por cuenta propia, pero trabajarías codo a codo conmigo.

Jess se lo piensa. Se imagina a sí misma, sentada con las piernas cruzadas, y compartiendo escritorio con Josh.

—Vale —dice—. Pero tengo una pregunta.

—Dispara.

—¿En qué consiste tu trabajo exactamente?

—Buena pregunta. —Josh se echa a reír—. En resumen, lo que hacemos es usar aprendizaje automático para hacer acuerdos más rápidos y mejores inversiones. La idea es usar la información y la analítica para crear una mejor estrategia de comercio y luego servirnos de esas estrategias para determinar cómo, cuándo y cuánto invertir.

—Entonces, ¿tú creas las estrategias y el ordenador es quien decide?

—Exacto.

—¿Y Gil Alperstein te va a dar una millonada sin más para que juegues a la bolsa de valores?

—Si quieres verlo así. —Se encoge de hombros—. Se me da bien lo que hago. Y, siendo sinceros, todo se reduce a una estrategia de marketing. Ya sabes, chico maravilla que dirige un fondo de inversiones basado en una tecnología de inteligencia artificial. A la gente le encanta eso del intelecto precoz. Los genios, los cerebritos y todo ese rollo.

—¿Chico maravilla?

—Sabía que esa era la parte con la que te ibas a quedar —le dice, con una media sonrisa.

—Es que no me había percatado de que estoy compartiendo mesa con una maravilla del mundo moderno, es todo. Cuando te inviten a la Casa Blanca a recoger tu premio, no te olvides de nosotros los mortales. De las mentes mediocres en contraposición con tu espíritu magnífico. De los discípulos cortitos que no se comparan con tu Jesucristo superestrella.

—¿Te has cansado ya?

—De aquellos que mueren por hacerse con tu autógrafo de celebridad de Hollywood —sigue ella—. ¿Me puedes hablar más sobre la iglesia de la Cienciología?

Josh sigue esperando.

—Vale, ya estoy —le dice ella—. Pero ¿me lo dices en serio? ¿Me estás diciendo que, básicamente, estás dirigiendo tu propio fondo de inversiones y que estás buscando gente? Y que Gil Alperstein, el mismísimo Gil Alperstein, ¿te va a dejar contratar a quien tú quieras?

—Sí y no. O sea, tendrías que pasar por una entrevista, que no somos cavernícolas. Pero te ayudaría a prepararte. Y te incorporarías a mi equipo.

—¿Y qué haría yo mientras el chico maravilla, dígase tú, está escribiendo estos algoritmos y ayudando a las máquinas a preparar su motín?

—Estarías escribiendo los algoritmos también.

—Perdona, creo que no te has enterado. No sé escribir algoritmos de inversiones.

Josh se encoge de hombros.

—Ya aprenderás.

Jess no se lo termina de creer.

—Eso es lo bueno de trabajar con Gil —le explica él—. Toda la empresa se basa en el poder del intelecto. No hay jerarquías ni politiqueo inservible. Lo que le interesa a Gil no es lo que sabes sino cuán rápido puedes aprender.

—Vale, pero… ¿estás seguro? ¿Por qué crees que podría hacer algo así?

—Porque tienes cerebro. Aprendiste a usar Python tú solita, juegas al Set como si fueses una máquina y eres muy lista, Jess. Te lo digo en serio.

—Pero hay montones de gente lista en el mundo. ¿Por qué me escoges a mí?

—Porque tú estás aquí conmigo —le dice él—. Y porque eres la hostia.

Parte dos

10

—¿Vas a trabajar para Josh?

Jess y Lydia están sentadas en unos sillones de masaje mientras les pintan las uñas en una tiendecita que deja mucho que desear pero que queda a una calle de su piso. Aunque antes iban al spa de un hotel (en el que les servían champán y una tabla de quesos para acompañar sus manicuras y pedicuras), como ahora Jess ya puede permitírselo, le da un poco igual.

—Pues ¿quizá? —Jess se examina las uñas. Son de color rojo brillante y no combinan demasiado con sus prendas de Brooks Brothers, pero justo por eso lo ha hecho—. Según él, en Goldman nadie me valora y solo es cuestión de tiempo que me pongan de patitas en la calle.

—¿Y por qué querría contratarte él, entonces?

—Eso fue lo que le pregunté. Y me dijo que porque era lista. O algo así.

Lydia le dedica una mirada significativa.

—Seguro es porque quiere llevarte a la cama.

Jess se echa a reír.

—Ay, calla.

—Tú ten cuidado. Al principio todo es números y documentos, y, antes de que te des cuenta, tienes el culo sobre la fotocopiadora y estás gritando su nombre a todo pulmón —se sopla un poco las uñas—, en la cumbre del éxtasis.

Jess va a la oficina para que le hagan una entrevista de práctica.

En el vestíbulo, la recibe Elizabeth, la secretaria de Josh (porque claro que tiene su propia secretaria). La conduce por la oficina, donde la gente va de aquí para allá en pantalones cortos y sudaderas mientras sacan de la nevera agua de distintos sabores, café frío y zumos de fruta orgánicos.

Jess cuenta cuatro partidas de ajedrez por el camino. Un tipo con una camiseta de la Academia de la Flota Estelar dice:

—Tu estructura de peones da vergüenza.

Y el tipo que tiene en frente se hunde en su puf y suelta un:

—Ya, chico.

Jess pregunta dónde está la piscina de bolas, solo por vacilar, y Elizabeth la mira con expresión apenada.

—¡Lo siento mucho! Es que la han reservado ya.

Josh la espera en su oficina (porque claro que tiene su propia oficina), detrás de una puerta corrediza enorme de vidrio esmerilado que Elizabeth desliza hacia un lado para dejar que Jess pase. Él lleva su camisa de siempre y pantalones.

Jess se sienta y está a punto de bromear sobre el hecho de que no ha visto sirvientes pelando uvas para los trabajadores en la cocina, pero Josh se le adelanta.

—No tenemos mucho tiempo, así que pongámonos a ello. —Saca un cuaderno de un cajón de su escritorio—. Tienes un solo segundo para responder y nada más.

—Ah. —Jess se quita la chaqueta y añade—: Vale, vale.

—¿Cuánto es un millón menos once?

—Ah, ¿quieres decir que empezamos ya?

—Un segundo —le recuerda él.

—Novecientos noventa y nueve mil novecientos noventa y nueve —contesta, sin pensar.

Josh alza una ceja y anota algo muy elaborado en su libreta.

—No, espera… —empieza a decir ella, pero Josh la interrumpe.

—¿Cuál es el cincuenta y cuatro por ciento de ciento diez?

»¿Cuántas toneladas pesa el océano?

»¿Puedes intentar calcular la temperatura a la que se encuentra esta oficina?

Le pide que calcule las posibilidades de sacar distintos colores de un frasco lleno de canicas y las probabilidades de que un equipo de beisbol pase a la séptima ronda y cuánto pagaría por jugar a las cartas con una baraja trucada. Ella contesta que veinticinco por ciento, cinco de dieciséis y nada.

—Mmm —contesta él—. No está nada mal.

Jess sonríe de oreja a oreja.

—Vale, última pregunta. Y esta es la más importante.

Jess se inclina hacia adelante.

—¿Apostarías un millón de millones a que el sol saldrá mañana?

Jess ni se lo piensa.

—¡Pues claro!

—No, Jess. —La decepción en su voz es evidente—. No es una decisión bien meditada.

—Pero es un millón de millones asegurado.

—¿Y si el sol no saliera? Lo habrías perdido todo. No hacemos negocios así. No basta con saber los números, hay que entender la estrategia.

—Si el sol no saliera, digo yo que tendríamos asuntos más importantes que atender que nuestras ganancias y pérdidas, ¿no?

—Nuestras ganancias y pérdidas siempre son lo más importante —declara Josh.

—Vale, me lo anoto para cuando estemos racionando cubitos de proteínas en nuestro búnker.

—Jess, para ya con las bromas.

—Tranquilo, que todo irá bien. ¿Quieres saber por qué?

Josh espera a que ella solita se conteste.

—Porque soy la hooostia —dice, canturreando la palabra.

Él menea la cabeza e intenta contener una sonrisa.

—Necesito estar seguro de que te lo estás tomando en serio.

—¡Claro que sí! ¡Por eso he venido!

—Necesito saber que te vas a preparar para la entrevista.

—¡Claro que sí!

—Necesito saber que no me harás quedar como un pirado sin criterio.

—¡Claro que sí!

Josh frunce el ceño.

—Claro que no, quiero decir.

Arranca varias páginas de su libreta y se las entrega.

—Toma, repasa esto.

Jess las dobla y se las guarda con cuidado en el bolso.

El teléfono del escritorio de Josh se ilumina con una lucecita roja y la voz de Elizabeth sale por el altavoz:

—*Tengo a tu cita de las once en espera.*

—Me lo tomo en serio, te lo juro. —Jess se pone de pie.

Josh no contesta.

—Oye, no pongas esa cara —le recrimina Jess.

—¿Qué cara?

—La de «Ay, no, ha sido un error contratar a Jess».

—No estás contratada aún.

Jess se echa a reír.

—Genial. Cómo me tranquilizas.

—Es que... Pienso que es justo eso por lo que creo que te irá de maravilla.

—¿Por qué?

Su teléfono sigue iluminándose.

—Por... —Busca en su cerebro la palabra adecuada—. Cómo eres. Lo que te hace ser tú. El modo en que puedes enfrentarte a los mismos hechos que yo y dar con una conclusión completamente diferente.

—Esa parece una forma enrevesada de decir que nunca tengo razón.

—¿*Ya estás?* —insiste la voz de Elizabeth por el altavoz una vez más, aunque Josh no le hace ni caso.

—Es lo que más me gusta de ti —le dice a Jess.

—¿Que no estemos de acuerdo?

—Que tengas una opinión diferente.

—¿Y qué es lo segundo que más te gusta de mí?

Jess espera que le suelte una broma o que menee la cabeza o le diga algo como «No tengo una lista», pero termina soltando:

—Tus piernas.

Y entonces contesta el teléfono y la reunión ha llegado a su fin.

En una fiesta a la que va esa misma noche, Jess le dice a un tipo que está al lado de un cuenco de salsa que trabaja para Gil Alperstein y está claro que no se lo cree.

—¿Tú? —le dice—. ¿En serio?

Y cuando Jess le contesta que sí, que ella y en serio, como si fuese a escupirle fuego por la boca, él le dice:

—Oye, tranqui; es que dicen por ahí que es muy difícil entrar a trabajar con ellos.

—Es que soy la puta ama —le explica ella, muy tranquila.

—Ya. —Se encoge de hombros—. Claro. —Y luego, con la boca llena de nachos, agrega—: Oye, ¿es cierto que todos juegan al ajedrez entre acuerdo y acuerdo y que dos veces al año despiden al 10% de los operadores a los que peor les va?

Entonces Jess se ve obligada a admitir que técnicamente no trabaja ahí. Aún.

—La verdad es que no estoy segura. Aún no empiezo a trabajar, estoy esperando que me hagan una oferta —se explica.

—Ah, entonces no trabajas ahí de verdad. —Parece como si todo volviera a encajar en su patético y minúsculo universo—. Pues eso ya tiene más sentido.

★ ★ ★

Después de eso, Jess se pone a hincar los codos.

Se lee de cabo a rabo los apuntes que le dio Josh, desempolva un libro de texto de la universidad sobre probabilidad y teoría de números y, cuando Miky le envía un mensaje (**¿Qué planes este finde? ¿Birras hasta morir?**), Jess pasa de ella.

«Pues eso ya tiene más sentido». Si Jess pudiese embotellar la mirada condescendiente que le había dedicado el tipo de los nachos, no necesitaría ningún otro combustible para pasarse horas y horas estudiando hecha una furia. No necesita nada más para motivarse. Aunque bueno, también está el tema del dinero.

Josh le dijo que su remuneración sería casi toda a comisión y que prácticamente no habría ningún límite. Le dijo cuánto podía ganar al año, en teoría, y a Jess casi le dio un soponcio.

—¿Tanto? —le preguntó—. ¿Solo por apretar unas teclas de nada?

—Si quieres verlo así —respondió él.

Casi podía ver la cifra de su app por fin en color verde. Aunque su padre siempre le había dicho que no se gastara lo que aún no había ganado, incluso si solo era en su imaginación, le parecía como si le hubiese tocado la lotería: iba a poder pagar los préstamos que se había hecho o comprarse un barco o donar a la caridad.

La noche anterior a la entrevista, Jess está llena de energía y entusiasmo. Como el muñequito de Kool-Aid, que va a toda potencia, está lista para atravesar paredes.

Le manda un mensaje a Josh:

¡LISTO, CALIXTO!

Y él contesta:

Creo que te has equivocado de número. Soy Josh.

Y ella le manda un:

OH, SÍ!

Todas las preguntas que le hacen son sobre matemáticas y estrategias de comercio, como habían practicado. Le dan unas cuantas fichas de póker y un entrevistador tras otro le pide que haga apuestas y calcule todas las probabilidades posibles. Es como uno de esos torneos de póker que pasan por ESPN, donde los hombres se sientan a jugar a las cartas en chándal y, por alguna razón, a eso se lo considera un deporte.

Solo que, para cuando termina la entrevista, tiene más fichas que con las que ha empezado, y Josh la llama unos cuantos días después para felicitarla por su nuevo empleo.

David, el amigo de Josh, ha organizado una fiesta y Josh la invita para celebrar.

—¿Seguro que deberíamos quedar juntos ahora que eres mi jefe y tal? —pregunta ella.

—Será todo muy profesional —le asegura él, la mar de tranquilo—. Solo vamos a beber algo, ¿no? No será una de las fiestas bunga bunga de Berlusconi.

Sin embargo, cuando llegan a la fiesta —ella y Lydia—, la casa está atestada de gente y las ventanas están empañadísimas. Se separan para cubrir más terreno, un truco que aprendieron en la universidad para maximizar las probabilidades de encontrar lo bueno: drogas, chicos guapos y birra.

Jess está en la sala de estar examinando las etiquetas de unas botellas de alcohol cuando Lydia le escribe:

Ya he visto a Josh.

Encuentra a Lydia en la cocina, tumbada sobre la encimera. Alguien le ha servido un poquitín de tequila en la parte plana del estómago y le empieza a chorrear por los costados. Un tipo le mete la lengua en el ombligo y la hace chillar sin control.

—¡Jess necesita un chupito! —chilla su amiga, sin dirigirse a nadie en particular.

—¿Dónde está Josh? —pregunta ella.

Entonces aparece David con dos chupitos por encima de la cabeza. Le entrega una caja de sal marina y le dice:

—Toma, ponte esto en el cuello.

Jess vacila un poco, pero acepta la sal.

—¿Dónde está Josh? —vuelve a preguntar.

David señala con su chupito y, en lo que Jess se vuelve, lo ve.

Y está para el arrastre. Totalmente borracho y cubierto en sudor, con el pelo pegado a la cara.

—Hola, Jess —la saluda, y a ella le parece que nunca lo había visto tan sexi, así tan suelto y con los ojos brillantes, pasándose la lengua por los labios.

—Ponte esto en la boca —le dice David, pasándole un gajo de limón.

Como no lo acepta de inmediato, Lydia, aún tumbada sobre la encimera, se vuelve hacia ella para chillarle:

—¡Venga, Jess!

Así que Jess ladea la cabeza y se pone un poco de sal en la clavícula. Luego se pone el limón entre los dientes. David se ha quedado plantado frente a ella, sonriendo como un idiota, y Lydia no deja de aplaudir. *Sí, todo muy profesional*, piensa ella.

David le entrega el chupito a su amigo, y antes de que Jess pueda reaccionar, Josh se inclina hacia ella y puede notar su boca, húmeda y cálida, contra la piel. Le roza la cara con el pelo. Aunque le apoya una mano en la cintura, no la atrae hacia él, sino que solo la deja descansar en ese lugar. Y ese gesto, por insignificante que sea, con sus dedos apenas rozándole el estómago, parece estar lleno de posibilidades eróticas. Jess nota electricidad entre las piernas.

Y entonces llega la succión. Josh mueve la lengua sin control en el hueco entre su cuello y sus hombros, mientras Jess procura controlar la respiración. Le parece que todo eso está tomando demasiado tiempo, el acto de lamerle apenas una pizca de sal del cuello. Que ahora se encuentran en territorio de fiestas bunga bunga.

Siente como si alguien hubiese puesto la calefacción a diez mil grados. Y los dedos de Josh siguen ahí, sin hacer nada. Jess se imagina besándolos. Se lo imagina metiéndolos dentro de ella.

Cierra los ojos.

Pero entonces él se aparta. No por completo, porque aún nota su aliento contra la barbilla, cálido y tranquilo. Deja caer la mano, echa la cabeza hacia atrás y se bebe de un tirón el tequila.

Y solo queda lo último: el limón que Jess aún tiene en la boca. Cuando Josh ponga la boca sobre la suya, cree que es perfectamente posible que se corra ahí mismo, en plena cocina. Contiene el aliento.

Solo que él duda. Y entonces, en lugar de usar los labios, le quita el limón con la mano.

Jess exhala. La cabeza le da vueltas y siente un pulso entre las piernas.

Josh se lleva el limón a la boca, mirándola. Muerde la fruta ácida y succiona el jugo sin romper el contacto visual, y Jess no está del todo segura de si él sabe o no lo que está haciendo. Si se le está insinuando de forma descarada (porque está tan borracho que bien podría estar en otro planeta). Pero entonces le guiña un ojo, y las entrañas de Jess parecen arder mientras piensa:

Jodeeeeeeeeer.

Menos mal que iban a mantenerlo todo muy profesional.

En la oficina, Jess pasa frente a la fotocopiadora e intenta no pensar en sexo, pero no puede. Se imagina abriendo las piernas y montándolo. Le diría «Hazme tuya, Josh», y él la haría girarse sobre la superficie de cristal, la cual estaría fría en un principio, pero luego se pondría cálida y resbalosa. Y a ella le daría igual que los descubriesen. Con solo pensarlo, nota la humedad entre las piernas… Una mamada un poco chapucera. Dejarlo todo pringado. Y atascar la fotocopiadora, probablemente.

Solo que algo pasa.

Jess ha quedado para cenar con Miky en un restaurante español pequeñito pero mono que sirve vino de unos grifos cuando ve a Josh. Y, sentado frente a él, hay una chica preciosa que parece haber salido de un catálogo, con unos pendientes de perlas y una chaqueta encerada de color verde oliva colgada en el respaldo de su silla.

Cae en la cuenta de que está en una cita e intenta no quedarse mirándolo.

Al otro lado del restaurante, Josh la ve. Sonríe, sorprendido, y modula un «hola» sin voz. La chica pija se vuelve para mirarla. Josh le hace un ademán a Jess y le pide con la mirada que se acerque, pero Jess niega con la cabeza, muerta de vergüenza.

—¿Y ese quién es? —le pregunta Miky.

—Josh. Mi jefe.

—¿El Josh del que tanto he oído hablar? —Miky tuerce el pescuezo para mirar bien—. ¡Preséntamelo!

Jess le da una colleja.

—Oye, no seas tan descarada.

—¿No vas a ir a saludar?

—Está claro que está en una cita.

—Podría ser su hermana.

—Pero no lo es. —Es alguna chica que fue a un internado y que sabe navegar. Alguna chica llamada Schuyler o Penelope o… Tenley.

Miky levanta su menú y pregunta, como si nada:

—¿Quieres que vaya a su mesa y le lance un vaso de agua a la cara?

Jess se hace la tonta.

—¿Por qué iba a querer que le hicieras eso a la pobre?

★ ★ ★

Cuando Josh sale del restaurante, tiene la mano apoyada en la espalda baja de su cita, y no le dedica ni una mirada a Jess. A ella se le cierra la garganta y nota una extraña mezcla de decepción y alivio.

Lo que pasó entre Josh y ella en la fiesta no fue nada.

Nada pasó.

Y nada pasará, tampoco.

Porque, en primer lugar, Jess no es su tipo.

Y, aunque lo fuera, acordaron mantener una relación profesional.

Y entonces, otra cosa pasa.

Al final de su primera semana de capacitación como nueva trabajadora, a Jess le llega un aviso de la secretaria de Gil —de una de ellas, bueno— en el que le pide que vaya a verlo. Gil tiene unos minutillos entre reunión y reunión y puede atenderla.

Jess baja en un ascensor hasta el vestíbulo y luego se sube a otro que la lleva hasta la planta más alta del edificio. La oficina de Gil es preciosa y se parece a lo que Jess imagina que debe ser un museo de arte escandinavo. Paredes grises, maderas claras y luz que se cuela desde unos ángulos imposibles. Jess nunca ha visto una claraboya en un edificio de gran altura, pero este tiene una.

Gil entrelaza los dedos y se inclina hacia adelante en su escritorio de aglomerado blanco y patas de acero.

—Tengo entendido que antes trabajabas en Goldman Sachs —le dice.

—Ah —suelta Jess, sorprendida—. Sí, sí.

—Conozco a gente ahí.

Jess se pregunta qué es lo que quiere.

—No solemos contratar operadores novatos que vengan de bancos de inversión.

—Pero os trajisteis a Josh de un banco de inversión.

—Josh es uno de los operadores jóvenes más inteligentes que existen.

—Ah, pues quizá yo también lo sea —dice ella, medio en broma.

Gil se reclina tanto en su silla que Jess casi puede verle el contenido de las fosas nasales.

—Nos tomamos muy en serio sus recomendaciones sobre a quién contratar, por todo el éxito que ha tenido y lo muy valiosas que son sus aportaciones para la empresa.

—Me imagino.

—Aun así, tenemos el listón bastante alto y nos enorgullecemos de contar con individuos de capacidades intelectuales superiores. Las mejores, de hecho. Es nuestra única ventaja competitiva. Contamos con la mejor tecnología y los mejores operadores de bolsa. Y punto pelota. Siempre ha sido así y siempre lo será.

Jess se pregunta si Gil será la septuagésima quinta persona en la empresa que le pida que calcule la raíz cuadrada de algo mentalmente.

—¿Me dejo entender?

Aunque entiende a la perfección lo que quiere decirle, se limita a hacer un sonidito de asentimiento sin más.

Gil decide ir por otro derrotero.

—¿Os conocisteis en el programa de analistas de Goldman?

Si bien es consciente de que él ya sabe la respuesta a lo que acaba de preguntarle, decide seguirle el juego y lo corrige con delicadeza.

—En realidad nos conocimos en la universidad.

—¿Y erais… amigos?

—No.

—¿No?

—Teníamos una clase juntos.

—¿Y en Goldman?

—Trabajábamos con bienes de consumo y seguros.

—Trabajabais con bienes de consumo y seguros —repite él, poco a poco.

—Por eso Josh está familiarizado con mi trabajo.

—¿Solo está familiarizado con eso?

Jess pone los ojos como platos.

—Necesito estar al tanto de cualquier posible conflicto de intereses —añade él.

—¿Te refieres a si hay algún pacto de no concurrencia? —pregunta ella, haciéndose la tonta.

Gil entrecierra los ojos al mirarla, como si la evaluara.

Jess le devuelve la mirada y recuerda la fiesta en casa de David, la boca de Josh, eléctrica y cálida, contra su cuello.

—Bueno, creo que eso es todo —dice Gil, tras unos momentos.

Y Jess le contesta, con todo el desparpajo del mundo:

—Muchas gracias por la cálida bienvenida.

★ ★ ★

El programa de capacitación para nuevos empleados se llama Cátedra: son seis semanas de clases de programación funcional, finanzas y teoría de juegos. Las clases tienen nombres como Red Neuronal Convolucional y Refuerzo de Aprendizaje de Finanzas, y es como un campo de entrenamiento militar. No todos dan la talla.

El profesor pregunta a los nuevos empleados al azar y un día señala al tipo sentado a la izquierda de Jess, quien contesta «diecisiete», por mucho que la respuesta correcta sea «un operador booleano combinado». Para cuando acaba la semana, el tipo en cuestión ha dejado de asistir a clases.

Es obvio que no todos llegaremos a la meta, piensa Jess.

Hacen operaciones de porfolios simuladas y la mayoría de los suyos funcionan. Otro chico al que acaban de contratar, el que se sienta a su derecha, le pregunta cómo le va y ella le contesta:

—¿Bien?

El chico asiente, comprensivo.

—No ayuda para nada que este compilador de código intermedio no esté bien optimizado. No digo que no tenga sus ventajas, porque tiene unas capacidades de abstracción bastante potentes, pero es como si todos estuviesen hablando en francés mientras nosotros hablamos portugués, ¿me explico?

Se presenta: se llama Paul y antes trabajaba para Google. Le ofrece un chicle de canela y Jess está casi segura de que eso significa que ya son amigos.

Le asignan un escritorio con seis pantallas, un montón de pósits y un globo plateado atado a su silla. Es su primer día de trabajo (de trabajo en serio) dado que se ha graduado de la Cátedra.

Los demás operadores novatos están instalados en escritorios muy lejos de ella; apenas consigue ver otro globo plateado flotando sobre un escritorio tres filas más allá del suyo. Se inclina sobre su mesa, para ver detrás de sus monitores, y descubre a Paul, el ingeniero de Google, sentado en el otro escritorio coronado con un globo. Lo saluda con la mano.

Además de Josh, hay otro operador sénior en su equipo, y Josh le explica que él será su mentor.

—¡¿Cómo dices?! —exclama Jess, fingiendo molestia—. Pero me dijiste que seríamos tú y yo contra el mundo.

Josh se echa a reír.

—Por el momento eres tú contra tu ordenador. —Le señala el enredo de cables que hay bajo su escritorio—. Aprovecha la mañana para ponerlo todo listo y ya se pasará a buscarte más tarde.

Como no va a buscarla, por la tarde, tras haberse descargado todos los programas necesarios y haber configurado sus monitores, llama a la puerta de cristal de la oficina de su mentor.

—Adelante —dice él, y ella obedece.

—Hola, soy Jess —se presenta, de buena gana.

—¿Una nueva secretaria? —contesta él, confundido.

Jess se vuelve hacia atrás antes de darse cuenta de que se refiere a ella.

—Ah, no. Soy una nueva operadora de tu equipo, de hecho.

—¿Una becaria temporal? —comenta, refiriéndose al programa que permite que personas de bajos recursos que estudian carreras de banca y finanzas puedan acceder a unas prácticas.

Jess no está segura de si se lo ha preguntado o lo ha comentado sin más, pero, en cualquier caso, hace que quiera estrangularlo de todos modos.

—No. —Esboza una sonrisa más amplia—. Soy una nueva operadora. De tu equipo. ¿No te lo ha comentado Josh?

—¿Tú eres Jesse? —le dice—. Creía que era un pavo.

—Soy Jess —lo corrige—. Diminutivo de Jessica. Un nombre de chica.

Y él por fin se pone de pie.

Por mucho que el cartel que tiene en la puerta diga que se llama Daniel Murray, se presenta como «Dano», un mote que Jess asume que escogió cuando estaba en alguna fraternidad o algo por el estilo.

—Bueno, bienvenida al equipo —le dice él, sin muchas ganas, antes de volver a sentarse y centrarse en su ordenador.

—Y bueno… —dice Jess, aunque lo que en realidad quiere pedirle es que le ilumine un poco el camino.

Durante sus clases en la Cátedra, un montón de ejecutivos, operadores sénior y jefes de departamento se habían pasado por sus clases, cada uno con distintos consejos y recomendaciones (cuidado con los riesgos de correlación, nunca asumáis una posición sin tener un plan en mente), pero todos habían coincidido en que su papel como operadores novatos era, principalmente, el de aprendices. Y, por mucho que eso hacía que Jess se imaginara trabajando en una mina de carbón, lo había entendido. Se iba a sentar al lado de Josh (o de Dano) y él le iba a enseñar todo lo que sabe y, antes de parar para desayunar, ya habrían ganado mil millones de pavos.

Pero Dano no le hace ni caso.

—Me dijo Josh que serías mi mentor —indica Jess.

—¿Cómo dices? —inquiere él, distraído.

—Nada, que quería saber si hay algo con lo que pueda echarte una mano.

Entonces, por fin, alza la vista hacia ella.

—Un café me vendría muy bien.

·

En la sala de ocio, Josh la reta a jugar una partida de ajedrez.

—¿Nos echamos una partida? —le pregunta, plantándose al lado de un tablero.

Jess vacila un poco. El ajedrez es importante en la oficina, lo juegan como si les fuese la vida en ello.

Y la verdad es que no sabe jugar. Durante sus clases en la Cátedra, la invitaron a un torneo de ajedrez y ella dejó un billete de veinte en una gorra de los Yankees con la absoluta convicción de que nunca más volvería a ver su dinero.

Jugaron una versión muy enrevesada llamada «pasapiezas», con tres tableros, seis jugadores y dos relojes. Se dividieron en equipos como cuando estaban en clase de Educación Física en el instituto y a Jess la escogieron la última. Nunca antes había jugado ajedrez y, cada vez que movía una pieza, tenía que preguntar si aquel era un movimiento que podía hacer. Al final, su equipo terminó perdiendo y tuvieron que renunciar a su dinero.

—La verdad es que no sé jugar —le dice a Josh.

—Me estás vacilando, ¿verdad?

—Es que no tengo ganas de jugar un juego de cerebritos. ¿No podemos charlar un rato y ya?

—¿Juego de cerebritos? ¿Qué prefieres jugar? ¿Al tres en raya? ¿O nos echamos un pulso? ¿Nos gruñimos desde extremos opuestos de la mesa? Venga ya, que es parte de tu entrenamiento. Siéntate. —Le hace un ademán hacia el asiento que tiene frente a él—. Si no practicas, tus armas perderán el filo.

Así que Jess se sienta. Juegan una partida, y Josh gana.

—¿El mejor de tres? —propone él, y Jess asiente.

Se concentra.

—¿Esto se puede hacer? —pregunta, deslizando un peón por el tablero con un dedo apoyado en la parte de arriba de la ficha.

—Yo no lo haría —dice él.

Juegan en silencio hasta que Jess chilla:

—¡He ganado!

—Espera, espera. —Josh se inclina hacia adelante para inspeccionar el tablero—. ¿Qué ha pasado?

—¡Jaque mate!

—¿En serio? —Mira el tablero, desconcertado.

—Que sí, mira. —Jess se lo demuestra con varias piezas—. Cuando he puesto a este muñequito aquí, te he obligado a mover al tuyo para allá, y entonces este de aquí —alza una torre— se come a tu rey. ¿Lo ves? ¡He ganado!

—Mira tú —dice él, echándose hacia atrás y cruzándose de brazos—. Creía que habías dicho que no habías jugado nunca.

—No, sí que he jugado. Una vez. Te lo conté, fue en la capacitación para nuevos empleados.

—¿Y ya está? —pregunta.

—Sí.

—Qué interesante —dice él—. Debería llevarte a Las Vegas en algún momento.

—¿Para apostar?

—Por qué no —contesta, mirándola por encima del tablero—. Podríamos empezar con eso.

Pero a ella le parece que está sugiriendo otra cosa. Y no precisamente ir a un concierto de Celine Dion. Jess piensa en sexo, drogas y el Strip. En cosas de Las Vegas.

Se pregunta si es a eso a lo que se refiere. Hasta que se recuerda que deben ser profesionales.

Aunque, si lo piensa, los niveles de profesionalismo que hay en esa oficina son bastante bajos. Dano, por ejemplo, tiene una taza en su escritorio que dice MENUDOS MELONES, con dibujitos de varias frutas pintados. Jess se había percatado de ella y le había preguntado si le gustaba mucho la fruta, a lo que Dano le había respondido que sí, claro.

¿Josh se habría referido a lo que ella creía que se estaba refiriendo?

Lo mira.

Él le devuelve la mirada.

Entonces decide cambiar de tema.

—En fin, Dano es medio imbécil, ¿no crees?

Mientras ordena una fila de peones blancos, a Josh se le escapa un poco la risa.

—Eso, tú sin tapujos.

—Me ha preguntado si me habían contratado para llenar un cupo de diversidad y después me ha hecho llevarle un café.

—¿Eso te ha dicho? —pregunta él, alzando la vista para mirarla.

—Prácticamente.

—Me disculpo por él. Pero no es así, Jess.

Ella no le contesta, sino que mueve su reina hacia el centro del tablero.

—Te hemos contratado por tu inteligencia, no porque seas negra.

—Buah, qué considerados —repone, sarcástica.

—Pero si te estoy dando la razón. —Josh parece confundido—. Lo que digo es que...

—He oído lo que has dicho, es solo que no me han gustado tus formas. Tan... a la defensiva. Como si su comentario mereciese una respuesta. Como si de verdad me hubieseis contratado para llenar un cupo de diversidad, pero estuvieses intentando convencer a los demás de que no es así.

—Eso es lo opuesto a lo que he dicho.

—Es que me revienta —dice ella, mientras juguetea con un caballo entre los dedos—. Es obvio que aquí no contratáis gente solo por ser negros. Si fuese así, entonces de verdad habría empleados negros —porque Jess es la única operadora negra de la planta—, pero, por alguna razón, no pasa nada si los demás asumen que, no sé, le están regalando el puesto a cualquier negro que traiga el currículum. Y a ti lo único que se te ocurre decir es «contratamos a Jess porque es lista».

—Perdona, no pretendía... —Niega con la cabeza—. Lo entiendo. Hablaré con él.

—¿En serio?

—Por supuesto. Lo que ha dicho es una putada, tienes razón. Ha actuado como un imbécil.

—Bueno —dice ella, mirando el tablero—. Gracias.

—Oye —la llama él, para hacer que lo mire—. De verdad lo siento.

—Lo sé. No pasa nada.

—Quiero que estés bien trabajando aquí.

—Lo sé —repite—. De verdad no pasa nada. —No le gusta cuando Josh se pone en modo cachorrito arrepentido. La hace sentir como la mala, como si le estuviese robando la inocencia.

★ ★ ★

Dano no deja de llamarla Jesse.

Le dice:

—Oye, Jesse, ¿me echas una mano con estos comprobantes?

»Oye, Jesse, ¿imprimiste esos documentos del mercado de divisas que te pedí?

»Oye, Jesse, ¿cómo quedó el índice Nasdaq al finalizar el día?

Oye, Jesse.

Oye, Jesse.

Oye, Jesse.

Como si se estuviese burlando de ella. No tiene ni idea de si lo está haciendo a propósito o no (ya sea que sí sepa cómo se llama y se niegue a usar su nombre o que simplemente le importe un pepino usarlo), y no está segura de qué opción es peor.

Un día, durante una reunión matutina, termina hartándose.

—Que es la enésima vez que te digo que es *Jess* y ya, joder.

Dano la mira como si se le hubiese ido la olla por completo.

—¿Y yo qué he dicho?

Y entonces todos los demás la miran como si fuese una pirada y Jess cae en la cuenta de que el condenado ha ganado.

Más tarde, le dice a Josh:

—Te juro que no soporto a ese tipo.

—Me lo dices o me lo cuentas —contesta él.

—Menudo gilipollas.

—Sí que es medio gilipollas, sí —reconoce Josh—, pero no deberías dejar que te sacase de tus casillas. Lo único que haces es darle armas… ¿verdad, Jesse?

—No me llames así —suelta, molesta.

—Perdón, perdón —se ríe él, dándole un apretoncito en el hombro—. No volverá a pasar, *Jess* y ya.

11

Una vez a la semana, Gil hace su descenso.

Se pavonea por toda la planta mientras los demás montan un numerito. A veces, cuando sale del ascensor, algunos hasta aplauden. Y luego se sienta en un taburete alto en la sala de conferencias más grande y los demás se reúnen a su alrededor.

La sala siempre se llena, y solo hay sitio para que todos estén de pie, embelesados, conforme Gil comparte con ellos su visión particular sobre el mundo. Es así como Jess se entera de que el LIBOR está por lo bajo ese cuatrimestre y que las políticas económicas del gobierno actual son un caos sin ton ni son y que, cuando se trata de programas de prestigio en la tele, eso de las escenas explícitas que no vienen a cuento no existe (seguido de muchas carcajadas para hacerle la pelota).

A Jess le parece que las opiniones de Gil van desde estar ligeramente fuera de lugar hasta ser terriblemente problemáticas (la cual es la palabra preferida de las Chicas del Vino, por cierto), solo que nadie más está de acuerdo con ella. Todos se limitan a quedarse como pasmarotes, asintiendo con miradas ilusionadas, apuntándolo todo y prácticamente con la boca abierta, mientras Gil les dice lo que deben pensar.

Al final suele aceptar preguntas, por mucho que la mayoría de las veces hable tanto que se les acaba el tiempo. Aun así, a todo el numerito suelen llamarlo «sesión de preguntas y respuestas».

Durante una de esas sesiones, Paul encuentra a Jess junto a la cafetera, poniéndole espuma a un latte.

—¿No querías quedarte a besar el anillo? —le pregunta.

—Es que me he llenado con la comida, así que ya no me la puede dar con queso.

Él se echa a reír.

Jess le extiende una taza, y él la acepta.

—¿Sabes? Antes de entrar a trabajar aquí me dijeron que esto era todo un culto a la personalidad y... —menea la cabeza— tenían razón.

Los seis mandamientos de Gil. Así es como llaman a las sabias reflexiones del jefazo sobre la vida, las inversiones y el liderazgo. Josh se las había pasado por mensaje ni bien la habían aceptado. Jess clicó en un enlace que la llevó a un artículo que había sido compartido más de un millón de veces que se titulaba: «Seis lecciones sobre el liderazgo de parte de un multimillonario que sabe lo que hace».

El artículo decía:

Uno: compra cuando la sangre llegue al río. Si quieres tener éxito, debes ir en contra del consenso y estar en lo cierto. Nunca hagas lo que hacen los demás. La competencia es para los pringados.

Dos: vete a dormir muy tarde. Si le echas muchas ganas, el éxito llegará. Y si no lo haces, pues no.

Tres: asume que te va a tocar pringar. Si no estás dispuesto a pasarlas canutas en aras de tu futuro éxito, no lo mereces.

Cuatro: ten presente la muerte. Dicen por ahí que lo único seguro en la vida es la muerte y los impuestos. Y los impuestos se pueden evadir. Cuando tienes presente que vas a morir en algún momento, vives sin miedos y mueres sin arrepentimientos.

Cinco: a cada cerdo le llega su San Martín. Tener mucha ambición está bien, pero no si vas a pecar de idiota. Ten siempre presentes los riesgos o lo perderás todo.

Seis: fuera lo malo. Deja atrás lo que no te esté funcionando en cuanto sepas que es así. Y, si puedes, hazlo antes incluso. Ya sean personas, puestos o un negocio entero, no tengas miedo de despedirte de algo si no contribuye a tu meta final.

Jess había leído los seis mandamientos de Gil. Solo para leerlos una vez más. Y luego, tras cerrar su portátil, había pensado: *¿Gil Alperstein no paga impuestos?*

Les había leído los seis mandamientos de Gil a Miky, a Lydia y a las Chicas del Vino, sin dejar de poner los ojos en blanco mientras lo hacía.

Estaban tendidas en la cama de Lydia, con las piernas hacia arriba y los talones apoyados en la pared, mientras se pasaban un cuenco de cristal lleno de maría de una a otra.

—¿Sangre? ¿Muerte? ¿Mataderos? —dijo Jess, sin poder creérselo—. ¿Acaso me acabo de meter a trabajar en un club de lucha de MMA?

Lydia soltó una risita.

—Pero, pero… —Miky se puso a chupar la pipa mientras pensaba—, si nadie habla del club de la lucha, ¿cómo reclutan a sus nuevos miembros?

—¡Ni siquiera tienen la misma estructura gramatical! —se quejó Jess, dejando su teléfono a un lado—. Pero todos creen que son una maravilla, como si fuesen los mandamientos de verdad.

Lydia respiró hondo.

—Entonces, ¿crees que Gil Alperstein está en algún sótano sin camisa mientras les da de hostias a sus asociados?

—Es probable —contestó Jess.

—¿Sabéis qué? —dijo Noree, incorporándose—. Deberías escribir tú tus propias reglas. ¿Acaso necesitamos a otro ricachón blanco y decrépito que eyacule sus opiniones por el mundo? ¿Qué es lo que tú tienes que decir sobre el liderazgo, Jess?

—Su post tenía como un millón de *likes*.

—Ya, un millón de ovejas clicando sin saber para perpetuar la hegemonía del capitalismo tardío generado con los anuncios.

Miky le pasó la pipa a Jess, y esta la aceptó.

—Pero si publico una lista de reglas sin más, ¿quién se la va a leer? No soy… nadie.

—Podrías llegar temprano al trabajo un día y pegarlas en las puertas de la oficina.

—¿Como Martín Lutero? —Lydia se echó a reír mientras destapaba una botella de agua.

—No sé ni qué diría —comentó Jess—. Y nadie me escucharía de todos modos.

—Yo sé lo que diría —interpuso Miky, con lo que todas la miraron—. A ver, número uno: La reina Isabel es caníbal. Es un hecho —anunció, llevando la cuenta con los dedos.

Lydia soltó un resoplido, y el agua le salió disparada por la nariz.

—Eso no es una regla —señaló Jess.

—Tampoco es una regla matar cerdos o lo que sea que escribió el tipejo ese.

—¿Sabéis qué? —dijo Callie—. A mí no me sorprendería. Todo el mundo sabe que a la familia real le van cosas muy chungas.

—Vale, número dos —siguió Miky—: La mejor mantequilla es la que está a temperatura ambiente. Número tres: El karaoke no mola. Cuatro: Los de la NASA saben que hay un segundo sol, pero no quieren contarnos que existe. Cinco: Bill Murray y Dan Ackroyd son la misma persona. Seis: Si no pones tres jas en tu jajaja, eres un borde.

—¿Se te acaba de ocurrir todo eso? —preguntó Lydia, impresionada.

Miky asintió, aceptando la pipa de nuevo. Con una expresión muy seria, añadió:

—Intento vivir mi vida con un nivel de cuidado y meticulosidad extremo. —Y entonces, porque estaba colocada y no tenía mucha precisión que digamos, la pipa se le resbaló de la mano y manchó el nórdico con cenizas—. Ups —dijo, haciendo que todas se echasen a reír.

—Pero bueno —empezó Lydia, sin afectarse por el desastre que le estaban dejando en la cama—. ¿Qué opina Josh sobre Gil?

Jess soltó un suspiro.

—Creo que lo ve como a un genio.

Jess compartió la lista de Miky con Josh. Le envió un mensaje que decía:

Mira, mira, son los seis mandamientos de Miky. Que la reina es caníbal dice, me meooo

Y él contestó:

Supongo que ahora tengo que reírme.

Y Jess contestó:

Pues... ¿sí?

Y Josh le dijo:

Gil es un tipo increíble, la verdad. Y ha logrado muchísimas cosas. Creo que todos podríamos aprender mucho de él.

A lo que Jess contestó:

Bueno, vale. Pero tienes que admitir que la lista era un poco ridícula.

O sea... ¿pasarlas canutas?

Y luego nada.

Jess esperó, pero Josh no contestó.

Tras una media hora, Jess escribió:

En fin, que era una broma y ya está

Con una carita sonriente, pero al revés.

Y se quedó mirando el móvil.

Hasta que él contestó:

                                                    jaja

                          •

Todas las semanas hay una reunión de ideas, la cual es justo lo que su nombre indica. Se sientan en un círculo en la sala de ocio, en sillas que han llevado desde los escritorios, en el suelo o en pufs, y se ponen a hacer una lluvia de ideas sobre modos en los que volverse ricos. La gente habla a voz en grito, apunta cosas en la pizarra y no se muestra nada tímida.

Razón por la cual Jess sabe que todas sus ideas son terribles, espantosas, nada buenas e increíblemente malas. Y que Dano no es el único que la odia, sino que todos los demás también.

Si Jess sugiere que se conecten a la API de Twitter, alguien le dice que eso supondrá un coste innecesario.

Si sugiere que la empresa debería hacer más inversiones de impacto, alguien le discute que no es lo ideal porque la prioridad de la empresa son las inversiones que les convengan a ellos, no al mundo.

Si sugiere que, para la próxima reunión matutina, deberían pedir *bagels,* alguien le replica que no, que mejor pidan pastelitos.

Cuando se ponen a deliberar sobre si deberían dejar de colaborar con las empresas que tengan acciones en petróleo crudo, el debate se pone muy intenso y Jess se sube a un puf para que la escuchen.

—Venga ya —suelta Dano, exasperado—. ¿Josh? —Dano busca con la mirada a Josh, que está escribiendo algo en el portátil, como si él fuese quien la controla.

Jess se baja del puf.

Josh alza la vista, sin afectarse.

—¿Qué pasa? —le pregunta a Dano.

—¿Puedes explicarle por qué deshacernos de la mitad de nuestra cartera de clientes perjudicaría nuestro balance final de forma absurda? Que esto es una empresa de inversiones, no la beneficencia.

—¿Has hecho números? —le pregunta Josh a Jess.

—Pues... no, aún no —admite ella—. Pero es que... es la reunión de ideas, ¿no? Solo estamos evaluando posibilidades.

—¿Y por qué no discutís al respecto una vez que alguien haya hecho números y ya? —propone Josh.

—Muchas gracias por la ayuda, por cierto —le dice a Josh, más tarde ese mismo día.

—No es mi responsabilidad ayudarte, que lo sepas.

Si bien tiene razón, eso no quita que el comentario no le siente nada bien.

Se encuentran en la puerta de su oficina, y Jess murmura algo como «ya, claro, qué más da» antes de darse la vuelta para marcharse.

Solo que él se lo impide. La toma del codo y, a pesar de que están solos y no hay nadie cerca que pueda oírlos, baja la voz.

—Pero si resulta que la idea se sostiene —le dice, casi en un hilo de voz pero mirándole las piernas de forma exagerada para que no haya duda de a qué se refiere—, estaría encantado de apoyarte.

Jess clava la vista en la mano de él, aferrada a su codo, y luego sigue su mirada por toda la longitud de sus piernas hasta volver a alzarla y detenerse en su rostro. Aunque su expresión es la misma de siempre —seria y profesional y, si alguien pasara por allí, creería que están hablando del precio del crudo o de la soja—, su boca es depravada. No es que se esté lamiendo los labios ni nada, pero bien podría estar haciendo justo eso. Alza una ceja, como si le estuviera haciendo una pregunta, y Jess siente como si le hubiera preguntado si podía ponerla en su regazo para darle unos buenos azotes.

¿Le está dando consejos profesionales o insinuándole guarradas? ¿O la está vacilando? Jess no está segura. ¿Y la chica de la chaqueta encerada?

Aún no le ha soltado el codo.

Jess se siente un poco perdida. Se aparta de su agarre, despacio, y le dice:

—Eh… Vale, lo tendré en cuenta.

Mucho más tarde, en la cocina diminuta que tienen, Jess oye de casualidad a un tipo con un chaleco azul de esos acolchados:

—Josh tiene que decirle a su novia que se tranquilice un poco.

A lo que otro, con chaleco también acolchado pero negro, contesta:

—La tipa no es para tanto, hombre.

¿No soy para tanto?, piensa Jess. *Gracias por lo que me toca.*

Y luego: *¿Novia?*

Y entonces se siente mal, culpable, por darle problemas a Josh.

Cuando se dispone a salir de la cocina diminuta, ninguno se percata de su presencia.

—La verdad es que es una operadora decente —añade el de chaleco negro.

—Pues sí, algo es algo —agrega el de chaleco azul, aunque nada convencido.

Saben que es una operadora decente porque toda la oficina sabe que es una operadora decente. Aunque «decente» se queda corto, en su opinión. Y el hecho de que les sorprenda que lo sea es de lo más insultante. Lo saben porque hay tablas de clasificación, unas pantallas enormes en cada extremo de la planta, con un *ranking* de todos los empleados que trabajan en el equipo de inversiones. Gil, o alguno de los séniors, diseñó un algoritmo que tiene en cuenta el tamaño de la cartera de clientes de cada operador, sus ganancias y su evolución, y luego les otorga un puesto con un número al lado de cada uno. Al principio a Jess no le gustaba para nada la idea (pues le parecía una propuesta bastante despiadada), pero, conforme fue subiendo de puesto, decidió que sí que le gustaba.

Porque sin importar la cantidad de personas que pongan los ojos en blanco en su dirección durante las reuniones de ideas o cuántas veces Dano la llame por el nombre incorrecto o todas las personas en la cocina diminuta que se pongan a rajar de ella a sus espaldas, ese cuadro le permite saber lo buena que es en lo que hace.

A Jess le gusta trabajar de noche, aún le quedan fuerzas de sus días como analista. Cuando la bolsa de valores cierra y todos se marchan a su casa es cuando de verdad puede pensar. Con la planta a oscuras y en silencio, se pone a trastear con su porfolio y a afinar sus modelos. Y esa es su parte favorita de su nuevo puesto: el trabajo de verdad.

A veces, Paul también se queda con ella.

—Así que este es tu secreto, entonces. Trabajar más en vez de mejor —comenta, sobre todas las horas extra que le echa.

A lo que ella le contesta con una carcajada irónica.

Cuando la oficina se queda vacía, se ponen a hacer el tonto. Paul apaga todas las luces y se lleva la linterna del móvil bajo la barbilla como si fuese un fantasma. O sacan las pelotas para hacer ejercicio que hay en la sala de ocio y se ponen a hacerlas rebotar por doquier, entre risas. Una vez, cuando Dano los sorprende, les dice:

—Pero qué monos. Haríais bien en recordar que esto no es Facebook ni Google ni nada que se le parezca y que vuestro nivel de profesionalismo se sigue evaluando cuando acaba el horario laboral.

Y esa es su parte menos favorita del trabajo: los sobrados que tiene por compañeros. Porque todo eso de ir con vaqueros a trabajar no es más que una careta; bajo su ropa del día a día, siguen siendo unos capullos presuntuosos de la peor calaña.

•

Un mes después, Josh le dice:

—Tenemos que hablar. —Un mal presagio si los hay.

Se encierran en su oficina y, aunque Josh empieza a hablar, Jess lo interrumpe, pues no puede más con el pánico:

—¿Es cierto que dos veces al año Gil despide a un porrón de gente?

Josh alza la vista al techo, respira hondo y se queda callado.

—Dime, ¿es cierto? —insiste ella, alarmada.

Había asumido que no eran más que cotilleos, de esos que intercambia la gente junto al dispensador de agua. Aunque, ahora que lo piensa, la regla seis decía «fuera lo malo». Lo cual, de acuerdo a los rumores de la oficina, significa que, cada seis meses, la empresa lleva a cabo unos cambios de personal significativos.

—No he dicho nada —declara él.

—¡Lo que ya es bastante! —Jess siente que se le están subiendo los calores—. ¿Por eso tenemos que hablar? ¿Soy una de las que van a despedir?

Como Josh no le contesta en medio segundo, Jess sigue hablando:

—Ay, madre. ¿En serio? ¿Has venido a decirme que me van a despedir?

—Tranquilízate, Jess. Lo estás haciendo muy bien. Tus cifras están bastante bien y, de hecho, me has sorprendido. Lo estás captando muy rápido. Lo que pasa es que… —vacila un segundo— hay gente que se está mosqueando un poco.

—¿Cómo que se están mosqueando? ¿Hablas de Dano? Josh, es que ese tipo no me traga. Ni en broma.

—¿Tan mal os lleváis?

—No deja de reescribirme el código que programo, incluso tras haberlo entregado.

—Se supone que es tu mentor.

—Y cuando le pedí si podíamos mover la reunión de estrategia del tercer cuatrimestre porque se me cruzaban las fechas, me dijo que le estaba dando muchos problemas.

—Dano puede ser un poco especial —admite Josh.

—Tengo mejor puesto que él en el tablero de posiciones —señala ella.

—Sí, lo sé.

—Así que, si tienes que despedir a alguien, ¿no debería ser a él? Solo porque lleve más tiempo trabajando aquí y porque…

—Jess, que te relajes. No voy a despedir a nadie.

—Bueno, pero parece que el del problema es Dano. ¿Y lo ha comentado contigo? ¿Por qué no me lo ha dicho a mí directamente?

—Habló conmigo sobre ti del mismo modo que estás haciendo tú sobre él. No es ninguna conspiración. Y, en cualquier caso, no es solo Dano. De hecho, esto no va sobre Dano. —Hace un ademán con la mano para descartar la idea, como si se hubiesen ido del tema—. Me han llegado otros comentarios.

—¿Ah, sí? ¿Qué comentarios? ¿De quién?

—Que es posible que no tengas el temperamento adecuado para ser operadora. Que quizá no encajes del todo en la empresa. Que… te tomas demasiadas confianzas. —No parece nada contento de tener que decírselo.

—¿Que me tomo demasiadas confianzas? —Jess se pregunta cuál de sus compañeros ha dicho eso. Nota cómo el resentimiento burbujea en su interior dirigido a los dos del chaleco. Dirigido a todas y cada una de las personas que en algún momento se han puesto un chaleco acolchado o piensan hacerlo en el futuro. Ella no tiene un chaleco acolchado. Cuando había pedido que le dieran uno de esos con el logo de la empresa, le habían dicho que iban a traer más tallas. Y, cuando había vuelto a preguntar, le dijeron que volviera a intentarlo el siguiente cuatrimestre—. ¿Qué significa eso? ¿Que debería quedarme calladita y sentada en un rincón y daros las gracias por el gran honor de trabajar con vosotros? —continúa—. ¿Es por lo de la reunión de ideas? Porque tengo ideas. ¿Por qué no debería compartirlas? Todos lo hacen.

—No te estoy diciendo que no compartas tus ideas. Lo que pasa es que eres bastante nueva —dice él, con cuidado—. No es lo más acertado que entres a lo grande e incordiando a la gente. ¿No te parece? Tantea un poco las cosas, no intentes llevarte el mundo por delante. ¿De verdad crees que un montón de ideas radicales sobre inversiones socialmente responsables te va a volver popular entre la gente de aquí?

—¿Crees que invertir en causas que hagan del mundo un lugar mejor es una idea radical? Que no estoy sugiriendo que vayamos a poner bombas en la comisaría, por el amor de Dios.

Josh suelta un suspiro.

—No es tan complicado. Limítate a pasar un poco desapercibida. Observa. Escucha. Aprende. Acepta este lugar por lo que es y no intentes adaptarlo a lo que tú quieres que sea. Ya verás que el ambiente es muy bueno. En serio. ¿Qué dices?

—Vale, vale. Lo entiendo —concede, antes de añadir, un poco resignada—: Es que en serio creía que lo estaba haciendo bien. Incluso me has dicho que mis cifras no estaban nada mal.

—Y así es. —Parece sincero—. Lo único que te pido es que intentes causar menos alboroto. No todo tiene que sumar a tu porfolio.

—Y yo que creía que lo más importante de todo eran nuestras ganancias y pérdidas.

—Ja. *Touché*.

Josh le sonríe, y la tensión se evapora del ambiente.

—Entonces, ¿no vas a despedirme? —pregunta ella, reclinándose en su asiento.

—Deja de preguntarme eso.

—¿Eso es que no?

Josh se ríe un poco y empieza a darle golpecitos a su escritorio con el lápiz.

—Vete a trabajar, anda.

En la reunión matutina piden voluntarios para un evento de servicio comunitario en la oficina. Algo con críos o un colegio o ajedrez o quién sabe. La verdad es que Jess no está prestando atención. Está concentrada en su portátil, en los números del lado europeo que les acaban de llegar, mientras cuenta sus ganancias en dólares y en euros.

Más tarde, tras recoger unos documentos de la oficina de Josh, Elizabeth se pasa por su escritorio.

—Entonces, ¿te apunto?

—¿Para qué?

—Para el evento con el colegio 318 —le dice Elizabeth—. Será como medio día de trabajo, aquí mismo. Casi nada de preparación. Solo tendrías que ayudar un poco con las actividades y la organización.

—Ah, no, no. Creo que paso. Pero gracias por preguntar.

—¿No? —Le da un golpecito a la pila de documentos que Jess tiene en su escritorio, para enderezarlos—. ¿En serio? ¿Estás segura?

A Jess le molesta que le insista. Que intente apuntarla para lo que equivale a hacer las tareas del hogar en la oficina. Está harta de ir a por café y de tomar apuntes.

—Segurísima —contesta—. Para la próxima será, gracias.

—Bueno —dice Elizabeth, recogiendo los documentos ya ordenados—. Como veas. Pero avísame si cambias de parecer. Esos jovencitos tan inteligentes estarán en la oficina el día uno del mes que viene. Los que serán el futuro del mundo y todo eso. Seguro que estarán encantados de escucharte.

Y eso a Jess le importa tres pepinos. Su trabajo es de operadora, no de canguro.

★ ★ ★

—¿Sabes jugar al vóleibol? —le pregunta Paul un día, a cuento de nada.

Jess alza la vista.

—¿Me hablas a mí?

Paul mira en derredor, porque no hay nadie más en la oficina.

—Sí.

—¿Y te refieres a si se me da bien o a si conozco las reglas?

—Cualquiera me vale.

Jess se lo piensa unos instantes.

—Pues no.

Al día siguiente, se le planta a un lado y agita un folleto delante de sus narices que dice: LIGA DE DEPORTES RECREATIVOS MIXTA.

—Necesitamos una chica —le dice.

Jess le quita el folleto y lee que los cupos para el vóleibol recreativo se están llenando muy deprisa.

—Ah, ese problemilla de la diversidad —comenta.

Paul se encoge de hombros.

—Necesitamos una chica.

—¿Y soy la única chica que conoces? —le pregunta ella.

—Pues sí.

•

Un día, Josh no se presenta al trabajo. No acude a la reunión matutina y, aunque Jess vigila con atención, no lo ve entrar ni salir de su oficina. Al final, decide preguntárselo a Elizabeth.

—¡Está con los niños de bajos recursos! ¡Para lo del club de ajedrez!

Y Jess lo recuerda. Desde la primera vez que Elizabeth se lo mencionó, le ha vuelto a preguntar otras dos veces si no quería participar. No le había dicho que se trataba de niños de familias de bajos recursos, solo que se les daba muy bien el ajedrez, y que, de hecho, uno de los chiquillos del instituto que iba al club de ajedrez había ganado alguna especie de torneo nacional, y que lo único que Jess tendría que hacer era contarles un poquito sobre lo que implicaba el trabajo de operador y jugar al ajedrez con ellos.

Entonces se había imaginado sentada frente a un crío de unos diez años, una versión en miniatura de Josh, o peor, de Dano, que la juzgaba por exponer a su reina demasiado pronto y había decidido que no. Y, cuando Elizabeth se lo había preguntado de nuevo, había vuelto a decir que no. Así hasta que al final la asistente se había terminado rindiendo.

Justo antes de la hora del almuerzo, Jess se dirige a la cocina diminuta. Según saca una botella de té orgánico de la nevera, oye un montón de vocecitas infantiles discutiendo muy animadas.

—¡Anda, tienen refrescos gratis! —exclama uno de ellos.

Cuando se vuelve, ahí los tiene, los niños de bajos recursos, con sus deportivas y sus sudaderas, sus caritas redondeadas y sus dientes infantiles algo torcidos. Su profesora, una jovencita que tiene pintas de formar parte de una organización benéfica, le sonríe un poco avergonzada a Jess.

—No te molesta, ¿verdad? Uno de tus compañeros les ha dicho que podían venir a por algo para beber.

—Ningún problema, vosotros mismos —les dice, haciéndoles un ademán para que escojan sus bebidas.

Los niños se abalanzan sobre la nevera, entre empujones y risotadas, y se vuelven locos por la cantidad y la variedad de bebidas que ven. Dicen cosas como «¡Mola!» y «¡Guay!» y «¡La de naranja es mi favorita!». Uno que lleva una camiseta con un estampado de Transformers elige una botella de zumo de granada y exclama:

—¡Eh, esta parece un culo! —Y Jess sonríe, porque tiene toda la razón.

—Una cada uno —les advierte su profe.

Un niño de mirada brillante y aparatos se vuelve hacia Jess.

—¿Podemos escoger la que queramos?

Jess asiente, y él celebra alzando un puño.

—¡Genial!

Los niños se sirven cada uno un refresco y están empezando a marcharse cuando Jess los llama para que vuelvan. Se agacha y abre un cajón enorme que hay escondido bajo la encimera. Este está lleno de paquetes de ositos de gominola, grajeas, chocolatinas, lenguas de fresa, nueces bañadas en chocolate, pasas bañadas en yogur, palomitas dulces y, los favoritos de Jess, lacitos cubiertos de crema de cacahuete.

Todos la miran con la boca abierta, de modo que Jess anuncia, con tono magnánimo:

—Venga, que aproveche.

—¡Anda! ¿Seguro que podemos comer de esos?

—¡No me lo creo!

Se muestran tan agradecidos, de una forma muy espontánea y eufórica, que le rompen un poquito el corazón, aunque, al mismo tiempo, siente que quizá y solo quizá, de un modo muy particular, ha puesto su granito de arena para enriquecer las vidas de unos jovencitos de bajos recursos.

Solo que, más tarde, pasa por delante de una enorme sala de conferencias de paredes de cristal que queda en medio de la planta y ve a Josh rodeado de niños. Se está riendo, con una pieza de ajedrez en el aire, mientras que un pequeñín, también entre carcajadas —porque todos se están riendo— no deja de dar botes para intentar quitársela de las manos sin ningún éxito. Al final, Josh le entrega el peón y el niño sonríe antes de sentarse y mostrarle la pieza, muy orgulloso él, a su amigo. Y, por alguna razón que no alcanza a comprender, Jess se siente tan culpable que le duele.

¿Por qué puñetas no se le habría ocurrido a Elizabeth mencionarle que todos los niños eran negros?

Sabe lo que su padre opinaría al respecto, porque han hablado del tema. No sobre el voluntariado, sino sobre todo el escándalo de Charles Barkley. Había salido en las noticias hacía poco, un exjugador de baloncesto que decía cosas horribles sobre los negros. Bajo el titular «La muchachada negra e ignorante que se deja lavar el cerebro para escoger la reputación callejera por encima del éxito», había afirmado que iba a desvelar el «oscuro y peliagudo secreto que había en la comunidad negra».

Su padre había despotricado por teléfono. Porque el tipo de verdad estaba haciendo cualquier cosa menos contribuir a la causa. ¿Qué mosca le habría picado? ¿No habían sufrido bastante ya?

Y Jess estaba de acuerdo. El tipo era un capullo de lo peor. Un racista. Un defensor de las políticas de respetabilidad.

—¿Qué clase de negro no apoya a otros negros? —había preguntado su padre, sin poder creérselo.

Y tenía toda la razón.

Cuando Jess le pregunta a Josh al respecto, él le dice:

—Pero si Elizabeth me dijo que te preguntó como diez veces si querías hacer de voluntaria.

—¡Es que no me dijo que los críos eran negros! —Pensándolo bien, tiene muchísimo sentido. Elizabeth es asustadiza y no sabe nada de la vida, les teme a los suburbios de las afueras, al zika y a la comida que es demasiado picante. Es el tipo de persona que baja la voz cuando dice «afroamericanos».

—No quería que pensaras que te estaba dando la tabarra o que quería usarte por motivos de diversidad. Tú misma me pediste que no lo hiciera. Cuando Dano…

—Vale, pero esto es diferente.

—No veo cómo.

—La diferencia es que ahora todos esos críos creen que todos los operadores son hombres blancos y estaría bien que tuviesen otro tipo de referentes. Alguien a quien poder admirar.

—¿Por qué no me pueden admirar a mí?

Entonces a Jess se le escapa la risa. Y a Josh no.

—Me parece que estás insinuando que los blancos no podemos ser buenos referentes para los negros.

—Lo que digo es que sería mejor, dada la lamentable falta de representación que hay en este gremio, que viesen a alguien como ellos.

—¿Me estás diciendo que todos tus referentes son mujeres negras?

—Pues no —contesta ella—. De hecho, ninguno lo es.

—Ah —suelta él.

—Exacto.

Josh asiente, despacio, antes de añadir:

—Si sirve de algo, todo salió de perlas. Creo que les caí bien.

—Seguro que sí. —A Jess le cae bien. Le cae más que bien, de hecho. Y ese es el puñetero problema.

Más tarde, se pasa por la oficina de Josh para recoger unos documentos y ve un pósit en su escritorio con su nombre escrito. Una lista de tareas.

La toma.

Dice: «índice Nikkei», «almuerzo con Gil», «revisar condiciones de venta» y, en una letra mucho más pequeña y apresurada, como si lo hubiese escrito en un arrebato de frustración o de ira, o tal vez como si se le hubiese ocurrido de pasada, «el problema de Jess». Una frase de lo más críptica. Su nombre junto a la palabra *problema*. Y precedido por un artículo definido (a diferencia del resto de los elementos de la lista), lo cual sugiere una especie de especificidad de lo más desalentadora, algo conflictivo y único. Un problema. El problema. El que tiene que ver con ella.

La temporada de planificación y desempeño empieza la semana que viene.

Paul insiste en que no pasa nada por no saber jugar al vóleibol, pero resulta que sí que pasa.

Todos llevan pantalones supercortos —a los cuales llaman «aguantapelotas»—, y unos cartelitos con números que se enganchan a la parte de atrás de la camiseta o de los pantalones, si es que no llevan camiseta.

—*¡Sprints!* —grita alguien, y todos se ponen a correr alrededor del campo, bañados en sudor, hasta que se detienen al terminar de dar sus vueltas para estirar.

—Creía que esto lo hacíais para divertiros —comenta Jess.

Entonces uno de sus compañeros de equipo agita los brazos de forma un poco peligrosa, se hace crujir el cuello y le suelta:

—Ganar es divertido, guapi.

Todos tienen músculos y equipo deportivo y unas miradas asesinas. Y Jess es la única chica. Se queda sentada durante el primer set y el segundo y también el tercero, hasta que al final la tienen que arrastrar desde el banquillo. Tiene que jugar, esas son las reglas. Así que la colocan en el borde del campo, donde no puede meter mucho la pata. Solo que, incluso así, durante el primer punto y al sentir su debilidad, el primer saque le va directo a la cara. Una marca roja enorme le sale debajo de un ojo y la pelota cae sobre la arena como si ya hubiese cumplido su trabajo.

—¡Tableta! —gritan todos, señalándola y vitoreando entre ellos. Todos menos el novio de Paul, Dax, un diseñador gráfico que lleva gafas deportivas con graduación que se la lleva hacia un lado tras sujetarla suavemente del codo.

—No pasa nada —le dice, entregándole una botella de agua fría para que se la ponga contra la cara.

—¿Qué es «tableta»? —pregunta ella, levantándose la camiseta para tantearse la tripa, que, si bien es plana, no está para nada definida—. ¿Hago bien al asumir que nadie está alabando el pedazo de abdominales que no tengo?

—Una tableta es cuando te dan un pelotazo en toda la cara —le explica Dax, un poco avergonzado.

—¡Eh, tableta, me gusta tu tatuaje! —le grita alguien desde el campo, entre risotadas.

Cuando Jess alza una ceja, Dax le vuelve a explicar:

—Es por la marca de la pelota que tienes en la cara. —La señala—. Es como un tatuaje.

Jess se queda en el borde del campo junto a Paul mientras este se seca el sudor de la cara con la bandana azul brillante que lleva, como un vaquero.

—Qué horrible es esto —se queja.

—Querrás decir que tú juegas horrible —repone él.

—Yo aquí pensando que me ganaría un poco de refuerzo positivo y tú te pones a imitar a mi jefe.

—¿A Josh?

Jess asiente.

—Pero si Josh no cree que seas horrible.

—Ah, no sé yo. Me pide que vaya a su oficina cada dos por tres. Para darme «consejos».

—Eso no suena tan mal. Recuerda que los consejos son algo bueno. —Paul pone los ojos en blanco. Alza un dedo y lo mueve en círculos en la sien como para recalcar que está siendo sarcástico y hacerla recordar de dónde viene la condenada frasecita.

Es lo que suelen decir en el trabajo cuando quieren justificarse por haberle espetado algo horrible a alguien a la cara.

—En fin, ¿cómo van tus cifras? —le pregunta Paul.

—Bien, supongo —contesta ella.

—¿Y qué problema hay, entonces?

—No sé. Josh sigue diciéndome que debo «encajar» con el ambiente de la oficina y que tengo que esforzarme más para trabajar en equipo y... Hace que me sienta un poco insegura.

—¿Que debes encajar? —Se vuelve y la aferra de los hombros, como si fuese una niña a punto de cruzar la calle sin mirar—. Jess, eso no está bien. Tienes que intentar solucionarlo lo antes posible.

Si no, va a afectar tu compensación o, en el peor de los casos, hasta podrían despedirte.

—¿Qué dices? —se queja—. No, no, que Gil solo despide al diez por ciento de más abajo.

—Escúchame bien. —Paul la aferra más fuerte—. Gil despide a quien le sale de los cojones.

—Ya, bueno, pero...

—¿Has hablado con Josh?

—¿Más o menos?

Paul niega con la cabeza.

—Tenéis que hablar bien sobre el tema. Exige que te dé una respuesta clara. Y para ayer. Antes de tu evaluación.

—Me estás asustando.

—Pero si eres tú la que me ha dicho que estaba preocupada.

—Es que ahora estoy preocupada, en plan, en serio.

—Y haces bien.

—¡Paul! ¡Si me acabas de decir que no soy horrible!

—Es que sería distinto si hubieses perdido un millón de dólares o... No sé, le hubieses escupido a la cara a un cliente. Pero «que no encajes»... —Menea la cabeza—. Tienes que ponerte las pilas, guapa. Y, cuanto antes lo soluciones, mejor.

—¡Suplente! —grita alguien desde el campo, y Paul vuelve a paso ligero hacia la arena.

12

Jess va a ver a Josh a su escritorio.

—¿Podemos hablar? —pregunta.

—Claro, dime —contesta él, alzando la vista.

—¿Te molesta si vamos a otro lado?

—¿A dónde?

—A algún lugar neutral.

—¿Porque estamos en guerra?

—Creo que estás enfadado conmigo.

—No estoy enfadado contigo —repone, tras soltar un suspiro.

—Vale —dice ella, y vacila un segundo antes de agregar—: ¿Entonces podemos hablar?

Van a un bar y los acomodan en un reservado en un rincón que, si hubiesen sido una parejita en una cita, les habría parecido íntimo y acogedor, pero, dado que no lo son, les parece apretujado e incómodo.

Ambos piden un whisky y, cuando el camarero les lleva las bebidas, Josh se bebe la suya de un trago para luego acercarse la de Jess desde el otro extremo de la mesa y beberse esa también.

—Empezamos bien, entonces —suelta ella.

El camarero les lleva otra tanda y luego otra más, las cuales se beben en un silencio de lo más cargado hasta que Josh se limpia los labios y dice, de mal humor:

—Sabes que esto no es precisamente agradable para mí tampoco, ¿no?

—Es que no lo entiendo —contesta ella—. ¿Qué puedo hacer?

Josh empieza a decirle algo, pero luego se arrepiente.

—Me estoy esforzando —se excusa ella. Y es cierto. Había organizado reuniones semanales con Dano en las que hacía como que le interesaba lo que le decía, y ella y Paul habían dirigido una sesión de entrenamiento sobre probabilidades de fugas de memoria. Sabe que no le van a dar un premio ni nada por el estilo, pero al menos le gustaría que alguien reconociera que está poniendo de su parte.

Solo que Josh le dice:

—¿Ah, sí?

—¿En serio? ¿En serio me preguntas eso? —contesta Jess, entre dientes. Está hirviendo de furia, como si fuese una olla a presión: peligrosa y a punto de explotar. Y no puede contenerse más tiempo—: Vas a despedirme, ¿verdad?

Josh suelta un suspiro.

—No necesariamente.

¿No necesariamente? Pero ¿qué cojones le pasa?, es lo que piensa ella.

Aunque quiere darle un guantazo, lo que hace es ponerse a llorar.

Se muerde el labio y parpadea muy rápido, pero no le sirve de nada, pues las lágrimas caen igualmente. Se seca los ojos y bebe pequeños sorbitos de agua para intentar calmarse, pero es demasiado tarde, ya se ha quebrado.

—Ay, Jess —dice él, mirándola con lástima.

Y entonces Jess explota.

—¿Eso es lo único que merezco? ¿Un «no necesariamente»? ¿Qué clase de respuesta es esa?

—El que no encajes es solo un factor a considerar —intenta explicarse.

—¿Y cuáles son los otros? ¿El concurso en bañador? ¿Mi plan para acabar con la pobreza en el mundo que se basa en cachorritos y arcoíris? ¿Qué hay de mi desempeño, eh? ¿Por qué no cuenta eso?

—Jess, no te pongas así.

—No me hables así, joder. No me hables como si fuese una asistente estúpida. Una más de la oficina.

—No eres una más de la oficina —le dice, y no parece que lo esté pasando nada bien con la conversación—. No llores, Jess. Por favor.

—¡¿Por qué no?! ¡Si me estás diciendo que me voy a quedar sin trabajo!

—No he dicho eso.

—¿No me voy a quedar sin trabajo?

Josh vacila un segundo.

—No, Jess. —Entonces la mira—. Sabes que no soy solo yo quien lo decide, ¿no? Pero no... No pienses que vas a quedarte sin trabajo, en serio.

Jess sigue llorando y no puede evitar sentirse como una pringada.

En el exterior todo se oscurece, por lo que el camarero les deja una velita en la mesa.

—Venga, Jess. No me llores, ¿vale?

Solo que ella sigue llorando.

Y entonces...

Josh lleva una mano a su rostro, y tiene la punta de los dedos muy cálidas.

Cuando Jess traga en seco, Josh mueve la mano y posa uno de sus dedos sobre los labios de ella.

El corazón se le sube a la garganta. Lo mira y él le devuelve la mirada y puede notar la intensidad detrás de sus ojos.

—¿Qué es «el problema de Jess»? —le pregunta.

Josh aparta la mano de su rostro, sorprendido.

—¿Cómo dices?

—Lo vi en tu escritorio. Te lo escribiste en un pósit. Decía «el problema de Jess». ¿Qué significa? ¿Es que soy un problema de tu lista de tareas que tienes que resolver?

Josh se reclina en su asiento, sumido en sus pensamientos. Le lleva tanto tiempo contestarle que Jess se plantea repetirle la pregunta, pero entonces le dice:

—Sabes que en las matemáticas aplicadas un problema no necesariamente es algo negativo. También puede describir cierto tipo de variables desconocidas, una teoría que aún no ha sido probada que no tenga una solución matemática formal o general. No tanto un problema como tal —le explica, con cuidado— sino una pregunta sin respuesta.

—Has dicho un total de cero palabras con sentido.

Josh suelta un suspiro y procede a explicarse de nuevo como si ella le hubiese hecho una pregunta hipotética.

—Supongo que... —empieza, muy despacio—. El problema de Jess sería algo complejo. Profundo. Determinista. Lo que implica que la solución sería específica. Única. Imposible de generalizar. Un problema maravilloso y complicado al que no le aplica ninguna generalización... —la mira con intensidad—, al menos de momento.

Jess parpadea, confusa.

Y entonces él la besa.

Al principio no es más que un roce: sus labios en los suyos, acunándole el rostro con las manos. Pero entonces se morrean de forma espectacular y Jess se queda sin aliento y casi en estado líquido mientras lo rodea con una de sus piernas. Se le sube al regazo sin importarle que estén en el banco del reservado y se aprieta contra él con tanta intensidad que nota cómo los botones de la camisa de él se le clavan en la piel de las costillas.

Josh se mueve ligeramente en su asiento de modo que solo la mitad de sus labios cubre los de ella, y Jess lo atrae más hacia su cuerpo porque no quiere que pare. Quiere seguir besándolo toda la vida, quiere morirse ahí mismo, a horcajadas sobre él, en ese bar.

Solo que él sí que se detiene. Más o menos. Le besa la comisura de los labios y la mejilla y luego el cuello y le rodea la cintura con los brazos mientras su estómago empieza a dar más y más saltos sin control.

Jess tiene la impresión de que ha estado sentada sobre un volcán ancestral, uno que alberga miles de años de secretos y sedimento en su interior.

Los labios de Josh son cálidos, y ella nota el sabor del whisky, pero también de algo que es inherente en él, y la alquimia de todo eso, de su boca y la de Josh y la interacción química entre ambos, es algo nuevo para ella. Algo especial. Nota sus manos hirviendo sobre la piel, tan calientes que la queman y le da la impresión de que lo que respira no es aire sino fuego.

Aunque tiene la mente hecha una maraña de pensamientos, uno de ellos suena muy claro, como una campana: *Madre del amor hermoso. Es Josh.*

Se besan y se siguen besando hasta que llega el camarero y les pide que lo dejen ya. Entonces se despegan y se quedan sentados uno al lado del otro en su reservado.

Hasta que Josh abre su cartera, suelta varios billetes sobre la mesa y le dice:

—Vámonos.

Se quedan plantados en una esquina hasta que aparece un taxi vacío al inicio de la calle y Josh alza la mano para llamarlo.

Abre la puerta para dejarla subir, y luego se sube él por el otro lado. Cuando cierra la puerta, no se desliza al asiento del medio para acercarse a ella, sino que se abrocha el cinturón y le dice al conductor:

—Haremos dos paradas.

¿De qué va este hombre?

A Jess le parece un final de lo más abrupto para la velada. Aún tiene los labios hinchados y la camiseta ligeramente torcida a la altura de las caderas. Tiene la cara ardiendo.

Quiere pasar la noche con él, le encantaría sentir el cuerpo de Josh bajo el suyo, sus manos bajo su camiseta. Pero, según parece, el sentimiento no es mutuo.

Josh tiene la vista clavada en la ventana, de lo más tranquilo y sin ganas de hablar, y cómo le gustaría que no fuese tan remilgado, tan sensato, tan profesional. Es que no le ve ningún sentido. Si sintiera siquiera una décima parte de lo que ella estaba sintiendo en ese momento, estaría en el otro extremo del asiento, metiéndole la lengua hasta la garganta.

Pero no, se limita a quedarse sentado y en calma como una tarde de primavera. Y el hecho de que la haya encendido por completo, de que haya hecho que una erupción de deseo se desatase en su interior, es algo de lo que parece que no se entera. Jess lo mira de reojo. Está claro que no hay nada erupcionando en su interior.

Y él ni siquiera le devuelve la mirada.

Lo odia. Aunque también la ha excitado de una forma tan intensa y no correspondida que podría ponerse a llorar ahí mismo. Otra vez.

El taxi para frente a su edificio y Josh finalmente se vuelve hacia ella.

—Jess… —empieza a decirle, sin que parezca que vaya a terminar de hablar. Y Jess no tiene ganas de esperar a que lo haga. Se baja del vehículo y cierra de un portazo.

Prácticamente corre hasta su edificio sin volver la vista atrás.

Entra en su piso haciendo escándalo y cierra la puerta de una patada. Tiene calor y se siente confundida, excitada y abandonada, como una tetera a la que se saca del fuego justo antes de que hierva. Se nota un poco febril, y la zona del estómago en la que le ha puesto las manos encima está hirviendo; casi puede sentir la ausencia de su toque con la misma intensidad que cuando sí la tocaba. Tiene la certeza de que, si bajase la mirada, encontraría las siluetas de cinco dedos marcados al rojo vivo en su piel. Y entonces, cuando se lleva una mano al bajo vientre, nota una descarga eléctrica.

Por un instante, considera la idea de quitárselo todo y tocarse ella misma, pero la idea la avergüenza tantísimo que se pone a pensar en béisbol, hojas de cálculo y la factura de la luz, por mucho que en lo más hondo de su cerebro de lagartija siga pensando en él.

Le suena el móvil dentro del bolso, y ve que es Josh. Se hace una idea de por qué está llamándola, así que no le contesta. Bebe un vaso de agua, apaga las luces y se mete en la cama. En su mesita de noche, el móvil le vuelve a sonar.

Jess le quita el volumen y cierra los ojos.

Entonces oye una única vibración.

Y luego otra vez.

Agarra el móvil y ve que tiene un mensaje de Josh:

Estoy fuera

★ ★ ★

Cuando abre la puerta, le da la impresión de que está sin aliento, como si hubiese corrido. Lo cual es posible.

—Jess —dice él.

—Josh —dice ella, y entonces él da un paso en su dirección y la atrae hacia su cuerpo.

Ella sigue agitada, con los nervios de punta y las entrañas ardiendo.

Pero entonces él vuelve a besarla, y el pánico que se le estaba formando en el pecho desaparece.

Volcanes erupcionan, se escucha el coro de los ángeles, y Jess siente como si la Tierra se balanceara sobre su eje.

Apretujada contra el marco de la puerta, le devuelve el beso, con una mano apoyada en su cuello y la otra aferrándose a su espalda.

Él le toma la mano y la conduce hasta su erección. Aunque ella la aparta un poco del bulto en sus pantalones, su agarre en torno a su muñeca es firme. Jess vuelve a apartarse y consigue acariciarle un poco el abdomen, pero él le insiste una vez más guiándole la mano hasta su entrepierna. Llevan besándose unos quince segundos o así. ¿Por qué se empecina tanto? Y entonces lo siente: un pinchazo de pánico. Le preocupa que sea uno de esos que van de la mamada a la postura del misionero y se larga ni bien consigue correrse. ¿Será que sí?

Jess aparta la mano de un tirón y apoya ambas manos en sus hombros para empujarlo y que se ponga de rodillas. Espera a que sume dos y dos. Él no se queja, sino que la mira de refilón antes de aferrarse a su cintura y deslizarle la lengua dentro de las bragas hasta que hace que las piernas le empiecen a temblar.

En la cama, Josh se sitúa de rodillas entre sus tobillos y la penetra por detrás. Tiene una mano apoyada en su cadera mientras la embiste y con la otra le masajea un pecho para juguetear con su pezón. Le dice guarradas al oído (lo húmeda que está, lo mucho que lo aprieta, cuánto le gusta lo que le está haciendo), y Jess se aferra al cabecero de la cama, arquea la espalda sin control y no deja de repetir que «sí, sí, ahí, justo así». Aunque todo parece muy sacado de una peli porno, no es en mal plan, pero entonces Josh le pregunta si puede tirarle del pelo. Y Jess deja de moverse para volverse hacia él.

—¿No te gusta? —quiere saber Josh.

—¿Por qué me lo has preguntado?

¿Por qué se lo ha preguntado?

No le ha pedido permiso cuando le ha metido la lengua. O los dedos. O el pene. O cuando se ha presentado en la puerta de su casa. ¿Por qué le preguntaba justo eso?

¿Habría leído un manual? ¿Cómo follarse a una negra? No le toques el pelo. No le digas que es una princesa egipcia. No te pases con su culo.

—¿Ya… Ya lo has hecho antes? —le pregunta.

Josh la mira, confundido.

—¿He hecho qué?

Aún la tiene aferrada de las caderas, sigue dentro de ella y Jess se ha torcido en un ángulo nada natural para intentar mantener una conversación.

Es todo muy incómodo.

Está cortando el rollo.

Ella ha cortado el rollo.

Se aparta, hasta quedar tumbada bocarriba.

—¿Qué he hecho mal? —Josh la mira desde arriba, aún de rodillas y con la erección prácticamente vibrando.

Jess niega con la cabeza y parpadea, con la vista clavada en el techo.

—Es que esto parece… complicado.

Josh asiente antes de tumbarse a su lado y mirarla, apoyado sobre el codo.

—¿Puedes intentar relajarte?

—No.

—Sí que puedes. —Le pellizca un moflete con los nudillos, sonriendo—. Ya he hecho que te relajases un par de veces.

—Ay, qué graciosillo tú. —Menea la cabeza, aunque más para sí misma—. Es que… Creo que…

Josh le apoya una mano en el estómago.

—¿Qué te gusta? —le pregunta, en voz baja.

Ella hace un mohín, pero no tiene algo que le guste en particular, como que le toquen los pies o ponerse lencería guarra o que le diga cosas al oído. Además, todo eso le parece demasiado íntimo. Decirle a él lo que le gusta cuando ni siquiera ella misma lo sabe.

—Yo sé que te gusta —le dice.

Jess alza una ceja, sin creérselo.

—Porque te conozco —declara.

La toma de la barbilla y le hace girar la cara con delicadeza hasta que queda mirándolo.

—Jess —la llama.

—Dime.

—Te quiero.

—¿Qué dices? —El corazón empieza a latirle como loco—. ¿Desde cuándo?

—Desde… esta noche.

Jess le da un sopapo.

—No seas idiota.

—Lo digo en serio. —Se tumba de espaldas, se lleva las manos detrás de la cabeza y se pone a pensar—. O quizá desde la primera vez que te vi, en cierto modo.

—¿En la clase de Derecho y Sociedad?

—No, fue antes de eso. En una fiesta. Tú y tus amigas os presentasteis con unos modelitos de lo más ridículos. Qué digo «modelitos», más bien en bragas y sujetador. Tu amiga Lydia se pasó la noche con un puñado de billetes de un dólar. ¿Tal vez la temática de la fiesta era un club de *striptease*? No sé.

Lo que quieras por un dólar, piensa Jess. El objetivo de la fiesta era conseguir la mayor cantidad de billetes al finalizar la noche.

—Y bueno, tú no llevabas nada más que un sujetador y la parte de abajo de un bikini diminuto —sigue, antes de hacer una pausa—. Solía imaginarte con eso puesto en todo momento.

—Calla que vas a hacer que me sonroje —le dice ella.

Pero Josh no le hace ni caso.

—Va en serio. Nunca me había sentido tan atraído por nadie. Y te veía por el campus y... me sobrepasaba.

—Y yo creyendo que me odiabas. ¿Por qué nunca intentaste nada?

Josh se encoge de hombros.

—No sé. Supongo que porque siempre estábamos con el tema de las clases —repone—. Nunca se dio el momento. Además, ya te tenía, en cierto modo. Tenía la imagen perfecta de ti en mi cabeza. Y no te haces una idea de lo intensa que era: podía imaginarte con ese sujetador y correrme ahí mismo.

—Josh —dice ella, y ahora sí que se ha sonrojado de verdad.

—Jess.

—Entonces, ¿llevas enamorado de mí desde nuestro primer año en la uni?

Josh se lo piensa un poco.

—No. O sea... Tu cuerpo me encantaba, pero no te conocía. Y luego tuvimos esa clase juntos.

—¿Desde ahí, entonces?

—No —repite—. Sí que pensaba en ti cuando estaba solo. Incluso cuando estaba con otras chicas, pero empecé a concebirte como si fueras dos personas distintas. Tu personalidad no era como había imaginado.

—¿A qué te refieres?

—Es que… —Busca la palabra adecuada—. Tenías más facetas.

—¿Que la imagen que tenías en tu cabeza?

—Que cualquier otra persona.

—Así que te enamoraste de mi sagaz retórica legal.

—Para nada, no. Ni un poquitín. Pero fue entonces que te volviste real. Y luego en Goldman pude conocerte. Nos hicimos amigos y supongo que, como ya te conocía, dejé de pensar en ti en ese plan. De forma tan sexual, quiero decir. El modelo mental que tenía de ti cambió. Esa persona, la versión de ti de mis fantasías, y quien eras de verdad eran completamente diferentes. Una no era real, vamos. Así que supongo que cuanto más fui conociéndote, menos sentía esa atracción física tan ansiosa que antes había sentido. Porque esa chica a la que le había hecho todas esas guarradas en mi imaginación no tenía nada que ver con la chica real que veía todos los días. Con esa chica que era mi amiga y muy inteligente y a veces un poco tontorrona e insegura, pero que también podía estar llena, llenísima de confianza en sí misma. Una persona real, ¿sabes lo que te quiero decir? —Deja de hablar—. ¿Por qué me miras como si te estuviese hablando en chino?

—Porque parece que me estás diciendo que, una vez que empezaste a conocerme, dejaste de sentirte atraído por mí.

—Siempre me has atraído.

Se quedan mirándose el uno al otro.

—¿Qué tipo de guarradas me hacías? —termina preguntando Jess.

Josh sonríe.

—Y entonces en el restaurante, cuando nos besamos, fue como si hubieses encendido un interruptor. Te convertiste en ambas versiones. Y la realidad supera con creces a las fantasías.

—Entonces baja la voz para volverla más grave—: Es muchísimo más suave y húmeda.

Jess suelta una risita.

—Ay, calla. Tenías que echarlo a perder con tus cochinadas.

Lo aparta de un empujón sin mucha fuerza, y él la toma de la mano y empieza a acariciarle la muñeca haciéndole círculos con el pulgar.

El silencio entre ambos parece muy cargado, hasta que Josh le dice:

—Lo que quería decir con todo esto es que nunca antes me había sentido así.

Y Jess se derrite.

—Y que... —Se calla un segundo—. Que eres muy guapa.

Jess le sonríe.

—¿Cuán guapa? ¿Soy la chica más guapa que te has follado en la vida?

—Sin duda —contesta él al instante. Entonces se inclina sobre ella y empieza a dejarle un caminito de besos por la barbilla y los hombros.

—¿Soy la chica más guapa que has visto? —pregunta, contra su cuello.

—Claro. —Le besa los pechos.

—¿Soy...?

—Sí —la interrumpe—. Sí, sí y siempre sí. —Baja las manos un poco—. Eres perfecta.

Jess cierra los ojos con fuerza. Está más mojada de lo que estaba antes. Josh hace que se gire un poco, le desliza uno de sus brazos por debajo de las costillas y la aprieta contra él. Ambos están tumbados de lado, y Jess tiene el culo contra la erección de él y nota su aliento cálido contra la oreja. Cuando Josh le desliza una mano entre las piernas, se retuerce contra él, tan excitada que todo le da vueltas.

Tras un rato, se le sube a horcajadas hasta rodearle la cintura con las piernas. Se quedan mirándose, sin aliento, hasta que él le acaricia el rostro y le dice:

—Eres fantástica.

Ella no se puede creer lo que están viviendo y entonces llega ese momento, ese en el que ninguno de los dos respira, y ella no deja de pronunciar el nombre de Dios en vano mientras que lo único que escapa de los labios de él es el nombre de ella.

•

En la oficina, las puertas están cerradas. Y el ambiente, tenso. Según Paul, chismoso como él solo, todo eso es bastante estándar durante la época de planificación y desempeño: reuniones en secreto, conversaciones por lo bajo y especulaciones susurradas sobre quién o qué va a terminar de patitas en la calle cuando llegue el nuevo año fiscal.

Jess está distraída. Le preocupa su evaluación. No deja de revisar el tablero de posiciones, pues es la prueba irrefutable de que es una de las mejores, a vista y paciencia de todos en la oficina, y eso la reconforta. O bueno, casi una de las mejores. O, como mínimo, mejor que Dano. Sin embargo, la distracción principal es Josh. No deja de pensar en él. La noche anterior fue como un terremoto y ella sigue sintiendo las réplicas.

Solo que no lo ve por ningún lado y, cuando le pregunta a Elizabeth por él, ella se encoge de hombros y le dice que está de reunión en reunión, lo que no la ayuda mucho precisamente.

Jess le manda un mensaje, pero él no le contesta y eso hace que se sienta nerviosa, humillada y un poco insegura. Se pasa el día perdiendo el tiempo con sus números y esperando que Josh aparezca.

Al final, Elizabeth se acerca a su escritorio y le dice:

—El jefe quiere verte.

Jess llama a la puerta de Josh con el corazón en la garganta.

—Pasa —dice él, antes de explicarle—: Ha sido un día bastante movidito.

No está segura de si simplemente se lo está comentando o si es una excusa, pero entonces él se levanta y se le acerca.

—Te he echado de menos —le dice, con voz seria—. Me he pasado el día pensando en ti.

—¿Ah, sí? —pregunta ella, tocándole la muñeca.

—Pues claro —contesta. Huele tan bien y Jess recuerda todo lo que hicieron la noche anterior con tanta claridad que lo único que quiere hacer es arrancarse toda la ropa ahí mismo.

—¿Crees que podríamos arreglárnoslas para echar un polvo sobre tu escritorio sin que nadie se entere? —le pregunta.

Josh se echa a reír.

—Va a ser que no —contesta, sin dejar lugar a reclamos, pero entonces añade—: ¿Qué planes tienes para esta noche?

Josh tiene una cena con Gil y los demás gerentes y no se presenta en el piso de Jess hasta muy tarde, después de que ella ya se ha ido a dormir. Abre la puerta con el código que ella le ha enviado por mensaje antes y se mete en su cama oliendo a puros y a carne de la cara.

La despierta con un beso.

—Hueles como un carcamal que se pudre en dinero —dice Jess, acurrucándose contra su hombro.

—Y tú hueles a rosas —le dice él.

13

Pero entonces, el lunes por la mañana, le aparece una reunión por la tarde en su calendario. La han convocado a una reunión junto a Josh y a dos representantes de Recursos Humanos, y el hecho de que dicha reunión exista, lo inevitable que será su conclusión, resulta humillante. No puede creer que haya bajado tanto la guardia. No concibe cómo se creyó toda esa cháchara sobre que no había jerarquías y que todo estaba basado en la meritocracia. No entiende cómo pudo confiar en el tablero de posiciones. ¿Por qué se creyó que ser lo bastante buena en su trabajo sería suficiente? Se siente tontísima.

Jess intenta borrar la reunión, lo cual es absurdo e irracional, pero no lo consigue: no tiene permiso para editar.

Josh no está en su despacho.

Jess entra en pánico. Hace trizas medio bloque de pósits hasta reducirlos a confeti, se prepara dos tazas de café, las cuales no se bebe, hasta que sí lo hace. Se sienta a su escritorio, con la vista clavada en su ordenador, anonadada, mientras el corazón le va a mil por hora y toda la sangre se le sube a la cabeza. Por un momento considera marcharse y ya. Recoger sus pósits y salir por la puerta. Pero ella nunca ha sido de ese tipo, de las que renuncian mientras tienen ventaja. Ni siquiera cuando lo tiene prácticamente todo en contra. Quiere saber qué está pasando. Quiere saber cómo acabará la cosa.

Le manda un mensaje.

Josh

Y espera.

Tras poco más de un doloroso minuto y medio, él casi le contesta:

...

Jess le escribe:

¿estás ahí?

¿¿qué está pasando??

Y luego:

Tengo una reunión con RR.HH. en mi calendario

Y después de eso:

Dime qué está pasando.

¿Josh?

Porfa

Pero él no contesta.

¿Puedes hacerme el favor de contestar?

Porfa

Porfa

Josh, por favor

En su escritorio, en lugar de ponerse a leer sus informes matutinos, busca cosas en Google. Muertes, divorcios, gente que descubre que es adoptada. Para tener un poco de perspectiva, lee una lista con los acontecimientos más estresantes con los que puede encontrarse una persona en un intento por contextualizar de forma adecuada su inevitable destino.

Según descubre, que la despidan no es tan horrible como que desarrolle alguna deformidad visible, aunque solo ligeramente menos estresante que volverse adicta a las drogas.

Jess intenta ver en qué posición está en el tablero y descubre que su nombre ya no figura en él.

Los dos representantes de Recursos Humanos la esperan en la sala de conferencias. Han cerrado las persianas para tener un poco más de privacidad, por mucho que todos sepan lo que ocurre dentro. Jess da un paso minúsculo hacia el interior de la sala, y uno de los trabajadores de Recursos Humanos cuyo nombre no conoce le dice:

—Será mejor que cierres la puerta.

Jess hace caso, se sienta y entonces la despiden.

Le dicen que fue una decisión muy difícil y que la empresa tiene toda la intención de ayudarla en su transición hacia un nuevo puesto (en algún otro lugar, pues allí con ellos no, desde luego), donde sus habilidades, intereses y en especial su temperamento encajarán mejor. Le explican los términos de la empresa que le permiten despedir a sus empleados en cualquier momento y sin mayor motivo, así como la política de despidos, mientras que toda la sangre se le concentra en la cabeza y le pitan los oídos. Siente como si el suelo bajo sus pies hubiese desaparecido, como si todo le diera vueltas, por mucho que sabe que no debería sorprenderse.

Le explican que cuenta con seis semanas para procurarse un nuevo empleo, durante las cuales seguirá teniendo una remuneración y beneficios, además de que podrá seguir usando su correo de la empresa, tener orientación profesional y usar el gimnasio de la primera planta, aunque ya no podrá consultar información confidencial. Necesitarán que les entregue su credencial en cuanto salga de aquella sala.

Jess no procesa nada de lo que le dicen, pues se ha quedado atascada en una sola idea:

—¿Dónde está Josh? —pregunta casi a voz en grito.

—¿Cómo dices? —El representante de Recursos Humanos parece sorprendido al oírla hablar tan de golpe.

—Josh, mi supervisor. ¿Dónde está? ¿Cómo me vais a despedir sin que mi supervisor esté en la sala?

Uno de los de Recursos Humanos suelta un suspiro.

—Estas conversaciones pueden ser un poco complicadas.

—Es potestad de los supervisores si quieren participar en estas reuniones o no cuando se lleva a cabo este proceso —le dice la otra.

—A ver. —Jess se inclina hacia adelante—. ¿Me estáis diciendo que… Josh no ha querido venir y ya?

Los de RR. HH. intercambian una mirada.

—¿Es eso? Es que no me lo creo. ¡¿Cómo puede ser posible?!

La mujer da un paso hacia ella e intenta calmarla como si estuviese tratando con un caballo asustado. Jess sabe que han llegado al momento de la conversación en la que están pensando si deberían llamar a los de seguridad. Y pues nada. Que la saquen a rastras de la oficina mientras chilla y patalea. El corazón le sigue latiendo a mil por hora.

—¡Pero si estoy en lo más alto del tablero de posiciones!

—Eso no es cierto —le contestan, al procesar sus palabras de forma literal—. Y, como bien sabes, no solo se te evalúa por tu desempeño, sino también por las contribuciones que haces a tu entorno laboral. Por el trabajo en equipo, el servicio comunitario, el voluntariado… Ese tipo de cosas.

—Me estáis vacilando. —¡Ella se habría ofrecido voluntaria! Pero porque Elizabeth tiene miedo de pronunciar la palabra «negros», a Jess le toca que la despidan. Es para no creérselo.

Los de RR. HH. se mantienen impasibles.

—Estas son cosas que tendrías que haber hablado con tu supervisor.

No puede creer que Josh sea tan gallina como para no decirle todo eso a la cara. Lo odia. Odia a la empresa. Odia a Gil y a esos dos pánfilos de Recursos Humanos. Odia todo lo que tiene que ver con el mundo de las finanzas y a todos los que trabajan en él. Odia a las grandes corporaciones y los cursos de preparación para la universidad y el elitismo y la petulancia. Lo odia todo. Está a punto de explotar de la furia.

—Sabemos que esto es muy difícil.

Jess se pone de pie. Ya no puede con todo eso.

—No hemos terminado —le dicen.

—Pues yo sí —se planta ella.

Le acercan una carpeta desde el otro lado de la mesa.

—Tienes que firmar algunos documentos. Es por tu propio bien.

Jess les devuelve los papeles de un empujón.

—No pienso firmar nada sin que mi abogado esté presente. —Lo dice con la misma vehemencia que un sospechoso en un episodio de *Ley y orden*, y entonces se dispone a marcharse, dando un portazo al salir de la sala de conferencias.

—¡Espera! —exclaman a sus espaldas—. Alguien tiene que acompañarte hasta la salida.

Jess no se vuelve. Avanza dando pisotones hasta su escritorio, de lo más cabreada.

En su interior, siente como la rabia, venenosa como la bilis, le sube hasta la garganta.

Se siente traicionada. Eso es. Como si Josh la hubiese llevado hasta el precipicio de la vulnerabilidad y la hubiese tirado de un empujón hacia las rocas sin siquiera dedicarle una última mirada. Pero ¿qué podía esperar?

Le escribe a Miky y a Lydia para informarles de que esa noche toca juerga. Insiste en que vayan a una discoteca del centro que Miky descubrió hace un par de años, donde podrán «perrear a gusto».

Jess se bebe media docena de chupitos, acepta bebidas de desconocidos, tira el móvil por el retrete y se pone a pelear con el camarero antes de que Lydia le diga que está fuera de control y la saque a rastras de la pista de baile.

Bañada en sudor y arrastrando las palabras, Jess es la persona más descarriada del lugar, porque, pese a que están en un antro en Nueva York, es una noche entre semana.

—¿Qué mosca te ha picado? —le pregunta Lydia, mientras la obliga a sentarse a una mesa pegajosa.

—¿Te han metido algo en la bebida? —quiere saber Miky.

Jess se deja caer en su asiento y no contesta.

—Jess. —Lydia no parece que vaya a ceder—. Cuéntanos qué ha pasado.

—Me han despedido —admite.

—¡¿Qué dices?!

—¿Por qué no nos habías dicho nada?

Jess niega con la cabeza, apesadumbrada.

—Es de lo más patético. Yo soy de lo más patética. Es que no puede ser.

—Ay, Jess. Qué horrible. Lo siento mucho.

—Igualmente eres demasiado buena para ellos. Las finanzas son para los capullos.

Jess vuelve a negar con la cabeza.

—No puede ser —lloriquea.

—Venga, vamos a llevarte a casa —dice Lydia.

Una vez que llegan al piso de Jess, Miky llena una botella de agua y hace que Jess se ponga a beber de la pajita. Lydia abre el grifo de la ducha con agua fría y hace que Jess meta la cabeza debajo. La ayudan a ponerse una camiseta algo más limpia que encuentran en una pila en el suelo y luego hacen que se meta en la cama. Se tumban una a cada lado de ella, y Lydia le acaricia la espalda para hacer que se tranquilice mientras Miky canaliza a las Chicas del Vino y se pone a despotricar sobre la máquina del capitalismo que ha osado dejar a Jess en la estacada.

—Pero tampoco te encantaba el curro, ¿verdad? Quizá sea algo positivo —propone Lydia.

—Exacto —añade Miky—. Podrías tomarte un poco de tiempo libre y viajar o, no sé, empezar a escribir un blog, como esa chica que hizo trescientos bocadillos y se volvió famosa. Podría ser una pasada.

Jess mira a sus amigas con un mohín.

—No es una pasada. No voy a hacer limonada porque la vida me haya dado limones o cualquier otro consejo de mierda que me vayáis a soltar ahora. ¡Que me han despedido!

—No puedes tomártelo tan a pecho —repone Lydia—. O sea, seguramente fue una cuestión de números. Y sí, es una mierda, lo sé, no pretendo decir que no, pero Jess, eres la hostia. Todo irá bien.

—Que sí, porque eres...

—¡Que me follé a mi jefe! —suelta finalmente Jess, interrumpiéndolas.

Ya no lo soporta. Está cabreada porque la hayan despedido, incluso furiosa, pero lo que la ha llevado al límite es el hecho de que Josh lo sabía. Sabía que iban a despedirla y se hizo el loco.

—¿A tu jefe? —pregunta Lydia, sorprendida.

—¿A tu jefe? —repite Miky, confundida.

Jess asiente, desconsolada.

—¿Al vejestorio ese? ¿El tal Gil nosequé? ¿Cómo se te ocurre, Jess?

—Sí, Jess, ¿cómo se te ocurre?

—¡A él no! A Josh.

—Ah. —Lydia parece muy aliviada—. Pero eso es bueno, ¿no? ¡El pavo te gusta!

—Pero es mi jefe.

—Técnicamente no. Sí que fue él quien te contrató, pero... ¡te gusta!

—Me gustaba —aclara Jess—. Y creía que yo le gustaba a él. Pero ahora… —Se aprieta las sienes con las palmas de las manos y suelta un gimoteo de lo más patético.

—Jess, cuéntanos qué pasó.

Así que eso hace. Les cuenta sobre el beso y cómo fue a su piso y al día siguiente la hizo ir a su oficina solo para decirle que la echaba de menos. Pero también cómo la hizo pensar que lo más seguro era que no fuera a perder el trabajo y luego la dejó con el culo al aire una vez que sí lo ha perdido.

—¡Me mintió! —les dice—. Sabía que no volvería a dirigirle la palabra si me despedía así que… Me usó para follar y ya. Vio su oportunidad y, ni tonto ni perezoso, la aprovechó, como el saco de mierda que es. ¡Y ni siquiera ha tenido los cojones para ir a la reunión en la que me han despedido! —La cabeza le retumba tanto que cree que se va a poner a llorar o a vomitar. O ambos—. Me duele la cabeza —se queja, antes de hacerse bolita y cerrar los ojos. Sin que pueda hacer nada para evitarlo, recuerda a Ivan. ¿Cómo ha podido ser tan estúpida? ¿Por qué no se lo vio venir?

—¿Dónde tienes el paracetamol? —le pregunta Lydia.

Sin abrir los ojos, Jess hace un vago ademán en dirección a la cocina.

Oye que Lydia se pone de pie y empieza a abrir y cerrar alacenas varias.

—Que le den a ese tipo y al curro también —dice Miky, a su lado—. Estás mejor sin ellos.

—¿Y esto? —pregunta Lydia, desde la cocina.

—¿Qué esto? —contesta Jess, contra su almohada.

—Estas notas.

—¿Qué notas?

—Las que están al lado del fregadero. De Josh.

Jess se incorpora.

—¿De qué hablas?

Aún al lado del fregadero, Lydia agarra un trozo de papel y se pone a leer en voz alta:

—«Jess y ya» —Hace una pausa—. ¿Así te llama? ¿«Jess y ya»? ¡Qué mono! —Y entonces, sigue leyendo—: «No es lo que parece. He intentado despertarte, pero duermes como un tronco (¿te lo has hecho ver? ¿Tus detectores de humo funcionan y podrían despertarte en caso de incendio?). Tengo reuniones todo el día, pero me muero de ganas de verte esta tarde. *Carita feliz. Garabato. Josh*». —Lydia sonríe, encantadísima de la vida—. Jess, esto es un encanto. ¡Él es un encanto!

Miky menea la cabeza.

—Pues qué bien.

—Y hay otra —dice Lydia.

—¿Qué dice?

Lydia la lee en voz alta también:

—«Jess y ya. Eres preciosa. Nos vemos en la oficina. *Carita feliz. Garabato. Josh*».

Vuelve a la cama y le pasa a Jess las dos notas y dos pastillas.

—¡Jess! —dice, sacudiéndola de los hombros—. ¡Que está coladito por ti! ¿En serio crees que solo te usaría para follar?

Jess no le contesta.

—Venga, creo que no te habría escrito esto si fuese un capullo de lo peor que solo hubiese querido echarse un polvo y ya —añade su amiga, con delicadeza—. Creo que todo esto es un follón y una horrible coincidencia. Y que deberías llamarlo. Quizá ni ha sido culpa suya. A lo mejor no podía hacer nada. Creo que le gustas, Jess.

—Pues yo creo —empieza Jess, con voz sombría y antes de colocarse ambas pastillas en la lengua— que es un cabrón se mire por donde se mire.

Al día siguiente, Josh la llama y le escribe y la llama y le escribe. Jess recibe sus correos y los del Departamento de Recursos Humanos y pasa de todos.

Seguro que tiene alguna excusa, pero ella no tiene ganas de escucharla.

Y tiene clarísimo que no le interesan ni una mierda las despedidas o los documentos de exención de responsabilidad que le llegan de RR. HH.

★ ★ ★

Se pasa el día lloriqueando.

Le suena el móvil una y otra vez: primero Miky, luego Lydia y, después, una serie de números desconocidos, los cuales asume que se trata de Josh intentando ponerse en contacto con ella, pero bien podrían ser algunos estafadores intentando venderle seguros de vida para robarle su número de la seguridad social. No lo sabe y no le interesa, tampoco.

Cuando su padre la llama, tiene el impulso de contestarle. De dejar que la anime un poco. De disfrutar de la calidez de su amabilidad eterna.

Pero ¿cómo podría explicarle lo que le está pasando? «Hola, papá, tengo malas noticias: ¡me han despedido! Pero eso no es ninguna sorpresa, porque el dueño de la empresa es un sociópata que despide gente a saco. ¿Que cuál es la sorpresa? Ah, que me acosté con mi jefe después de que me prometiera que no iba a despedirme. ¡Y me despidió de todos modos! ¿A que estás orgulloso de tu hija? ¿Me prestas dinero?».

Jess está convencida de que, incluso si le contara la versión corta de los hechos, su padre se sentiría mal por ella, o lo decepcionaría.

Cuando era pequeña, solían jugar a un juego que no era el más seguro de la vida (probablemente todo lo contrario), pero, dado que su madre estaba muerta, no había ninguna mujer cerca que pudiera decirle cómo debía criar a su hija. Su padre la sostenía con los pies hacia arriba, sujetándola de los tobillos, y la hacía girar en círculos como si fuese una patinadora sobre hielo mientras ella chillaba de emoción. Jess le suplicaba que jugaran prácticamente todos los días, hasta que un día se dio un buen golpe en la cabeza. Habían estado demasiado cerca de la puerta o quizá no la había cargado bien del todo o a lo mejor era que estaba creciendo. Fuera lo que fuere, oyeron un crujido (y Jess lo oyó antes de notar el golpe) y entonces un chichón enorme se le empezó a formar en la frente. Su padre entró en pánico y reaccionó antes que ella. La rodeó con los brazos y le puso una bolsa de guisantes congelados en la frente, mientras no dejaba de disculparse.

Jess vio estrellas. Le entraron ganas de vomitar. Su padre no dejaba de preguntarle si estaba bien, y ella podía ver su propio dolor reflejado en la expresión de él. Le tembló el labio inferior, y a su padre igual. Quería ponerse a llorar, pero sabía que, si soltaba las lágrimas, él también lo haría. Aunque las orejas le pitaban, se contuvo. Incluso peor que el dolor pulsante que notaba en la cabeza era la idea de hacer sentir mal a su padre. En ese momento decidió que ese era el peor sentimiento posible.

Jess pone el móvil en silencio. Abre la app del banco y se queda mirando la cifra con amargura, mientras lamenta la promesa de todo el dinero que no ha llegado a obtener. Recuerda que Josh le dijo que, si hacía las cosas bien, podría ganar lo que ella quisiera y, cuando le había preguntado qué podía pasar si lo hacía todo mal, él le había dicho que ni se molestara en pensar algo así. Pues ahora sí que lo piensa. Finalmente, deja el móvil a un lado. Este sigue iluminándose, por lo que lo agarra con la intención de apagarlo, pero entonces ve que quien la llama es Paul.

La llama y la llama, y Jess se pregunta si nadie se ha enterado de que pueden dejarle un mensaje en el buzón de voz.

Al final, le escribe un mensaje:

¿Dónde estás?

Y a Jess le sabe mal no hacerle caso, así que le contesta:

En casa

Él le envía un:

228

A lo que Jess contesta:

¿Qué pasa? Me siento como una mierda y estoy
deprimida, quiero estar sola.

¿Y qué pasa con el vóleibol?

¿Qué le pasa?

Pues que tienes que estar aquí mismo,
más o menos para ayer

Ay, Paul, no puedo. No me encuentro bien

Lo siento, guapi, pero te comprometiste a venir

¿En serio? ¿En serio me vas a torturar con esto?

Te vienes ya

Que no

Que vengas

No puedo

No lo dices en serio

Que sí

Tienes que venir o eres la peor persona del mundo

Cuando llega al partido, lo primero que Jess le dice a Paul es:
—No quiero hablar del tema.
Él alza las manos como para rendirse.
—Yo estoy aquí para jugar, vengo en son de paz —le dice.
En el campo, Jess se pasa de inútil hasta que Paul le dice:
—Tienes que admitir que se marcó un buen *Deus ex machina*.

La pelota le pasa a Jess por encima de la cabeza y aterriza sin más en la arena.

Alguien le grita:

—¡Qué bien juegas, tableta!

—No me distraigas —le dice Jess a Paul.

Paul pasa la pelota por encima de la red al jugador del otro equipo al que le toca sacar.

—Lo único que digo es que Josh no tenía que arriesgar el pellejo de ese modo.

—¿Arriesgar el pellejo? ¿*Deus ex machina*? ¿Otra vez estás con todo eso de la fantasía medieval? —Jess intenta darle a la pelota, pero falla. El jugador de la derecha avanza de un salto y consigue pasarla hacia el otro lado—. Pero bueno —dice, secándose el sudor de la cara—. Yo no diría que hacer que me despidieran es arriesgar el pellejo. Salvo que esté interpretando mal la metáfora.

Paul le dedica una mirada de lo más extraña.

—Es que es una mierda, chico —sigue ella—. ¿Por qué todo tiene que ser tan matar o morir? ¿Cómo permití que algo así pasara? O Josh, ya que estamos. Me he convertido oficialmente en alguien a quien despiden. Alguien que no puede triunfar en este mundo capitalista.

Paul la toma del brazo y la saca a rastras del campo de juego.

—¡Tiempo muerto, porfa! —grita, y cuando la gente empieza a protestar, se limita a hacerles la peineta. Entonces observa a Jess, muy serio—. ¿Cuándo hablaste con Josh por última vez?

—No he hablado con él. El tipo ni siquiera tuvo la decencia de pasarse por ahí cuando me despedían, te digo. ¿Puedes creer que...?

—Jess —la interrumpe Paul—. Josh no estaba en la reunión porque estaba con Gil. Intentaba convencerlo para que no te despidiera. En la planta de arriba, así que no estaba ahí para verlo todo, pero me han contado que a Josh se le fue la olla por completo. Que armó un lío tremendo.

—No te creo... No puede ser.

—Que sí, mujer. Según testigos expertos, Josh se enteró de que iban a despedirte y se puso como loco. Esto lo sabe todo el mundo, Jess. Un poco más y le prende fuego a la oficina, vamos. Nos hemos enterado todos... —Hace una pausa—, menos tú, según parece.

—Qué locura —suelta Jess, tras un rato.

—Por donde se lo mire, sí —admite Paul, meneando la cabeza—. Están a punto de inaugurar su nuevo fondo, y es la gallina de los huevos de oro de Gil. Así que sí, mujer, es una locura. Y, sin ofender, pero yo no lo haría.

—¿No harías qué? Sigo sin entender qué es lo que me estás diciendo.

—Te digo que amenazó con dimitir.

—¿Amenazó con dimitir?

—Como lo oyes.

Jess intenta procesar lo que Paul le acaba de decir, pero este la mira como si tuviese paja en el cerebro.

—Tienes que hablar con Josh. Ya mismo.

—Pero... —empieza ella, despacio—. ¿Por qué no puedes contármelo tú y ya? Cuéntame qué pasó.

—¿Que qué pasó? Que ha tirado por la borda cualquier pizca de credibilidad que le quedara con Gil. Se volvió loco, activó los protocolos de destrucción masiva y todo para que no te despidieran.

Entonces, finalmente, lo comprende.

—¿Para que no me despidieran?

Parte tres

14

Josh contesta al primer tono.

—¿Dónde te habías metido? —pregunta.

A lo que Jess responde:

—Tenemos que hablar. ¿Se puede saber qué carajos está pasando?

—¿En serio quieres discutirlo por teléfono? —pregunta él.

La espera hasta que llega la línea A del metro es una tortura, así que Jess regresa por el torno y alza la mano para pedir un taxi. Solo que hay atasco, y, como hace un día precioso, termina bajándose ocho manzanas antes de llegar al piso de Josh y va corriendo el resto del camino.

Josh le abre la puerta de su edificio con el intercomunicador, y Jess sube las cinco plantas a toda pastilla. Cuando llega hasta arriba, está sudando y sin aliento.

Él también parece un poco fuera de sí. Está despeinado y no lleva puestos zapatos ni calcetines. Tiene la camisa muy arrugada y las mangas subidas hasta los codos.

Ambos esperan a que el otro empiece. Aunque solo pasan como cuatro segundos, le parece una eternidad. Él parece enfadado, lo que consigue que Jess se enfade a su vez. No pueden estar enfadados los dos, ¿por qué se habría enfadado él? No puede ser que lo que le ha contado Paul sea cierto. Hacía unos cuantos días, Paul también le había dicho que los plátanos eran bayas y le había jurado que no la estaba vacilando, pero Jess se había olvidado de buscarlo. No le parecía cierto, así que tal vez lo de Josh tampoco lo era. Solo que Paul no le tomaría el pelo con algo así. No era un desalmado. Aunque quizá no era que estuviese bromeando, sino que le había llegado mal el chisme. Él mismo había dicho que no había estado presente. E, incluso si todo era cierto, que la volvieran a contratar después de haberla despedido no mejoraba mucho la cosa. Seguía siendo alguien a quien habían despedido. ¡A ella! Era lo más humillante de la vida. Josh ni siquiera había estado en la sala con ella.

No es capaz de pensar con coherencia. Josh está plantado ahí, sin decir nada. Sin disculparse ni explicar la situación. En definitiva, sin decirle que había salvado su empleo. Solo la mira y ya está. Como si fuese ella la que la hubiese cagado. Tiene una jaqueca de los mil demonios y una sensación de que algo se está liberando en su interior, un sentimiento ligado a él, como si sus pensamientos se estuviesen filtrando por medio de un cristal nublado, como si no pudiese confiar en sí misma del todo. Y entonces se pone a gritar.

—¡Dime qué está pasando, Josh!

—¿Por qué no me has devuelto las llamadas? —grita él, en respuesta.

—¿Cómo has podido hacerme algo así? ¿Sabes la vergüenza que he pasado? ¡Ni siquiera te dignaste a pasarte por ahí! ¿Dónde estabas? ¡Me despidieron! —Del uno al diez en la escala de erupción, Jess estaba en un siete al llegar. Pero ha pasado a un once y, oficialmente, las cosas han subido bastante de tono: se están peleando con todas las letras.

—¡Estaba con Gil! Jess, escúchame, estaba intentando que no...

—Es lo mismo que en Goldman. ¡Como con LyfeCo! ¡Es que no tienes corazón, joder! Solo te preocupas por ti mismo. ¡Me dijiste que no me ibas a despedir! ¡Y te creí, Josh! ¡Follamos! —Jess chilla la última palabra, y entonces reparan en que no han cerrado la puerta. Un vecino que llega a su casa, con un par de bolsas de la compra, alza la vista hacia ellos.

Josh cierra la puerta de una patada, con un estruendo, y se cruza de brazos.

—¿Y qué? —le dice, con voz monótona—. ¿Creíste que, si te acostabas conmigo, no iban a despedirte?

—¿Me estás vacilando?

—¿Me estás vacilando tú?

Se quedan plantados en mitad del salón, fulminándose el uno al otro con la mirada.

Hasta que Jess le dice:

—Eres tú quien se acostó conmigo antes de que me despidieran. Seguro que porque sabías que no iba a volver a dirigirte la palabra después de que me hicieses esta putada. ¡Me despidieron por no encajar! ¿Dónde se ha visto algo así? Y tú me usaste.

—¿Que yo te usé? Hay que ver qué cara tienes. Si acabas de decirme que te sorprendió que te despidieran en la misma oración en la que decías que habíamos follado. Como si ambos hechos tuviesen alguna relación. Has sido tú quien lo ha dicho.

—¡No quería decir eso! No pensaba… ¡No lo he visto así!

—¿Entonces qué, Jess? ¿Qué pensabas? ¿En todos los modos en los que podrías salvar tu empleo? Lo que, por cierto, funcionó de maravilla. Felicidades y no hay de qué.

—No —dice ella, negando con la cabeza a toda prisa—. No era eso en lo que pensaba, sino… —Traga en seco—. Pensaba en lo mucho que me gustabas.

Josh la mira, derrotado.

—Jess… —empieza, en voz baja—. Lo siento. No sabes cuánto. —Se sienta en el sofá, para pasarse las manos por la cara—. Joder. —Menea la cabeza, antes de soltar un gruñido—. En serio, Jess. Lo siento mucho.

—Lo sé. —Jess respira hondo—. De verdad, lo sé. Es que… estoy muy cabreada.

—Te lo juro —alza la vista hacia ella, suplicante—. Te juro que no supe nada hasta esa mañana. Y entonces hice todo lo que pude. Fue casi imposible reunirme a solas con Gil, y…

—¿En serio amenazaste a Gil con renunciar? —lo interrumpe.

—¿Quién te ha dicho eso?

—Paul. Pero dice que todos lo saben.

—Pues sí. —Se calla un segundo, antes de reprimir una sonrisa—. Le dije que se le habían subido tantos los humos que quizás había llegado la hora de que yo empezara a considerar otras opciones. Que debería irme a trabajar con alguien que no tuviera los humos tan subidos.

—¿Le dijiste a Gil que se le habían subido los humos? ¿Y dos veces? —A pesar de que está horriblemente cabreada, no puede evitar sonreír—. ¿En serio?

Josh asiente.

—Me dijo que era un capullo de lo más insolente.

—¿Y cómo sabías que eso iba a hacer que no me despidiese?

—¡No lo sabía!

—Entonces… ¿qué? Si no hubiese cambiado de opinión…, ¿te habrías ido sin más?

—Pues claro. Las amenazas tienen que cumplirse, si no son solo palabras vacías.

—¿Cómo se te ocurre hacer algo así? —Se había acercado hasta donde estaba y lo miraba desde arriba. Pero entonces se sienta, para quedar a su altura, y espera.

—Jess —le dice él—. Por favor.

—¿Por favor qué?

Josh le da con el codo ligeramente.

—Sabes por qué lo hice.

—De verdad que no. Dime por qué —le pide, sin entender nada.

—Porque… te quiero.

El corazón se le acelera.

—Creía que solo lo decías por decir.

—¿Solo por decir? ¿Eres tonta?

Siendo sincera, Jess cree que quizás un poquito.

—Jess, te quiero.

—Sí, eso dices.

—Y te molesta.

—No, no me molesta. Es que no te creo nada.

—¿Por qué no?

—Porque acabamos de... enrollarnos. Ni siquiera sabes si te gusta. ¿Y si resulta que soy una desquiciada de esas que te escribe veintisiete veces antes de que tengas la oportunidad de contestarme? O que se enfada porque no mees sentado. O que hace que le cargues el bolso cuando va de concierto.

—Aun así te querría.

—Ay, calla ya.

—Jess, nos vemos todos los días. Llevamos siendo amigos... ¿cuánto? ¿Dos, tres años? Y enemigos un año antes de eso. —Le da un golpecito en el brazo, sonriendo, y añade—: Te conozco. Me gustas. Y te quiero.

—Vale, ahora solo estás tanteándome.

—No necesito que me digas que me quieres —contesta él, sin afectarse.

—¿Cómo? ¿Por qué no? —Jess hace como que se ofende—. Todo hombre necesita que una buena mujer lo quiera. ¿Y tú no quieres que te quiera?

—Es que ya lo haces.

—Ah, no me digas.

Josh la toma de la muñeca y le apoya el pulgar contra el lugar en el que se le nota el pulso.

—El corazón te late muy rápido. —La mira a los ojos—. Tienes las pupilas dilatadas. Y, en este preciso instante, estás copiando mi lenguaje corporal casi al detalle. Es que es... obvio, lo mires por donde lo mires.

Le da un beso en la punta de los dedos antes de soltarla, y Jess siente como si la tensión de su cuerpo se estuviese deshaciendo.

—Anda, muchas gracias, Einstein, eres todo un romántico.

—No hay ninguna otra palabra que pueda describir esto —le dice él, muy serio, con lo que Jess siente que se derrite.

Se acerca un poco más a él.

—Entonces, si Gil no hubiese cedido, ¿habrías renunciado? ¿En serio? ¿Así, sin más? ¿A pesar de que es todo lo que siempre has querido?

Josh asiente. Le agarra la mano y le acaricia la parte más delicada de la muñeca con el pulgar.

—La cuestión es que ahora también te quiero a ti, Jess —le informa.

Es verano en Nueva York. Unas florecillas naranja que acaban en punta se asoman en Central Park. Las cafeterías de la ciudad extienden sus toldos y empiezan a atender a sus clientes en la acera. Sin aviso, los calcetines de bebé salpican las aceras, como huevos de Pascua, pequeñitos, olvidados y de colores pasteles.

Se besan en las esquinas, van de la mano por museos y, en el ferri del East Side, Jess hace que Josh la rodee con los brazos mientras el río les salpica agua a la cara y ella chilla: «¡Soy el rey del mundo!».

Van a ver el espectáculo de orquídeas de los Jardines Botánicos y Josh le dice:

—¿Sabías que las *Orchidaceae* no tienen endospermo y por ende incluso las variedades no parasitarias se valen de la simbiosis durante la germinación?

En Brooklyn, un sábado, se encuentran con una cola infinita que le da la vuelta a un almacén de cemento de una sola planta, y Jess propone que se sumen a la espera.

—¿Quieres hacer cola y ya? ¿Sin saber por qué estás esperando?

Jess se lo piensa unos segundos.

—Pues... ¿sí?

Así que esperan y, cuando llegan al final de la cola, les dicen que cada uno podrá adquirir como máximo seis latas de una cerveza artesanal de edición limitada, por una colaboración entre dos pequeñas empresas fabricantes de cerveza de la ciudad, lo cual es, según parece, lo bastante especial como para que unas doscientas personas hayan hecho cola durante una hora para comprarla. Compran doce latas y se sientan en un banco del paseo a disfrutar de la cerveza.

Después de beberse media lata, Jess está piripi.

—Me haces muy feliz —le dice.

Y Josh le contesta:

—La felicidad no puede venir de fuera, sino de dentro. —Y, cuando Jess pone los ojos en blanco, él sonríe y añade—: Pero, si sirve de algo, tú también me haces muy feliz.

En la novena avenida, van de la mano mientras caminan.

—¿Te acuerdas de mi amiga Miky? —le pregunta a Josh—. Su novio siempre se interpone entre ella y la calle, así puede protegerla de, no sé, el tráfico o las ratas de las alcantarillas.

—¿Ah, sí? —dice él, y hace el ademán de dirigirse hacia su otro lado.

—No, espera —le dice ella, sujetándolo del brazo.

Josh se frena. Los rayos del sol caen con fuerza sobre la acera y el cielo es de un color azul brillante, como la aventurina. Hay chicas con vestidos de verano y bocas de incendio abiertas que rocían agua hacia la calle. No es exactamente una ola de calor, pero casi. Hay unidades de aire acondicionado instaladas de forma chapucera en las ventanas para hacer que circule el aire frío dentro de pisos de ambiente cargado.

Jess alza la vista hacia una pared de ladrillo llena de ventanas.

—Ahora que lo pienso, siempre dicen que hacen chapuzas al instalar las unidades de aire acondicionado —hace un gesto con las manos como si algo cayera desde arriba hasta aplastarla—, así que mejor quédate tú en ese lado.

—¿Me estás diciendo que quieres que me caiga un aire acondicionado en la cabeza?

—Si lo dices así, suena muy mal.

Josh vuelve a situarse a su lado derecho, justo debajo de un aire acondicionado que no deja de gotear.

—¿Quién dice que ya no hay caballeros?

•

Al no tener trabajo ni la promesa de que vaya a encontrarlo, Jess debería sentirse muy ansiosa o preocupada, aunque la verdad es que no se siente así en absoluto. Porque está enamorada. También está casi en la ruina, pero enamorada.

Nunca se ha considerado como alguien precisamente orgullosa, al menos en lo que corresponde a su economía. No tiene ningún problema con agacharse en una esquina para recoger alguna moneda, por mucho que las Chicas del Vino estén convencidas de que es así como una se contagia de hepatitis. También corta con cuidado los cupones de la propaganda de los supermercados que encuentra en los periódicos del domingo, por mucho que Josh siempre le diga que está siendo de lo más irracional y que, debido a lo mucho que vale su tiempo, está perdiendo más dinero al usar un cupón que al no usarlo. Sin embargo, dado que Jess no está trabajando, no es como si su tiempo le resultase muy valioso precisamente.

Había tenido toda la intención de recuperar su trabajo en la empresa de Gil. Había decidido que sin duda no era el tipo de persona que se podía tomar un año sabático para viajar o «descubrirse a sí misma» o escribir un blog sobre bocadillos. Era el tipo de persona que necesitaba dinero, un salario, credibilidad.

Había vuelto allí para firmar algunos documentos. Cuando cruzó la planta de la oficina, le pareció que todo el mundo la miraba, pero aquello no era muy distinto a lo que hacían siempre. Se reunió con un abogado en una sala de conferencias, y este le deslizó un montón de papeles por encima de la mesa.

Había ido decidida a conservar su empleo, a pesar de todas las condiciones que le habían puesto. Degradación laboral… periodo de prueba… compensaciones limitadas…

Había una línea en la que tenía que firmar. Era lo único que faltaba.

Tenía todas las intenciones de firmar… Hasta que lo vio. Frunció el ceño ante el contrato. Alzó la vista hacia el abogado, solo para volver a depositarla sobre el documento. Habían escrito mal su nombre. «Jerica», en lugar de Jessica. Y algo en ello le pareció ligeramente racista. Insultante. Así que mencionó que había un error.

El abogado se limitó a encogerse de hombros.

—No hay problema —le dijo—. Táchalo, pon tus iniciales y firma.

Parecía aburridísimo, con el pelo engominado hacia atrás.

Entonces Jess pensó: *¿Qué carajos estoy haciendo?* Tragarse un poco el orgullo para recibir un sueldo era una cosa, pero abandonar por completo todo su amor propio era otra muy distinta.

Así que se levantó y se fue.

—¿Estás enfadado conmigo? —le preguntó a Josh, más tarde.

Y sí que parecía enfadado. Apretaba la mandíbula con tanta fuerza que casi le vibraba. Si llevaba la punta del dedo a su barbilla, parecía como si fuese a partirse como el cristal.

Pero entonces le dijo:

—Entiendo por qué no has aceptado su propuesta.

Jess se sentía muy mal.

—Lo siento.

—Entiendo por qué no has aceptado su propuesta —repitió él, con voz monótona.

¡Vaya si estaba enfadado!

Sin embargo, nunca volvieron a hablar del tema. Porque ¿qué razón habría para hacerlo cuando estaban tan enamorados?

Jess se sentía como si estuviese viviendo en una nube o en un sueño o en una vieja canción romántica de *country*, donde todo era sol y whisky y mariposas y ojos marrones de lo más bonitos.

Con total seriedad, intenta explicárselo a Miky y a Lydia cuando deciden obligarla a sentarse y conversar.

No llaman antes de llegar, sino que se presentan en la puerta de su piso y le chillan por el intercomunicador:

—¿Te acuerdas de nosotras?

—¿Dónde coño has estado? —le pregunta Miky.

—Sí, mujer —le dice Lydia, con una mano apoyada en la cadera—. ¿De verdad te vas a convertir en una de esas?

—¿Quiénes son esas?

—Las que se olvidan de sus amigas ni bien conocen un pito mágico.

—¡Cómo se os ocurre!

—¿Ah, no? ¿Dónde has estado, entonces?

—Es que he estado muy liada —se excusa Jess.

—¿Se puede saber con qué?

—¿A qué se debe el tonito ese?

Miky y Lydia intercambian una mirada.

—¿Qué? —pregunta Jess, y cuando ninguna le contesta, suelta un resoplido y añade—: ¿Qué os pasa?

—Es que es eso, Jess. Nos alegra mucho que tengas nuevo novio. Pero ¿no es él el culpable de que no tengas trabajo?

Aunque Jess sigue buscando, no ha tenido mucha suerte que digamos. Así que les dice a sus amigas lo mismo que le dijo a su padre cuando hablaron por última vez:

—No pasa nada. Lo tengo todo bajo control.

—¿En serio?

—¡Que sí! Tengo una entrevista la semana que viene y todo. Es para trabajar en ventas.

—¡¿En ventas, Jess?!

—¡Pero si tú trabajas en ventas!

—Soy consultora de arte —aclara Lydia—. Pero no estamos hablando de mí. A mí me gusta lo que hago. Lo que nos preocupa es que te estés distrayendo demasiado. En plan, Josh es superguay, claro, pero ¿estás segura de que estás usando el cerebro?

—Es que lo quiero —se excusa Jess, con voz patética.

—Lo sabemos. Y todo bien con eso, nos alegramos por ti. Pero...

—¿Es esto lo que quieres de verdad, Jess? No tener trabajo y acostarte con tu exjefe.

—Os estáis pasando, eh.

—Y nos duele más que a ti, créenos.

Lydia le da unas palmaditas de consuelo en el hombro.

—Sí, Jess. Lo siento, pero a veces una necesita que le den una buena sacudida.

—Que no es lo mismo que los revolcones esos a los que te has acostumbrado últimamente —aclara Miky, con una ceja alzada.

Sus amigas tienen razón. Sigue sin encontrar trabajo. Lo que no fue problema durante un mes ni dos e incluso tres, porque era una persona responsable de vez en cuando y tenía ahorros. La cosa es que se está quedando sin dinero. La montaña de facturas, sin mencionar los taxis y las hamburguesas trufadas, ya casi es más alta que ella. Casi había olvidado lo que implicaba vivir sin blanca: constatar siempre los precios de las cosas antes de comprarlas, pagar penalizaciones y recargos por sobregirar la tarjeta, tener las cuentas siempre en números rojos. Le había parecido muy cruel que la despidieran justo antes de que pagaran la prima, pero ahora que tiene que hacer frente al alquiler, los préstamos universitarios y los cargos de su tarjeta de crédito, le parece despiadado. Le queda más o menos un mes antes de que tenga que ponerse a vender todas sus cosas en Craiglist.

Si bien considera la idea de entrar en pánico, en su lugar, recurre a internet.

Se pone a ver vídeos de gatos y perros y bebés. Lee artículos larguísimos sobre el terremoto que terminará destruyendo California, sobre la epidemia de ébola, sobre el auge del Estado Islámico y una madre en Brooklyn que tiene un blog y unos zuecos de diseñador y magdalenas y lo que cuesta mandar a los niños a un preescolar privado.

Lee sobre la muerte de Eric Garner, otro negro que murió abatido por unos policías, y el auge del movimiento Black Lives Matter, y el corazón empieza a latirle con violencia y tiene que cerrar el portátil.

Cuando lo vuelve a abrir, busca imágenes de bocas de incendio disfrazadas de personas, le pregunta a Google si «debería hacer un posgrado», si «es peligroso si me han salido nuevas pecas en los pies» y «cómo hacer que tu nuevo novio no te deje». Termina buscando dónde comprar los mejores minidonuts en la ciudad de Nueva York.

Cotillea las fotos de sus amigos en Instagram y las de los amigos de sus amigos, así como la de gente famosa en restaurantes, en playas, posando en bikini, al lado de unos vasos grandes de zumos hechos en casa y en campos de flores.

Entra en LinkedIn y ve todos esos currículums que la gente se ha currado hasta el más mínimo detalle para dejar solo la información más relevante, empleo perfecto tras empleo perfecto, grado maravilloso tras grado maravilloso, y todas esas recomendaciones superentusiastas: ¡De las mejores personas con las que he tenido el placer de trabajar! ¡Experto en análisis financiero!

Encuentra a Charles, quien ya no trabaja en Goldman Sachs. Ha pasado a una empresa pequeña controlada por una familia de banqueros franceses y británicos que lo han ascendido a vicepresidente.

Le envía un mensaje:

«¡Hola! ¡Espero que todo te esté yendo muy bien!».

Charles le contesta en menos de una hora y, al ver las intenciones reales de su mensaje, le dice:

«Jones, ¿estás buscando curro?».

Su padre la llama, para ver cómo van las cosas.

No le cuenta nada, porque no sabe ni por dónde empezar.

—¿Cómo te está tratando la vida? —le pregunta.

—¡Genial! —miente ella, de forma casi patológica—. ¡Todo va bien!

•

En la cama, durante el fin de semana, Jess le dice a Josh:

—¿Qué te parecen las charlas en la cama?

Josh, con el pelo revuelto y en ropa interior, le contesta:

—¿Eh?

—Ya me entiendes. Después de hacer... eso —le dice—. ¿No crees que estaría bien hablar un poco? Decirnos tonterías y confesarnos cosas que no le hemos contado a nadie. Compartir con el otro nuestros sueños y miedos y esperanzas. ¿No se supone que eso es lo que hacen las parejas? Es que siento que cada vez que terminamos de follar...

—¿Follamos de nuevo?

Jess se echa a reír antes de darle unas palmaditas a la cama.

—Venga, charla de cama, tú empiezas.

—Vale —dice él. Y ninguno de los dos añade nada más.

—Bueno —suelta Jess, tras un rato—, ¿tienes algo que confesar?

—Oye, que la de la idea has sido tú, eh.

Jess se da la vuelta para desconectar el móvil y lo quita del alféizar de la ventana donde lo tenía cargando, detrás de la cama.

—A ver qué encontramos —dice.

Entra a Wikipedia y lee en voz alta:

—«Las charlas en la cama son esas conversaciones tranquilas e íntimas que suelen ocurrir entre una pareja, en ocasiones después del acto sexual y normalmente acompañada de mimos, caricias y besos... una hormona conocida como la oxitocina... las personas que llegan al orgasmo tienen más probabilidades de compartir esos momentos con su pareja que aquellas que no...

—Entonces, basándonos en lo que pasó anoche, tú deberías charlar tres veces —la interrumpe Josh.

—Qué gracioso —le dice ella, antes de buscar temas de conversación en Google—. A ver, he encontrado algo —anuncia—. ¿Listo para llevar nuestra relación a un nuevo nivel de intimidad?

—¿Sabes? —dice él—. Hay quien diría que estar en la cama con el móvil es cualquier cosa menos algo íntimo.

—Esos son unos vejestorios. —Jess sacude el móvil delante de las narices de Josh—. ¿Listo? Son preguntas para enamorarnos más. Primera pregunta: si tuvieras una bola de cristal que pudiera decirte cualquier cosa sobre tu vida o el futuro, ¿qué querrías saber?

Josh le contesta de inmediato:

—La tasa actual del mercado de divisas.

—No es lo primero que te venga a la mente, no tienes que contestar tan deprisa. Piénsatelo un poco.

—Vale, vale —dice él, antes de tumbarse de espaldas, llevar una mano detrás de la cabeza, mirar el techo y pensar. Entonces le dice—: Sigo queriendo lo mismo.

Jess lee todas las preguntas en voz alta y van respondiendo una a una.

Le dice que lo más devastador que le pueden hacer a uno es traicionar su confianza y, en segundo lugar, que las ratas te devoren la cara, lo que hace que Josh sonría.

—Muy orwelliano por tu parte.

Él le confiesa que la persona a la que más admira en el mundo es a Gil.

—¿En serio? —exclama Jess—. ¿Por qué?

—Porque creó su propio éxito prácticamente de la nada, y él solo. Empezó sin un centavo y ha construido uno de los fondos de inversiones más exitosos del planeta. ¿Cómo no se puede admirar algo así?

Jess alza una ceja.

—¿De la nada? —Recuerda a la perfección el banderín de Harvard que Gil tiene colgado detrás de su escritorio.

—Ya sabes a lo que me refiero —le dice él. Y, por mucho que no lo sepa, Jess lo deja estar.

Cuando Jess dice que lo único que cambiaría de sí misma es el hecho de que no le gusta mucho Beyoncé, Josh se echa a reír.

—Esa respuesta no vale —le dice.

—¡Claro que sí! —insiste ella—. ¿Sabes lo horrible que es que no me guste Beyoncé? Beyoncé lo es todo. Es la feminista negra más influyente del mundo. Que no me guste me hace sentir que, no sé, que me estoy perdiendo algún componente crucial en el mundo de las mujeres negras. Como si fuese una impostora o algo.

Mientras tanto, Josh se sigue riendo.

—Venga ya, Jess. No lo dices en serio, ¿verdad? No estamos hablando de... No sé, Malcolm X, o de Malcolm Gladwell, incluso. ¡Que es una cantante de pop! Que no te flipa la cultura del populacho. Qué más da.

Jess alucina.

—¿Acabas de decir que la reina Beyoncé es del populacho?

—¡Pero si me has dicho que no te gustaba!

—No me encanta su música y no entiendo muy bien a qué se debe tanto alboroto, o sea, a nivel emocional. Pero a nivel intelectual comprendo perfectamente que es una de las artistas más importantes del siglo veintiuno y sin duda una de las voces más relevantes de la cultura afroamericana. —Entonces lo mira—. Espero que no sueltes ese tipo de comentarios en público, por cierto.

—Jess, no creo que pase nada porque no te guste Beyoncé. No tiene que gustarte solo porque seas negra. Tiene una voz decente, buen cuerpo y un equipo de publicidad excelente, es todo.

—Estás diciendo cosas de lo más horribles, la verdad. —Lo dice de broma, aunque, en cierto modo, no bromea en absoluto.

Josh alza las manos para defenderse, en broma.

—Oye, que no soy yo el que odia a Beyoncé.

—Ay, qué gracioso —dice ella—. Vale, siguiente pregunta. —Se queda mirando el móvil, le da un par de toques a su pantalla y, al final, pregunta—: ¿Con quién tuviste tu primer beso?

—Eso no sale en la lista. —Josh se inclina sobre su hombro para ver el móvil.

Ella se lo enseña.

—Sí que está, ¿lo ves?

Josh entorna los ojos mirando el móvil.

—Jess, esa es otra lista. Esa es del blog *Man Repeller*. «Diez preguntas monas para la primera cita».

—Qué más da —contesta ella, llevándose el móvil hacia el pecho con ademán protector—. Tú contesta y ya.

—Vale —se ríe—. Fue en tercero de ESO, con una chica de mi clase.

—¿Era guapa?

—Eh… sí.

—¿Y qué es de su vida?

Josh se encoge de hombros.

—Ni idea. Se perdió en el abismo del tiempo. O quizás esté estudiando Derecho, yo qué sé.

—Espera —dice ella, incorporándose hasta sentarse—. ¿Fue con esa chica? —Recuerda su anuario. La carta larguísima. Ese «Siempre te querré».

—¿Qué chica? —pregunta.

—Sabes de quién te hablo. De *Tenley*. —Jess lo dice con un poco de vergüenza, como si fuese una palabra en un idioma extranjero que no sabe bien cómo pronunciar.

—¿De dónde has sacado eso? —Parece aturullado y se le escapa una risa nerviosa.

No iba en serio, piensa. *Aunque quizá sí*.

—¿Sí que fue ella? —Jess se inclina hacia adelante y se vuelve de modo que queden cara a cara.

—¿Qué más da?

—¿Fue tu primer amor?

—¡Ja! —suelta él, aunque esta vez claramente incómodo.

—Que conste que no contestas la pregunta —le dice, mirándolo.

—Porque no fue nadie ni nada importante. Tenía catorce años.

—Ya —dice ella, y entonces, a toda prisa para tomarlo desprevenido, añade—: ¿Y cómo se llamaba?

—Lindsey.

—Ah. —Vuelve a echarse hacia atrás, un poco decepcionada—. Vaya.

—No más misterios para ti, Sherlock. —Josh le pellizca la mejilla, en ademán juguetón—. ¿Y tú?

—No fue nada significativo. En la uni. Con un chico en un sótano de una fraternidad mugrienta.

—Qué guarra —dice él, con lo que la hace reír.

—¿Y dónde fue el tuyo? ¿Bajo los aleros de algún edificio señorial de tu internado con la sección de cuerdas de la Filarmónica de Nueva York tocando suavemente de fondo?

Josh se ríe.

—No. De hecho, fue aquí. O sea, en la ciudad. En casa de David.

Jess se vuelve hacia él.

—Y a mí ni un beso me has dado en casa de David.

Josh se la queda mirando con una expresión muy seria, como si estuviesen hablando de la vida y la muerte, de la guerra y la paz.

—Lo haré —dice, tras un rato y mirándola a los ojos—. Te besaré en todos lados.

Según Miky, una forma infalible de contraer una ETS es morrearse en el metro. Aun así, eso es justo lo que hace Jess: le ha metido a Josh la lengua hasta la garganta, tiene las piernas sobre su regazo y ocupan tres asientos, como si estuviesen ellos solos. Y, en cierto modo, lo están. Van en un vagón casi vacío desde la oficina de Josh en la séptima avenida hasta el World Trade Center, para un evento pijo en uno de esos restaurantes corporativos que hay en el centro de la ciudad.

En la calle cuatro oeste, el metro traquetea hasta detenerse y un grupo de universitarios se sube. Uno de ellos lleva un par de altavoces de exteriores (naranja chillón y de goma) con una canción G-funk que Jess no reconoce. Una chica con un *piercing* en la nariz lleva una camiseta del Black Power con un puño en alto. Todos son negros, y Jess puede imaginárselos en la cubierta de algún catálogo universitario, como la imagen perfecta de la diversidad, o en algún anuncio para algo guay, como una edición especial de unas deportivas o unas gafas de diseñador o un álbum de hip-hop.

Jess hace contacto visual con la chica del *piercing* y la camiseta del Black Power e intercambian una mirada. Solo que no consigue entenderla del todo. ¿La está reconociendo como a una de los suyos? ¿La está juzgando? Le entra la sensación de que debería dar un ejemplo mejor y, de pronto, se avergüenza un poco. Lleva el cabello recogido y liso (porque van de camino a un evento), y Josh tiene puesto un jersey de lana de color pastel.

Aparta las piernas del regazo de Josh, baja los pies del asiento y se sienta como es debido. Por una razón que no sabe explicar, añade más distancia entre ambos al acomodarse en el medio de su asiento y cruzarse de brazos. No son más que dos personas que van una al lado de la otra en el metro.

Como le sienta mal hacer todo eso, se vuelve un poco hacia Josh para intentar pedirle disculpas con la mirada, pero él se limita a sonreírle, sin enterarse de nada. Al principio, Jess se sorprende. Luego le entra el alivio y, más tarde, el fastidio. Pero al final decide que no pasa nada.

15

Jess da con lo que cree que es su trabajo ideal. Una revista de actualidad sin ánimo de lucro y que ha ganado muchos premios va a sacar una sección enfocada en temas raciales, política y economía, basada en análisis de datos, y, según el cartel enorme que tienen en su página web, necesitan gente a rabiar. A Jess le llega la inspiración.

—Pero hay buenas y malas noticias —le dice a Paul, mientras están de *brunch*.

—Cuéntame las malas —le dice—. Y también dónde es el curro.

—Pues que no tengo las cualificaciones necesarias. En plan que no tengo ninguna.

—Empezamos bien, entonces. ¿Y sería para…?

Jess niega con la cabeza, para hacerlo esperar.

—Primero pregúntame cuáles son las buenas noticias.

—¿Cuáles son las buenas noticias?

—Que tú me vas a ayudar. —Le clava el índice en el hombro, para que no le queden dudas.

—¿Yo? ¿Cómo?

Abre la página web en el móvil y se la muestra. Un logo con forma de puño sobre un eslogan que reza *La voz del pueblo*. Titulares provocativos sobre quién financia los partidos políticos, encarcelamientos masivos y la misteriosa desaparición del vuelo 370 de Malaysia Airlines.

Hay enlaces que llevan a un código ético y a algo llamado *El Blog del Cerebrito*; instrucciones sobre cómo enviar soplos anónimos mediante su servidor encriptado y la misión que los motiva escrita en negrita al final de la página: «Mejorar la democracia mediante un periodismo basado en la investigación profunda y con base, impulsada por la gente y los datos».

—Quiero trabajar aquí.

—Ajá —dice él.

Hay cincuenta trabajadores, cada uno con foto y perfil, bajo la sección NUESTRO PERSONAL, y Jess conoce a uno de ellos: Dax, el novio de Paul.

—Quería saber si podías preguntarle al respecto. Contarme un poco sobre cómo va la cosa desde dentro y así.

—Claro —dice él, mientras remueve su café—. Acaba de empezar, pero se lo preguntaré. No hay problema.

El camarero les pregunta qué quieren y Jess pide unas tostadas con aguacate.

—¿Y qué me dices del salario? —inquiere, mirándolo—. ¿Sabes algo sobre eso?

Lleva cinco meses sin trabajo y sus ahorros de persona responsable que juntó para una época de vacas flacas ya casi se le han acabado. Debería estar viviendo a base de fideos instantáneos y buscando con quién compartir piso, pero, en su lugar, está de *brunch*. Y, mientras tanto, hace caso omiso de las notificaciones de la app de su banco que le recuerdan que no tiene un duro. Un gráfico en la página principal de la app le muestra la trayectoria de su saldo (dinero contra el tiempo) y, en lugar de una flecha que apunte hacia arriba y a la derecha, lo que hay es una parábola un poco ladeada que se alza ligeramente solo para irse a pique. Parece que solo es cuestión de tiempo hasta que la línea se hunda bajo cero y la app empiece a ofrecerle anuncios de casinos y servicios de reunificación de deudas.

—Se lo preguntaré a Dax —dice Paul, meneando la cabeza—, pero es una revista sin ánimo de lucro, así que seguro que pagan una miseria.

Jess se pregunta más o menos cuántas miserias. Aunque no son tan cercanos, no tiene la impresión de que Dax sufra de problemas económicos. Siempre que lo ve, lleva ropa de marca. Si le pagaran una miseria, ¿podría comprarse deportivas de Burberry?

Ese debe ser uno de los misterios de la vida más grandes: cómo hace la gente para permitirse comprar cosas. La cuestión es que su mayor problema de momento es no tener las cualificaciones necesarias para ninguno de los puestos. Rebusca un poco en su página de empleos a ver si encuentra algo a lo que, maquillando la verdad un poco, pueda presentarse. Pero no es periodista, no tiene un grado en Derecho ni estudios de economía política y ni siquiera tiene experiencia sacando fotocopias. No tiene un grado en Estadística o Ingeniería o Informática, lo cual piden para su equipo de Ciencia de Datos. Sin embargo, hace caso omiso de los requisitos y, conteniendo el aliento, se presenta a la candidatura. En el campo de experiencia relacionada, menciona su puesto en la revista feminista e intenta no pensar en el hecho de que le ha llevado tres años volver al lugar en el que empezó.

Y luego, en sus partidos de vóleibol, le da la brasa a Dax para que la recomiende.

—Creía que trabajabas en finanzas.

—Es lo mismo.

—¿Ah, sí?

—Hacía análisis de inversión. Fijo que puedo lidiar con todos los datos y hacer sus gráficos complicados. Que es lo mismo, te digo.

Dax no parece tragárselo.

—Es que yo mismo acabo de empezar —le dice, sin comprometerse a nada.

—Y yo soy proactiva y de confianza, y los retos no me intimidan. Tengo habilidades de liderazgo. Domino el francés.

—¿Hablas francés?

—Me defiendo.

—*Avez-vous étudié à l'étranger?*

—Vale, solo llevé una clase un semestre en la universidad. ¡Pero lo demás es cierto!

Jess de verdad quiere ese trabajo. Se imagina a sí misma en una redacción de lo más escandalosa, con un lápiz detrás de la oreja y defendiendo la democracia.

—Vale, vale —cede Dax—. Envíame tu currículum.

En lugar de una entrevista, le asignan una prueba para que haga en casa. Le envían un porrón de información sobre el gobierno y le piden que cree un titular y una narrativa que las abarque, valiéndose solo de cuadros y gráficos. Le dicen: «Las mejores representaciones crean un puente que une la intuición y la información en una especie de sinestesia».

Le dan tres días para terminar el ejercicio, y le lleva tres días y una hora. Se tira toda la noche trabajando, lo siente como una calistenia para el cerebro (y le emociona usar sus habilidades para el bien), y, apenas termina con su análisis, les envía un titular que reza: MIL Y UNA RAZONES POR LAS QUE LA MEDICINA ES MACHISTA, junto con una serie de gráficos interactivos que demuestran el impacto económico resultante al excluir a las mujeres de los ensayos de investigación clínica.

Apenas ha enviado el correo cuando le llega una respuesta: quieren que vaya a verlos y que conozca al equipo. Les encanta su punto de vista.

A Jess le encanta que a ellos les encante su punto de vista. Ha pasado mucho tiempo desde que algo relacionado con el trabajo la llena de ilusión y está lista para quitarse la peste que las finanzas le han dejado encima.

Al llegar a la oficina, todas las personas que le presentan llevan gafas y tatuajes en zonas visibles, tienen grados en carreras como Estudios Étnicos y Periodismo de Investigación y han hecho las prácticas en sitios como La Haya y la Unión Estadounidense por las Libertades Civiles.

La entrevista el editor de la sección de política y economía, y, en lugar de hacerle preguntas a Jess, se ponen a hablar de por qué la decisión de la Corte Suprema en el caso de Hobby Lobby es una mierda.

Unos días después le llega una propuesta formal, y el sueldo es tan pero tan bajo que Jess no puede hacer otra cosa que echarse a llorar.

Cuando le cuenta a Josh lo de la oportunidad en periodismo de datos, un poco más y ni la escucha.

—¿Qué pasa? —le pregunta Jess—. ¿No crees que un curro así molaría?

Están cenando en un restaurante japonés, donde ven a los chefs apretar el pescado sobre el arroz y luego colocar los nigiri directamente sobre sus platos.

—Creía que estabas esperando que te contestasen algunas gestorías.

—Ya, es que no sé —suspira—. No estoy segura de querer meterme en otra máquina deshumanizadora y presa del capitalismo. A lo mejor quiero... no sé, trabajar para una buena causa.

—¿Una buena causa?

—Sí.

Conforme el chef desliza un plato de atún entre ambos, Josh le dice:

—Jess, que es una revista.

No se imagina lo que diría sobre la revista feminista. Jess había exagerado un poco lo que habían sido sus prácticas allí durante la entrevista y había logrado impresionarlos. Solo había conseguido que su nombre apareciera en un post del blog durante todo el verano que estuvo trabajando allí, pero había sido un buen artículo y había hecho que se ganara una credibilidad significativa. El titular del artículo era: «Echad abajo las fraternidades».

—Es una revista de actualidad que fomenta el periodismo de investigación y que ha ganado muchos premios.

—Si tú lo dices —contesta él.

Jess lo fulmina con la mirada.

—Vale, vale —suspira.

Le explica que no solo no cree que sea una buena causa, sino que ni siquiera le parece un medio de comunicación fiable. Y a ella le sorprende que se haya formado una opinión al respecto (le dice que le parecen unos radicales llenos de prejuicios) o que siquiera haya leído alguna de sus publicaciones.

—Bah, ¿y se supone que tú estás siendo objetivo? —le dice.

—Jess, no te pongas así. No quiero pelear. Querías saber lo que opino.

Jess suelta un suspiro, con la vista clavada en su plato.

—Bueno, al final da igual, no me puedo permitir trabajar ahí.

Josh deja sus palillos a un lado y le apoya una mano en el brazo.

—Tienes un currículum infalible. Estoy totalmente convencido de que no tardarás en encontrar algo muchísimo mejor.

—¿Mejor que dar la cara por la democracia mediante la prensa libre?

—Ya —dice él, entre risas—. Salvaréis el país a base de tuits.

Sabe que no pretende pasarse de capullo; cree que ella se lo dice en broma, pero no es así. Aun con todo, no puede evitar cabrearse. El camarero les pasa la cuenta desde el otro lado de la barra, y Josh la recoge sin decir nada, lo que le sienta como otra puñalada. Ha empezado a pagar por todo, sin preguntarle ni decirle nada, lo cual es un alivio, aunque, al mismo tiempo, de lo más humillante.

—¿Sabes? —le dice.

—¿Qué? —La mira, sin enterarse de nada, mientras mastica un poco de arroz.

—A veces me sacas mucho de quicio. Pero mucho.

Solo que, sin contar eso, es perfecto. Son una pareja perfecta. Jess nunca ha estado tan enamorada en su vida y todo va bien, en serio.

•

Josh está de mudanza y su piso es un desastre, con muebles envueltos con plástico de burbujas y cajas por doquier, así que pasa el fin de semana con Jess. Se meten bajo las sábanas para ver vídeos recomendados en su portátil y follan una y otra vez. Durante todo el finde solo salen una vez para ir a una reserva bien entrada la noche en un bar secreto, donde piden cócteles presuntuosos y se emborrachan hasta que les entra la risa tonta.

El domingo, para mostrarle lo mucho que lo quiere, Jess le prepara el desayuno en la cama. Desayuno que consiste en unos *bagels*, abiertos de forma desigual debido al cuchillo desafilado que tiene y untados con un queso crema a las finas hierbas de esos de bote.

—Qué mona —le dice, antes de añadir—: Pero deja que te muestre cómo se hace.

Según parece, Josh sabe cocinar.

Esa tarde, se va a una tienda de productos orgánicos y compra pasta, velas largas y vino.

Ponen de fondo un álbum de neo soul que siempre hace que Jess quiera quedarse en pelotas y comen linguini y beben Sancerre, con las velas encendidas.

De postre, Josh corta unas fresas rojas y brillantes y monta él mismo un cuenco de nata.

Jess muerde una fresa para quitarle el tallo.

—Qué buenas que están.

—Lo sé —dice él, mientras saca unas cucharas de un cajón—. Elizabeth las compró en Westchester. En el Stew Leonard's de Yonkers.

Devoran todas las fresas y Josh se queda mirando cómo Jess se lame la nata que le ha quedado en los labios. Entonces empiezan a besarse y a quitarse la ropa y Josh mete un dedo en la nata y lo sostiene en alto.

—Ni se te ocurra —advierte Jess, dando un paso atrás.

—Que ni se me ocurra ¿qué? —pregunta él.

Jess hace un círculo con la mano para señalarse el espacio entre las piernas.

—No me pongas nata en mis partes pudendas.

—¿En tus partes pudendas? —Se echa a reír—. Jess, que quiero follar contigo, no hacer que pesques una infección rara. —Da un paso hacia ella—. Tenía en mente algo como esto.

Le pasa el dedo por uno de los pezones antes de atraerla hacia él desde la cintura y quitarle la nata con la lengua, muy muy despacio.

Jess nota la nata fría contra la piel y la lengua de él, caliente. Josh sigue bajando más y más por sus costillas, luego por su vientre, hasta que llega a la entrepierna con la boca.

Le encanta la sensación; su boca, lo mucho que la pone y lo húmeda que está.

Nota una presión en el pecho que hace que se quede sin aliento, y es como si tuviese el cuerpo en llamas.

Todo le da vueltas. Tiene la visión borrosa y las piernas le tiemblan.

Quiere murmurarle guarradas al oído, pero las palabras se le atascan en la garganta.

Siente que se cae y, cuando intenta sujetarse a la mesa, hace que el cuenco de nata se estampe contra el suelo en medio de un estruendo.

—¿Qué ha pasado? —le pregunta Josh, arrodillándose frente a ella—. ¿Estás bien?

Aunque Jess intenta decirle que sí, la palabra le sale más como un gruñido.

—Jess —dice él, poniéndose de pie—. ¿Estás bien?

—La… garganta —musita ella.

Josh le toca los labios antes de soltar una maldición. Todo es muy confuso y Jess no entiende qué pasa hasta que él le toca la cara y, joder, la tiene hinchadísima.

—Tienes que ir a Urgencias —le dice, muy nervioso—. Jess, venga, vístete ya.

Él ya se ha puesto los vaqueros hasta cubrirse la erección. Jess tantea por el suelo para dar con su ropa interior hasta que él le grita:

—¡Jess, corre, que no tenemos tiempo!

En la calle, Josh para un taxi y la mete en el asiento de atrás y ella gimotea un poco. Tiene la garganta en carne viva, le duele la cabeza y está muy asustada. Se pregunta si le ha llegado la hora, si va a palmarla.

—No pasa nada, todo va bien —le dice él, una y otra vez, mientras la rodea con los brazos.

Y entonces le grita al taxista que no sea imbécil y que ni se le ocurra girar a la izquierda a esa hora.

Urgencias, poco antes de la medianoche, es un caos. Hay gente en camillas, médicos corriendo y Jess cree que hasta ve sangre en el suelo. Una enfermera con su uniforme pasa por su lado, y Josh grita para llamar su atención. La enfermera les indica que deben hacer la cola para que la ingresen, pero Josh se la salta. Aunque la mujer detrás del mostrador lo regaña, él pasa de ella.

—Necesita atención médica urgente —exige, señalando a Jess, y la mujer la mira, con el ceño fruncido.

—Caballero, por favor, lo atenderemos en breve. Pueden sentarse allí.

—Joder —suelta Josh, mientras arrastra a Jess hacia un lado.

Ella se deja caer sobre un asiento en lo que él empieza a morderse las uñas.

Entonces algo se le ocurre y se pone de pie de un salto.

—Voy a llamar a Gil —anuncia.

¿A Gil?, se pregunta Jess, y como si le hubiera leído la mente, Josh le dice:

—Dona un pastón a Langone, así que esto —hace un ademán frustrado en general para señalar la estancia entera— es inadmisible.

Con el móvil en la oreja, Josh se pone a caminar de un lado para otro, fuera de sí. Jess cierra los ojos y oye que dice:

—Contesta, contesta, contesta.

»¡Gil! —exclama, cuando por fin entra la llamada.

Jess oye cachitos de conversación mientras él va de aquí para allá.

—Una amiga... Tisch... necesito ayuda... sí, sí, sí... gracias... No, sí, es mi amiga.

Incluso afectada como está, la palabra le da vueltas a Jess en la cabeza: ¿¡amiga?!

Josh se mete el móvil en el bolsillo.

—Venga, Jess, nos vamos.

Ella quiere protestar, pero él la ayuda a levantarse.

—Es aquí al lado, Jess, rápido.

Josh la hace salir una vez más por las puertas giratorias enormes y tira de ella, como si fuese una muñeca de trapo, para hacerla cruzar la calle. Jess está atontada, nota que las piernas casi no la sostienen y que ya casi no ve nada.

Josh le da un tirón en el brazo.

—Venga, Jess, corre. —Y entonces, cuando apenas consigue moverse, él se vuelve hacia ella y suelta—: ¡Hostia! ¿Qué te ha pasado en la cara? ¿Puedes ver?

Jess lo ve tan asustado que se pone a llorar. Las lágrimas le nublan la vista y duele, duele, duele.

—Ay, Jess —dice él, antes de alzarla en brazos.

Carga con ella hasta el edificio, como si fuese un soldado herido en batalla. Ella apoya la cabeza en el hombro de él y cierra los ojos. Aunque quizás es que se le han hinchado tanto que se le han cerrado solos.

Todo está muy borroso y Josh no deja de gritar hasta que la tumban en una cama de hospital. Un médico aparece de la nada y empieza a hablar con Josh.

—Hemos cenado linguini con almejas. Creo que es alérgica al marisco.

Con lo poco que le queda de visión, Jess ve que el médico prepara una aguja muy larga y le da un golpecito con el dedo.

—¿Es la primera vez que le pasa? —le pregunta el médico a Josh.

—Sí —dice él.

—No —contesta ella, con voz ronca y desde la cama.

Ambos la miran.

—Son las fresas —consigue soltar—. Soy alérgica. Me dan urticaria.

—¿En serio? —contesta Josh.

—Sí. —Su voz suena muy ronca y ya casi no puede ver nada—. Las fresas. La alergia.

—Me estás vacilando —le dice él, sin poder creérselo.

Entonces nota el pinchazo de la aguja y todo se vuelve negro.

Cuando despierta, la habitación está a oscuras. Josh está sentado en una silla junto a su cama, con la cabeza gacha y el rostro iluminado por el móvil.

—Josh —lo llama, con voz ronca, y él alza la vista.

—Hola, Bella Durmiente —le dice, sonriendo y tomándola de la mano.

Jess se siente como si la hubiese atropellado un camión.

—¿Cuánto he dormido?

—Una media hora o así. El médico te ha puesto un sedante ligero además de la epinefrina.

—Me siento fatal —dice ella.

—Pues te ves radiante.

—¿Me estás vacilando?

Josh niega con la cabeza.

—Tienes el pelo como loco. Parece como si te hubieran atacado.

Jess se toca la cara.

—¿Sigo hinchada?

—No. —Vuelve a negar con la cabeza—. Un poco en los labios, pero… te queda muy sexi.

Jess se pone a llorar.

—No, no —le dice él, dándole palmaditas en la mano—. Que no pasa nada.

Pero Jess se limita a negar con la cabeza y a seguir llorando.

—En serio, Jess. El médico ha dicho que estarás bien. Te darán una inyección de epinefrina para que te lleves a casa por si vuelve a pasar. Aunque obviamente no puedes volver a comer una fresa en tu vida.

—No es eso —dice ella, secándose las lágrimas.

—¿Entonces?

—Que no puedo pagar nada de esto. La factura del hospital. No tengo seguro.

—¿No?

—Que no tengo trabajo —le recuerda—. El seguro ya no me cubre.

—Creía que tu padre trabajaba en una universidad. ¿Por qué no te ha metido en su plan?

—Es que no le he dicho que me despidieron —dice ella, en voz baja.

—Ay, Jess. —Josh le da un apretoncito en la mano—. Tú tranquila. Ya veremos qué hacemos. ¿Cuánto será? ¿Unos cuantos miles? No es para tanto.

—Es que no tengo unos cuantos miles —solloza Jess, con la vista clavada en su regazo—. No tengo ni un duro. Prácticamente tengo la cuenta a cero. Y, si me preguntas por qué, te pego una hostia. —Las Chicas del Vino no parecían haber comprendido que Jess ya no se podía permitir ciertas cosas; en una cena que habían tenido hacía poco, habían querido pedir a medias una hamburguesa trufada que valía cien pavos, y cuando Jess había dicho que no podía pagarla, le habían preguntado qué había hecho con toda la millonada que le pagaban en su empresa, a lo que Jess había tenido que explicarles que, una vez que dejas de trabajar para ellos, dejan de darte dinero—. No sé cómo voy a pagar el alquiler o mis préstamos de estudios el mes que viene… No… No tengo trabajo ni dinero y soy alérgica a las fresas y tengo menos criterio que un crío de cinco años y por eso me pasa lo que me pasa.

—Pobrecita Jess —dice él, acariciándole la mejilla.

Se sube a la cama de hospital para abrazarla por encima de las sábanas. Le frota los brazos y se acomoda contra su cuello. Como siempre, es tan sólido y cálido como ella necesita. Le besa la cara, y Jess cierra los ojos. Todo se queda en silencio salvo por los sonidos propios del hospital.

—Tengo una idea —dice Josh, tras un rato.

—¿Qué idea?

—Podrías venir a vivir conmigo.

Jess se gira sobre sí misma para tumbarse del otro lado.

—¿Cómo...? ¿Hablas en serio? —le pregunta, cuando quedan cara a cara.

—No tendrías que pagar alquiler —dice él, con una mano apoyada en el cabello de ella.

—Pero si ni siquiera te has mudado aún. No quieres... No sé, ¿disfrutar de tu soltería en tu cueva de machote durante un tiempo? Eres joven. ¿Por qué querrías tener a una chica allí por medio todo el tiempo?

—¿Allí por medio?

—Sí, o sea, dejando los sujetadores y los pintalabios tirados por doquier.

—Suena bien.

—Acabamos de empezar a salir juntos.

—Han pasado seis meses ya.

—Es que... No sé. ¿No nos estaríamos arriesgando mucho?

Josh se echa a reír.

—Dijo mi novia que no tiene seguro ni dónde caerse muerta.

—¡Oye!

—Perdona. —Le acaricia suavemente la cara—. No quería decir eso.

—Pero lo has dicho —rebate Jess—. Y... tienes razón. Soy una carga. ¿Y si tardo muchísimo tiempo en encontrar un trabajo que de verdad me pueda permitir aceptar? ¿Y si no tengo nada de dinero durante un tiempo?

—Tengo suficiente para ambos, no hay problema.

Jess suelta un suspiro.

—Creo que de verdad quería el trabajo en la revista.

—¿Y por qué no lo has aceptado?

—¿No fuiste tú el que dijo que no eran una fuente de información fiable y que estaban llenos de prejuicios?

—Pero no me hagas caso. Si quieres trabajar para ellos, deberías hacerlo. Qué más da lo que yo piense.

Jess se lleva los brazos al pecho y apoya la barbilla sobre los puños.

—No dije que no por ti. Es que… ¿no te acuerdas? El sueldo es bajísimo, no podría permitirme vivir con eso.

Ha hecho cuentas muchas veces (¿qué pasaría si refinanciara sus préstamos? ¿O si buscara en Craiglist algún rarito con quien compartir piso? ¿O si dejara de comprar lattes?), pero no habría forma de que le alcanzase. Demasiados gastos y ganancias insuficientes. Era como intentar parar un tornado lanzándole monedas. Además, era bastante deprimente. Pensar que, después de todo lo que había pasado —le había echado cien horas a la semana cuando trabajaba en Goldman Sachs, por Dios—, volvería a tener que ponerse a cortar cupones para hacer la compra.

—¿Y si no pagases alquiler? —dice Josh.

—Es que… No sería algo temporal. Quizá no podría llegar a devolvértelo.

—Ya te he dicho que eso no importa —repite—. Puedes quedarte a vivir conmigo para siempre y no tienes que pagarme ni un céntimo.

—¿Harías… Harías eso por mí?

—Pues claro. —La acerca a su cuerpo, de modo que su pelvis y la de él quedan la una contra la otra—. Y sabes que no es solo eso. Te quiero. Y quiero estar contigo en todo momento. Quiero despertar junto a ti todas las mañanas. Quiero volver de trabajar todas las noches y encontrarte ahí. —Deja de hablar y sonríe—. Quiero ser yo quien te lleve al hospital cuando tengas un shock anafiláctico en plena madrugada.

Jess se ríe.

—Yo también te quiero —le dice.

•

Durante su primer día de trabajo, Dax aparece a su lado.

—Hola —dice Jess—. ¿Qué pasa?

—He venido a ayudarte —dice él.

—¿Con qué?

—Con todo.

Y eso hace. Le presenta a sus compañeros, le enseña cómo hacer una hoja de tiempo y cómo usar la cafetera. Le lleva una camiseta con el logo de la empresa y, cuando ve que no le queda, le lleva otra. Le enseña cómo exportar datos del censo del país y estadísticas a su disco duro y cómo ponerles formato a las celdas para que no le desaparezcan los números.

—Me haces la vida mucho más fácil —le dice Jess un día—. Eres el mejor.

Dax le quita importancia a su cumplido.

—Es como si nunca hubieses trabajado en equipo o algo.

Jess le lleva una postal y una tableta de chocolate de Etiopía y granos de café caracolillo de Tanzania.

—¿Y esto? —le pregunta Dax.

—Para darte las gracias —se explica ella—. Sé que a Paul le gusta el café e imaginaba que a ti también te gustarían las cosas de África, ya sabes —se inclina hacia él y le susurra en voz nada baja—, porque eres negro.

Dax se echa a reír y abre el sobre con el pulgar.

«Trabajar contigo ha sido de lo mejorcito. Contentísima de ser la tercera punta del triángulo».

—¿Del triángulo?

—Es una broma, porque primero Paul era mi compi favorito y ahora tú, así que soy la otra punta del triángulo.

Dax menea la cabeza.

—Qué cosas te inventas.

—A lo que voy es a que todo esto es muy guay. Todos sois muy guais. Así que gracias por recomendarme.

—No llegué a hacerlo.

—¿Cómo dices?

—Para cuando les pasé tu currículum, ya les había llegado tu solicitud. Así que todo el mérito es tuyo, chica.

Jess pone un puchero, como si fuese a ponerse a llorar, y Dax abre los brazos para invitarla a acercarse.

—Anda, ven aquí.

Es la primera vez que alguien la abraza en el trabajo.

—Nos encanta que formes parte del equipo —le dice Dax, con los brazos apoyados sobre sus hombros.

—Me estás complicando mucho eso de que termine clavándote un puñal por la espalda —dice ella.

Dax la apretuja un poco más.

—Ay, Jess.

16

J ess y Dax se encargan de los gráficos de un artículo que se hace viral. Es el verano previo a las elecciones presidenciales y una personalidad televisiva racista hasta decir basta es quien está liderando las encuestas.

El titular reza: «Culpad al racismo, y no a la economía, por el auge de Donald Trump». Durante veinticuatro horas la gente no deja de clicar en el artículo, y Jess se siente casi famosa. Un amigo de un amigo comparte el artículo en sus redes y solo le añade un «Amén». Al autor, un tal Michael de Wisconsin, al que le concedieron la beca Rhodes y fue voluntario del Cuerpo de Paz, lo invitan a hablar sobre su artículo en CNN.

Su padre la llama por teléfono, casi gritando por el orgullo.

—¡Esa es mi niña! —le dice—. *Nunca temas decirles la verdad a los que tienen el poder.* —Había evitado sus llamadas durante mucho tiempo, presa de los nervios cada vez que dejaba que le sonara el móvil hasta que saltaba el buzón de voz. No quería que se preocupara o, peor, que le hiciera preguntas que no tenía cómo contestar. Así que se escondió. Y luego, como si se tratara de un truco de magia, lo siguiente que le dijo fue que tenía un nuevo trabajo, en una revista de actualidad. Su padre se había emocionado tanto como si le hubiese dicho que se había sacado la lotería. Y Jess lo entendía.

Porque ella también lo sentía: que, por fin, formaba parte de la solución, no del problema.

David, el amigo de Josh, los invita a cenar, y el tema del artículo sale a colación.

—¡Yo lo escribí! —anuncia Jess, orgullosa al compartirlo con todos los presentes.

—¿En serio?

—Bueno, no las palabras —se explica—, pero sí todo el análisis de datos y los gráficos.

—¿Los de las burbujas? ¿Esos que se movían?

—Ajá —asiente, complacida—. Eso hice yo.

—¿Y no crees que fue un poco irresponsable por vuestra parte? —le pregunta David, ladeando la cabeza al mirarla.

Jess lo mira, también con la cabeza ladeada.

—¿Qué parte crees que fue irresponsable? —contesta, con un tono que no enmascara del todo el enfado de su voz.

—¿No te parece algo irónico? Afirmar que Trump está motivando el resentimiento racial y escribir un artículo que… motiva el resentimiento racial. —David se encoge de hombros para indicarle que no le interesa demasiado la discusión y se sirve otra copa de vino—. Aunque bueno, qué sabré yo.

Jess intenta intercambiar una mirada cómplice con Josh, pero este evita mirarla.

En el taxi de vuelta a su piso, Jess le dice a Josh:

—Joder con David hoy…

Y, cuando Josh no le contesta, repite:

—Joder con Da…

—Te he oído —la corta.

Jess le da un golpecito de broma.

—¿Y por qué no me estás dando la razón? Me ha dicho que mi artículo es «irresponsable» —le recuerda.

—¿No te lo parece?

—¿Lo dices en serio?

—Jess, has hecho una acusación bastante agresiva y sin base. Tampoco digo que sea lo peor del mundo, pero sí que es un poco irresponsable. Como mínimo. ¿No crees?

—¡Pues claro que no! ¿Estás de coña? ¿Sin base? El objetivo de la revista es la investigación. Usamos datos y estadísticas para presentar un punto de vista objetivo y con base.

—Eso no ha sido nada objetivo. Habéis lanzado una acusación mordaz y sí, había datos que lo respaldaban, pero habéis escogido los que mejor os venían para defender vuestro argumento.

—¿Por qué me vienes con eso ahora? ¿Por qué no me lo habías dicho antes?

—El tema lo has sacado tú.

—Entonces ¿qué? ¿Me has estado juzgando en silencio y no pensabas decirme nada nunca a pesar de que crees que soy una especie de periodista de tres al cuarto que desinforma deliberadamente al pueblo estadounidense?

—Lo único que creo es que vuestra metodología está desencaminada.

—Ah, ¿y ya está? No sé ni a qué te refieres con eso.

—A lo del racismo. Es una cortina de humo. Y lo entiendo, os deja pagarles a los anunciantes o genera clics o lo que sea, pero es que es de lo más simplista, Jess. Me parece incompleto y sí, irresponsable, que ignoréis el papel que juega la economía. Es obvio que es una variable de confusión.

—¡Pero si no la ignoramos! El objetivo del artículo era dejar claro que, si bien parece que la economía es la principal fuerza detrás de la popularidad de Trump, en realidad no lo es. ¡A eso íbamos! Corregir un detallito o dos en la metodología no nos habría hecho llegar a una conclusión distinta.

—Entonces, ¿en serio crees que lo que justifica el auge de Donald Trump es el racismo y ya?

—¡Pues claro! Es precisamente lo que dice el artículo. ¿O no te lo has leído?

—Venga ya, pues claro que me lo he leído. Quiero saber qué piensas tú. Qué piensas de verdad. No las ideas absurdas que la empresa quiere que creas.

—No habría puesto mi nombre en el artículo si no creyera en lo que dice. Tengo un mínimo de integridad, aunque no te lo parezca. Ese artículo representa mi perspectiva. Y creo que, hasta donde nos ha sido posible, hemos sido objetivos. Investigamos y constaté los números. Alucino con que prefieras justificarte con un argumento pedante sobre variables de confusión antes que aceptar la verdad como es, la cual demuestra que quienes apoyan a Donald Trump son unos racistas de mierda. Y sí, la economía también es un factor. Pero lo que es más importante: el racismo está ahí.

Se bajan del taxi.

Suben en el ascensor en silencio.

Cuando las puertas se abren, Josh la mira.

—La verdad es que no entiendo por qué estás haciendo esto —le dice, con el ceño fruncido.

—¿Quieres decir por qué acepté el trabajo?

Asiente.

—Es que parece un cambio muy radical.

Jess se lo piensa un poco.

—Creo que lo hice... ¿por mi padre?

—¿Tu padre te dijo que aceptaras el trabajo?

Jess niega con la cabeza.

—No, ni de lejos. —Suspira y se deja caer sobre el banquito que hay en la entrada, uno que Josh encargó de Dinamarca—. Es difícil de explicar. Es más que... que... me siento culpable. Él no me crio para que terminara así.

—¿Para que terminaras cómo? —pregunta él—. ¿Por qué te sientes culpable exactamente?

—¡No sé! —Está frustrada, aunque también un poco aliviada; estaría bien si se limitara a entenderlo y ya, pero también hay algo catártico en el hecho de tener que explicárselo—. Creo que porque... me paso el día tirándome a un blanquito en lugar de, no sé, luchar por nuestros derechos civiles o protestar en contra de la violencia policial o ese tipo de cosas.

—¿De qué estás hablando? ¿Protestar? ¿Te refieres a escribir comentarios controvertidos en redes sociales?

—¡No! A protestar de verdad. Como lo que hicieron en Ferguson o en Baltimore.

—Jess, eso es una locura. ¿Cómo se te ocurre? ¿Quieres salir a protestar? ¿A la calle? Tú no eres así.

—¡Es que tal vez debería serlo! Al menos así haría algo. Ya me siento bastante culpable de por sí.

—¿Porque tu novio es blanco?

—No. No, no, no es eso. —Siente como si se estuviese explicando de pena, por mucho que, en cierto sentido, también sienta que es correcto. Tiene que expresarse mejor. Su padre no es intolerante, pero sí que tiene sus principios. Definitivamente no estaría de acuerdo con la postura política de Josh. Pero ¿él sí le caería bien? Eso no es tan sencillo de predecir—. No es eso a lo que me refiero —le dice—. Lo siento. Me siento culpable por no hacer nada para ayudar a la causa, ¿me explico? Por el encarcelamiento masivo y los desiertos alimentarios y la subida del precio de la insulina y la gentrificación...

—Esas son muchas cosas. —Josh parpadea, confundido—. Y no quiero parecer insensible, pero ¿qué tiene que ver todo eso contigo?

Jess lo mira, como si fuera tonto.

—Soy negra. Por si no lo habías notado.

—Sí, me he dado cuenta.

—Así que tengo la responsabilidad de hacer algo, ya sabes.

—¿Por qué?

—¿Cómo que por qué?

—¿Por qué es responsabilidad tuya, en específico?

—No te sigo.

—Jess, no le debes nada a nadie. Sí, hay gente que sufre. Pero no la conoces. No tienes la obligación específica de ayudar a nadie. Lo sabes, ¿verdad? Solo por ser negra. Especialmente por ser negra.

—Es que... me siento culpable.

—Pues no te sientas así —dice, tocándole ligeramente el brazo.

—Es que me siento así y ya. Sé que no tiene mucho sentido, pero es toda la... culpabilidad. O la ansiedad. O la vergüenza. O qué sé yo.

—Ay, Jess. —Y entonces pregunta—: ¿Cada cuánto tiempo piensas en esto?

—Todos los días, creo.

—¡¿Todos los días?!

—Es que... Sí. Sobre todo ahora, con el movimiento Black Lives Matter, todo parece muy urgente, mientras que yo me siento muy... distanciada. Y no solo como que no estoy aportando nada, sino como que hasta estoy actuando en su contra. Como si fuese parte del problema.

—¿Porque tu novio es blanco?

—¡No sé! Ya ni sé lo que digo.

—¿Por qué no me habías dicho nada antes? —La mira, pesaroso.

—¿Qué se suponía que debía decir?

—Tienes que decirme lo que piensas. Lo que te preocupa. Sé sincera conmigo, no te guardes las cosas.

—Es que...

—¿Qué? ¿Crees que no lo entendería?

—¿Lo harías?

—Siendo sincero, no estoy seguro. Pero me importas y estoy intentando entenderlo. Solo que, si no me cuentas las cosas, ni siquiera tengo la oportunidad de intentar entenderlo. Y quiero apoyarte.

—Vale.

—¿Vale?

—Vale. —Jess asiente, y él le sonríe.

Le toma la mano y deja un beso sobre ella. Jess se pone de pie, para apoyarse contra él, y Josh le acaricia la espalda.

—Te quiero. Lo sabes, ¿verdad? —le dice, a lo que ella cierra los ojos. Apoya la cabeza en su pecho y se quedan así, abrazados, durante un largo rato. Al final, Jess echa un poco la cabeza hacia atrás para poder mirarlo a la cara. Él le sigue acariciando la espalda.

—Entonces, ¿eso quiere decir que no crees que el artículo sea irresponsable? —le pregunta.

Y Josh contesta:

—Tampoco he dicho eso.

★ ★ ★

El nuevo piso de Josh es un loft de casi trescientos metros cuadrados. Tiene dos habitaciones y está en un edificio que antiguamente era una imprenta, con molduras originales, entarimado y un ascensor especial que hace que el coche suba justo hasta la puerta principal.

Josh la había llevado a verlo antes de mudarse y, sin haberlo pintado ni contar con ningún mueble, el lugar era descomunal, increíble. El cuarto de baño para invitados era igual de grande que uno de esos pisitos tipo estudio y, cuando se hablaron desde extremos opuestos del salón principal, hubo eco. La luz que entraba era espectacular, gracias a los ventanales que ocupaban la pared entera, y las vistas que tenían de la ciudad hacían que pareciera como si estuviesen plantados en una caja de cristal preciosa en la cima del mundo.

Hay que ver lo que puede hacer el dinero, pensó Jess.

Cuando Josh se inclinó para besarla, le coló una mano por debajo de la camiseta mientras que, con la otra, le dio a un botón en su móvil que hizo que todas las persianas empezaran a cerrarse con un zumbido electrónico que dejaba entender que todo ello había costado un pastón.

—Ya lo veo, Iron Man —le había dicho Jess, entre risas.

Y ahora ambos viven ahí.

El día en que Jess se mudó, Josh le explicó que lo único que necesitaba para controlar todo desde su móvil era establecer una contraseña de seis dígitos. Jess la marcó, pero le salió un mensaje de error. Volvió a intentarlo y entonces alzó la vista hacia él, con el ceño fruncido.

—¿Qué pasa?

—Que no funciona —dijo, volviendo a introducir el código con cuidado.

—A ver —contestó él, pidiéndole el móvil.

—Ni loca —dijo ella, apretándose el móvil contra el pecho de forma protectora—. Es personal.

—Venga ya. —Meneó la cabeza, sonriendo—. ¿Qué es? ¿Tu cumpleaños? Dudo que haga falta que venga la NASA para descifrarlo. Anda, trae —le insistió, con un gesto para que soltara el aparato.

Jess se lo entregó.

Josh dio unos toquecitos, deslizó el dedo, volvió a toquetear y luego puso una expresión de confusión.

—¿Qué pasa?

Entonces se echó a reír.

—¿Qué es?

—Ya sé cuál es el problema.

—¿Cuál?

—Que tiene que ser un código único. —Sacó su propio móvil de su bolsillo trasero—. Y mira.

Le mostró la pantalla, y Jess vio que había revelado su contraseña y era exactamente la misma que ella había puesto: 112358.

—¿Tu contraseña es la sucesión de Fibonacci? Madre mía, Josh. Menudo ñoño estás hecho.

—¡Pero si tú has puesto lo mismo!

—Ya —dijo ella, restándole importancia a pesar de que el corazón quería salírsele del pecho—, pero cuando yo lo hago queda guay.

Más tarde ese mismo día, Josh abrió la puerta de la nevera enorme que tenían y le dijo:

—Tengo una sorpresa para ti.

Jess lo miró, confundida.

—Venga —la animó él, con una sonrisa tan grande que Jess casi esperaba encontrarse un anillo de diamantes dentro.

Solo que no había nada. Unas cuantas latas de cerveza artesanal, un taco de queso gruyer y las sobras de una ensalada.

—No lo comprendo —dijo ella.

Entonces, muy orgulloso, se lo explicó:

—No hay fresas. ¿Lo ves? Las he tirado todas. Esta casa —anunció, al tiempo que cerraba la puerta de la nevera con un ademán ceremonioso— está oficialmente libre de cualquier rastro de fresas.

—Pero con lo mucho que te gustan —protestó Jess, y él se limitó a encogerse de hombros.

Se sentía tan conmovida que creía que podía ponerse a llorar en cualquier momento.

—Sí que me quieres —le dijo, emocionada.

Él soltó una risa ante su reacción antes de envolverla entre sus brazos.

—¿Es que no lo sabías? Soy de los que prefieren que su novia siga viva.

Tras ello, Jess cayó en la cuenta de que ya no iba a poder hacer videollamadas con su padre desde casa. Si lo hacía, iba a preguntarle por qué se había mudado, y entonces ella tendría que contarle ciertas cosas. Como el hecho de que tenía un novio del que nunca le había hablado, lo que la hacía sentir culpable por haberlo ocultado, pero no lo suficiente como para dejar de mentir sobre ello. O el hecho de que ella y el susodicho novio contrataban un servicio de limpieza profesional (Jess sabía que su padre consideraría eso como una extravagancia absolutamente inconcebible), lo que también la haría sentir culpable, aunque no lo suficiente como para ponerse a fregar el suelo o lavar la ropa. O el hecho de que se había tirado como medio año desempleada, lo que había acelerado todo eso de vivir juntos, o que se había gastado todos sus ahorros y que hasta había tenido que empezar a sacar dinero de su fondo de jubilación o que, desde que había empezado la universidad, básicamente había tenido un estilo de vida de lo más frívolo, por mucho que supiera que no era lo correcto, y, aunque eso también la hacía sentir culpable, tampoco lo suficiente como para dejar de hacer nada de lo que hacía.

El sábado por la mañana, Jess abre los ojos y se encuentra a Josh con sus zapatos elegantes puestos. Lleva una camisa formal y se acaba de afeitar.

—Buenos días —dice, medio dormida aún—, ¿a dónde te vas así a escondidas?

—Buenos días, preciosa —la saluda él, antes de acercarse desde el otro lado de la habitación para darle un beso y unos cuantos arrumacos.

—¿Vas a por el desayuno? ¿Me traes un *bagel*? ¡Y una caña de chocolate! Pero de esas crujientes.

—Eh…, no.

Jess parpadea para quitarse el rastro de sueño que le queda y entrecierra los ojos.

—¿A dónde vas? ¿Qué hora es?

—Es por trabajo —le dice, como si nada—. Iré a ver a Gil un ratito.

—¿Vas a la oficina?

Josh niega con la cabeza.

—No, no. A un restaurante.

Jess se frota los ojos.

—En plan… ¿a por el *brunch*?

—Eh… Pues sí, digamos que sí.

—¿Por qué?

—Porque es el único momento que tenía disponible esta semana. —Se encoge de hombros—. Tenemos que ponernos al día. ¿Estás…? No te molesta, ¿no?

Jess se acomoda la almohada bajo la cabeza y lo mira de lado.

—No pasa nada. Solo me hace gracia imaginaros chismorreando mientras os bebéis unos Bloody Mary.

—Su mujer también irá, de hecho. —Se queda callado unos instantes, y luego añade—: Y no estoy seguro del todo, pero puede que su sobrina también.

—¡¿Su sobrina?! —Jess se sienta de sopetón.

—Eh, tranquila. Nada de emociones fuertes que no te has tomado el café aún. —Le sonríe, como si Jess fuese a reírle la gracia.

—Así que Gil y su mujer se van de *brunch*, ¿y a ti te llevan para que hagas de canguro de la sobrina?

—Ja, no. No es una niña, la sobrina es abogada.

—Pues claro que la sobrina de Gil es abogada. —Jess pone los ojos en blanco—. ¿Su hermano es su *consigliere*?

—Qué graciosa —dice él, sin reírse. Recoge su cartera de la cómoda y se la mete en el bolsillo trasero de los pantalones—. Pero bueno, no es su abogada, sino abogada a secas.

—Ah —contesta ella—. ¿Y dónde trabaja?

—Jess —le dice, haciendo girar su móvil sobre la palma y cambiando el peso de una pierna a otra—, ¿te parece si hablamos de esto más tarde?

—Bueno… vale. Es que me parece raro que no me lo hayas comentado. ¿Ibas a irte a escondidas? ¿Y si hubiese entrado en pánico y hubiese ido a la comisaría a denunciar tu desaparición?

Con eso sí que se ríe de verdad.

—Perdona, es que seguías dormida. Y estabas muy mona y tranquilita —se inclina para dejarle un beso en el hombro—, así que no quería despertarte.

—¿Y por qué no me lo comentaste ayer?

—Porque Gil me invitó anoche. Por mensaje. Cuando ya te habías quedado dormida.

—Ah.

—Ya, no hay ninguna conspiración, como ves. Volveré en un par de horas. Podemos quedarnos en pelotas y comer *bagels* entonces. —La vuelve a besar y le acaricia el cabello con cariño antes de añadir—: Pero ahora me tengo que ir.

Casi ha llegado a la puerta cuando Jess le chilla:

—¡Espera!

—¿Qué pasa?

—¿Puedo ir contigo?

Josh se mira los zapatos, como si estuviera pensándolo, pero entonces le dice:

—Ya voy tarde, mejor otro día, ¿vale? Lo prometo.

Y entonces se marcha.

★ ★ ★

Josh la lleva a comer pizza a un restaurante italiano en West Village, donde cada mesa tiene un arreglo de rosas de plástico. Fuera del restaurante se empiezan a morrear como si no hubiese un mañana, metiéndose mano y usando la lengua como si estuviesen solos en el mundo. Lo cual no es cierto, pues están en la calle Bleecker una noche de fin de semana.

Cuando se separan a por algo de oxígeno, Josh suelta un:

—Hostia puta. —Y se pone pálido, como un muerto.

—¿Qué pasa? —pregunta ella, alzando la vista para mirarlo.

—Joder —dice, sin apartar la vista de lo que tiene enfrente.

—¿Qué pasa? —insiste Jess. Saca la mano que tenía debajo de su camisa y se vuelve, aunque no consigue ver lo que lo ve él—. ¿Qué has visto?

—A Gil —dice, pasándose una mano por el pelo.

—¿Se ha perdido? —pregunta ella, volviendo a girarse.

—Date la vuelta, Jess —le ordena él, en voz baja.

Solo que, antes de que lo haga, la mirada de Gil se encuentra con la suya. Él la observa, sorprendido, y entonces le dedica un saludo un poco extrañado con la mano.

—Mierda, mierda —suelta Josh—. ¿Crees que nos ha visto?

Jess lo mira como si fuese tonto.

—Pues sí, es obvio que nos ha visto. Pero ¿qué pasa? ¿Cuál es el problema?

—El problema, Jess, es que le dije que entre nosotros no pasaba nada.

—Bueno, no pasaba nada en ese entonces, pero ahora sí. Y eso fue hace mil años. No es que le hayas mentido. Ya ni trabajo allí —le recuerda—. ¿A él qué más le da? A no ser… ¿Fue por eso que le dijiste que era tu «amiga» en el hospital?

Solo que Josh no la está escuchando. Sigue echando vistazos a su espalda, con la vista clavada en el fantasma que Gil ha dejado de sí mismo en la calle Sullivan.

—¿Es que no te das cuenta de lo que parece?

—¿Qué es lo que parece? —Jess lo sabe, en teoría. Solo que, en la práctica, Gil es un hombre que vendió en corto las acciones de la empresa de su hermano, la cual ya se iba a pique. Le cuesta creer, sin contar el mal trago que la hizo pasar en su despacho, que algo tan cotidiano como el sexo pueda ofender su sentido de la moralidad.

Josh suelta un suspiro.

—Vale, a ver —Jess lo intenta, fastidiada porque les haya cortado el rollo—. Si te preocupa, dile la verdad y ya está. O bueno, una verdad a medias.

—Ya, qué remedio.

—¿Y crees que se va a enfadar?

—No sé.

—¿Te va a echar la bronca por haberme contratado?

—No sé.

—¿Y qué quieres decirle?

—No sé.

—¿Qué es lo que sabes, entonces?

Josh la mira.

—Si te soy sincero, ni siquiera sé la respuesta a eso. Cuando se trata de ti, me he dado cuenta de que dejo de lado cualquier forma de pensamiento crítico o racional.

Jess le sonríe.

—Qué romántico.

—No, Jess. No es nada romántico.

•

Y entonces llega junio y, con él, el Día del Orgullo, así que cancelan la práctica de vóleibol y se pintan arcoíris en la cara para salir a celebrar a la calle. Las Chicas del Vino se ponen un *lei* hawaiano hecho de flores de todos los colores del arcoíris. Miky y Lydia se ponen unas camisetas y portan banderas.

—¿Y dónde está Josh? —pregunta alguien.

¿Josh? Jess echa un vistazo a su alrededor, al sol ardiente en lo alto y la ciudad casi vibrando con la gente que celebra el Día del Orgullo.

—Está… de *brunch*. —Con el director ejecutivo de su empresa, pero eso no lo dice. Ya casi es cosa de todos los fines de semana. *Brunch, brunch* y más *brunch*. Josh vuelve a casa los sábados con las pastitas más maravillosas (petisús diminutos y llenos de crema de café, macarons de sabores como lavanda, naranja y aceite de oliva) envueltas en unas cajitas preciosas. Pastitas de consolación, según lo ve ella, aunque eso también se lo guarda.

Se encuentran con Paul y Dax y los chicos del equipo de vóleibol y todos comparten besos, abrazos y lágrimas, y a Jess se le llena el corazón de amor porque todo brilla y todos son amigos de todos.

Hasta la semana siguiente, cuando se le escapa una pelota que les habría hecho ganar el partido y todos se quejan en voz alta hasta que alguien le grita:

—¡Tableta, haz el favor de salir del campo de una puta vez!

•

Jess y Josh se presentan a la fiesta de Halloween que organizan las Chicas del Vino con disfraces a juego.

—¿Qué se supone que sois? —les preguntan.

Josh lleva una camiseta que dice CORRELACIÓN ≠ CAUSALIDAD.

—Lo que da más miedo en el mundo: una falacia lógica —dice, señalándose el pecho con dos dedos.

—Y yo soy una variable oculta —explica Jess, levantando los brazos para cruzarlos al estilo de Wonder Woman—. La «X», la variable. —Pone las manos en forma de garra, alza una rodilla poco a poco y luego la otra y hace ver que camina con sigilo de forma exagerada— ¡Y me estoy escondiendo! ¿Lo captáis?

—¿Vais de chiste de mates?

Jess y Josh intercambian una sonrisa de oreja a oreja.

—Arg, hacéoslo mirar. —Las Chicas del Vino ponen los ojos en blanco antes de marcharse.

•

Después de la cata de vinos que había hecho su padre, por fin se ponen de acuerdo con una tradición para el Día de Acción de Gracias: se lo saltan. Estaba tan cerca de las Navidades que era lógico que simplemente esperaran hasta diciembre. De modo que su padre se va a San Luis a pasar el fin de semana («¡Nos vemos a la vuelta, Jessie!»), y ella se va a casa de Josh. Conducen desde el garaje en el que alquilan el coche, en el centro de la ciudad, hasta Greenwich. La luna está en lo alto y las hojas, en su momento más caótico, con una mezcla de rojos y naranjas brillantes que hacen que Jess piense en pastel de calabaza.

En casa, cuando su madre le entrega sábanas limpias para el sofá-cama, Josh le dice:

—Creo que dormiré arriba y ya, mamá.

La mujer no lo entiende de inmediato, por lo que empieza a protestar:

—Ay, cielo, ¿no crees que Jess estaría más cómoda en una cama propiamente dicha? Si no te apañas con el sofá-cama podemos...

—Me refiero a que dormiré arriba con Jess —la interrumpe él.

—Ah —dice su madre, confundida, antes de abrir mucho los ojos por la sorpresa. Al atar cabos, añade—: ¡Ah!

Todos se quedan mirándose los unos a los otros hasta que Josh dice:

—Eso.

Y Jess añade:

—Sí, eso.

Y la madre de Josh, con un buen humor de lo más falso:

—Bueno, ¡que descanséis!

En el cuarto de Josh, se quitan la ropa y se meten en la cama.

Dado que la habitación está muy fría, Jess se cubre con las sábanas de franela hasta la barbilla.

—¿Tenías que hacer que todo fuese tan raro? —le dice.

—¿A qué te refieres?

—A quién duerme dónde —se explica—. Tu madre debe estar pensando que estamos aquí... retozando.

Josh le sonríe, un destello de sus dientes blancos en medio de la oscuridad, y la atrae hacia él de la cintura.

—En ese caso, mejor no decepcionarla, ¿no?

Jess hace como si no lo hubiera oído e intenta apartarse de su agarre, lo que le resulta bastante complicado porque es una cama de noventa centímetros y ya tiene la espalda presionada contra la pared.

—¿Eso quiere decir que no le has contado a tu madre que estamos juntos? ¿Que soy tu novia? ¿Que vivimos juntos?

—Creo que acabo de dejárselo bastante claro.

—Me refiero a antes. ¿No le habías dicho nada? —Aunque quiere sentirse insultada, tampoco es como si ella hubiese sido muy sincera con su padre. Cuando se lo pregunta, Jess suele contestarle que «no, ninguna novedad por ahí». Lo que obviamente no es cierto. Pero es que parece demasiada información que explicarle. ¿Por dónde empezaría? ¿Por la empresa de la que la despidieron? ¿O por el novio que votó por Mitt Romney en lugar de por Obama? Lo más sencillo es ahorrarle los detalles y ya.

—Creo que le dije que estaba saliendo con alguien.

—Pero no conmigo.

—¡Jolín, eso era! —Se da un golpe en la frente con la palma—. Sabía que había olvidado contarle algo la última vez que quedamos para hacernos las uñas juntos.

—Puedes ahorrarte el sarcasmo —contesta ella, con el ceño fruncido.

—Es que no tengo ese tipo de relación con mi madre, Jess. —Vuelve a atraerla hacia él, hasta que sus rostros quedan juntos—. ¿Te sorprende que no nos sentemos a chismorrear sobre mi vida?

—Supongo que no.

Josh le pasa un dedo con delicadeza por el labio inferior.

—Eres muy guapa, ¿lo sabías? —le dice.

Jess sonríe.

—No me cambies el tema.

—Guapísima. La más guapa de todas —sigue él, dejándole besos por toda la cara.

—No vas a salirte con la tuya —le advierte Jess, aunque completamente en vano, pues cierra los ojos y deja que Josh la atraiga hacia él. Tienen las piernas enredadas y se rozan con la nariz; él le rodea la cintura hasta encerrarla en la prisión que forma con los brazos, desde las manos hasta los codos.

Se besan.

—Me alegro de que seas mi novia —le dice—. Y de que vivamos juntos.

—Te perdono —contesta ella.

Solo que, en el mismo rincón de su mente en el que se guardó el recuerdo de cuando usó la palabra «amiga» para describirla, también almacena todo esto.

Josh está en la ducha cuando Jess encuentra su anuario del instituto en el mismo lugar en el que lo dejó hace dos años.

Se va directo a la última página, a la carta de Tenley.

Y empieza a leerla, aunque se detiene en el mismo lugar en el que lo hizo la última vez. La parte en la que la carta empieza a parecerse a una canción romántica noventera. Es obvio que es algo privado, y Jess se siente muy horrible por leerla.

Así que cierra el anuario.

No es que sienta celos de Tenley propiamente, ni siquiera de lo que representa, es algo más cercano a la curiosidad, con quizás unos toques minúsculos de inseguridad a un lado. Le da curiosidad saber a quién habría escogido Josh si no la hubiese escogido a ella; quién fue su primera opción, la primera chica a la que besó, la primera con la que se acostó. Jess quiere saber qué clase de chica protagonizaba sus sueños en el instituto y también por qué, a pesar de que haya pasado tanto tiempo, se muestra tan evasivo al respecto.

Se pregunta si se enamoró de ella.

Así que vuelve a abrir el anuario.

En la parte final encuentra las páginas de los graduados: cada uno de ellos tiene una página entera dedicada a sus fotos personales y mensajes y chistes privados.

Pasa a la página de Josh. No tiene mucha cosa, sino solo una foto de él y su familia, tomada de cerca de modo que no se pueda apreciar el fondo, así como una cita de Einstein sobre la muerte.

Jess sonríe.

Pasa a la página de Tenley.

Un mensaje en el final de la página dice: «Todo mi amor para Allie y Eliza por hacer que estos últimos cuatro años hayan sido increíbles e inolvidables. ¡Papá y mamá, os quiero!». Y el resto son fotos, al menos una docena de ellas. Fotos de ella en traje de baño o en pistas de esquí, rodeada de otras dos rubias, las cuales Jess asume que se trata de las tales Allie y Eliza. Fotos con su uniforme de lacrosse, con una raqueta de tenis, en una barca de remos en el lago Quonnipaug. Muchísimas fotos con sus padres, hermanos y hermanas, todos blanquitos privilegiados de ascendencia europea, muy guapos y con relojes.

Una foto le llama la atención. Una en familia: Tenley rodeada de unos primos, tías y tíos sonrientes que van en ropa de verano y están sentados en torno a una mesa de exterior, frente a una playa.

La observa con atención.

Y, entonces, la observa otra vez.

—No me jodas —suelta, en voz alta.

Se lleva el anuario hasta la nariz, solo para asegurarse.

Pero es que está segurísima.

El hombre que sale en la foto familiar de Tenley, ligeramente bronceado y con un brazo paternal sobre su hombro, es nada más y nada menos que Gil Alperstein.

Josh sale de la ducha con una toalla enganchada a la cintura y sacudiéndose el agua de las orejas. Por unos segundos, Jess se olvida de todo, porque Josh huele al manantial de una montaña, con gotitas de agua y el rostro recién lavado, como si hubiese salido de un anuncio de desodorante. Pero entonces le dice:

—¿Qué tal, Jess y ya? —Y ella recuerda de sopetón el anuario que descansa sobre su regazo.

—¿Qué coño es esto, Josh? —le dice, mirándolo.

—¿Perdona? —contesta él, secándose el pelo con la toalla hasta que se detiene para mirarla con la cabeza ladeada.

Jess alza el anuario y se lo sacude hacia la cara.

—¿Pensabas comentármelo en algún momento?

—¿Comentarte qué? —pregunta, confundido.

Jess señala la página abierta con el dedo. Una y otra vez hasta que prácticamente está apuñalando al pobre anuario con el índice.

Josh avanza hacia ella y se inclina para ver lo que le señala. Una gota de agua cae sobre la página.

—Ah —dice—. Mierda.

—¿Algo que decir al respecto? —Está muy cabreada. Da igual que sus hombros se vean muy suaves y musculosos y que huela a loción para afeitar.

Josh se deja caer sobre la cama, antes de alzar la vista hacia el techo.

—Ya. Eso.

—¿Eso? ¡¿Eso?!

—Es... La esposa de Gil es la hermana de la madre de Tenley. Es su tío.

—¿Me estás vacilando? Así que me has mentido durante... ¿Cuánto? ¿Dos años y medio? ¿Y lo único que se te ocurre decir es «Eso»? ¿Qué coño te pasa? Te juro que... no entiendo nada. ¿Por qué no...? ¿Cómo no me dijiste que Gil y tú...? Que os conocíais de antes.

—No lo sé.

—Tenley era tu novia, ¿no?

—No fue nada importante.

Jess pone los ojos en blanco.

—¿Por qué te pones tan raro cuando hablas sobre esta chica con la que te enrollaste en el instituto? ¿Por qué crees que me importa? ¿Tan insegura me crees?

Siendo sincera consigo misma, es posible que sí sea así de insegura. Es obvio que Tenley es la chica ideal, rubia y de piel impoluta. El tipo de chica, según asume Jess, a quien él sí que le presentaría a su madre como Dios manda. Una chica a la que podría llevar a navegar en verano y con cuyo padre hablaría sobre el mercado de valores y a quien trataría de usted.

—No me jodas. —Entonces Jess lo comprende—. No. Me. Jodas. ¿Todos esos *brunch*? ¿Has estado saliendo con ella todo este tiempo? Tú y Gil y su mujer y Tenley en·citas dobles cada fin de semana. ¿Y no pensabas contármelo? No me lo creo.

—Hemos ido a desayunar, no a una discoteca. Y no estamos saliendo; ni por asomo, vamos. Es por trabajo. No te lo conté porque no creía que fuese... para tanto.

—Dime que me estás vacilando, por favor. ¡Literal que has estado saliendo a escondidas para ir a verla!

—Para ir a verlos, en plural. A Gil y a su mujer, y sí, a Tenley también, pero no era ningún encuentro amoroso como lo pintas. Y no he salido a escondidas.

—¿Entonces por qué no me lo habías contado?

—Ya te lo he dicho, porque...

—Ya, ya. Porque no creías que fuese para tanto —lo interrumpe, meneando la cabeza—. Es que no me lo puedo creer. ¡Me has mentido a la cara durante años! ¿Te das cuenta, Josh? ¿Cómo pretendes que te crea? ¿Acaso...? ¿Es que... aún te gusta?

Jess recuerda la fiesta en casa de David, hace tantísimo tiempo: «Tenley no...».

—No —contesta él, a toda prisa—. No me gusta.

—Entonces no lo comprendo. ¿Por qué te has puesto tan raro con todo esto? ¿Por qué... me has mentido?

Josh suspira.

—Dime por qué.

—Porque creía que te ibas a poner intensa con el tema. —Entonces la mira y se explica—. No con lo de Tenley. Te juro que Tenley no me importa en absoluto. Lo nuestro fue hace muchísimo tiempo. Pero creía que me ibas a dar un sermón sobre el nepotismo y el privilegio blanco o algo así. Y, no sé, no quería escucharlo.

—¿Un sermón? Porque eso es lo que hago, ¿no? Te doy un sermón y otro y otro más. Soy un coñazo. Como una de esas esposas de las sitcoms de las que tienes que esconderte en el garaje.

—No, Jess. No quería escucharlo porque... tendrías razón.

—Y creías que si lo sabía... ¿qué? ¿Iba a menospreciarte?

—No, pero pensé que podría ser algo que... te abriera los ojos. Que creerías que todo es muy injusto y que no tengo talento.

—Creo que tienes muchísimo talento —le dice ella.

Aunque sí que cree que todo eso es injusto. Josh es inteligente y talentoso y se esfuerza muchísimo en lo que hace, solo que la mayoría de las personas no tienen esa ayudita extra de parte de un multimillonario solidario. Sin embargo, está desnudo y apesadumbrado y ella lo quiere, así que no le dice nada de eso.

—Es que no puedo creer que me hayas ocultado todo esto. Aún no lo entiendo. Saliste con esta tipa en el instituto, ¿y ahora a su tío le preocupa tu futuro profesional? Pero ¿todo es un secreto? ¿Por eso no querías que Gil nos viera besándonos? Porque Gil es tu benefactor o algo así y fuiste el novio de su sobrina. ¿Acaso te está… preparando para que le heredes la empresa y que llegues a ser alguien digno para su sobrina algún día?

—Jess, no empieces con eso. No estamos en el siglo diecinueve, no nos han comprometido a la fuerza. Solo nos vemos cuando quedamos para el *brunch*. Y fuimos novios en el instituto. Muy poquito tiempo. Y ya.

Jess se lo queda mirando, sin decir nada.

Josh le acuna el rostro entre las manos y aprieta la frente contra la suya, de modo que Jess siente los mechones de su pelo húmedo contra la cara.

—Lo siento —le dice.

—No es eso —dice ella—. Me da igual Gil. O bueno, no, pero es todo el lío. Tú y Tenley y toda esa historia juntos que tenéis…

—Se lo imagina a la perfección: Josh y Tenley, la pareja perfecta. Una parejita del instituto que terminó separándose. En teoría. ¿Y si es ella su amor verdadero que no pudo ser?

»Es que tú y yo somos muy distintos. —Es lo que termina diciendo.

—Pero no en lo que importa —rebate él, en voz baja.

—Yo soy negra, tú eres blanco. Yo soy liberal y tú, conservador…

Dicho así, casi hasta le parece un poema. Los opuestos se atraen. Las mejores historias de amor son así. Pero es que no es exactamente así. O, al menos, no es a lo que Jess se refiere. No son opuestos de verdad. Son más como dos personas que juegan para equipos rivales.

Solo que Josh no está de acuerdo.

—Jess —la llama, antes de dejarle un beso en un nudillo—. Amor, sabes que nada de eso importa, ¿no?

Si nada de eso importa, ¿cómo se explican las guerras y la política y todo lo sucedido en la historia?

Pero Josh la mira muy apenado y parece muy sincero, así que Jess no le dice nada. Deja que la atraiga hacia él y que la rodee entre sus brazos.

—Además —añade él, envolviéndose la toalla por la cintura—. Soy de centro.

Jess se pregunta si es que son incompatibles en lo más hondo de su ser. Y, cuando lo piensa, nota un nudo existencial que se le retuerce en el estómago. Algunos días más que otros. En la fiesta a la que fueron el sábado pasado, por ejemplo. La gente estaba hablando sobre un artículo que todo el mundo había leído, sobre que el emparejamiento selectivo iba en aumento y que cada vez era más común que la gente se casara con sus semejantes, por lo que todo iba a quedar más polarizado y las clases aún más divididas.

—¿Estáis diciendo que todos tenemos que casarnos con nuestra secretaria? —preguntó alguien.

Y otro alguien dijo:

—Pero ¿no os parece un poco triste que, incluso con toda la tecnología y con el hecho de que podamos comunicarnos con gente del otro lado del mundo, sigamos viviendo en mundos completamente distintos?

—Jess está enamorada de un republicano —soltaron las Chicas del Vino.

—¿En serio? —le preguntó alguien.

Y Jess se vio obligada a admitir que así era.

Cuando queda para cenar con Paul, le cuenta lo de Tenley y su respectivo drama.

Piden un postre de plátanos caramelizados y flambeados con queso mascarpone para compartir, y a Jess le parece tan dulce que el corazón le empieza a latir más rápido.

Le cuenta sobre cómo encontró el anuario y que Gil es el tío de Tenley, que ella y Josh fueron novios en el instituto y que es probable que haya sido su primer amor y que Josh le ha mentido desde el principio. Le dice que es obvio que Gil quiere que Josh se case con su sobrina, de modo que pueda dejarle su empresa cuando se jubile, y que Josh lo sabe, aunque no piensa admitirlo, y que no quiere decirle a Gil que está saliendo con Jess y que eso a ella le parece... sospechoso.

—A ver... —dice Paul, mientras mastica un plátano—. Todo esto que me estás contando parece muy de telenovela.

—No se me ha ido la olla —refuta ella, mirándolo—. Es que piénsalo. ¿Por qué otra razón Gil podría tener tanto interés en Josh? Es obvio que es un engreído. No llevaba ni un año en la empresa y Gil lo ascendió a operador sénior. —Jess baja la voz y se inclina sobre la mesa—: ¿Y sabes cuánto le paga? ¡Gana un pastón! El loft cuesta —baja la voz incluso más— cuatro millones de pavos.

Solo que Paul se limita a encogerse de hombros. Ella había reaccionado de otro modo. Se había quedado de piedra, casi sin poder creérselo, y también había sentido un poquitín de envidia. Había hecho los cálculos a la inversa, había adivinado cuánto había pagado por el depósito y de cuánto eran la hipoteca y la tasa de interés, y había llegado a la conclusión de que debía de estar ganando al menos cinco veces más de lo que ganaba ella, lo cual le sentaba como una patada, aunque no le sorprendía en lo más mínimo. Lo importante era que estaba forradísimo. Había ganado más dinero en unos poquitos años que lo que su padre había conseguido ganar en cuarenta. Su padre, quien se esforzaba tantísimo y pagaba sus impuestos y le daba un dólar a cada sintecho con el que se cruzaba. Intentó procesar la idea de que su novio era un millonario de veinticinco años mientras que ella trabajaba para una revista de actualidad que le dedicaba una sección entera a la desigualdad económica. La mayoría del tiempo intentaba no tomárselo como algo personal. Intentaba pasar por alto el hecho de que, últimamente, su propio saldo prácticamente no había aumentado en absoluto. Pero al menos la app había dejado de mostrarle notificaciones urgentes como: ¡ALERTA! TUS GASTOS DEL MES PASADO HAN SUPERADO A TUS INGRESOS.

—¿Qué otra explicación podría haber? —le pregunta a Paul.

Paul remueve su expreso con una cucharilla diminuta.

—Que Josh es un operador muy bueno.

—Ya, pero... ¿así de bueno?

—Pues sí —dice él, asintiendo.

—Venga, vale, reconozco que es bueno. —Jess le da una patadita a Paul bajo la mesa, juguetona, para intentar provocarlo—. Pero ¿mejor que tú?

—Sin duda —dice, asintiendo una vez más.

—No me ayudas, la verdad —se queja—. Pero bueno, no digo que no lo sea. Solo que me huele a chamusquina. Que nunca me haya contado su historia con Gil. Y con Tenley. ¿No crees que debería preocuparme?

—Quién sabe.

—¿Crees que me va a poner los cuernos? —Y entonces, la voz en su cabeza: rubias, castañas, pelirrojas y luego todas las demás.

—¿Con la tal Tenis o como se llame? —pregunta Paul.

Jess asiente.

—Eh... ¿no? —Se encoge de hombros—. Puede ser, pero seguro que no.

17

Jess está hablando por teléfono con su padre cuando Josh vuelve a casa.

En el baño, con la puerta entornada, dice:

—Te quiero y te echo de menos. No, no, claro... Sí, no pasa nada.

Cuando cuelga, Josh está tendido en la cama, mirando el móvil.

—¿Otra vez estás hablando por teléfono ahí escondida? —le dice, sin apartar la vista del aparato—. ¿Tienes otro novio que mantener al tanto? ¿Un admirador secreto?

Jess suelta una risa irónica mientras cierra la puerta del baño detrás de ella.

—Más bien un admirador paterno. —Se tumba junto a él y le apoya la cabeza sobre el hombro.

—¿Cómo está?

Jess se encoge de hombros.

—Bien.

—Deberíamos invitarlo a cenar algún día.

—¿A quién?

—Eh, no te me distraigas. A tu padre. Con nosotros. Me gustaría conocerlo algún día, ¿sabes?

—Pero vive en Lincoln —dice ella.

Josh se ríe.

—Lo sé. Me refería a la próxima vez que venga a la ciudad. Podríamos invitarlo a que pasase el fin de semana con nosotros. Hay espacio de sobra. ¿No lo echas de menos?

Jess asiente, porque sí que lo hace. Aunque eso no quiere decir que se lo imagine allí con ellos. ¿Qué podría decirle? «Hola, papá.

¿Por qué no te vienes a visitarme a Nueva York? No hace falta que reserves un hotel, puedes quedarte conmigo y mi novio, quien, por cierto, no te lo había dicho, pero existe. Vivimos juntos en un piso de dos habitaciones que cuesta cuatro millones de dólares por mucho que técnicamente no tenga paredes, no de las de verdad. Pero descuida, no pago alquiler porque mi novio se siente culpable por haber tenido que despedirme de mi último empleo y, sí, es verdad, ¿no te conté esa parte? Ah y, ya que estamos, ¿ese novio del que nunca te había hablado? Pues odia a Barack Obama. ¿Qué te parece si vienes la primera semana de abril?».

Irían a cenar y, cuando les preguntara qué tal el trabajo, Josh intentaría explicarle de qué va la computación evolutiva mientras se beben unos cócteles de vodka que cuestan como mínimo dieciséis pavos. A su padre, quien no compra ni siquiera un paquete de Coca-Cola en el súper si no está de oferta.

—Eso cuesta *sesenta* céntimos cada lata, Jessie —solía decirle, meneando la cabeza como si el mundo se hubiese vuelto loco de remate.

En serio, que Jess ni se lo imagina.

Josh le da un apretoncito en el hombro.

—¿Y qué me dices?

Jess no le dice nada.

•

Jess oye de pasada que Josh está haciendo planes para cenar.

—¿Y cuándo es tu cita romántica? —le pregunta.

—¿Cómo dices?

Está sentado sobre la cama, poniéndose los zapatos. Se ata los cordones como si fuese un niño de seis años, con dos orejitas que terminan haciendo un lacito. Le recuerda a una canción que su padre solía cantarle cuando era pequeña, sobre un conejito que saltaba por encima, por debajo y que daba la vuelta. Lo recuerda cada vez que ve a Josh calzarse los zapatos y es algo que la pone muy contenta y muy triste a la vez.

—¿Has quedado con alguien para cenar?

Josh niega con la cabeza.

—Ah, no. O sea, sí. Voy a casa de Gil a pasar la Pascua judía.

—¿Ah, sí?

—Sí.

—¿Cuándo?

—En la Pascua judía.

—Ja, ja.

Josh le sonríe y le explica:

—El viernes.

—¿A qué hora?

—Creo que dura toda la noche.

—Ah.

—Sí. —Se pone de pie, avanza hasta donde está ella, le apoya las manos en los hombros y le deja un beso en la mejilla—. Voy a la tienda, ¿te traigo algo?

—¿Puedo ir contigo? —pregunta Jess.

—¿A la tienda?

Jess lo mira, sin contestar.

Josh duda un poco.

—No quieres que vaya para que no conozca a Tenley, ¿no? Ella también va.

—Puede que vaya, sí. —Se encoge de hombros.

—¿Y qué? ¿Tienes miedo de que vaya a ser grosera? Porque siempre estoy lista para «sacar las garras». —Le había dicho eso palabra por palabra la semana pasada, cuando Jess no había podido evitar ponerse a discutir con la novia de David porque el término «negro literario» era algo que perfectamente se podía evitar, y que Abby no lo había dicho en mal plan y si de verdad era necesario que Jess trajera a colación el tema de la esclavitud.

Josh no le contesta, y Jess sabe que ha dado en el clavo.

—¿Es eso, entonces? ¿Te hago pasar vergüenza? —le pregunta.

Siendo sincera, en ocasiones él la avergüenza a ella. Como esa vez que se puso unos pantalones cortos de color rosa con unos barquitos estampados cuando habían quedado con las

Chicas del Vino para el *brunch*. O, durante ese mismo día, cuando se tiró diez minutos en una perorata sobre el dominio estocástico condicional marginal, por mucho que todos los demás no le hicieran ni caso y los huevos se estuviesen enfriando. Sin embargo, todo eso parecen cosas que se pueden evitar y no son demasiado importantes. Jess no quiere que sea distinto, solo que, en ocasiones, estaría bien si fuese una versión menos intensa de quien es. Lo que le preocupa es que él sí quiera que ella sea diferente. Más callada. Más blanca. Que se acomode a los demás. Que impresione a Gil.

—Venga ya, Jess. Sabes que no... —Se está tocando el cuello de la camisa, porque está mintiendo, y Jess no le cree ni un poco, no le queda ninguna duda de que es eso—. Solo me sorprende que quieras venir. No son precisamente... tu tipo de gente.

Jess se queda mirándolo, sin parpadear.

Entonces él asiente, despacio.

—Bueno, vale.

El comedor de Gil es bastante más cálido de lo que imaginaba, para ser que tiene el tamaño de un hangar para aviones. La mesa está puesta para veinte personas, y Jess cuenta cuatro copas de cristal para cada quien, lo que implica que hay ochenta copas de vino en total.

La han sentado como a seis personas de distancia de Josh. Una vez que llegan a la mesa, se despide con la mano en un gesto triste.

—Supongo que hasta aquí llegamos —le dice a Josh, y este se ríe.

—Ya conocerás a alguien nuevo. —Solo que Jess está atrapada entre dos vejestorios que no parecen tener ni pizca de interés por conversar con ella mientras se inclinan hacia adelante para hablar por encima de ella con sus voces roncas.

Se ofrece a cambiar de lugar, pero, por alguna razón, le dicen que no.

El hombre que tiene a un lado hace eso de confundir los cubiertos propios con los ajenos y termina removiendo su café con la cucharilla de Jess y pinchando lechuga con un tenedor que no le pertenece. No obstante, es tan viejo —¿unos cien años, o ciento sesenta y cinco?— que a Jess le da penita corregirlo.

Además, el propósito que tiene esa noche es el de encajar. Piensa sonreír, asentir, y, si alguien dice algo insultante, se limitará a respirar y contar hasta diez. Se está esforzando.

Cuando busca a Josh en el otro extremo de la mesa, se queda sin respiración: Tenley está sentada a su lado, mirándolo y sonriendo. Está pasando un dedo muy elegante por el borde de su copa de vino, sin prestar atención, y un brazalete de oro adorna su muñeca delgada. Jess solo puede verla de perfil, unas cuantas pecas que le salpican el cuello y el cabello rubio recogido en un moño bajo. Lleva una blusa de seda sin mangas, con los hombros bronceados y angulares, de lo más sensual. Aunque la blusa le parece sencilla, está segura de que, si la buscara en internet, descubriría que es de diseñador.

Cómo no, piensa. Es el tipo de chica que hace que se sienta pegajosa por el sudor y desaliñada. El tipo de chica que va a la peluquería tres veces a la semana para peinarse, que no le teme a la cera caliente y que siempre tiene la manicura recién hecha. El tipo de chica que se pone una blusa de seda blanca para un séder, para beber vino tinto y comer brisket de ternera.

Gil dice algo que hace que todos se echen a reír. La mano de Tenley, con cinco dedos perfectos y bien cuidados, se mueve hasta reposar sobre el brazo de Josh, en el lugar entre el bíceps y el codo, y Jess nota algo que se agita en su interior, difuso pero instintivo: pánico. Además de ser evidentemente guapa, le resulta muy perturbador la buena pareja que hace con Josh. Como Barbie y Ken. O Tom y Gisele.

La cosa está muchísimo peor de lo que Jess había imaginado.

Le escribe a Josh por debajo de la mesa.

¿Por qué no estamos sentados juntos?

Alza la vista. Josh no la mira, le está prestando atención a algo que Gil está diciendo.

Jess le observa las manos. Eleva su copa, se unta mantequilla sobre una matzá con un cuchillo diminuto y se limpia la boca con una servilleta. No le contesta.

Pero entonces:

> es normal en este tipo de reuniones que las parejas
> se sienten separadas

Y así es, Gil y su mujer están sentados en extremos opuestos de la mesa, como si fuesen de la realeza.

Quiero sentarme a tu lado

Quiero sentarme en tu regazo

Jess se aburre.

Mejor aún, en tu polla.

Y con tus bolas de matzá

Josh no le hace ni caso.

Gil gesticula mucho al hablar y hace que todos se rían. Tenley le dice algo a Josh. Se ha soltado el pelo y este le roza el brazo a él cuando se inclina para hablarle más cerca. Él no se aparta.

Jess siente un peso en el estómago.

El móvil le vibra.

Es un emoji de parte de Josh: una berenjena.

La hace sonreír.

Tras un rato, Gil pide que hagan un brindis. Les da la bienvenida y cuenta la historia de la Pascua judía, el éxodo de los judíos desde Egipto. Dice: *Chag Sameach* y *L'chaim* y todos chocan sus copas y beben sorbitos de champán.

—Y ahora toca el *Má nishtaná*. ¿Lista, Tenley?

—Nuestra invitada más joven, nuestra sobrina, hará las cuatro preguntas —explica la mujer de Gil.

—¿No se supone que hay que ser judío para hacer eso? —grita alguien que se ha pasado de copas y se cree gracioso, desde el otro extremo de la sala.

Gil le concede una sonrisa tensa al graciosillo en cuestión.

—Es miembro honoraria de nuestra tribu —explica, antes de volverse hacia sus invitados—. Adelante, Tenley.

Sin embargo, Tenley se inclina hacia adelante, mira a los presentes y, con un brillo de travesura en los ojos, repone:

—Ahora que lo pienso, yo no soy la invitada más joven. —Su acento, que corta las palabras de forma elegante, le recuerda a Jess a un monarca europeo, por mucho que esté bastante segura de que es de Chicago—. Josh es menor que yo —añade.

Se vuelve hacia él y de un modo que a Jess le parece de lo más coqueto, señala que, mientras que ella nació en mayo, él es de agosto.

Todos se vuelven hacia Gil.

—La tradición es la tradición —dice él, entre risas.

La mujer de Gil se ríe y todos la imitan, como si Gil hubiese soltado un chiste de lo más gracioso.

Gil hace un ademán hacia Josh.

—Bueno, hijo, ya sabes lo que hay que hacer —le indica.

—A ver, ahora que lo pienso yo… —empieza Josh, con lo que todos los invitados se echan a reír de nuevo.

—No, no —interrumpe Gil, negando con la cabeza, pero sin dejar de sonreír—. De esta no te libras.

—La cuestión es que… —Se inclina sobre la mesa y pasa la vista por al menos media docena de invitados hasta llegar a Jess— me consta que al menos una persona en esta mesa es más joven que yo. —Y sonríe antes de señalarla—. Jess.

Todo el mundo se queda mirándola. Ah, ese límite tan fino entre sentirse invisible y ser el objeto de todas las burlas.

—Es un año menor que yo —sigue explicando Josh—. Empezó preescolar con cuatro años.

—¿Ah, sí? —pregunta Gil, cortante.

Y Josh sonríe y asiente, sin enterarse de nada.

—Para, que le va a dar vergüenza —dice Tenley, apoyando la mano en el brazo de Josh.

—¡No me da ninguna vergüenza! —exclama Jess de pronto y en voz demasiado alta.

—Tienes las preguntas en la tarjetita con tu nombre —le indica Josh, alzando la suya para que la vea—. Esto es lo que tienes que decir.

Gil frunce el ceño.

—Josh... —lo llama Tenley, subiendo la mano por su brazo hasta apoyársela casi en un ademán posesivo sobre el bíceps. Lo cual hace que Jess eche humo. Su pelo y su manicura y su elegancia... Todo eso la supera.

—No hay problema —suelta Jess, antes de clavar la mirada en Tenley y empezar a leer—: ¿Por qué esta noche es diferente a todas las demás?

Recita las preguntas con claridad y más confianza de la cuenta, y, cuando alza la vista, los demás invitados la miran con diversión, probablemente preguntándose, entre muchas otras cosas, quién carajos es.

Todos menos Gil.

Cuando su mirada se cruza con la de él, ve que está cabreado y ya.

Una vez que les retiran los platos, los camareros se acercan para ofrecerles café y postre: tarta matzá con jalea de fresa recién hecha, servida en una vajilla de porcelana de verdad. Jess pone los ojos en blanco. Incluso si Gil no sabe sobre su alergia, no le extraña nada que intente matarla. Está a punto de decirle a uno de los camareros que no le sirva nada cuando alguien la llama y hace que se vuelva hacia atrás. Es otro camarero.

Lleva un plato de postre en la mano como si estuviese levitando, pues tiene la palma escondida debajo como si fuese

Houdini. Al igual que los demás, va vestido con un uniforme elegante.

Antes de que Jess pueda decirle que no, le deja el plato frente a ella, y, cuando baja la vista, se encuentra con una tarta matzá, solo que con melocotones en lugar de fresas. Un postre exclusivo para ella.

Jess busca a Josh.

Cuando su mirada se encuentra con la suya, señala su plato con su tenedor y alza una ceja.

Él le guiña un ojo.

Y a Jess se le acelera el corazón.

Tras el postre llegan los cócteles. Todo el mundo se desplaza hacia la biblioteca para empezar a conversar entre ellos, y Jess se ve arrastrada hacia unos círculos como si se la llevaran unas corrientes marítimas. Habla con un abogado y un gastroenterólogo y el embajador de Perú. Hace todo lo que puede para evitar cruzarse con Gil y, al final, termina junto a Tenley.

Se presentan, con propiedad, y Jess piensa en ese juego —¿cómo se llama? ¿Diez minutos con Mussolini? ¿Hazle una pregunta a Einstein?— en el que se supone que tienen que encontrar una pregunta que hacerle a alguien famoso o a alguien que haya muerto, o a alguien que sea famoso y también haya muerto para poder descubrir un misterio. Siente como si estuviera jugando a eso. Quiere que Tenley se lo cuente todo, pero tiene que actuar con astucia.

Con los cócteles en la mano, se sonríen con recato.

—Y bueno, cuéntame —termina diciendo Jess—. ¿Qué tal las cosas con Josh? —No es una pregunta precisamente sutil. Ni ingeniosa. Pero es que sabe que será una conversación contrarreloj.

—Madre mía —suelta Tenley, entre risas—. Eso fue hace un millón de años. Cuando éramos críos. En plan primeros besos y así.

¿Primer beso? Con que Josh le había mentido. Pero ¿por qué? Era obvio que la tal Lindsey no existía. ¿O acaso Tenley estaría hablando de forma retórica y por eso había usado el plural? No es como si hubiesen podido darse más de un primer beso. Aunque era probable que Tenley fuese el tipo de chica a quien podías besar por primera vez en distintas ocasiones. Así de especial y vivaracha era ella.

Jess debe haberse quedado con mala cara, porque Tenley se apresura a añadir:

—Josh habla mucho sobre ti.

Y eso sin duda no es cierto. ¿Por qué le iba a decir algo así? Entonces lo comprende: Tenley está intentando ser maja. Jess quiere que sea una cabrona, que la trate con condescendencia, como si fuese superior por toda su belleza. Porque que le tenga lástima es muchísimo peor. Como si fuese alguien que tuviese que preocuparse por lo que hace su novio. Alguien que necesite que la tranquilicen.

—Os veis mucho —dice Jess.

Lo cual... ni siquiera es una pregunta. No está siguiendo los parámetros de una conversación normal, sino que está dejando en evidencia sus inseguridades. Pero es que se le acaba el tiempo. La mujer de Gil ya ha empezado a desplazarse por la sala mientras les da las gracias a todos por haber asistido.

Sin embargo, Tenley no se afecta.

—Ah, es que Josh es muy bueno —se ríe—. Seguro que ir de *brunch* a un restaurante estirado con mi tío no es algo que se le antoje precisamente.

Y es obvio que eso tampoco es cierto.

Por fin llega la hora en la que pueden marcharse. Jess está en el recibidor, poniéndose la chaqueta, cuando Josh la encuentra. Están solos, y él le desliza una mano por debajo de la chaqueta y del jersey antes de besarla con intensidad.

—Dime otra vez eso que me dijiste por mensajes —le pide, mientras le sube una de las manos por el estómago—. Eso que querías hacer.

—Oye. —Jess le aparta la mano—. Que nos van a ver. —No lo dice en serio, claro. La verdad es que le importa un comino.

—En ese caso, quizá deberíamos ofrecerles el espectáculo completo. —La acerca más a él, encerrándola en el círculo de sus brazos.

Jess está ocupada riendo contra sus labios cuando alguien carraspea a sus espaldas. Gil.

Josh se vuelve y quita las manos de su cintura para metérselas en los bolsillos.

—¿Podemos hablar un momento a solas? —pregunta Gil, mirándola.

—¿Me lo dices a mí? —contesta ella.

Mira a Josh, pero este se limita a encogerse de hombros.

—Por aquí —le indica Gil—. Solo será un segundo. —Pero entonces la conduce por un pasillo y otro más y luego por una escalera hasta que Jess piensa: *Nadie puede oírte gritar*.

Una vez que llegan a su estudio, Gil la mira a los ojos y le dice:

—Os he visto muy acaramelados a ti y a Josh.

—Ah. —Jess se echa hacia atrás en su asiento, sorprendida, aunque, a la vez, no tanto.

—¿Recuerdas esa conversación que tuvimos? Cuando empezaste a trabajar en la empresa. Por muy breve que fuera la experiencia, imagino que no se te ha olvidado. Fue cuando te comenté que me preocupaban ciertos conflictos de interés.

—¿Hace calor o soy yo? —comenta, quitándose la chaqueta.

Gil se inclina hacia adelante, apoya los codos sobre su escritorio y entrelaza los dedos.

—¿Te acuerdas de la conversación de la que te hablo?

Cómo aborrece a este tipo, en serio.

—No —dice, parpadeando con inocencia—. La verdad es que no.

Aunque no cambia de expresión, está segura de que su mirada se torna más sombría.

—A ver, jovencita. No tengo tiempo para tus jueguecitos. Da igual lo que recuerdes o no, creo que hace falta que te repita que

Josh necesita concentrarse. La empresa es su prioridad y debe ponerla por encima de todo lo demás. Es evidente que no eres más que una distracción. Y no es la primera vez, según recuerdo. —Se echa atrás en su asiento, antes de añadir—: Josh no está para distracciones en estos momentos. Tiene un futuro maravilloso por delante.

—Josh es muy inteligente, sí —dice ella, dándole la razón en parte.

—Yo también lo creo —contesta Gil—. Me alegro de que estemos de acuerdo, así que te aconsejo que dejes de distraerlo.

El corazón le late muy deprisa. Gil quiere que corte con Josh, seguro para que pueda salir con Tenley, su sobrina preciosa y rubia. Entonces podrá heredarle a Josh su empresa sin ningún reparo y todos ellos podrán seguir de lo más campantes con sus vidas perfectas en las que evaden impuestos.

A Jess le encanta confirmar que tenía razón, aunque también está empezando a entrar en pánico. Todo eso le está sucediendo de verdad. Su vida es una telenovela. Y ni siquiera es que pueda culpar a Gil, porque Josh y Tenley hacen una pareja perfecta. Puede imaginar el futuro específico que les espera: cenas con otros ricachones, una casa en Los Hamptons, una cuenta bancaria con decenas de millones de dólares, el anuncio de su boda en *The New York Times*, hijos e hijas rubitos y perfectos. Una relación sin discusiones ni malentendidos. Hasta Jess se lo imagina.

—Diría que Josh me considera una buena distracción —señala.

—¿Te parece algo bueno desprestigiar su nombre por internet? ¿Decir que lo que hace es propio de un criminal? ¿Afirmar que a algunos de los mejores gestores de fondos del momento se les paga una millonada por rascarse la barriga? Tienes suerte de que no te caiga una denuncia por difamación.

Vaya. Jess no puede creer que Gil haya leído sus artículos. Le está citando uno que ha publicado hace poco sobre los beneficios de los fondos de inversión. Y, si bien había tenido bastante éxito, no se imaginó que Gil fuese a leérselo.

Es inevitable, se siente halagada. O lo haría si la cosa fuese distinta. Si no estuviese amenazándola con denunciarla.

El título del artículo era «El rastro del dinero: cómo la participación en beneficios está dando origen a una nueva cleptocracia», y había entrado en detalles sobre cómo los miles de millones de dólares generados por los fondos de inversiones terminaban en campañas políticas. Como parte del artículo, Jess había creado un diagrama con círculos sobre los que alguien podía clicar para ver cómo el dinero pasaba de un ricachón a otro: desde el inversor hasta los grupos de presión, pasando por los gestores de fondos, y cómo las grandes cantidades de dinero libres de impuestos iban llenando las arcas de la cleptocracia.

Había hecho los círculos para que parecieran dianas, con los donantes políticos más forrados en el centro, y, cómo no, Gil había sido uno de ellos.

—A ver, puedo entender que no siempre le encante todo lo que publico —de hecho, ya habían tenido una discusión por ese mismo artículo—, pero es que tenemos opiniones distintas sobre el tema. De todos modos, eso no importa porque lo quiero y él me quiere. —Traga en seco—. Así que, dentro de lo que cabe, soy una…, eh…, buena distracción, como suele decirse.

—¿Ah, sí?

—Pues… ¿sí? —Ojalá pudiese sonar más convencida.

—No —dice Gil, negando con la cabeza.

—¿No?

—Una distracción es una distracción, se mire por donde se mire.

—¿Y qué pretendes?

—Eres una jovencita muy lista. Dejaré que ates cabos tú solita y comprendas lo que quiero decirte.

—¿ … me estás pidiendo que corte con él?

—Te pido que pienses en su futuro —la corrige él.

—Pero es que yo soy parte de ese futuro.

Gil clava la vista en ella, y Jess no está segura de si lo que le dedica es una mirada llena de lástima o de asco.

—Me refiero a la parte de su futuro que importa de verdad.

En el trayecto de vuelta a casa, Jess está hecha una furia.

—Gil me ha acorralado —le dice, en cuanto cierran las puertas del coche.

Josh la mira desde su asiento, entretenido.

—¿Te ha acorralado?

—Me ha preparado una encerrona, o como quieras decirlo.

—¿Una encerrona?

—Sí —dice Jess, indignada—, me ha llevado a su estudio específicamente para encerrarme.

—A ver si te entiendo. ¿Gil te ha metido en un corral? —Aunque todo está muy oscuro, Jess nota la sonrisa en su voz—. ¿Y después te ha dejado encerrada?

—No te hagas el payaso, que no está el horno para bollos.

—Entonces explícate como debe ser, Jess. ¿Qué quieres decirme con todo esto?

—¡Que Gil es gilipollas!

—Vale, creo que eso ya lo sabíamos los dos en cierta forma. —Contiene una sonrisa, pero la expresión de Jess hace que la tome un poquito más en serio—. ¿Qué ha pasado?

—Me ha dicho que soy una distracción. Que debería dejarte en paz. Que no tiene sentido que sigamos con esto porque es obvio que soy una Marilyn y tú vas a acabar con una Jackie. Quiere que te cases con Tenley. Antes estaba noventa por ciento segura, pero ya lo he confirmado.

—¿Te ha comparado con Marilyn Monroe?

—Bueno… no. No con esas palabras. Pero eso era lo que quería decir. Como que no pinto nada aquí, que no soy digna para su Josh, su precioso protegido. —Tuerce el gesto—. Como si fuese una… pelandusca de tres al cuarto que solo te quiere por tus millones.

—Así que, en esta analogía, yo soy… ¿el presidente de los Estados Unidos?

—Que te lo digo en serio, joder.

—Te pones de lo más mona cuando te enfadas, ¿lo sabías?

—¿Estás de coña?

—Como un conejito salvaje. —Estira una mano hasta donde está ella para pellizcarle la nariz con los nudillos.

Jess lo aparta de un manotazo.

—Hala, pues me alegro de que te lo tomes tan bien. Me alegro de que Gil y tú penséis que no soy más que un chiste con patas. —La voz se le quiebra al pronunciar lo último.

—Jess, tranquila, no te pongas así. —Le toma las manos y empieza a acariciarle las muñecas con los pulgares—. No te alteres. Deja de preocuparte por Tenley, te está afectando demasiado. Te quiero y lo sabes. Tienes que dejar de hacerme las cosas tan difíciles. Además, ¿desde cuándo te importa lo que opine Gil?

—¡Es que cree que no deberíamos estar juntos!

—¿Y?

—¿No te molesta?

—Claro que no, ¿por qué debería molestarme?

—Porque su opinión te importa.

—Sí, claro, lo que opina sobre el trabajo. Además, no creo que haya querido decir lo que has entendido. Creo que no le han sentado muy bien algunos de los artículos que has publicado. En cualquier caso, no me quita el sueño lo que pueda pensar sobre mi vida personal.

—¿En serio? —Jess no se lo cree. Básicamente porque ha hecho hasta lo imposible para asegurarse de que Gil no se enterase de su relación. ¿Qué podría haber cambiado? No la convence su convicción; para ella, todo eso es producto del alcohol que se ha bebido.

Josh se desabrocha el cinturón de seguridad para acercarse a ella. Le acaricia los hombros y le deja un beso en el pelo y también en la mejilla.

—En serio.

Jess le apoya la cabeza en el hombro.

—En ese caso, deberías ir y defender mi honor. Dile que lo odias y que vas a dimitir si no me pide disculpas.

—Claro que sí —contesta él, acariciándole el brazo—. Lo haré el lunes a primera hora. Le exigiré que nos encerremos y luego que se meta en un corral.

—Bien dicho.

Josh sonríe.

—Nadie se mete con mi Marilyn de tres al cuarto y se va de rositas.

18

Josh lee algo sobre un acontecimiento astronómico: un satélite o un cometa o quién sabe qué va a cruzar la atmósfera por primera vez. O por última vez. O es un suceso único en la vida. Hace que Jess se quede despierta para ver a Júpiter o a Plutón o quién sabe qué iluminar el cielo nocturno.

A las tres de la madrugada, suben por las escaleras de servicio hasta el tejado.

Josh tiene una colcha sobre un hombro, y Jess lleva lo que parece un botiquín (una cajita de plástico con una cruz de color rojo intenso en el medio), pero en realidad es el lugar en el que guardan la marihuana.

Al terminar de subir las escaleras, Josh abre con dificultad una puerta de metal y, ante ellos, se encuentra la ciudad. Las luces titilan entre el humo de la ciudad y, cuando él le da la mano, le da la impresión de que están en la víspera de Navidad.

Josh sacude la colcha como si fuese un torero. Esta se agita un momento y luego cae despacio sobre el suelo del tejado, suave como la arena.

Jess abre el botiquín y saca un cuenco de cristal, el cual se pasan uno a otro mientras fuman en silencio hasta que se siente colocada y en paz.

Se tumban de espaldas, con las manos entrelazadas, para contemplar el cielo.

Tras un rato, Jess dice:

—Oye, Josh.

—Dime.

—¿Ves algo?

El cielo se ve oscuro, gris y lleno de nubes. Lo que parece ser una estrella o un planeta o un asteroide en llamas, tras examinarlo más de cerca, no es más que un avión.

—No podría estar más nublado —se ríe él.

—Espera —Jess señala el cielo—. ¿Ves esa constelación? La que parece que tiene tres puntos. —Sigue la línea con un dedo, haciendo zigzag—. ¿La ves? Parece una hoja.

Josh asiente.

—Es la Cannabis Majoris. Los griegos de la antigüedad la usaban para guiarse por el cielo nocturno de un festival de música a otro.

Josh suelta una carcajada.

—¿Quieres que te diga qué constelación es esa de verdad?

—Paso, gracias.

Vuelve a reír.

—Bueno.

Jess se incorpora y se sienta con las piernas cruzadas. Josh se apoya sobre un codo para mirarla mientras ella acomoda la maría con cuidado en el cuenco y se sientan a fumar tranquilamente hasta que todo empieza a volverse borroso en los bordes.

—¿De dónde sacaste este mechero? —pregunta ella, jugueteando con la tapa para abrirlo y cerrarlo—. Parece muy antiguo. Me gusta.

—Me lo dio Gil.

Jess se queda callada.

—En serio no lo soportas.

—Me despidió porque sí. Dijo que era una distracción. A mí, a un ser humano. A una persona sentada frente a él. Y cree que no deberíamos estar juntos.

—Jess… —Parece triste.

—Cree que no valgo nada. Todos lo hacen.

—¿Todos?

—Ya sabes —contesta ella, enfurruñada—. Los que creen que las corporaciones son personas. Que los ánimos de lucro no tienen nada que ver con el bien público. Que uno tiene que salir adelante por su propio esfuerzo. Que la discriminación es una conspiración de los liberales y que su modo de ver las cosas es el único posible así que a ver si todos hacemos el favor de cerrar el pico para que puedan ir a jugar al golf de una puñetera vez.

Josh empieza a decirle algo, pero entonces se interrumpe. Y luego otra vez.

Al final termina diciéndole:

—Lo siento. —Con todo y suspiro.

Se tumba de espaldas, cierra los ojos y alza la cara hacia el cielo.

—Pero sabes que eso no importa, ¿no? —añade, tras un rato en silencio—. ¿Alguna vez te has puesto a mirar las estrellas… —clava la vista en ellas— o, no sé, a pensar en el universo, y has pensado que es un sinsentido? ¿Que todo da igual? Que nada importa una mierda, vamos.

—A mí sí que me importa.

—¿Por qué? Si no es… real.

—Josh.

—¿Qué?

—Como lo que digas ahora es que «solo existe una raza, la raza humana», te voy a dar tremenda hostia.

Se ríe.

—Te lo digo en serio, Jess. ¿Sabes a qué me refiero?

—No estoy segura. Quizá.

—Es que… mira. —Agita el brazo que tiene libre en derredor—. Todo es tan enorme que… Joder.

Jess alza la vista una vez más y ve que es cierto. Más allá de las nubes, el cielo es oscuro y está salpicado de estrellas. Algunas se ven muy brillantes y otras no tanto, como si estuviesen muriendo. Piensa en planetas, universos, galaxias. En la vida, en la muerte y en todas las células.

Josh alza el cuenco y lo contempla por un lado y luego por el otro.

—Esto no te hace ningún bien, lo sabes, ¿verdad?

—Menos mal que nada importa y que todos vamos a morir, entonces. —Jess abre el mechero y se lo ofrece, encendido.

—No me refería a eso. —Josh se inclina hacia adelante, para aceptar la llama, y exhala un poco de humo por la comisura de los labios, como si fuese un dragón—. A lo que voy es que ver las cosas de ese modo puede darte paz. No porque seas algo insignificante, sino porque puedes ver a través de todas esas capas de cosas sin importancia, e incluso si no es algo más que momentáneo, todo parece... más sencillo. —Hace una pausa para darle un golpecito a la pipa—. Además, me refería al humo. Deberías usar un vaporizador, es mejor. Los efectos de la combustión al encender la hierba seca pueden causar daños graves en el sistema respiratorio superior.

—Espera, espera —dice Jess, con un parpadeo—. ¿Estamos hablando de metafísica o de cáncer de pulmón?

Josh se ríe un poco.

—¿De los dos? —Entonces añade—: Pero hablando en serio, no pretendo ser gilipollas o decirte cómo... enfocar el mundo. Solo creo que ver las cosas de otro modo puede ayudarte.

—No me ayuda.

—¿Por qué no?

—Porque no necesito más razones para sentirme insignificante.

—Ay, Jess. —La mira con tristeza antes de darle la mano—. Para mí no eres insignificante, espero que lo sepas. Para mí lo eres... todo.

La mira y ella le devuelve la mirada y entonces se echa a reír.

—¿Qué pasa?

—No sé, estabas hablando sobre las leyes absolutas del universo y los efectos de la combustión en el sistema respiratorio superior y lo absurdo de la existencia y luego me sueltas esa... chorrada. Me ha hecho gracia. —Sonríe ligeramente—. Como las reflexiones en una clase de yoga.

Josh se vuelve a reír.

—Tienes razón, ha sonado muy mal. Lo que quería decir es que... siento una conexión contigo. A un nivel casi celular, en serio. Pero suena muy mal, lo sé. —Se vuelve a tumbar de espaldas, con la vista clavada en el cielo y las manos por detrás de la cabeza—. Creo que es la maría.

Jess también se recuesta. Josh estira un brazo para que ella se acomode hasta encajar y dejar que la atraiga contra él. Se rozan con la nariz.

—¿Qué crees que va a pasar ahora? —pregunta él.

—¿A qué te refieres?

—Al futuro. ¿Qué será de nosotros en diez o en treinta años?

—En plan, ¿si seguiremos juntos?

Josh asiente.

—Eso espero.

—Y yo.

—Si cortamos, creo que me mataría... —dice Jess—. Y luego te mataría a ti.

—Gracias —contesta él—. ¿Cómo crees que sería?

—¿La escena del crimen?

—No, nosotros. Cuando seamos... mayores.

—Pues no sé.

—Tendríamos un perro —decide Josh—, y nos mudaríamos a las afueras y engordaríamos y pasaríamos de todo. Discutiríamos mucho sobre a quién le toca sacar la basura.

Jess sonríe en la oscuridad.

—Oye —la llama él, de pronto serio—, nos lo pasamos bien juntos, ¿no?

La toma de la mano y le da un apretoncito.

Jess le devuelve el gesto y contesta, casi con tristeza:

—Pues sí.

Más tarde, mientras Josh duerme a su lado, Jess se pone a pensar. Qué fácil le resulta a él compartimentar, dividir el mundo en categorías binarias y sencillas: lo que es real y lo que no. Lo que es importante y lo trivial. Lo que lo afecta y lo que no lo afecta. Si no puede verlo, entonces no es real, porque así es él, un empirista. Jess se queda mirando el techo y se pregunta qué es lo que ve en ella. Qué partes. Si, para él, es una persona totalmente real y si es capaz de abrir tanto la mente para aceptarla en su totalidad.

—Te quiero —murmura él, medio dormido, antes de girarse y dejarle un beso en el hombro. Ella le devuelve el beso y, con eso, se deja de tantas preguntas.

•

Josh se va de pesca con David a Montana durante el puente. Y, mientras no está, Miky y Lydia van a quedarse con ella. Beben margaritas y ponen canciones pop por todo el loft. Lo ponen todo perdido en el baño con sus mascarillas coreanas y sus manicuras.

—¡Noche de chicas! —exclama Miki a voz en grito, derramando tanto maquillaje como su bebida.

Jess está tratando de quitar esmalte de uñas de las baldosas cuando Josh vuelve, oliendo a lona y agua de lago y con una barba de varios días.

—¿Te ha tocado limpiar la escena del crimen?

—¡Josh! —Jess se alegra de verlo. Se abrazan y se besan y él sonríe contra su cuello.

—Hola, Jess y ya.

—¿Y qué me has traído? —pregunta, echándose hacia atrás entre sus brazos.

—Un beso y un abrazo desde Montana —contesta él, dándole un cachete juguetón antes de atraerla contra él.

—No, pero en serio —insiste ella, entre risas.

Josh también se ríe al tiempo que saca una bolsita de regalo de su bolsillo.

Jess la abre y encuentra unos bombones que parecen cacas, con una etiqueta que reza EXCREMENTO DE ALCE.

Lo mira, riendo.

—Serás puerco.

En el trabajo, ven las elecciones primarias republicanas con la misma atención con la que verían un accidente de coche: sin parpadear, horrorizados y a punto de vomitar. Cuando declaran a

Donald Trump como el candidato oficial del partido republicano —con su hijo anunciando los votos finales de los delegados de Nueva York—, la oficina entera se queja en voz alta.

Jess se vuelve hacia Dax, quien está al otro lado del cubículo. Él se pone de pie de sopetón, mete la cabeza en el armario metálico que tiene sobre el escritorio, rebusca un poco entre lo que hay dentro y emerge con una cajetilla de cigarros medio aplastados.

—Qué remedio —dice, fingiendo alegría—. Estaba esperando a que todo este experimento político que está haciendo el país se fuera a la mierda para volver a fumar. —Le da un golpecito a la cajetilla contra su palma—. Así que ha llegado el momento.

Y se marcha.

El editor aparece de pronto junto al escritorio de Jess. Parece que padece un ligero dolor (como por haberse atragantado con un refresco o haberse hecho un corte con un papel o haberse dado un golpe en un dedo del pie).

—Supongo que nos tocará actualizar los mapas. —Es lo único que le dice.

—Sí, claro —contesta ella, asintiendo. Se refiere a los mapas interactivos de las elecciones de los que se ha estado encargando, un modelo gráfico de los resultados probables, el cual hasta ese preciso momento no había incluido a Donald Trump como un posible candidato.

—Es que no me creo que haya ganado, que esté, en plan, a medio camino de ser presidente —suelta Jess, anonadada.

—Ya somos dos, chica —le dice el editor, meneando la cabeza, estupefacto—. Qué asco todo.

Las Chicas del Vino organizan una fiesta. La bebida de la noche es el tequila *sunrise,* el cual está hecho de tres partes de tequila y una de zumo de naranja, por lo que todos terminan por los suelos en cosa de media hora.

—Vámonos ya —le dice Josh.

Hace más frío de la cuenta, por lo que todos han ido con jerséis y chaquetas polares y estas están amontonadas en una pila enorme sobre la cama de alguien.

En la habitación a oscuras, buscan sus chaquetas a tientas.

—Enciende la luz —pide Jess—. No veo nada.

Josh cruza la habitación y se pone a tantear la pared.

—No encuentro el interruptor.

Se acerca hasta donde está ella, frente a la cama, y la agarra de la cintura.

—Da igual la chaqueta, ya sé qué podemos hacer a oscuras.

Le apoya una mano en el pecho y la empuja hacia atrás.

Jess extiende los brazos de par en par mientras cae sobre todos los abrigos, riendo. Es como si estuviese en una nube hecha de plumón y algodón calentito para el invierno.

Josh se coloca encima y empiezan a enrollarse y meterse mano sobre la pila de ropa de otras personas.

Jess suelta un gemido y demás ruiditos de placer y entonces alguien enciende la luz.

Parpadean, medio cegados, para ver que hay alguien congelado en la puerta.

Josh le ha quitado la camiseta a Jess y le cubre el pecho desnudo con una mano. Nadie se mueve.

Hasta que el desconocido arranca de un movimiento un abrigo de la pila.

—Idos a un hotel —les dice, tras dedicarles una mirada llena de desdén—. Qué asco.

•

En el loft hay una especie de rinconcito, entre la cocina y el comedor, donde tienen todas las cartas sin abrir, los menús de ese restaurante birmano al que piden comida por teléfono, ediciones antiguas del *Financial Times* y montañitas de calderilla canadiense, así como las cosas diversas que la señora de la limpieza deja en un gran cesto de tela que tienen apoyado contra la pared.

Jess está rebuscando en dicho cesto, a la caza de una pila D, cuando algo rojo le llama la atención. Se inclina sobre el cesto y ve una gorra de color escarlata, con letras blancas bordadas en la parte delantera: «Make America Great Again», el eslogan de la campaña electoral de Donald Trump. Parpadea un par de veces, como si así pudiese borrarla de su mente. Por desgracia, no es posible.

La saca del cesto, solo con las puntas de los dedos, como si fuese un pañal sucio.

—¿Josh? —lo llama—. ¿Puedes venir un segundo?

—¿Qué pasa? —contesta él, desde la habitación.

—Es... ¡Ven y ya! —exclama Jess, en un intento por que no le entre el pánico. Es obvio que Josh sabrá explicarle qué está pasando.

—¿Me llamabas? —pregunta, al aparecer a sus espaldas.

Jess se había agachado delante del cesto, por lo que se pone de pie. Levanta la gorra con un boli, se vuelve y se la presenta como una prueba de un crimen.

—¿Y esto?

Josh suelta un suspiro.

—Las compró David —le explica—. Era una broma, como te puedes imaginar.

Solo que ella no se puede imaginar nada.

—¿Una broma?

—Jess...

—¿Qué clase de broma puede ser esta? ¿Qué coño te pasa?

—Jess, tranquilízate. Sé que odias a Trump, pero es una gorra y ya está —le dice, muy despacio—. No te va a hacer nada.

Y una mierda si no le va a hacer nada.

Josh alza las manos, como si estuviese intentando calmar a un animal salvaje.

—Es una gorra, nada más.

—¿Te la pusiste?

—¿Cómo dices?

—Si te la pusiste, Josh. ¿Te pusiste la puta gorra en la cabeza?

Él vacila un poco.

—Solo un segundo. Para hacer el tonto. —Niega con la cabeza—. No es para tanto, no es como si la llevara para pasearme por la ciudad. Fue para hacernos una foto estúpida y ya. David quería...

—¡¿Para una foto?! Quieres decir que no solo te has puesto esta... esta... —le acerca el boli con la gorra hacia el pecho— esta gorra en la cabeza, sino que también hay una foto tuya con esto puesto. ¿Me estás vacilando?

—Jess...

—¿Cómo se te ocurre traer esta cosa a nuestro hogar?

—Jess, no te pongas así...

—¡¿Que no me ponga así?! ¿Cómo quieres que me ponga, entonces? ¡¿Qué coño tienes en la cabeza?!

La gorra permanece en el espacio entre ambos, prácticamente vibrando, como si estuviese en llamas. Jess casi no tolera mirarla.

—No es más que una gorra —insiste él.

Solo que es mucho más que una simple gorra. Hace que Jess piense en racismo y en odio y en desigualdad sistémica y en el Ku Klux Klan. En tableros de Pinterest para bodas en plantaciones de esclavos y en linchamientos y en George Zimmerman y en los cinco de Central Park. En racionamientos de créditos, manipulaciones políticas, la estrategia sureña y en las décadas de propaganda. En Fox News, las emisoras de radio conservadoras y los evangélicos fanáticos. En violaciones, robos, saqueos, así como en la plutocracia y todo el dinero de la política. En cómo restan importancia al discurso civil y al terrorismo doméstico. En el nacionalismo blanco y los tiroteos escolares y cómo cada vez se siembra más miedo hacia aquellos que no son caucásicos y no hablan inglés. En cómo la red de seguridad social va muriendo poco a poco, en la cultura de las teorías de conspiración, en la clase blanca y obrera, en el atomismo social, en los *realities* de la tele y las noticias falsas. En el complejo industrial penitenciario y en cómo, cuando estaba en cuarto de primaria, una niña le dijo que, como era «sucia por naturaleza», no podía ir a su casa a celebrar su cumpleaños. En la compensación de ejecutivos, en los blancos mediocres y en cómo un tipo en la universidad hizo circular un artículo en el que proclamaba que aquellos a los que les gustaba Radiohead eran más inteligentes que a los que les gustaba Missy Elliott. Y cuando ella lo acusó de racista, él lo negó categóricamente. También la hace pensar en el fanatismo, en las mantas con viruela y en los asquerosos que te meten mano en el metro. En las subastas de esclavos, los monumentos confederados, las leyes de Jim Crow, los manguerazos en las manifestaciones, la doctrina de «separados pero iguales», los chistes racistas que no son nada graciosos y los troles por internet. En los célibes involuntarios, los campos de golf que les prohíben la entrada a las mujeres y la supresión de votantes. En el abuso policial, el capitalismo clientelar, la corrupción de las corporaciones y en los niños inocentes. Todos esos niños que no tienen culpa de nada. En el movimiento Tea Party, en Sarah Palin, los de las teorías de conspiración en contra de Obama y los que creen que la Tierra es plana y en los derechos de cada estado y a los que les gusta el porno pervertido y la teología de la prosperidad. En los fanáticos del fútbol que, cuando la vieron fuera del Memorial Stadium, soltaron sonidos de monos en su dirección, por mucho que acabara de cumplir trece años… Y ahora también le recuerda a Josh.

—Es una gorra y ya —repite él.

—¡Que no es una puta gorra y ya!

—Yo no te digo nada cuando te pones tu camiseta de Black Lives Matter.

Y se queda tan pancho.

A Jess le dan ganas de estrangularlo.

—Me estás vacilando, ¿verdad? Tienes que estar de coña, en serio. ¡¿Cómo se te ocurre compararlos?!

—Es discurso político —dice él, sin alterarse.

—¿Me estás diciendo que luchar por la justicia y la igualdad es lo mismo que… llamar violadores a los mexicanos?

—No, claro que no, pero esa es una falsa equivalencia y lo sabes bien. Siempre haces lo mismo. Por sí misma, ninguna frase es algo problemático. No pretendas insinuar que no creo que las vidas de los negros sean importantes. Eso es pasarse. Pero lo que dices, y estoy totalmente de acuerdo contigo, es que no se trata solo de las palabras, sino de la retórica que las rodea, de las ideas y los valores que las respaldan lo que puede ser «problemático» —hace comillas con los dedos y, de verdad, Jess está a punto de recurrir a la violencia—, pero si pretendes hacerlo con uno, también tienes que hacerlo con el otro. Black Lives Matter es un posicionamiento político. Make America Great Again es un posicionamiento político. Ambos posicionamientos merecen el mismo trato.

—¿Lo que estás diciendo es que Black Lives Matter es equivalente al eslogan absurdo ese? Me estoy limitando a repetir lo que has dicho, así que hazme el favor de confirmar lo que estás diciendo.

—No, yo no he dicho que sean equivalentes. Estás tergiversando mis palabras.

—¿Entonces?

Lo ve escoger sus palabras con sumo cuidado para no meter la pata.

—Están bastante cerca.

Pero no lo suficiente.

—¿Cómo cara...?

—A lo que voy —alza las manos para impedir que Jess lo interrumpa— es a que cuando tú te pones un eslogan político en el pecho, yo no te digo nada. No me enfado. No te pregunto qué coño te pasa en la cabeza. Me limito a... dejarlo pasar.

—¿Entonces yo debo «dejar pasar» el racismo? Cuando mi novio trae a nuestra casa parafernalia racista, ¿se supone que debo hacer como si nada y seguir con lo mío?

Josh tensa la mandíbula.

—No es parafernalia racista.

—¡Y tanto que lo es! Es...

—¡Que Donald Trump es el candidato republicano, Jess!
—Por fin, Josh se ha enfadado—. ¿Qué esperabas? No todos los republicanos del país somos racistas. Votar por el candidato de tu partido no es un delito, joder. No te vuelve racista.

—¡Claro que sí! Solo porque no declaren a los cuatro vientos que lo son, aunque deja que te diga que, como van las cosas, no me extrañaría nada que empezasen a ponerse camisetas que digan «¡Viva el racismo!», la verdad, ¡y solo porque eso no pase no significa que no sean unos racistas de lo peor! Sus votos pretenden perpetuar un sistema basado en el racismo. Es literal lo que pone en el diccionario. ¿Cómo me vas a decir que no? ¿Y qué me dices del hecho de que el partido republicano está conformado casi en su totalidad por blancos? ¡Un noventa por ciento son blancos, Josh! Un partido político entero para blanquitos. Un partido completamente basado en el lenguaje con doble sentido. Apelan a la inmigración y a la reducción de impuestos y a los derechos de los estados y a la clase obrera. Todo eso es pura mierda racista y ya.

—¿Qué insinúas, entonces? ¿Que soy racista? ¿Me estás llamando «racista», Jess?

Jess se lo piensa. Se mordisquea el labio, cierra los ojos y lo considera de verdad. Completamente en serio.

—Ajá —suelta.

Josh clava la vista en el techo, mientras niega con la cabeza.

—No hablas en serio. ¿Cómo vas a decir que *yo* soy racista?

—¿Qué quieres decir con eso? ¿Qué te hace diferente? ¿Que tu novia sea negra? ¿Qué te piensas, que eso te protege?

—Me estás vacilando.

—Por supuesto que no. No soy una tarjetita de Monopoly para que te libres de la cárcel racista, Josh. Qué más da que tu novia sea negra.

—Pues ya tengo más personas negras en mi vida que tú —le suelta, con tanto veneno como si le estuviese dando un golpe.

Jess se echa hacia atrás, como si lo hubiese recibido.

—¿Qué dices?

Josh aprieta la mandíbula.

—¿Qué crees que estoy diciendo? —Niega con la cabeza, hecho una furia. Si no se estaban peleando antes, es obvio que ahora sí.

—¿Y a Dax dónde lo dejas? —Jess nota que suena a la defensiva, culpable. Habla a gritos.

—¿Quién coño es Dax? —suelta Josh.

—¡Mi amigo! —Josh la está haciendo sentir como si fuese una mentirosa—. El novio de Paul. Lo conoces, no te hagas el loco.

—Vale, pues ya es uno. Igual que yo.

Jess se estruja el cerebro, repasa los nombres y las caras de todas las personas negras que conoce. Que ha conocido en la vida. Todos los negros que tiene en el móvil como contacto. Además de Dax: un tipo al que conoció por una app y con el que tuvo una cita. Un compañero de la universidad. Su padre. Y para de contar. Técnicamente, Josh tiene razón (anda, qué sorpresa), pero también se equivoca. Vaya si se equivoca.

—A lo que voy es que el hecho de que tu novia sea negra no te impide ser racista —recalca Jess, y hace una pausa un segundo para expresarse mejor—. El hecho de que alguien tenga una novia negra no impide que sea racista.

—Es que no me lo creo, en serio. —No ha dejado de negar con la cabeza—. En primer lugar, yo nunca he dicho eso. Y, en segundo, la razón por la que no puedo ser racista es porque no lo soy. Hago donaciones a todas tus beneficencias. Soy voluntario. ¿Qué más quieres que haga? ¿Que les bese los pies a todos los negros del país? ¿Qué te convencería de que no soy racista? Nada, está claro. Porque te crees a pies juntillas toda esa historia que te has creado en esa cabecita tuya de que todo y todos en el mundo son racistas y que, por ponerte a chillarlo en redes sociales, estás haciendo algo bueno. Y déjame decirte que te equivocas.

—¿Que me equivoco? ¡Y yo creyendo que estabas de mi parte! Todas esas veces en las que me decías «Sí, Jess, es una mierda. Qué horror. Lo lamento mucho», ¿qué hacías en realidad? ¿Poner los ojos en blanco a mis espaldas? —Es su momento de negar con la cabeza—. De verdad creía que habías cambiado.

—¿Que había cambiado?

—Que habías madurado. Que te habías vuelto mejor persona. Que eras capaz de sentir empatía. ¡Que tenías conciencia!

—A ver, espera. ¿Creías que me había concienciado? —Suelta un resoplido—. Jess, soy la misma persona que he sido siempre. Eres tú la que ha cambiado. Y no para mejor, precisamente. Desde que tienes este nuevo empleo, lo único que haces es publicar todas esas gilipolleces que no sirven para nada e ir soltando tu propaganda izquierdista de mierda.

—¿Gilipolleces? ¿Qué dices? Entonces cuando estábamos en el tejado y me dijiste que nada de eso era real, no te referías al universo, sino a lo que yo creo. ¿Crees que soy gilipollas, entonces?

Se las arregla para no contestarle.

—Nunca hemos estado de acuerdo, Jess. Y eso no era un problema. ¡Sabías en qué te estabas metiendo desde el principio! Y de pronto te conviertes en esta… justiciera enrabietada que siempre tiene algo de lo que quejarse. ¿Es que se te ha ido la olla? ¿Dónde has metido a mi novia maja y divertida? ¿Por qué de pronto te has… obsesionado con todo esto?

—Siempre me han importado estas cosas.

—No, siempre has dicho que te importaban, que es distinto. Dices muchas cosas, de hecho, pero se te va la fuerza por la boca.

—¡Y ahora que estoy haciendo algo, me tildas de loca!

—¡Pero si no estás haciendo nada! Publicas mierda para agitar a las masas en internet. Y ahora te parece que soy una mala persona, ¿por qué? ¿Porque soy blanco? ¿Porque creo que podemos llegar muy lejos con la economía de la oferta? Como si de pronto no fuese digno porque no me dejo engañar con todas esas políticas cortas de miras que no importan una mierda.

—¡Eres tú quien cree que no soy digna! Ni siquiera querías que Gil se enterara de que somos pareja. Te lo hacías encima por miedo a que se enterara porque es su dinero el que gastas. Y no le caigo bien solo porque no soy su preciosa y perfecta sobrina, ¿y sabes qué? Creo que tú también piensas lo mismo. Te gustaría que fuese otra persona porque no encajo en la imagen perfecta de lo que soñaste que sería tu vida ideal mientras te criabas, pobrecito tú, al lado de todas esas mansiones. Lo único que te importa es hacerte rico y tener más dinero y que le den al resto del mundo.

—Mira quién fue a hablar.

—¿Cómo dices?

—Lo único que haces es publicar todos esos artículos sobre cómo Gil es un magnate ladrón, capitalista clientelar y enemigo de la democracia, y todo es mentira, Jess. Eres una mentirosa y una hipócrita.

—¿Soy hipócrita por señalar con razón que la concentración de las riquezas no casa con una república funcional?

—¡Pero si tú no te libras! ¡Tú también quieres tener todo esto! No puedes estar bien con Dios y con el diablo. Eres una hipócrita porque esto es justo lo que quieres. Todo esto. —Hace un ademán para señalar el mármol brillante, las ventanas, las vistas, el suelo, absolutamente todo. A Jess le entran náuseas.

Josh se lanza hacia la nevera y la abre con un movimiento brusco.

—Mira —le dice, sacando un paquete de lonchas de jamón ibérico antes de examinarlo sin mucho cuidado—, ¡que te has gastado veinte dólares en cinco lonchas de jamón, hostia ya!

—¡Claro que no!

Josh levanta el paquete para observarlo por debajo.

—Ay, perdone usted. Son diecisiete con noventa y nueve, menuda diferencia. —La voz se le ha teñido de veneno—. Menuda justiciera de clase obrera estás hecha. —Vuelve a meter la cabeza en la nevera—. ¿Y qué me dices de esto? —le recrimina, mientras saca una botella de zumo bio de la puerta—. ¡Nada más que zanahorias y agua y has pagado doce pavos por esto! —Ha pasado a gritar—. Ah, no, que soy yo el que ha pagado por esto, con el dinero que gané trabajando para el Gil Alperstein de los cojones. No vi que te quejaras sobre la desigualdad económica mientras comprabas este zumo de mierda. —Se lo sacude en la cara y luego cierra la nevera de un portazo.

»¿Y sabes qué más? —Baja la voz y espera a que ella lo mire a la cara para continuar—: Somos iguales, tú y yo. No estaríamos hablando de esto si fueses tú quien estuviese en mi posición. Porque no tienes ningún problema con el sistema, solo con el lugar que te ha tocado dentro de él.

Jess parpadea. Quiere decirle algo, pero le tiembla la voz. Traga en seco, y, tras unos segundos, murmura, casi en un susurro:

—Ya no puedo más.

Y entonces rompe a llorar.

Josh la mira, apenado.

—Perdóname, Jess. No era eso lo que quería decir. Odio discutir contigo, en serio. —Clava la vista en la ventana—. Es que me has llamado «racista» y... Lo siento mucho.

—¿Y ya está?

—Lo siento.

—¿Por qué lo sientes, si se puede saber?

—Por... todo.

Jess no se traga ni media palabra de sus disculpas. Es él quien siempre le dice que use sus palabras, que exprese sus sentimientos con propiedad y de forma clara. Lo cual, ahora que lo piensa, lo único que hace es cabrearla más. Es fácil para él ponerse a discutir sin alterarse; al fin y al cabo, para él todo es un juego. Él mismo se lo dijo en el tejado: nada es real. Solo que para Jess sí que lo es. Todo es demasiado real.

La gorra sigue en el suelo, donde ella la ha dejado caer. La recoge y se la lanza con fuerza contra el pecho. Él se sorprende un segundo, pero termina atrapándola. Entonces la agarra de la visera y la sacude un par de veces contra el muslo, para quitarle el polvo que pueda haber pescado en el suelo. Y eso es lo que la atormentará de aquí en adelante. Un gesto tan casual. Josh deja la gorra sobre el escritorio, como si tuviese pensado volver a usarla en algún momento. Como si fuese cualquier otra cosa sin importancia que hay en la casa. Como si los últimos veinte minutos no hubiesen sucedido. Como si lo que ella siente no importara.

Y ni siquiera lo nota. Tiene la mano apoyada en la gorra, sin darse cuenta de nada, y la mira, arrepentido. Jess no puede ni verlo.

—Lo siento —repite.

—¡Ni siquiera sabes por qué te estás disculpando!

—Lo...

Jess recorre el loft hecha una furia mientras recoge sus cosas (ropa, productos de cuidado personal, el portátil) y las mete como sea en una bolsa de deporte. Todo eso con Josh siguiendo cada uno de sus pasos.

—Jess, por favor, no te pongas así.

Jess no le hace ni caso y, en su lugar, se pone a pulsar el botón del ascensor con violencia, impaciente y furibunda, mientras las lágrimas no dejan de rodarle por las mejillas.

Josh intenta quitarle la bolsa de deporte, pero ella se la arrebata de un tirón.

—No puedes irte así. ¿Dónde piensas quedarte? No te vayas, por favor.

Cuando vuelve a intentar sujetarla, Jess lo aparta de un empujón.

—¡Qué por favor ni qué nada! Ahora sé lo que piensas de verdad. ¡Crees que soy una hipócrita y una mentirosa que solo se aprovecha de tu dinero!

—Jess, por favor, no digas eso. ¡No es eso lo que creo! No lo he dicho en serio. Estaba cabreado.

Pero da igual si no lo ha dicho en serio, porque tampoco es que vaya muy desencaminado, y quizás eso hace que todo el asunto sea peor.

Se ha rodeado de posesiones bonitas y de malas personas y ni siquiera es capaz de dar un portazo al marcharse. En su lugar, se limita a quedarse allí plantada, hecha una furia, hasta que el ascensor se digna a llegar hasta donde están, se desliza en silencio para abrirse y luego para cerrarse, porque tiene un sistema hidráulico, de esos carísimos y supermodernos. Y entonces se marcha.

Una vez que llega al exterior, le empieza a vibrar el móvil.

Perdóname, por favor. Vuelve a casa

No lo he dicho en serio, es que estaba cabreado

Te quiero

No te vayas

Jess se planta en el piso de Lydia, casi sin aliento.

—Creo que Josh y yo hemos cortado.

—¡¿Qué dices?! —En la cocina, Lydia sirve un poco de tequila en un termo—. ¿Por qué?

Jess se deja caer sobre el sofá.

—Creo que es racista. O algo así.

Lydia se sienta a su lado.

—Toma —dice, entregándole el termo y acomodando las piernas bajo el cuerpo—. ¿Desde cuándo?

—No sé. Quizá desde el principio. —Jess se pasa una mano por la cara—. ¡Va a votar a Donald Trump!

Lydia frunce el ceño.

—Lo siento mucho.

Jess se pone a llorar.

Miky y las Chicas del Vino se presentan con pollo frito y más tequila.

—Tal vez ni vote —intenta animarla Lydia.

—O a lo mejor vota por Rand Paul —dice Miky—. A los tipos de las finanzas les encanta toda esa mierda libertaria.

—¿Y ahora qué se supone que voy a hacer? —se queja Jess, sin dejar de llorar.

Las Chicas del Vino sueltan un sonidito de reproche.

—Sin ofender, Jess, pero ¿te parece ético salir con un indivi-duo así?

—Ey, déjate de tonterías —le dice Paul.

—¿Por mucho que mi novio sea un ejemplo de todo lo que va mal con el país?

—¿Se te olvida que soy de Tennessee? Del rincón más rural del país.

—¿Y qué? ¿Allí todos votan por Trump? ¿Vas a decirme que no pasa nada porque son pobres o porque trabajan en las minas de carbón o alguna mierda así?

—Que le den a Trump. —Paul sacude una mano en el aire, para quitarle importancia—. Mis padres. No viven en la iglesia porque no los dejan. Son de esos que creen que te van a sacar el gay que llevas dentro a base de rezos.

Jess frunce el ceño.

—Creía que tus padres eran majos. ¿No vinieron a verte en abril? Creía que los habías llevado al Carbone.

—Son majos —asiente—. En cierto modo. En otros, no tanto.

—Lo siento.

—No lo sientas. —Paul le da un golpecito en la frente—. Limítate a aprender a compartimentar.

—O no —interviene Dax—. Josh es como es.

—¿Qué quieres decir? —le pregunta Jess.

—Pues que es un chico blanco de…

—Greenwich, Connecticut.

Dax hace un ademán para decirle: «Y con eso lo digo todo».

—Entonces, ¿dices que está bien?

—¿Qué está bien? —pregunta él.

—Que Josh sea, no sé, el resultado de su crianza. El prototipo del conservador. En plan que es como es y ya está.

—Es que… no me sorprende —Dax es delicado, pero Jess puede leer entre líneas y lo que en realidad quiere decirle es: «¿Qué te esperabas, chica?».

Y es cierto. ¿Qué se esperaba?

¿No darse cuenta nunca de lo ingenua que estaba siendo aposta?

¿Que debajo de sus polos rosas tuviese un corazón que latiese por la empatía?

¿Que el amor y la comprensión fuesen lo mismo?

Josh es como es.

¿Qué esperaba?

Si se lo preguntase a su padre, está segura de que le diría lo mismo. Se lo diría bonito, claro, pero seguiría diciéndole lo mismo. Josh era como era, y Jess no podía cambiarlo. Quizá podía hacer como que no le afectaba, durante un tiempo, aunque no para siempre. Era una forma de vivir en negación, lo sabía. De escaquearse. Cada vez que su padre la sorprendía fingiendo (no soñando ni idealizando algo, sino inventándose una realidad de lo más conveniente), le decía: «¿Es eso lo que crees o lo que quieres creer?». Y, el noventa por ciento de las veces, se veía obligada a admitir que, en realidad, no estaba haciendo uso de su cerebro en absoluto.

Jess se queda con Lydia e ignora las llamadas y los mensajes de Josh. Compra un pack de braguitas del supermercado y le dice:

—Supongo que ahora somos compañeras de piso, qué remedio.

Entonces Lydia la mira con una ceja alzada.

—Sabes que en algún momento tendrás que hablar con él.

Dax le escribe para ver cómo está.

¿Cómo lo llevas?, le pregunta.

Jess le contesta: **No sé.**

Dax le dice:

Quería disculparme, no pretendía hablar sin saber

Solo he visto a Josh un par de veces

Pero Paul dice que es buen tío

Aún no hemos hablado, admite Jess.

¿En serio?

Es que... las cosas se pusieron muy feas

Lo llamé racista

¿En serio?

Sí

¿Y él tipo qué te dijo?

¡Nada! Se puso en plan: oye, que tú no tienes amigos negros

¿Y por qué te dijo eso?

Porque es cierto

No tengo amigos negros

Que no sean tú

¿Y por qué no?

Por nada en especial

No me crie con otros niños negros

Y en la uni no me pareció precisamente importante

O sea, que no me pareció una prioridad

Y luego, no sé, ya era tarde porque todos ya tenían amigos...

Es malo, ¿no? Que no tenga amigos negros

Dax no le contesta de inmediato. Pasan segundos, luego minutos y, después, varias horas y nada. Lo cual es una respuesta en sí misma. Se arrepiente de habérselo contado, porque ahora ha revelado una verdad incómoda. Le ha abierto las puertas para que evalúe todos sus fracasos personales. Ha hecho que todo sea raro.

Sin embargo, más tarde esa misma noche, Dax le contesta:

Perdona, Paul ha hecho fajitas y es todo un evento

Le envía una foto de una sartén hirviendo y Paul sonriendo detrás.

En fin, para contestarte:

Ni bueno ni malo, me niego a que todo sea tan binario

Lo que sí te digo

Creo que es bueno para el alma relacionarse con gente con la que no hagan falta explicaciones

Jess se queda dándole vueltas a eso.

¿Tienes que darle explicaciones a Paul?

La verdad es que no

No está segura de si eso la hace sentir mejor o peor.

¿Crees que sea porque es gay? En plan solidaridad y marginalización y demás blablablá

Es eso o porque es Virgo, le contesta Dax.

Ja! Me parto, dice ella, aunque no se parte, la verdad.

Jess sabe que Lydia tiene razón, que en algún momento tiene que volver al loft, pero es que sigue cabreada o triste o quién sabe.

Está deliberando exactamente cuándo debería volver (¿debería esperar un día más? ¿O mejor tres?), cuando recibe una llamada extraña.

Una mujer que no conoce de nada y se identifica únicamente como Barbara la llama al trabajo.

—*Tu padre está enfermo* —le dice—. *Tienes que volver a casa.*

Totalmente en pánico, Jess se pone en contacto con su padre.

—¡Papá! —exclama, en cuanto le contesta el teléfono—. ¿Qué pasa? Una tal Barbara me ha llamado para decirme que estás enfermo.

Su padre suelta una risita, lo cual sorprende a Jess.

—No entiendo nada. ¿Qué está pasando?

—*Ay, Jessie, tranquila que no es nada. Es que Barbara se preocupa por mí cuando no hace falta.*

—Es que... ¿Eh? No me entero, papá. ¿Quién es Barbara?

—*Es una amiga* —contesta—, *pero no te preocupes por lo que te ha dicho. Estoy bien.*

—¿No estás enfermo, entonces? ¿No tengo que volver a casa?

Al otro lado de la línea, Jess no oye ninguna respuesta.

—¿Papá? ¿Estás ahí?

—*No pasa nada, Jessie.*

Y entonces la tal Barbara le escribe:

Tienes que volver a casa pero ya

Parte cuatro

19

En su casa, todo es más pequeño de lo que recordaba. Cuando era una niña iba en triciclo por todas las habitaciones, y recuerda que el pasillo era un lugar infinito. Y ahora todo le parece diminuto.

Y más aún por culpa de Barbara. Barbara, cuya existencia Jess desconocía hasta hace cosa de cuarenta y ocho horas, pero que se comporta como si siempre hubiese estado ahí: dobla toallas, pone el lavaplatos y contesta el puñetero teléfono cada vez que suena. Barbara, quien tiene unas tetas enormes, se pone demasiado perfume y es obvio que es la novia de su padre, por mucho que él nunca le haya hablado sobre ella. Barbara, quien le ha abierto la puerta cuando ha llegado, y que, cuando le ha preguntado dónde estaba su padre, ha contestado:

—Está haciendo la siesta, hija. Deja tus cosas y te prepararé un té.

¿Hija?, piensa Jess. *¿Siesta?*

Quiere decirle a la tal Barbara que no ha volado desde Nueva York solo para beberse una taza de té. Lo que quiere es ver a su padre.

Solo que Barbara ya está en la cocina, ocupada con la tetera, de modo que Jess se las traga mientras hierve el agua para hacer una manzanilla.

Barbara, quien tararea en voz baja al abrir y cerrar alacenas y cajones. Barbara, quien, según parece, cree que su padre prefiere hacer la siesta en lugar de salir a recibir a su propia hija.

Barbara, a quien Jess conoce hace cosa de veinte minutos y ya está convencida de que no soporta.

Vale que nunca lo preguntó. Cuando se fue de viaje a Sudáfrica, lo dejó estar. Y entonces le pareció más sencillo hacer como si nada hubiera sucedido. Parecía como si hubiesen hecho un pacto imaginario entre padre e hija para no hablar sobre sus parejas secretas. Jess había sentido curiosidad, claro, pero sabía que, si empezaba a hacer preguntas, su padre le devolvería el favor. ¿Y entonces qué haría? ¿Mentir?

★ ★ ★

Más tarde, su padre sale de la habitación.

—A ver, dime que no se te ha ocurrido pisar este suelo tan frío sin calcetines —le dice Barbara a su padre, y Jess pone los ojos en blanco porque, por mucho que sea casi la hora de la cena y su padre esté en pijama y todo despeinado, ella lo ve bien.

Su padre abre los brazos de par en par y le dedica una sonrisa de oreja a oreja.

—Mi niña querida, qué bonita sorpresa. —Y entonces se vuelve hacia Barbara para decirle, muy dramático—: Nos ha hecho el honor de venir desde Nueva York, fíjate tú.

Jess le da un abrazo a su padre e intenta no ponerse a llorar; a pesar de que lo había visto en Navidad, le parecía que había pasado una vida desde eso. Cree que debe ser la peor hija del mundo. Su padre la apachurra con fuerza antes de retroceder un paso.

—¿Bueno…, qué me has traído? —le suelta, con un brillo travieso en los ojos.

¿Lo ves, Barbara?, piensa Jess. No pasa nada.

Rebusca en su maleta hasta que da con el regalo que le ha traído. Es una camiseta de lo más absurda que dice ¡AÚPA NUEVA YORK, TRONCO! en letras grandes en el pecho. La compró en el aeropuerto con la esperanza de hacer reír a su padre.

Pero entonces se la prueba y le queda enorme, como si fuese un saco de patatas, y Jess se da cuenta de que él ha perdido muchísimo peso.

—¿Cómo estás, papá? —le pregunta—. O sea... estás bien, ¿no?

—Claro que sí —le asegura él—. Ahora que estás aquí, estoy perfecto.

Finalmente, Jess le escribe a Josh:

He tenido que venir a Lincoln unos días, ¿hablamos cuando vuelva?

¿Qué? ¿Por qué? ¿Va todo bien?

¿Va todo bien? La verdad es que no está muy segura. Deja el dedo suspendido sobre el móvil mientras piensa qué debería contestar.

Josh le vuelve a escribir:

¿Cuánto tiempo vas a quedarte?

Una vez más, Jess no está segura. Le contesta:

Unos días, creo

Y él:

Te echo de menos, Jess y ya

Quiere decirle que ella también, aunque al final solo escribe:

Vale

★ ★ ★

—Ay, hija, ¿y si recoges un poquito? —le pregunta Barbara al día siguiente, mientras se planta en el umbral de su cuarto. Por un instante, Jess tiene el impulso casi incontrolable de chillarle: «¡Que no eres mi madre!». Aunque, cómo no, eso sería absurdo.

Además, ¿qué hace Barbara allí con ellos? Limpiando encimeras como si viviese allí y yendo detrás de su padre como si fuese un niño. A Jess le parece de lo más exagerado y dramático. Sin embargo, Barbara no deja de limpiar y su padre no deja de dormir, y Jess empieza a preguntarse qué es lo que hace ella allí. Es obvio que su padre no se siente muy bien, pero tampoco es como si se estuviese muriendo.

Barbara la invita a hacer la compra con ella.

—Vamos a comprar, hija —le dice, con la cabeza metida en la nevera—. Llevas encerrada todo el día.

Su padre está durmiendo. Jess está en el salón, tumbada en el sofá con una pierna por encima del respaldo y fingiendo que trabaja mientras Barbara hace escándalo en la cocina, haciendo quién sabe qué, abriendo y cerrando alacenas y golpeteando ollas y sartenes.

En el supermercado, Barbara saca un carrito de los que están alineados frente a la tienda. Como está un poco cojo, recoge un folleto de una pila, lo dobla hasta hacer un cuadradito diminuto y se agacha para encajarlo en la ruedecita. Como si fuese una escultista de mediana edad. Si hasta tiene una lista de la compra en orden alfabético y todo. La lee para sus adentros: aspirinas, melón, pan, refresco light.

Barbara recorre el supermercado a paso rápido y eficiente, mientras que Jess la sigue por los pasillos sintiéndose como un cero a la izquierda.

Cuando llegan a la zona de frescos, Jess vislumbra una montaña de melones y decide justificar su existencia. Se pone a toquetear uno y otro y otro, escoge los dos mejores y los deja en el carrito.

—Mira —anuncia—. Dos por cinco dólares.

Barbara frunce el ceño.

—¿Son bio?

—Exacto —dice Jess, muy orgullosa, hasta que Barbara niega con la cabeza.

—Pero, hija, estos no están de oferta. —Le hace un ademán en dirección a la sección de productos normales, donde el melón y el melón verde están de oferta a treinta y nueve centavos el medio kilo. Al menos no saca los melones del carrito. Jess se siente como si fuese la más despilfarradora del mundo al hacer la compra; primero Josh y ahora Barbara. Y eso le confirma que sí, es de lo peor. No solo el tipo de persona que compra un paquete de jamón ibérico a dieciocho pavos, sino que lo hace sin poder permitírselo, y, para más inri, lo compra solo porque lo paga con el dinero de su novio. Con la millonada que le pagaban, como dirían las Chicas del Vino. Jess es el tipo de persona que compra un paquete de jamón ibérico a dieciocho pavos un día y al otro publica artículos con titulares como «La desigualdad económica va a acabar con la sociedad» y los firma con su nombre. El tipo de persona que quiere tener un millón de dólares (una cantidad de dinero de lo más obscena) solo para que la tomen en serio.

No es mejor que Josh. La única diferencia entre ellos es que, cuando compra un paquete de jamón ibérico de dieciocho pavos, al menos ella se siente culpable. Y eso le parece una diferencia considerable. Una nueva oleada de indignación se apodera de ella. Es posible que Josh haya tenido razón en ciertas cosas, pero no en todas. Ni por asomo. Y, al fin y al cabo, era mejor ser una hipócrita que un sinvergüenza y entusiasta del mercado libre, ¿verdad?

Así que saca los melones del carrito.

En la zona de panadería, tras pasar frente a los panes y la bollería, Jess se planta frente al estante de dónuts y dice:

—Oye, Barbara. Deberíamos llevarle un par de estos a mi padre. Le encantan. —Los de marca blanca están rellenos de jalea y tienen azúcar espolvoreado encima.

—Ay, hija —le dice Barbara, con tristeza—. Tu padre está malo.

—Lo sé. —¿Acaso Barbara se piensa que no tiene ojos? Jess abre el estante, toma una hoja de papel encerado y escoge un dónut—. Ya se los comerá cuando se encuentre mejor. O cuando quiera darse un caprichito.

—No, mejor que no —dice Barbara, negando con la cabeza.

—No pasa nada —insiste Jess, metiendo los dónuts en el carrito—. Son solo un par de dónuts, no es para tanto.

Solo que, en esa ocasión, Barbara sí que los saca del carrito.

—¿Es que no lo sabes? Es cáncer, hija. Terminal.

★ ★ ★

Jess decide recoger su habitación.

Es obvio que a Barbara le obsesiona la limpieza (se pasa el día lavando sartenes, fregando el suelo y ordenando el correo postal), pero también tiene razón. Su cuarto parece una leonera.

Se pone de rodillas para buscar debajo de la cama. Lo que encuentra: un despertador roto, un libro rompecabezas de *¿Dónde está Wally?* y unas deportivas viejas. Además, una caja de plástico llena de CD. Escoge una transparente: Destiny's Child.

Se lo habían regalado. En secundaria, celebraban los cumples una vez al mes y en septiembre, el mes de Jess, había habido otros dos cumpleañeros. A cada uno le habían obsequiado un CD. Para el chico que siempre iba con los ojos delineados de negro, uno de Metallica. Para la chica que siempre llevaba un bolsito rosa en lugar de una mochila, el último álbum de una estrella de un *reality* de la tele que también cantaba música *country*, era rubia y tenía la voz aflautada.

Y para Jess: *Survivor*, de Destiny's Child.

—Creímos que te gustaría porque está como muy de moda en el gueto —le dijo Cath, la líder de la clase, ese día en el patio. Su voz había tenido un tono lleno de mala leche disfrazado de buenas intenciones.

Aunque Jess estaba segura de que había tirado el disco a la basura, allí estaba. Así que abre la caja y mete el CD en su minicadena antigua.

La primera canción que suena es «Bootylicious», y hace que Jess suelte una carcajada.

Le sube el volumen.

Cath había sido muy cabrona, eso era irrefutable, pero la canción no era nada sutil.

Lo siguiente que encuentra en el fondo de su armario son bolis de colores y pegatinas, una bolsa llena de peluches y de Barbies viejas. Una a una, va sacando las muñecas hasta dejar la bolsa vacía y un caos a su alrededor. Entonces sostiene dos muñecas frente a ella: una blanca y la otra negra.

Y sí. Todas tienen el cabello muy brillante y unos atuendos bastante atrevidos, solo que las muñecas negras mucho más. Tienen la falda más corta, los tacones más altos y unos trazos de maquillaje rosa brillante que les marcan la cara. Una lleva una camiseta que dice «¡bombón!» y, por un segundo, contempla la idea de indignarse, pero decide que le da igual. Lanza las muñecas de vuelta al armario.

Con la música atronándole en los oídos, sigue buscando. Pero ¿qué? Rastros de su pasado, quizá. De la persona que solía ser, de lo que sea que quede bajo las montañas de ropa vieja y las pilas de libretas y de redacciones agrupadas con clips.

Su escritorio es un desastre. Tira de una cadena metálica que da a una lámpara y la bombilla se enciende un segundo antes de apagarse. Intenta abrir el cajón, pero está atascado. Cuando mete el brazo todo lo que puede, con la oreja pegada contra la superficie del mueble, rebusca hasta dar con aquello que lo está atascando. Saca una hoja de papel arrugada y ve que es una página de una de sus revistas de chicos buenorros. Con sus rizos rubios y sus bonitos pectorales; los recuerda a la perfección.

Recuerda lo que su padre pensaba de ellos.

Recuerda a Ivan.

Y luego a Josh.

Josh.

Abre una vieja postal de cumpleaños y un billete de dos dólares que le regaló su padre cae agitándose. La hace sonreír.

Siempre ha sido un muy buen padre. Y lo sigue siendo. Lo ha dado todo por ella, le ha dado todo lo que ha podido. ¿Y cómo le ha devuelto ella el favor? Marchándose para no volver. Escondiéndole cosas. ¡Es que la tenía en un pedestal! Jess no cree que jamás pueda llegar tan alto como su padre espera de ella.

¿Cómo va a tener cáncer?

Barbara llama suavecito a la puerta.

—*Hija* —la llama, con la voz amortiguada desde el pasillo—. ¿Quieres un té?

—¿Cómo? —Jess no la oye bien. Nota un pitido en los oídos y la música aún encendida. Si la habitación era un caos antes, ahora es como si hubiese habido una masacre.

Barbara vuelve a llamar a la puerta antes de abrirla ligeramente.

Contempla todo el desastre hasta que su mirada se posa sobre Jess, quien está rodeada de todas las cosas que ha tenido en la vida y no deja de llorar.

—Ay, no —suelta Barbara.

Jess no puede dormir. Camina de un lado para otro por el pasillo hasta que oye el chasquido de una luz que se enciende en la habitación de su padre. Y entonces, en medio del silencio de la casa, lo oye llamarla.

—¿Papá? —dice ella, asomándose por la puerta de su habitación.

Su padre está sentado en el borde de la cama con las palmas apoyadas sobre el colchón, y apenas consigue ver su silueta en la oscuridad. A Jess le parece que necesita ayuda para levantarse, así que se acerca hasta quedarse frente a él. Casi ni roza el suelo con los pies y, al verlo así, tiene la impresión de que es extremadamente joven.

—¿Va todo bien? —le pregunta—. ¿Necesitas algo?

Él niega con la cabeza y le da unas palmaditas a la cama, junto a su pierna izquierda. Jess se impulsa para subirse.

—Me alegro de que hayas vuelto —dice su padre.

—Ay, papá —suelta ella, con la voz entrecortada y al borde de las lágrimas.

Se quedan sentados sin decir nada, sin ningún ruido en la casa.

Es Jess quien rompe el silencio.

—¿Por qué no me dijiste que estabas...? Que era... Que era tan grave. —Había buscado su diagnóstico por internet: se estaba muriendo—. Podría haber vuelto antes.

Su padre niega con la cabeza.

—No quería que volvieras antes. No quería alterar tu vida.

—Pero, papá...

—Ahora estás aquí. Eso es lo que importa.

Tras más silencio, Jess le pregunta:

—¿Tienes miedo?

Y él niega con la cabeza, despacio.

—No.

Eso hace que Jess se sienta increíblemente triste. Tanto que no puede soportarlo.

Como si le leyera la mente, su padre le dice:

—Pero te conozco, Jessie. Estarás bien. —Por lo que ella asiente.

—¿Por qué no me contaste lo de Barbara?

Su padre se echa a reír en voz baja.

—Qué preguntona estás hoy.

—¿Cuándo...? O sea, ¿cuánto tiempo...?

—Desde que te fuiste.

—Vaya. ¿Y por qué nunca... me la presentaste?

—Porque está casada —contesta él, clavando la vista en sus propias manos.

—¿Os habéis casado? —pregunta Jess, sin poder creérselo.

Su padre la mira como si fuese más joven de lo que es. No es que no entienda lo que le quiere decir, sino que la forma en que lo ha concebido toda la vida no encaja con la información que le está brindando.

—Barbara está casada —le explica, despacio—. Con otro hombre. Ya están separados, pero no era así cuando nos conocimos.

—Anda... —No sabe qué decirle, así que lo mira—. Pero, o sea, ¿es por eso que nunca me la presentaste? ¿Porque creías que iba a juzgarte o algo así? Barbara me cae bien —conforme lo dice, Jess se percata de que no está mintiendo—, y la vida es... complicada. Lo entiendo. Jamás te juzgaría.

Su padre le da unas palmaditas en la rodilla.

—Lo sé, cariño. Eres muchísimo más comprensiva que yo. —Le dedica una sonrisa apenada—. No se debe juzgar a alguien por enamorarse, tú lo sabes muy bien. Pero me ha llevado más tiempo entenderlo. Creía... Creía que estaba haciendo algo mal. Y aún me lo parece. No quería decepcionarte. Pero he aprendido que a veces la felicidad importa más que los principios.

Jess nota que se le empañan los ojos y parpadea para evitar que caigan las lágrimas.

—Tendrías que habérmelo dicho, papá. Jamás me decepcionarías.

—Es que te habías ido —le explica—. Al principio me daba vergüenza, sí. Pero después de que se me pasara, ya había transcurrido un año y después otro y me pareció raro comentártelo cuando no lo había hecho antes. No pretendía mentirte. Pero debí ser más directo, así que lo siento.

Jess niega con la cabeza. No desea incomodarlo.

Comprende esa sensación de tener cosas que decir, pero de que su momento ha pasado.

También le gustaría contarle ciertas cosas, aunque esa vocecita en su cabeza no deja de repetirle: *Ya es tarde, ya es tarde, ya es tarde.*

Es como esa vez en la que pasó un puente con las Chicas del Vino en el norte de la ciudad. El cabezal de la ducha era un poco complicado. Jess se había quitado la ropa para meterse en la ducha y se había tirado demasiado tiempo toqueteando el grifo. Tras girarlo, presionarlo, darle tirones y pellizcos varios, el agua seguía sin salir. Para entonces, alguien había empezado a llamar a la puerta y a chillarle por tardar demasiado. Si bien sabía que tendría que haber pedido ayuda antes, tras haber desperdiciado quince minutos desnuda y seca, ya era demasiado tarde como para hacer otra cosa que pasar vergüenza. El momento había pasado. Lo único que pudo hacer fue echarse un poco de agua del lavabo y salir pitando.

¿Por qué no se lo ha contado a su padre? ¿Por qué ha esperado hasta que fuera demasiado tarde? ¿Por qué no le ha dicho nada? ¿A qué le temía?

—Tengo novio —admite.

—¿Ah, sí? —Su padre le sonríe, y Jess asiente—. ¿Y por qué no me lo habías contado?

Jess tuerce un poco el gesto y menea la cabeza.

—No sé. Creo que también… Me preocupaba que no te pareciera una buena persona. A veces ni yo estoy segura de que lo sea.

—Ay, no, Jessie. ¿Por qué lo dices? ¿Te trata bien? ¿Es un hombre decente?

—Es que… no sé.

Su padre frunce el ceño.

—O sea, a mí me trata bien. Pero no las tengo todas conmigo de que sea un hombre decente. —Deja de hablar para pensar un poco—. La cuestión es que ni siquiera sé si yo soy decente.

—¿Cómo vas a decir eso?

Jess se encoge de hombros.

—Ay, Jessie.

—Lamento mucho haberme ido sin más —le dice.

—¿Haberte ido sin más?

—Sí. De Lincoln, de mi hogar. Perdóname por no haber vuelto.

—No te sientas mal por eso, cariño. No se suponía que tuvieras que quedarte aquí para siempre. ¿Qué clase de padre sería si hubiese querido eso? Me alegro mucho de que tengas tu propia vida. Es así como deben ser las cosas.

—Es que te he echado de menos.

—Y yo a ti, pero sabía que no ibas a quedarte aquí. Incluso cuando solo eras así de renacuaja —hace un gesto para delimitar un metro desde el suelo, más o menos—, ya sabía que ibas a marcharte. Esta casa nunca iba a ser tu hogar para siempre. Cumplió su función, pero tendría que haber sido muy tonto para esperar que te quedaras. Joder, si yo hubiese tenido veintidós años, también me habría marchado.

—¿En serio? Pero creía... —A Jess le da vueltas la cabeza—. Entonces... si mamá no hubiese muerto, ¿crees que nos habríamos mudado? —Se imagina las posibilidades, incluso mientras la culpa que tanto conoce se asienta en su interior. A pesar de que su padre lo había dado todo por ella, aún quería más.

—Bueno, no. —Se lo piensa un poco—. No estoy seguro. Los dos queríamos lo mismo.

Jess espera a que le diga qué es.

—Un lugar seguro donde criarte. Una buena escuela y un barrio tranquilo.

—Pero ¿y Chicago? —La madre de Jess se había criado allí.

—Ya sabes que los dos teníamos una relación complicada con la familia. Los padres de tu madre... —La mira—. Tus abuelos, para cuando naciste, ya habían muerto. Y tu madre los cuidó durante mucho tiempo. Su hermano tenía muchos problemas. Ya sabes que mi familia también era muy exigente. Había mucha... —se frota un poco la barbilla, mientras busca la palabra adecuada— carga. Y no queríamos que tuvieses que llevarla en los hombros. Queríamos empezar de cero, que crecieras con libertad.

Y allí estaba ella, que siempre había querido contar con algo que la guiara. Algunas instrucciones heredadas que le dijeran cómo ser y qué era lo importante. Cuando era pequeña y le preguntó por el resto de su familia, lo único que le dijo su padre fue que todo era muy complicado. Menuda ironía. Él quería liberarla de las exigencias de la familia y ahora prácticamente se ha quedado huérfana. Sin duda es el peor tipo de libertad posible.

—¿Y nunca te sentiste solo? —le pregunta—. Al estar sin tu familia. Sin mamá. Aquí, por tu cuenta, en Lincoln.

—A veces, sí. Pero te tenía a ti —le da un apretoncito en la rodilla—, así que no estaba tan solo.

—Lo siento mucho, papá. Perdóname por no haber vuelto antes.

Una vez más, su padre agita la mano en el aire, como si no fuese nada.

—Tú tienes tu propia vida y yo no quería meterme por medio.

Jess piensa en los padres de sus amigas, los cuales sin duda se meten por medio. Lydia, quien habla con su madre tres veces al día, y Miky, cuyos padres viajan desde Corea para visitarla cada seis meses.

—Estoy muy orgulloso de ti. De todo lo que has logrado.

Jess niega con la cabeza.

—Tengo la impresión de que he hecho un montón de cosas de las que no me enorgullezco para nada.

Su padre guarda silencio para que pueda contarle lo que quiera, pero es que no sabe ni por dónde empezar. Las amigas, los trabajos, el novio, las terribles decisiones que siempre tomaba, todo eso se reducía a una cosa: al hecho de querer ser otra persona y rechazar todo lo que su padre le había dado en la vida. ¿Y para qué? ¿Para sentirse más importante? ¿Para que la gente escuchara lo que tenía que decir? ¿Para poder demostrar que lo que fuera que pensara la gente sobre ella era un error? Ni siquiera había conseguido cambiar nada con eso. Y ahora todo le parecía de lo más estúpido. No le cuenta nada de eso a su padre y él, tan delicado con ella como siempre, no la presiona.

—Jessie, eres muy joven —le dice, tomándola de la mano—. Tienes muchísimo tiempo por delante. No hay nada que hayas hecho que no se pueda deshacer. Te he criado bien, ¿a que sí?

Jess asiente, cabizbaja.

—Mírame, Jessie. Eres una jovencita muy inteligente y con talento. Y la vida no siempre es fácil, lo sé, pero también sé que tomarás buenas decisiones.

Solo que ¿eso ha hecho? ¿De verdad? Su padre se equivoca. Cree que todo lo que hace es bueno y bonito. Porque no la conoce de verdad, solo conoce los contornos de su vida. Incluso en ese momento tiene la impresión de que no están hablando de lo mismo.

—Es que… —Se le quiebra la voz, por mucho que intente no ponerse a llorar—. Me gustaría ser una mejor persona. Me gustaría parecerme más a ti.

—Ah, no me vengas con esas paparruchadas —le dice su padre—. Mejor dale un abrazo a tu viejo.

Y eso hace. Su padre le frota la espalda, trazándole círculos como hacía cuando era una niña pequeña.

Es muy reconfortante.

Jess lo abraza con fuerza hasta que puede sentir su columna, cada una de las vértebras que se asoman por debajo de la camiseta, como si fuese un esqueleto, y entonces sí que se echa a llorar.

•

Josh la llama todos los días, varias veces, pero nunca es un buen momento para contestarle, así que Jess no lo hace.

Han pasado casi dos semanas. No le ha contado que su padre está enfermo ni por qué ha tenido que marcharse.

Él sigue llamándola y dejándole mensajes hasta que el buzón de voz se le llena y, aun así, Jess no consigue obligarse a contestarle. Aunque lo echa de menos, también siente que está muy lejos y que, en cierto modo, es completamente irrelevante para lo que está viviendo; para sentarse junto a su padre mientras este ve la tele en la cama durante el día, para triturar las verduras para sus batidos (pues ha pasado a necesitar una dieta totalmente líquida), para quedarse dormida con la ropa puesta en el sofá a cualquier hora del día, hasta que Barbara la despierta sacudiéndola un poquito a las cuatro, cinco o seis de la madrugada porque le ha llegado su turno de guardia.

Se dice que lo llamará al día siguiente. Porque, aunque no quiere hablar, sí que quiere oír su voz. No quiere saber qué está pasando en Nueva York ni contarle qué está ocurriendo en su casa, pero sí quiere decirle que lo quiere.

Así que se promete que lo llamará al día siguiente.

Y no lo hace.

Pero él sí.

Está en la cocina con Barbara cuando se ilumina la pantalla del móvil. Es una foto de Josh poniendo morritos, una que tomó justo después de que ella le enseñase cómo poner esa misma cara.

Barbara está secando cubiertos en el otro extremo de la mesa. Cuando el móvil vibra entre ellas, se inclina sobre la mesa para mirar la pantalla.

—¿Ese es tu chico? —le pregunta, sonriendo.

—Sí, supongo que sí.

—Está muy guapo. —Barbara le guiña un ojo.

—Supongo, sí —contesta ella.

—¿Vas a contestarle o no?

O no.

Solo que Josh no deja de llamarla. Una tras otra, Jess ignora ocho llamadas hasta que le llega un mensaje.

Estoy aquí

No sabe a qué se refiere, así que no contesta.

En Lincoln

Pásame tu dirección

¿Jess?

Jess le envía el primer mensaje después de dos semanas de silencio:

¿cómo que estás aquí?

Estoy en Lincoln, tenemos que hablar

¿me estás vacilando?

El móvil le vibra en la mano; la está llamando.

No le contesta, sino que le escribe:

No puedo hablar

Joder, joder, qué coño hace aquí, es lo único en lo que puede pensar. En la revista en la que trabaja, habían publicado un artículo en el que se explicaba cómo funcionaba el cerebro cuando se tomaban decisiones bajo presión. Hablaba sobre las diferencias entre el sistema cognitivo frío y caliente, sobre que cuanto más caliente fuera la emoción, más difícil resultaba pensar con claridad. Y ponían ejemplos de ambas. Las funciones ejecutivas en frío eran cosas como hacer la colada, leer un libro académico o resolver problemas matemáticos, mientras que las que eran en caliente eran cualquier actividad que involucrara estar excitado, las relaciones sexuales, la política y el dinero.

Jess había pensado que su relación con Josh era una función ejecutiva en caliente eterna. Cuando está con él, no ve con claridad. Incluso si los separan dos mil kilómetros, sigue... confundida. ¿Cómo puede ir a verlo si ni siquiera sabe qué es lo que quiere?

La vuelve a llamar, y sigue sin contestarle.

Tenemos que hablar, Jess

¡Esto es absurdo!

¿Estás bien?

**Lamento mucho todo lo que ha pasado,
espero que lo sepas.**

Todo esto es muy injusto, Jess

¡Que estoy en Lincoln!

Jess empieza a contestarle:

...

...

...

Al final, decide mandarle un:

Necesito espacio

Y no cree que haya pasado ni medio segundo desde que ha enviado el mensaje cuando recibe un:

¿¿QUÉ??

Que necesito un poco de tiempo

¡Llevamos dos semanas sin hablar!

¿No podemos hablar cuando vuelva?

Y él le contesta:

¿Cuándo será eso?

Jess tarda un rato en contestarle:

No estoy segura

Intenta imaginárselo en Lincoln y no lo consigue. Intenta imaginárselo en su salón y la imagen no se le llega a formar en el cerebro. Intenta imaginárselo al lado de su padre, cómo sería algo así.

Vuelve a llamarla y ella rechaza la llamada. El corazón le late desbocado y tiene la boca seca. Josh en Lincoln. En su salón. En el cuarto de su padre.

Lo intenta una vez más, y Jess deja el dedo suspendido sobre el botón para contestar. Cierra los ojos e intenta imaginarlo. Josh en Lincoln, con ella. En su salón. En la habitación de su padre. Pero entonces comprende que siempre es lo mismo, que siempre es ella la que tiene que acomodarse a él. Ha construido todo un sistema complejo de andamios en torno a él y a su relación y ¿qué ha ganado con eso? Una vida que no le parece suya y un padre que no la conoce de verdad.

Deja el móvil sobre la mesa con la pantalla hacia abajo.

Este vibra dos veces en una sucesión rápida, lo que indica un mensaje de texto o de voz.

Lo gira y ve que se trata de lo primero:

Jess, esto es una mierda

20

S e presentan dos hombres con uniformes médicos y unas credenciales colgadas al cuello que los identifican como trabajadores de la empresa de material médico. Han traído una cama de hospital compuesta de un colchón motorizado gigantesco sobre una estructura metálica con ruedas.

—Cariño, aparta —le dice Barbara, conforme los hombres hacen a un lado la cama vieja, esa en la que Jess dormía cuando era pequeña y tenía pesadillas.

—A la de tres —dice uno de ellos, y con una eficiencia que a Jess le rompe el corazón, levantan las sábanas sobre las que su padre está tumbado y lo transfieren de una cama a la otra. Intenta no pensar en el hecho de que esa es la cama en la que su padre va a morir. Una que tiene un mando a distancia y unas barandas de plástico a los lados.

—Nadie debería morir en un hospital —dice Barbara. Y a Jess se le ocurre la idea inmadura de que nadie debería morir, a secas.

Su padre se está consumiendo. Está en los huesos, muy frágil y casi sin poder sostenerse. Los ojos se le han vuelto negros, como piedras, vidriosos e inertes.

Tienen que darle tantos medicamentos para el dolor que ya casi no está lúcido. Si bien al principio la medicación hacía que le entrara un poco de sueño y que no hablara mucho, ha pasado a mostrarse confundido, más dormido que despierto, y Jess no puede creer lo que está pasando. Que todo esté sucediendo tan rápido. No está lista.

Tras otra semana, Jess lleva un mes entero en Lincoln. En algún momento, su padre ha dejado de hablar por completo. Tiene alucinaciones por la morfina y, de vez en cuando, le sonríe a través de una niebla distante, aunque su muerte está más cerca cada día.

Barbara insiste en que no deben dejarlo solo nunca, de modo que se dividen los turnos: cuatro horas una y cuatro horas la otra. Por las noches, Jess se queda con el turno de madrugada, así que Barbara la despierta pasada la medianoche. Se levanta del sofá-cama y se queda despierta en el cuarto de su padre mientras él duerme. Se acomoda en una butaca vieja y marrón que Barbara sacó de quién sabe dónde y un día metió a rastras en la habitación, y ve la tele hasta que no siente nada.

Por mucho que es probable que su padre no lo note, se acostumbra a ver las cosas sin sonido y solo lee los subtítulos.

Ve cómo unos jueces de la tele tildan de idiota a la gente y dan por resueltas pequeñas disputas. Ve unos casos antiguos de grandes ciudades. Ve programas de concursos y dibujos animados y la teletienda que promociona todo tipo de cacharros. Ve noticias sobre política, las discusiones eternas sobre las elecciones venideras. Los dimes y diretes están en su apogeo, por lo que todos los canales parecen hablar al respecto. Los especialistas y los pronosticadores se preguntan a voz en grito con el horizonte de la ciudad proyectado en cromas a sus espaldas si es posible que el pueblo estadounidense vaya a despertar por fin o si continuará dormido al volante.

Un presentador que Jess no soporta dice:

—Si tengo que decidir entre alguien que ha salido en un *reality* y el clintonismo, no hace falta que os diga para dónde me inclino…

—A ver, si no fuera por esos correos, la verdad es que esa candidata no estaría nada mal… —opina otro.

El mundo se está yendo a la mierda, pero al menos la publicidad no pierde, piensa ella.

Ojalá pudiera apagar la tele, pero le resulta imposible por su padre. No soporta estar cerca de él, aunque tampoco lejos. De modo que el zumbido de estática de la tele le permite estar ahí, con él, y, al mismo tiempo, totalmente ausente.

Llega el momento en que empiezan las despedidas. Amigos y compañeros de trabajo decaídos, quienes llevan táperes y contenedores de cristal cubiertos de papel de plata, entran y salen de su casa todos los días para verlo por última vez.

—¿Cómo está? —le preguntan, y Jess quiere chillarles: «¡¿Es que no tenéis ojos?!».

—¿Y cómo estás tú? —Es lo que le preguntan después de eso, por mucho que nunca pueda dar una respuesta sincera.

—Gracias por venir —les dice—. Sí, sabe que estáis aquí. Os agradecemos mucho que hayáis podido pasaros a verlo.

»Papá, tienes visita —le dice a él—. Han venido a saludarte.

Y lo que en realidad quiere decirle es: «Por favor, papá, no te mueras».

★ ★ ★

Lleva semanas sin revisar el correo. Del trabajo le siguieron enviando artículos, le dijeron que no había ningún problema con que trabajara a distancia, pero, tras un tiempo, tuvo que pedirles que no lo hicieran más y desconectó su cuenta laboral del móvil. Les dijo que estaba pasando por una emergencia en la familia y, como respuesta, recibió un correo del editor en el que le decía que lo sentía muchísimo y que se tomara todo el tiempo que fuese necesario.

Saca el portátil de su funda de neopreno, donde lo dejó suspendido. Sigue una rutina completamente diferente que no tiene nada que ver con la vida que llevaba cuando usaba dicho aparato.

Decide que va a enviar algunos correos o pedirle al editor que le dé algo pequeño que hacer, pues echa de menos la revista, la oficina, tomar un café con Dax. O quizá sea mejor que les dé *like* a algunos posts en redes sociales. O que contacte con Josh.

Abre el portátil y le da a un par de teclas, pero este no vuelve a la vida. Busca el cargador y, tras vaciar la maleta por completo, comprende que se lo ha dejado en Nueva York. Podría ir a la tienda y comprar uno de esos cables USB baratos que hay en paquetes de plástico cerca de la caja. O podría preguntarle a Barbara si tiene uno que pueda prestarle.

Sin embargo, se limita a soltar un suspiro y a volver a cerrar el portátil. Decide que ya se preocupará por eso en otro momento.

Una trabajadora de un hospicio se presenta en su casa. Va vestida con ropa de enfermera, casi de forma graciosa, como si se hubiese disfrazado para ir a una fiesta: ropa y gorro blanco, mallas y unos zapatos espantosos.

—Vengo por un hombre de sesenta y tres años. ¿Jones? —anuncia, tras consultar su sujetapapeles.

—Es mi padre —dice Jess, antes de llevarla hasta su habitación.

Al salir, la mujer no sonríe.

Y cuando Jess le pide que le diga algo, la mujer le dice que lo lamenta muchísimo y se marcha tras darle un folleto sobre cómo lidiar con la muerte inminente de un ser querido.

★ ★ ★

A la noche siguiente, su padre muere.

Jess hace llamadas desde el teléfono fijo de su padre y comparte la noticia con una larga lista de personas que él había escrito con cuidado en su agenda de contactos. No siente nada.

Cae en la cuenta de que llama a Lydia, quien no reconoce el número, pero contesta de todos modos (ella siempre tan buena) con un «¿Diga?».

—¡Jess! —exclama, al reconocerle la voz—. ¡Te echamos de menos! ¿Cómo estás? ¿Cómo está tu padre?

—Ya no está. —Es lo único que Jess puede contestar antes de ponerse a llorar por teléfono.

Barbara organiza el funeral de acuerdo a las instrucciones que dejó el padre de Jess y, a pesar de que pide que contribuyan con donaciones en lugar de con flores, todo el mundo se las envía de todos modos.

La casa se llena de zinnias, peonías, crisantemos y táperes de comida. El aroma dulce y almizclado de las flores y la muerte.

Un arreglo floral en especial, uno de orquídeas y de un metro de alto, todas blancas y en su mayor esplendor, le parece que debe haber costado como mínimo mil pavos. Es tan extravagante que no encaja con el resto.

Acude a las orquídeas durante los varios días que marcan la muerte de su padre. El día en que se llevan su cadáver de la casa, así como si nada, en una bolsa negra. El día en que unos amigos con buenas intenciones y unos familiares lejanos (un tío y el primo de un primo de otro primo) llenan su hogar y la atosigan con sus abrazos llenos de lástima. El día en que lo entierran y su cuerpo pasa a ser uno con la tierra. El día en que todo termina, cuando ya no queda nada más por hacer o decir que no sea llorar su pérdida, sola y sin nadie que la acompañe, como la huérfana que es, mientras intenta descifrar cómo vivir su vida de otra forma.

A través de todo eso, las orquídeas le suponen una especie de consuelo. Le tocan un lugar específico en el corazón, en su mente hecha pedazos. Le recuerdan a Nueva York.

En algún momento, se da cuenta de que tienen una tarjeta.

La arranca, la abre y lee el mensaje:

«Jess, lo siento muchísimo. Aquí me tienes. Con amor, Josh».

Revisa su buzón de voz.

Pasa un montón de mensajes con el nombre de Josh. También hay otros más (de Lydia, de uno de los médicos de su padre, de una máquina que pide donaciones), pero no les hace caso.

Avanza hasta que llega a la mitad de la lista, escoge uno al azar de como una semana después de haberse ido de Nueva York.

—*Jess y ya* —empieza, y su voz tiene esa forma de atravesar una distancia increíble como si viniese de otro mundo, apenas un susurro—. *Te extraño.* —Y después de unos quince segundos en los que no oye nada más que el silencio—: *Creo que eso es todo.*

Escucha otro, de antes.

—*Jess* —dice, y puede oírlo removiendo cosas en el fondo. Cubre el teléfono y le dice algo a alguna otra persona—. *Estoy en el curro. Llámame más tarde. O ya te llamaré yo. Sea como fuere* —más sonidos de movimiento—, *dale recuerdos a tu padre.*

Y luego otro de mucho, muchísimo después, casi al final.

—*¿Dónde estás, Jess? ¿Estás bien? Háblame.* —Entonces Jess oye un suspiro cargadísimo de algo que atraviesa el tiempo y el espacio, algo que la hace saber que las cosas no irán bien, que el daño que le ha hecho no es algo que vaya a irse sin más—. *Me preocupas. No sé nada de ti. Es que...* —Suspira y la llamada termina.

•

Jess curiosea lo que fue de su vida en Nueva York mediante las redes sociales. Ve fotos de Miky y Lydia en restaurantes y fiestas, en Los Hamptons y, un fin de semana, en un torneo famoso de golf en Long Island, con unos sombreritos ridículos y sonriendo a la cámara con unas miradas enloquecidas y acompañadas de unos hombres de pelo entrecano que llevan polos y se asoman por detrás de ellas. Josh no usa mucho sus redes sociales, lo cual es tanto una tortura como un respiro para ella.

Les da *like* y comenta las fotos, y sus amigas siempre le escriben:

¡Te echamos de menos, Jess! Besitooos
y Ojalá estuvieras aquí :(:(:(

Las fotos la seducen, y Jess se siente como si se estuviese quedando atrás. Aunque echa de menos la ciudad, no cree que pueda volver.

Sigue sumergiéndose más y más en las redes, le resulta imposible parar.

David sube un porrón de fotos de fiestas y, un día, ve a Josh. Está sonriendo, con una copa en la mano, y, cuando lo ve, se pone a llorar.

Es un carrusel de fotos de la fiesta, así que va pasando una por una. Se queda sin aliento al ver una de Tenley, quien también había ido. Sale de lo más fotogénica como siempre, preciosa con una blusa gris y azul, con su cabello rubio brillante y sus pecas que son puntitos diminutos y perfectos. Jess hace *zoom* a la foto para ver qué es lo que está mirando. Le sonríe o quizá se ríe con alguien que ha quedado fuera de la foto. Y sabe de inmediato que se trata de Josh, lo siente en lo más hondo de su ser, y, al comprenderlo, un dolor profundo se apodera de ella. Nota que se le acelera el pulso y que el dolor se le concentra en el pecho, una tristeza tan horrible que tiene que tumbarse. Eso le pasa mucho y la ataca en olas, como si estuviese nadando en el mar en pleno tsunami. Todo en calma hasta que una ola gigante se estrella contra ella por un lado: su padre, que se ha marchado para siempre. Piensa en su muerte y se pone a llorar, a chillar o dar patadas. Y entonces, en cuanto consigue recuperar un poco el aire, cuando llega a la superficie para poder respirar, otra ola llega detrás de la primera: Josh. No piensa que esté exagerando al creer que lo ha perdido todo. ¿Acaso alguien se ha sentido alguna vez tan solo como ella?

Mientras tanto, Josh está en Nueva York y sigue con su vida. Se va a trabajar y de fiesta, como si no hubiese pasado nada. Y es a Jess a quien le duele todo casi a un nivel físico, sin que parezca que ese dolor vaya a llegar a su fin en algún momento. Ojalá no lo hubiese conocido, por mucho que lo eche tanto de menos que podría morirse ahí mismo. En ocasiones le gustaría poder hablar con él de nuevo, darle otra oportunidad a lo suyo.

Escribe un mensaje tras otro, aunque no envía ninguno.

Hola…

Hola, Josh

Josh, ¿qué tal?

Lo siento

Te perdono, ¿vale?

Te quiero

Te echo de menos

Te odio

¿podemos hablar?

Se quita la camiseta y escribe un mensaje que solo consta de una foto de su torso desnudo.

Pese a que intenta no hacerlo, sigue pensando en él así. Cuando está sola en su cama, a oscuras, se mete una mano bajo las bragas y susurra su nombre. Es absurdo y se le cae la cara de vergüenza, pero no puede evitarlo.

Aunque comienza a seguir las publicaciones de David de forma obsesiva, no ve más fotos de Josh. En cambio, lo que publica son artículos ligeramente ofensivos conforme las elecciones presidenciales se acercan cada vez más.

«A los demócratas les saldrá el tiro por la culata con lo de "cobrarles impuestos a los ricos"»

«Dejad de quejaros sobre los impuestos demasiado bajos: EE.UU. está entre los países que más donan, los más ricos del país abarcan un tercio de todas las donaciones»

«Los demócratas son una panda de payasos socialistas»

«No hay forma de que la sanidad sea gratuita y os cuento por qué»

«Si les dan a escoger entre Trump y una carga impositiva del 90%, adivinad qué van a escoger los ciudadanos»

Y, por fin:

«Cómo sería vivir en el mundo de fantasía fiscal de Hillary», el cual le había ganado ciento setenta y dos *likes*, uno de ellos de Josh.

Al final, Jess termina rindiéndose. Cierra los ojos y apaga las luces. La ha vencido un yunque de desolación que le oprime el pecho. Deja de prestar atención al murmullo de internet y hasta silencia las cuentas de sus amigas. Cree que es lo más sencillo para hacer como si no pasara nada.

Se pasa horas, días y años mirando el móvil. Abre y cierra apps y pierde el tiempo en redes sociales. Juega a jueguecitos estúpidos. Se está dirigiendo a los habitantes de su partida en Candy Kingdom cuando el móvil le vibra con una notificación de su app de fotos. No OLVIDES ESTE DÍA, dice el mensaje. Abre la notificación y una foto de ella y Josh aparece en pantalla. En la fiesta de Halloween de las Chicas del Vino, con sus disfraces a juego, apretujados una contra el otro, enrollándose. Lydia la había compartido con el pie de foto «¡MADRE MÍA, ESTE PARI» y Jess le había dado *like* y había escrito «AMOOOOO». Miky había escrito «¡DOS ÑOÑOS FOLLANDO!» y, debajo de eso, una de las Chicas del Vino había puesto un emoji amarillo vomitando hasta la primera papilla.

Jess se queda mirando la foto hasta que se le bloquea la pantalla. Y, después de eso, tres minutos más hasta que esta vuelve a ponerse más y más tenue. Ya ha marcado su clave unas quinientas o seiscientas veces cuando por fin se incorpora. Busca entre sus llamadas recientes hasta llegar casi al final y, temblando, pulsa el nombre de Josh para llamarlo. No le contesta. Sin embargo, no le salta directo el buzón de voz ni tampoco se queda sonando y sonando. Ha visto su nombre y ha decidido no contestar. Lo que le sienta como una patada en el estómago.

Rebusca en el perfil de David, sin mucha esperanza, pero lo que encuentra es muchísimo peor de lo que se esperaba. Un carrusel de fotos de un viaje. En un restaurante llamado Rusty Anchor, con el sol por todo lo alto como si estuviesen a mediados de julio. De fondo, botellas de champán y una cazuela de fondue. Un puente de vacaciones en Nantucket. Y todo bien, no pasa nada. Hasta que llega a una foto que hace que se le pare el corazón. Un cuarteto sonriendo en un velero: David y su novia, Abby. Y Josh. Con Tenley. Su peor miedo, por fin confirmado.

Entonces cae en la cuenta de que todo ese tiempo ha estado cuestionándose si ha conseguido olvidar a Josh y que no se le había ocurrido que podía ser él quien la hubiese olvidado a ella.

21

La casa en Lincoln está vacía.

Jess se despierta temprano y la única razón por la que se levanta de la cama es para cerrar las persianas. No se levanta al día siguiente, ni al siguiente, ni al siguiente a ese, hasta que los días y las noches empiezan a entremezclarse sin principio ni fin. No se cambia de ropa, no se ducha, no lee, no duerme y ni siquiera come en realidad: de lo único que se alimenta es de un paquete de galletitas saladas que tiene junto a la almohada, como si fuese un amante. Se queda con la vista clavada en el techo, mientras que las sábanas van adquiriendo olor y el mundo sigue con su vida.

En algún momento, encuentra las pastillas de su padre. Esos calmantes superfuertes de los que Barbara tendría que haberse deshecho tras su muerte, pero que parece que olvidó. Jess se toma uno y luego otro y luego otro más hasta que siente la boca hecha de algodón y como que no le quedan muchas ideas en el cerebro. Más tarde, cuando se empieza a sentir mal, se bebe un litro de agua y come un montón de galletitas saladas, con lo que consigue vomitar. Lo que quiere no es morir, sino desaparecer.

Y funciona. Desaparece en una niebla, en una fuga disociativa en la que no sueña. Así que se toma las pastillas, bebe agua y se pone una alarma cada dos horas para asegurarse de que el corazón le siga latiendo. Así se le pasan los días y quizás hasta una semana. Sola, hundida en su miseria, ignorándolo todo y a todos, al mundo entero y al móvil que no deja de sonar.

Está mala y quizás hasta delirando un poquitín (porque la combinación de una soledad absoluta y las pastillas es bien chunga) cuando oye que se abre la puerta principal.

—¿Papá? —llama, incorporándose un poco y preguntándose si tal vez todo lo que ha pasado es una pesadilla.

Oye ruido en la cocina, pero nadie le contesta.

Sin levantarse, vuelve a gritar:

—¿Quién anda ahí?

Barbara se asoma en el salón, con una mirada confundida.

—¿Jess? —pregunta, sorprendida, y al ver que va hecha una pena y está aplatanada en el sofá, añade—: ¡Mira cómo llevas el pelo! ¿Cuánto tiempo llevas ahí tumbada, dejándote morir? ¿Hace cuánto que no te peinas? Se te va a hacer una maraña. ¿Se puede saber qué haces aquí?

—Aquí vivo —responde Jess, de mala leche y desde debajo de su manta.

—¿Y por qué no has vuelto a Nueva York? ¿Qué ha pasado?

Con eso, Barbara consigue poner el dedo en la llaga. Jess está cabreada y no tiene ganas de aguantarle pulgas a nadie, pero también está medio ida por las pastillas, así que termina balbuceando:

—No, ¿qué haces tú aquí, Barbara? Esta es mi casa ahora. Mi padre me la dejó a mí. Está en el testamento. Así que no sé qué haces aquí.

—Pues alguien tiene que encargarse de todo esto, jovencita. Y a ti no te veo por la labor. —Hace un ademán hacia todo el desastre que hay cerca del sofá, hasta que se percata de las pastillas. Están tiradas por el suelo después de que a Jess se le cayeran por andar peleándose con la tapa a prueba de niños, así que ha ido recogiéndolas de allí cada vez que necesita alguna. Barbara la mira con reproche, antes de agacharse y recoger una botella vacía—. ¿Y qué haces tú aquí, eh? —exige, señalándola con la botella—. ¿Son las pastillas de tu padre? Te has quedado para meterte cosas y hacer Dios sabe qué. ¿Crees que tu padre te dejó la casa para que pudieras convertirla en un muladar? ¿Para que te hicieras esto a ti misma? Menuda desagradecida estás…

—Que te den, Barbara —la interrumpe—. Largo de mi casa.

Solo que Barbara no le hace ni caso. Avanza a paso decidido hasta el sofá, arranca la almohada que Jess tiene bajo la cabeza, le quita las mantas e intenta levantarla de un tirón.

—¡Eh! ¿Qué te pasa? —se queja Jess.

—Tienes que dejarte de tonterías, jovencita. Vas a hacer que tu padre se revuelva en su tumba.

—Barbara, que te largues de mi puta casa ya.

—¡Esa boca!

Le da un último tirón a la manta, la cual está húmeda por el sudor y cubierta de miguitas de galletas, y con eso consigue que tanto Jess como la manta terminen en el suelo.

—¿Qué coño te pasa? —chilla Jess.

Se debate bajo la manta en el suelo, como una niña en plena pataleta.

—Levanta —dice Barbara.

—Oblígame —contesta Jess.

Barbara se gira para marcharse, y Jess se desanima un poco. Estaba lista para sacar las garras.

Solo que se detiene en el pasillo. Sigue con el abrigo puesto y la mira con las cejas arqueadas por el enfado.

—Levántate y dúchate. No tengo tiempo para tus majaderías —le dice, apuntándola con un dedo—. Vuelvo en una hora. —Y entonces se marcha, dando un portazo a la puerta mosquitera.

Barbara vuelve en menos de una hora, con bolsas de plástico bajo los brazos. Jess sigue en el suelo, por pura cabezonería o porque no ha conseguido aunar fuerzas, no sabría decir. Sin embargo, a Barbara se le ha pasado el enfado, por lo que le habla con cariño.

—Venga, hija, arriba —le dice, sujetándola del brazo con delicadeza para ayudarla a que se levante del suelo.

Le da un suave empujoncito en dirección al cuarto de baño y luego se mete detrás de ella. Saca una toalla limpia del armario y abre el grifo.

—Adentro, venga. Necesitas una ducha a gritos.

Jess se queda plantada bajo el agua caliente durante lo que le parecen horas y solo se anima a salir cuando el agua empieza a enfriarse. Se envuelve en una bata y sale descalza hacia la cocina, donde Barbara ha encontrado con qué mantenerse ocupada.

La mujer se vuelve con una sonrisa hacia ella al verla entrar.

—¿A que te sientes mejor? —pregunta, y Jess tiene que admitir que es así—. Te he preparado un bocadillo —le dice, deslizándole la mitad de un *bagel* por la mesa.

—No me apetece —dice Jess, negando con la cabeza.

—Da igual, hija, tienes que comer —repone Barbara.

Jess se sienta a la mesa y da un mordisquito diminuto. Luego otro y otro y otro más hasta que el bocadillo de pavo desaparece.

Entonces repara en que sí que tenía hambre. Muchísima, de hecho.

Barbara se lleva el plato y lo deja en el fregadero, aparentemente satisfecha. Entonces da una palmada.

—¿Y ahora qué vamos a hacer con ese pelo?

El cabello de Jess es una mata de rizos secos y enredados, con una marca pronunciada en un lado: es el lugar en el que ha tenido la cabeza apoyada sobre la almohada durante días. Pese a que se ha puesto un champú humectante y desenredante en la ducha y ha intentado deshacer los nudos despacio por mucho que le doliera, sigue pareciendo una maraña, como si no hubiese visto un cepillo en días, lo cual es cierto.

Barbara saca cuatro paquetes rectangulares de extensiones sintéticas de una bolsa que dice Almacén de productos de belleza en un lado.

—Ven —la llama, antes de llevar al salón una silla de la cocina, con las extensiones bajo el brazo—. Siéntate. Voy a trenzarte ese pelo. ¿O prefieres unas *twists*?

Nadie le ha hecho trenzas a Jess en la vida. Ni tampoco *twists*, vaya. Su padre hacía todo lo que podía, pero eso solía implicar atarle el cabello en unas coletas torcidas con unos lazos. Y ya ni está en este mundo para hacer siquiera eso.

Jess se sienta y Barbara hace que se ponga recta.

Separa los mechones de pelo sintético y los extiende sobre el brazo del sofá, como unas colas de caballo largas y desiguales. Escoge uno y lo sostiene contra la cabeza de Jess.

—Color 1B —dice, orgullosa—. Lo sabía.

Y se pone manos a la obra.

Jess nota un pinchazo y un tirón en el cuero cabelludo según Barbara empieza a trenzar unas secciones pequeñitas de su cabello junto a las tiras de pelo que ha dejado sobre el sofá. La tensión se va aligerando cada vez más hasta que solo queda una presión que casi no siente, y entonces Barbara deja ir su pelo. Una trenza cae sobre el hombro de Jess, y ella la sujeta para hacerla rodar entre los dedos. Es muy apretada, sin mechones sueltos y larguísima.

Le llega hasta la cintura.

—Nadie me había trenzado nunca el pelo —confiesa.

Barbara se detiene un momento y se inclina por encima de su hombro, sorprendida.

—¿En serio? ¿Ninguna de tus amigas te ha hecho trenzas nunca?

Jess casi se echa a reír al imaginarse a Miky o a Lydia con los dedos embadurnados de aceite para el pelo y un paquete de pelo sintético extendido sobre el regazo.

Una vez, en un bar, Jess vio a una chica con unas trenzas africanas rosa chillón. Se volvió hacia sus amigas y les preguntó, medio en serio, si creían que algo así le quedaría bien a ella. Entonces Callie hizo una mueca y le dijo que eso era apropiación cultural, hasta que Jess le dedicó tremenda mirada.

—Que era coña. Lo he dicho sin pensar —le había contestado, entre risas.

Aunque Jess había considerado trenzarse el pelo, había demasiadas razones en contra. En primer lugar, el trabajo. Ya no estaban en los ochenta, sabía que podía llevar el pelo como le viniese en gana, pero… Una vez se puso unos aros dorados para ir a la oficina, en lugar de los pendientes pequeñitos que solía usar, y por alguna razón todo el mundo se fijó en aquel detalle.

—Jones, hoy has venido de novia de rapero, ¿no? —le dijo Charles, por lo que no había vuelto a ponérselos nunca más, así como tampoco nada que fuese grande, con brillitos ni llamativo en cualquier sentido. Aun con todo, alguien le había preguntado si el brazalete que solía llevar con piedras preciosas de color rojo, azul y verde (que se había comprado en Tiffany's) era «africano».

Sin embargo, la verdadera razón por la que Jess nunca se ha trenzado el pelo es porque, cada vez que piensa si debería hacerlo, se siente como una impostora. Como si, de algún modo, necesitara que le diesen permiso. Una invitación. Alguna especie de ceremonia de iniciación formal.

Barbara se planta detrás de ella, con horquillas en la boca.

Sigue trenzando, pellizcando y tirando, hace presión y luego suelta, hasta que un manojo de trenzas, largas y rectas, le cae a Jess por la espalda. Jess echa una mano hacia atrás de vez en cuando para tocarse la parte del pelo que aún está por trenzar hasta que Barbara le dice:

—Hija, que no llevo ni la mitad. Voy a tardar un rato aún. ¿Y si enciendes la tele?

Así que Jess hace lo que le pide. Va cambiando de canal hasta dar con Beyoncé, quien está cantando enfundada en un vestido a rayas sobre un coche patrulla sumergido en el agua. Deja de cambiar de canal, pues le ha llamado la atención.

—Beyoncé es de las mías —dice Barbara, con aprobación.

La observan cambiar de atuendo, de escenario, de peinado (en algún momento lleva las *twists* que le está haciendo Barbara a Jess en ese preciso instante). La ven cantar, bailar y hacerse notar. No es un vídeo musical, sino un álbum visual, y mientras Barbara contonea las caderas y tararea por lo bajo, Jess se queda mirando la pantalla, cautivada. Nunca había visto nada igual. Por mucho que haya discutido sobre ella, nunca le había prestado verdadera atención a la reina y todos sus súbditos. Y a lo mejor tendría que haberlo hecho.

Verla le parece casi algo espiritual. Beyoncé canta sobre la traición de Jay-Z y a Jess se le empañan los ojos.

Barbara se da cuenta y se inclina hacia abajo, hasta mirarla a la cara.

—¿Te estoy haciendo daño con los tirones, hija? —le pregunta.

Jess niega con la cabeza.

—Es por mi novio —se explica, en un hilo de voz.

—¿Te ha puesto los cuernos? —pregunta Barbara, con el ceño fruncido.

—Se podría decir que sí.

Pese a que no es cierto, en cierto modo se siente como si lo fuera. ¿Cómo podría describir lo que Josh le ha hecho, el peso que sus acciones tienen sobre ella, al contar la verdad? No conseguiría explicarse bien. Parecería una tontería. La dejaría mal parada a ella.

Barbara menea la cabeza.

—Los hombres a veces son unos cerdos. —Entonces se inclina más cerca de ella, hasta que puede oler su perfume, y añade, en voz baja—: ¿La chica es blanca?

Y Jess casi se echa a reír ante la intuición de Barbara.

Nota que el peso en sus hombros desaparece, como si se hubiese deshecho de un buen cacho de tensión al sentir el alivio de que alguien se preocupe por ella, no exactamente de que la entiendan, pero sí de que no haga falta hacerlo. Por primera vez en varias semanas, se siente más ligera, como si (en algún momento, en el futuro, porque ahora no, desde luego) las cosas fuesen a mejorar.

Así que asiente.

—Sí —le dice—. Es blanca.

Tras un rato, Barbara le da un golpecito con una toalla sobre el hombro.

—Lista —anuncia.

Y se plantan frente al espejo.

—Vaya —suelta Jess, tocándose la cabeza.

—Te quedan muy bien. —Barbara parece satisfecha.

Jess se siente guapa. Se recoge las trenzas en lo alto de la cabeza para luego dejarlas caer. Enrosca una trenza en un dedo y después otra más. Alza la cara hacia el techo y nota el roce del cabello contra la espalda. Decide que no va a pensar en el hecho de que podría haber estado así desde el principio.

Más tarde, cuando se acuesta, no puede conciliar el sueño. Las ideas le van a mil por hora, por lo que cierra los ojos y respira hondo. Pese a que intenta no pensar en Josh, no lo consigue. Recuerda cómo hacía que sintiera que la veía de verdad, aunque también, muchas otras veces, la hacía sentir como si fuese invisible. Recuerda cómo hacía que sintiera que la quería y se preocupaba por ella, en Goldman Sachs y con Gil, pero que también eso podía hacerla sentir insegura e indefensa. Hace a un lado todas esas contradicciones según intenta quedarse dormida, pues no sabe cómo encajar todo eso. Lo quiere. No lo quiere. La quiere. No la quiere.

No puede dejar de pensar en él. En cómo encajan uno con el otro, pero también en que no podrían ser más distintos. En Tenley.

No la está engañando por seguir en contacto con su ex.

Por mucho que sea el prototipo de mujer ideal.

No la está engañando si le miente sobre la extensión de dicha relación o sobre el hecho de que se beneficia de forma profesional, financiera o psicológica de la generosidad de su familia.

No la está engañando por querer una vida en la que la persona que quiere no encaja del todo.

Y no la está engañando por anhelar que esa persona sea distinta.

Técnicamente no es engaño.

¿Verdad?

Lo quiere. No lo quiere. La quiere. No la quiere.

Deja los ojos cerrados.

Respira hondo.

Nota que las ideas se le vuelven más y más confusas. *Josh, Josh, Josh*, piensa, aunque todo está en silencio y eso la aplasta con sus tonos grises en lugar de con una gama multicolor.

En ese momento en que no sabe si está dormida o despierta, se pone a pensar en Beyoncé. La letra que ha escuchado antes se mezcla con sus recuerdos.

Josh, lo siento mucho.

Lo siento, pero no lo siento.

Lo siento, pero no lo siento.

Intenta olvidarlo.

No pienso en ti.

No pienso en ti.

Sus pensamientos se enredan cada vez más. Está soñando, está despierta. Josh ocupa espacio en su cerebro. Jess es Beyoncé con su abrigo de piel. Lo siente, él lo siente, pero ella no piensa en él.

Está cabreada, triste, llena de amor, dolor, amargura y arrepentimientos.

Quiere decírselo de nuevo: que le den.

Con la peineta en alto.

Chico, hasta la vista.

Piensa en Tenley y en su piel blanca y en su pelo rubio mientras se revuelve en la cama y sueña con que él esté ahí con ella o que ella esté allí con él.

Solo que, por alguna razón, no le parece mal que no sea así.

★ ★ ★

Al día siguiente, Jess hace dos llamadas. La primera, a su editor, para pedirle más tiempo. La segunda, a Lydia, para decirle que no piensa volver a Nueva York. Como su amiga no le contesta, le envía un mensaje.

Seguro no es ninguna sorpresa, pero no voy a volver a Nueva York, ya lo he decidido y no hay vuelta atrás :(

Lo que más echaré de menos: el Momofuku Milk Bar, que nos hagan las uñas en Kabuko, ¡y a tiiiiiiii!

Lydia le contesta quince minutos después.

Aaaaaah, que estoy en el curro y no puedo hablar, pero
¡cómo te odio!

Es que necesito xambiar de aires...

*cambiar

Ya, ya, pero como la egoísta que soy,
te voy a echar de menos

Más tarde, le suena el móvil. Es Lydia, así que contesta.

—¡Sorpresa! ¡Soy yo! —le dice, cuando aparece su carota en la pantalla de Jess.

—¡Una videollamada! —suelta Jess—. ¡Serás pícara!

—Cambia de cámara, que solo veo la puerta —le chilla Lydia.

Jess obedece y, por un segundo, Lydia se queda mirándola sin decir nada.

—¡Chica, tu pelo! —exclama de pronto.

—¿Te gusta?

—¡Estás increíble! Pareces otra.

—Lo sé, lo sé —contesta Jess, entre risas.

22

Barbara es la única persona con quien habla. Va a verla varias veces a la semana, con la cena o con la compra hecha y, en una ocasión, con una nueva mopa a vapor. Han descubierto que a ambas les encantan los bocadillos de mermelada y una serie que sale casi última en la lista de la programación de la tele: *La peor estafa*.

—¿Mi padre te pidió que cuidaras de mí o algo así? —le pregunta Jess un día, mientras comparten un cafecito y unas magdalenas una mañana.

—Claro que no —contesta Barbara, convencidísima. Entonces se pone de pie para llevar los platos al fregadero, limpia las miguitas que han quedado en la encimera y pasa lo que queda de su taza a un termo.

Jess le da sorbitos a su café y nota un calorcito en su interior.

Antes de irse, Barbara le da un apretoncito en el hombro.

—No vayas a dejar esos platos ahí pudriéndose todo el día, eh —le advierte, para luego marcharse.

•

Más tarde, todo cambia. Jess está en la calle, esperando en una esquina a que el semáforo le dé paso, cuando el móvil le vibra con una notificación. Se lo saca del bolsillo para ver lo que dice. Es una ventanita emergente de la app del banco que le dice «ENHORABUE-NA». Al principio no comprende qué está pasando, pero entonces ata cabos y todo empieza a darle vueltas, como si se hubiera mareado de sopetón.

Recuerda el despacho de un abogado, el escritorio enorme cubierto de pilas de documentos. Diplomas en cuadros que adornaban las paredes, una silla de cuero con botones y un relleno que se escapaba un poco. Papeleo. Fondos de jubilación. Seguro. Una hipoteca pagada por completo. Pésames. Su padre se lo había heredado todo, claro. Pero es que Jess no había estado prestando atención. ¿Por qué tendría que hacerlo? Él era de los que recortaba cupones. Un empleado en una universidad. Solo que también era alguien responsable y muy listo. Era su padre. Y, según parecía, un inversor muy capaz. O lo habría sido si no hubiese muerto. Si hubiese tenido una vida larga y se hubiese jubilado. Y ahora todo eso le pertenece. A ella, su única heredera. La app del banco le dice: «¡QUÉ BIEN! ¡HOY HAS GANADO MUCHÍSIMO DINERO!». Entonces Jess cuenta las cifras y sí, hay seis al lado de su nombre. No es todo lo que necesitaba, pero es suficiente: basta para pagar sus deudas y seguir trabajando en lo que quiere y alquilar un piso y quizás hasta donar un poco a la caridad. Jess lleva toda la vida esperando que llegue ese día, pero…

Alza la vista del móvil para contemplar la calle. Es un día más. Con un tiempo normalito tirando a nublado. Un peatón cruza en ámbar y un coche toca el claxon. Alguien sale de la farmacia y la campanita de la entrada repiquetea. Una mujer que va empujando un carrito de bebé le pide permiso al pasar, pero, más allá de eso, cada quien va a su aire. ¿Qué creía que iba a suceder? Pues algo. Un rayo cruzando el firmamento, quizá. O confeti. Cualquier cosa.

Solo que nada ha cambiado. No hay ninguna fanfarria. Lo único es la app y su notificación chillona, que insiste en darle la enhorabuena.

Jess le envía un mensaje a Dax. En teoría solo para ver cómo va el curro y preguntarle de qué podría encargarse desde casa, pero entonces él le contesta de inmediato —**Qué alegría saber de ti, por aquí estoy si me necesitas**—, y Jess se da cuenta de que sí que lo hace, de modo que empiezan a hablar. Un chat muy largo que se estira durante días y después, semanas.

En Nueva York van una hora por delante, así que Jess se despierta con sus mensajes esperándola, los cuales son sobre el tiempo que hace (siempre «una mierda» o «una maravilla»), el tipo de café que Paul y él han pedido ese día («a uno le gusta su cafecito, qué se le va a hacer») o un enlace a un titular espantoso que está seguro que conseguirá hacerla rabiar, lo cual siempre pasa, aunque también, en cierta forma, no puede evitar ansiar, como cuando se rasca una costra sin cesar o come cosas demasiado picantes para ella.

Jess valora mucho el hecho de que se indignen por lo mismo, por las mismas razones, lo que cada vez más le da la impresión de ser una buena base para una amistad. Les molestan, aunque suelen pasar por alto, las mismas cosas: una mujer blanca que se comporta como negra (aceptable por la pasión que le pone al papel); una autobiografía apologista de una familia de valores conservadores que se hacen pasar por liberales (de lo peor, por mucho que fuesen los únicos a quienes se lo parece). Los memes de Eddie Murphy (una gozada).

Últimamente han estado hablando de la cobertura sin fin que parece estar teniendo la clase obrera blanca en las noticias. Fotos en primera plana en todos los periódicos importantes que muestran a los trabajadores de las fábricas de las zonas desindustrializadas del país, caídos en desgracia, la mayoría silenciosa que era la cara del país o un puñado de gilipollas racistas, depende de a quién se le preguntara (Las Chicas del Vino en sus redes sociales: «Un día de estos tenemos que abrir el melón de por qué la mitad del país está dispuesta a votar en contra de sus propios intereses. ¡Medicare para todos pero ya!». David en sus redes sociales: «Contadme cuándo la política intervencionista ha movido un dedo por alguno de vosotros, venga, os reto»).

Según Dax, en el mejor de los casos no es más que periodismo cutre. En el peor, es seguirle la corriente a una élite costera y complaciente que prefiere culpar al clasismo en lugar de reconocer que el país tiene un problema de racismo. Porque así es más fácil. Y Jess está de acuerdo. Le envió un mensaje a Dax que decía: **Todos estos «artículos» no son más que un porrón de palabras para decir «soy racista» de la forma más rebuscada posible.**

Después de eso, Jess se despierta con un mensaje que dice: **No soy más que un ciudadano trabajador.**

Y entonces ella leerá los últimos titulares y contestará con un: **¿Por qué no pueden seguir las normas y ya?**

A veces, si el titular es particularmente molesto, Dax no le envía ningún comentario sino solo un emoji con los ojos en blanco y una sola palabra: **blanquitos.**

Jess se pregunta si no se estarán… pasando.

Pero entonces Dax le dice **para nada, recuerda que tenemos que leer sobre todas las posturas del espectro político.**

Eso fue algo que le recalcaron una y otra vez en el curro. Si pretendían entender el mundo, debían involucrarse en él, porque permanecer aislados en sus propias creencias era lo que resultaba más peligroso.

¿No te parece gracioso que digamos que es un espectro, lo que implica una línea con un principio y un final, cuando en realidad es más como un círculo?, le escribe ella.

A ver, explícate

Jess se incorpora en la cama, escribe un párrafo y luego otro para explicar su teoría sobre la política estadounidense, la cual básicamente señala que todo es de lo más predecible.

En resumen, que la única diferencia entre un fanático de derecha y uno de izquierda es el tiempo que hacía en el lugar que los vio nacer.

Me meo

Pero sí

Echo mucho de menos tus aportes

La revista no es lo mismo sin ti

Seguro que no es para tanto

> Tenemos a un sustituto mientras no estás,
> pero no da la talla. Es demasiado lento

> Todos quieren que vuelvas

¿En serio?

> Pues claro

> Todos te adoran

> Lo haces superbién

> Te echamos de menos

Al otro lado de la línea, Jess se sonroja.

> ¿Sabes cuál es la razón por la que todos
> creen que eres especial?

Jess no puede contenerse y termina cayendo en la trampa. Le envía un ¿?

A todos nos flipaba que nunca necesitaras usar el ratón.

Jess lleva esperando una excusa para preguntarle a Michael, su jefe, si puede enviarle un par de propuestas. Él le pregunta si de verdad cree que está lista y ella le asegura que sí. Y entonces Jess empieza a enviarle ideas, una tras otra, hasta que su nombre ha monopolizado su bandeja de entrada y él le manda un mensaje para recordarle que no se presione y que se tome las cosas con calma, por mucho que ella sabe que no lo dice en serio porque es un adicto al trabajo de los que suelen pasarse la noche entera trabajando.

Solo que, de pronto, Jess tiene mucho que decir. Hay cosas que quiere sacarse de dentro, porque lleva mucho tiempo mordiéndose la lengua. Michael les da el visto bueno a sus historias (a todas menos a una que va sobre que hay datos que respaldan la premisa de que los asesinos en serie son más proclives a ser conservadores en términos de política, porque, según él, es «un pelín demasiado, ¿no crees?»), y ella se pone manos a la obra. Y entonces, en lugar de estar aburrida y sin nada que hacer, tiene que trabajar.

Al haberse inspirado con la conversación que mantuvieron, Jess le propone a Dax hacer un artículo entre los dos. El título: «Cómo un número puede predecir tu pasado, presente y futuro». El análisis: cómo el código postal del lugar de nacimiento de una persona puede prácticamente predecir cómo va a ver el mundo, según la Encuesta Social General. Dax hace el diseño y Jess se encarga de los gráficos. Mientras se encuentra sumergida en los datos, piensa en Josh. En que tenían tantísimo en común, pero no lo suficiente. Habían tenido muchas explicaciones que darse y, según Dax, eso no es bueno para el alma. Y Jess está de acuerdo. Su incompatibilidad, esa que provenía de sus raíces, sale a relucir gracias a los hechos que demuestra su análisis.

—Qué deprimente —le soltó Dax cuando le mostró los primeros resultados—. Fascinante pero deprimente. —Y se refería al hecho de que la gente no era, en su totalidad, dueña de sus propios destinos, sino que el mundo los escogía por ellos antes incluso de que nacieran. Solo que Jess lo veía de un modo distinto. Era una explicación satisfactoria. La respuesta a una pregunta que le había estado rondando la cabeza. La razón perfecta y racional por la que una relación estable podía salirse de control bajo el peso de una simple asimetría. El amor lo puede todo, menos lidiar con la geografía y la historia y la realidad sociopolítica contemporánea. Pese a que a Dax las conclusiones le parecieron deprimentes, para ella fueron de lo más catárticas.

Tras un tiempo, uno de los artículos de Jess llega a la lista de los diez más leídos de la página y alguien le hackea la cuenta de Twitter.

—Felicidades —le dice Dax.

—¿Eh?

—Sabes lo que significa que te hackeen la cuenta, ¿verdad?

—¿Qué?

—Que eres importante.

Jess sigue creando más y más artículos, la etiquetan en temas de racismo, política y economía, y, antes de que se dé cuenta, ya es noviembre, mes electoral.

•

Y entonces, una noche, la despierta el sonido del móvil. Jess contesta, medio dormida, pensando que podría ser Barbara o uno de esos vendedores telefónicos majos de la biblioteca del pueblo para preguntarle si quiere hacer una donación por las fiestas.

Pero se equivoca.

—¿Josh? —Tiene la voz ronca por el sueño, por lo que espera que no la traicione, que no transmita su sorpresa, pero en especial, que no lo deje ver lo aliviada que se siente.

—*Hola* —le dice, y ella no añade nada más—. *¿Sigues ahí?*

—Sí.

—*¿Cómo estás?* —le pregunta.

—Es tarde —contesta ella, frotándose los ojos.

—*Es más tarde en Nueva York* —repone él, y, tras unos segundos, añade—: *Creí que estarías despierta.* —Otra pausa—. *Por lo de las elecciones.*

La noche anterior, Donald J. Trump fue escogido presidente. La gente en internet ya estaba proclamando a los cuatro vientos que el 2016 había sido el peor año en la vida y es cierto, en cuanto salieron los resultados de Florida, Jess notó un peso en el corazón; notaba una sensación de vacío que era muchísimo más que una simple pérdida (mucho más que haber perdido las elecciones, la presidencia o el país en sí), era la sensación de que la mitad del país, por mucho que fuera la mitad más pequeña, había hecho una cola de sesenta millones de personas para escupirle a la cara y decirle «la gente como tú no importa». Y entonces había sentido como si se hubiese vuelto a hundir en el mismo agujero negro en el que había caído cuando su padre había muerto. Cuando había cortado con Josh.

Habían organizado fiestas para seguir los resultados electorales, Jess lo sabía. Lydia le había hablado de ellas, de los restaurantes con torres de copas de champán, de invitadas enfundadas en trajes y listas para darle la bienvenida a una nueva era: primero un presidente negro y luego era el turno de una mujer. Aunque, cómo no, les había salido el tiro por la culata.

Barbara, quien prefería mantenerse al margen de todo lo que concernía a la política porque «hija, es que yo no me fío ni un pelo de ninguno de esos», había aceptado ver los resultados en la CNN hasta las diez de la noche, momento en el cual «había llegado su hora de irse a dormir».

—A ellos les da igual si me quedo o si me voy a dormir, pero mañana la que estará cansada seré yo.

Así que Jess se quedó sola en casa, lista para que todo acabara, para que Trump se fuese a tomar viento y se bajara del escenario. Y, sin poder evitarlo, terminó pensando en Josh.

Ni siquiera habían dado las once, aún ni habían dado fin a las elecciones, pero Jess había sido incapaz de seguir viendo cómo el país se iba adentrando poquito a poco en el caos, por lo que se había ido a dormir. Dio vueltas y más vueltas, se había dejado consumir por la oscuridad, la pena y la soledad, hasta que, en algún momento, se quedó dormida.

Y entonces le sonó el móvil.

—Por las elecciones —repite Jess, muy despacio. Entonces añade, con amargura—: Ah, claro.

—*Jess* —dice él, y, al oír su voz, Jess siente que todo eso la supera.

No sabe qué decir. Se pasa un dedo por los dientes, pegajosos por el sueño, y se peina con los dedos. Aunque no puede verla, le gustaría parecer menos vulnerable y desarreglada frente a él.

—*¿Cómo estás?* —le pregunta.

La preocupación que nota en su voz le toca la fibra sensible y se pone a llorar sin contenerse.

—No sé —apenas consigue balbucear las palabras entre la marea incontenible de lágrimas.

—*Ay, Jess. No lo veas como algo personal* —le dice—. *Te conozco. Está el peor escenario posible, el que fijo que te estás imaginando ahora mismo, que es el de la narrativa esa de los sesenta millones de personas haciendo cola para escupirte a la cara. Pero también está la realidad, la cual tiene muchísimos más matices.*

—Has votado por él, ¿no? —lo interrumpe ella.

—*Jess.* —Es lo único que le dice.

Respiran en el silencio.

—*Es que no quiero que te afecte* —le dice él, tras un rato.

—¡¿Cómo no me va a afectar?!

—*Creo que estarías mejor si lo vieses de otro modo. Con la economía…*

—¿Por qué lo defiendes? —lo vuelve a interrumpir.

—*No lo defiendo* —se excusa él—. *Intento que veas las cosas de otro modo, intento ayudarte.*

—¿Ayudarme? ¿Por qué no vas a ayudar a tus amiguitos mineros que son unos racistas, xenófobos y machistas de lo peor? Según ellos, les vendría bien la ayuda. Son los que la piden a gritos. Ay, pobrecito yo, mi modo de ver el mundo desde la supremacía blanca se está yendo a la mierda. Si tan solo todos esos negros y extranjeros marginalizados no tuviesen tantas oportunidades, como para que los policías los abatan a tiros o para que no los traten como si no fuesen humanos…

—*Jess, por favor, no sigas.*

Jess deja de hablar.

—¿Para eso me has llamado? —le pregunta—. ¿Para hablarme con condescendencia sobre política?

—*No.*

—¿Entonces? —pregunta en voz baja, agotada.

—*Te he llamado porque te quiero y te echo de menos* —le dice—. *Y porque... que no estemos juntos no me sienta nada bien.*

Jess contiene el aliento.

—*Jess, te he llamado porque no puedo vivir sin ti.*

Jess lo echa de menos. De verdad que sí. Lo echa tanto de menos que le duele. Pero entonces se acuerda de todo. Y eso también le duele.

Una semana después, lo llama.

Mientras oye la línea sonar y sonar, contiene el aliento. Y entonces le contesta.

—*Hola, guapísima* —la saluda, y ella nota que algo pasa, algo en su pecho parece desenredarse. No es perdón ni tampoco aceptación, sino algo más similar a la rebeldía. Una emoción que se le alza como las burbujas del champán dentro del pecho. Una sensación, o quizás un recuerdo, de calidez, de placer.

Ha estado muy triste y desanimada. Solo que ahora está segura: su felicidad importa más que sus principios. Y tampoco es como si estuviesen volviendo a salir, la verdad. Solo hablan un poco.

Lo llama desde el fijo y se sienta sobre la moqueta mientras se enrosca el cable del teléfono en el dedo como una adolescente enamorada.

Él le contesta de inmediato.

—*Hola, Jess.*

—¿Cómo sabías que era yo? —Su número fijo no es uno que pueda reconocer.

—*Porque eres la única que me llama* —contesta.

—Eres al único al que llamo.

—*¿En serio?*

—Bueno, es que no me gusta nada hablar por teléfono —se explica.

—*¿A quién sí le gusta hablar por teléfono?* —contesta él, para luego añadir—: *Pero hablar contigo sí que me gusta.*

Josh le envía mensajes y ella le envía mensajes, memes, artículos sobre la era de la singularidad y vídeos de gatos. A veces se hablan bonito y otras se hablan en serio. A veces se escriben poca cosa y otras se mandan correos interminables en los que ella tiene que desplazarse por todos los párrafos con correcta puntuación. Siempre los empieza con un «Querida Jess».

Todos los días, varias veces al día, los mensajes llegan de un lado para otro entre ambos. Jess no deja el móvil en ningún lado. Le vibra y deja lo que sea que esté haciendo para sonreírle como una boba a la pantalla.

—¿Y quién es ese que te escribe tanto? —le pregunta Barbara, con una ceja alzada.

—Nadie —insiste Jess, a pesar de que sabe que ella no se lo traga.

•

Jess le pregunta a Barbara cómo saber cuándo algo está destinado a ocurrir.

—En plan, una relación. Novio y novia.

—¿Me hablas de ese novio tuyo que te fue infiel? —contesta Barbara, mirándola.

—Es que... —Jess vacila un poco—. Es complicado.

Barbara asiente.

—Tienes que preguntarte a ti misma: ¿esta persona es capaz de cambiar? Porque tú no puedes cambiar a la gente. Madre mía, la pérdida de tiempo más absurda que se ha visto en la vida, te lo digo yo. Pero la gente sí que cambia. Así que tienes que preguntarte si esa persona puede llegar a cambiar para convertirse en alguien mejor o si pelea con uñas y dientes para no hacerlo. Y eso es lo único que está en tus manos, cariño.

Jess se queda pensando, y Barbara le sonríe y le da una palmadita en la rodilla.

—Pero hay algo que no se te puede olvidar.

—¿El qué?

—Que eres joven. Así que, cometas los errores que cometas, tienes tiempo para solucionarlos.

—Ya veo —contesta Jess.

Josh la llama para contarle algo gracioso sobre una boda a la que fue, en la que el novio se emborrachó tantísimo que se cayó de cara sobre el pastel y perdió el conocimiento. La novia, en pánico, intentó atraparlo y terminó resbalándose. Para cuando uno de los camareros trató de acercarse a toda prisa con un rollo de papel de cocina, la mitad de los invitados estaban desparramados en el suelo.

A Jess le entristece saber que Josh va a fiestas sin ella, pero se echa a reír de todos modos.

—¿Y estás seguro de que era una boda y no un *sketch* de *Saturday Night Live*? —inquiere.

Josh le envía un enlace para que vea las fotos, y Jess sigue riendo.

—¿Así que nadie pudo comer pastel?

—*Por suerte pasó después de que lo cortaran.*

—¿Y estaba bueno?

—*No lo probé.*

—¿Por qué no? ¿Estás a dieta?

—*No, es que no se aprecia en las fotos, pero toda la capa de arriba era de fresa.*

—¿Y? —pregunta ella.

—*Pues que eres alérgica a las fresas.*

—¿Y?

—*Venga ya. ¿No te acuerdas de que tuvimos que ir a Urgencias y...?*

—¿Y tú has decidido que ya no comerás más fresas por mí? Incluso si no estamos...

Josh espera a que termine de hablar, pero a Jess se le han acabado las palabras.

—*Tienes razón, no es precisamente lógico. No me levanté un día y dije «no pienso comer ni una fresa nunca más», sino que... Dejamos de comerlas en casa, así que, poco a poco también dejé de comerlas fuera. Creo que no es algo que haya hecho de forma consciente.*

—Ya veo —dice Jess.

23

Un día Josh la llama y pone la cámara, así que se ven cara a cara por primera vez en seis meses.

—Dios, qué guapa eres —le dice, casi sin poder creérselo, lo que hace que ella se eche a reír.

—Anda, ¿tan rápido te habías olvidado de mi cara?

—No hay día en que no piense en ti —confiesa él, totalmente serio.

Jess acaricia la pantalla del móvil como si fuese a él a quien rozaran sus dedos.

—Te echo de menos —admite Josh.

—Y yo a ti.

—No —repone él, de nuevo serio—. Me refiero a que echo de menos tu presencia física. —La voz se le pone ronca—. Echo de menos verte cada día y cómo hueles y ese culito que tienes y a ti en mi cama. Y... toda tú.

—Ah —suelta Jess, sorprendida.

Y entonces follan por teléfono. Y todo es muy sexi pero poco satisfactorio y la deja con ganas de más.

—Vale, ya me he hartado —dice Jess, más tarde.

Josh parece dolido.

—¿A qué te refieres?

—A que tengo que volver a Nueva York. —No se había percatado de lo cierto que era ese hecho hasta que lo ha puesto en palabras.

Se iría al día siguiente si pudiera, pero sabe que es una locura. Solo que se muere por verlo, por estar cerca de él. A través del dolor por la pérdida de su padre y de la soledad y del invierno tristón de Lincoln, le resulta casi imposible recordar por qué alguna vez dudó de él.

—Quizá vaya a pasar una semana —propone, con una incertidumbre que enmascara su emoción.

—Ven a quedarte un día o toda la vida, lo que tú quieras. Pero ven pronto, ¿vale?

—¿A qué te refieres con «pronto»? ¿En plan el puente en febrero?

—¿Febrero? —repite él—. Ni de coña. —Entonces se queda pensando—. ¿Qué haces este finde?

* * *

Jess se despide de Barbara.

Deja que la mujer la estruje contra su pecho e inhala su perfume. En una tienda, hacía poco, Jess había reconocido su perfume y se había sorprendido a sí misma al echarse un poco en las muñecas.

—Volveré pronto —le dice.

Barbara le sonríe como si Jess le hubiese dicho algo que casi le hace gracia.

—Vale, hija —le contesta.

En el aeropuerto, Josh la espera cuando aterriza, entre las familias de los militares y los conductores de limusinas con carteles. No tarda nada en verlo, y el estómago le da un vuelco. Corren el uno hacia el otro y se vuelven un lío de manos, brazos y besos.

—No sabes cuánto te he echado de menos, Jess y ya. Qué alegría que hayas vuelto a casa —le dice al oído.

Se besan y se abrazan y les dedican tanto tiempo a los arrumacos que, para cuando consiguen dirigirse hasta la zona de equipajes, ya han recogido todas las maletas de Nebraska y la suya la espera a un lado de la cinta.

En el taxi, no pueden dejar de manosearse. Josh le besa las mejillas y el cuello, y Jess suelta risitas por las cosquillas y le dice que «ha pasado una eternidad» y él contesta «ciento ochenta días, para ser más exactos», y ella le dice que eso es «la raíz cúbica de cinco millones ochocientos treinta y dos mil días», a lo que él se ríe y la llama su «prodigio sexi». Entonces se aparta de ella.

—¿Qué pasa? —Jess se echa hacia atrás, contra el asiento de plástico del taxi.

Josh se queda mirándola, mientras se muerde el interior de la mejilla. Jess reconoce esa mirada: es la que pone cuando algo lo ha descolocado. Como que el dinero siga valiendo más cuando la economía se va al traste. Como que una persona que parece cuerda se pase una hora haciendo cola solo para comprar una magdalena.

—¿Qué pasa? —insiste ella.

Él sujeta una de sus trenzas entre el pulgar y el índice, una larguísima. La levanta de su cabeza y la estira hasta que casi abarca el ancho entero del asiento trasero del vehículo.

—Tu pelo —le dice—. Es muy largo. Mucho más de lo que parecía cuando nos vimos por videollamada.

—Ah. —Jess le quita la trenza de la mano y se acomoda el cabello—. Bueno, es que me gusta así.

—Antes lo llevabas corto y ahora... es muy largo.

—¿Eso quiere decir que lo odias? —interpone Jess, como si lo estuviera retando a decirle que sí.

Observa cómo dirige la vista hacia su coronilla y empieza a bajarla hasta su cintura y al lugar en el que, a la altura del ombligo, llegan sus trenzas. Entonces se detiene, aún con una expresión confundida como si estuviese intentando resolver un rompecabezas, hasta que se echa a reír. Y la besa de nuevo. Y otra y otra vez.

—No podría odiar ninguna parte de ti —le dice.

Cenan en un restaurante, con los camareros que van y vienen con unas botellas de vino en cubos llenos de hielo y, de postre, comparten una mousse exquisita. Aunque Jess recuerda las noches que pasaba con Josh en la ciudad, algo de esta le parece distinta. Él se inclina sobre la mesa para darle un beso y se quedan con las manos entrelazadas hasta que Josh firma para pagar.

Más tarde, mientras están tendidos en la cama, la llama por su nombre.

—¿Sí? —pregunta ella.

Él se vuelve sobre sí mismo y la mira en la oscuridad antes de parpadear.

—No me vuelvas a dejar, por favor.

Jess decide que no lo hará.

La mitad de su ropa sigue en el armario. Se pone a mover perchas mientras toquetea la tela de todas las blusas y jerséis que olvidó. Josh se planta detrás de ella.

—Me ponía muy triste ver tu ropa todos los días cuando no estabas —le dice.

Jess se vuelve para mirarlo.

—¿Y por qué no me enviaste todo esto?

Él se encoge de hombros.

—Porque eso me habría puesto más triste.

Jess lo abraza.

★ ★ ★

En casa, se ven todas las temporadas de *Planeta Tierra*. Ven mesetas de hielo romperse en cámara lenta y felinos enormes devorando a un cocodrilo y unos peces que parecen del tamaño de un bus escolar y se entierran a sí mismos en el fondo del océano.

Las favoritas de Jess son las aves del paraíso. Con sus plumas tecnicolor, son unas criaturas ridículas, de lo más quisquillosas, que cantan, bailan, agitan sus alas de colores y golpean el suelo con las patas para llamar la atención del ave que intentan cortejar.

—Mira, eso es lo que queremos todas las chicas —dice Jess, señalando la pantalla de la tele con un dedo.

—¿Ah, sí? ¿Un bailarín de *burlesque* lleno de plumas que chille como la alarma de un coche?

—Un gesto romántico.

Más tarde, oye a Josh cantando en la ducha, una vieja canción de rock, con todo y las notas agudas.

—Me ha parecido oír el canto de un pajarillo —dice Jess, deslizando la mampara de la ducha para abrirla. Josh tiene el pelo lleno de champú en una especie de cresta en la parte de arriba de la cabeza.

Se aparta del chorro de agua con una sonrisa, saca los codos hacia los lados y se pone a zapatear, como si estuviese haciendo un ritual de cortejo. Jess se echa a reír.

—¿Queda algo de sitio en el nido para una más? O, mejor dicho —alza las cejas en un ademán provocador—, ¿puedo posarme en tu rama?

—Siempre hay sitio para alguien más. —Y luego, al seguir la mirada de Jess, añade—: Oye, qué estás mirando. Aunque, siendo sincero, no serías la primera a la que encandilo con mi, ejem, plumaje.

—Me gusta tu plumaje —dice, quitándose la camiseta por encima de la cabeza—. ¿Se te antoja un picoteo?

En el supermercado, en la zona de los refrescos, Jess se pone a llorar y Josh corre a consolarla.

—¿Qué pasa? —Lleva una cesta llena de productos de higiene en el brazo: enjuague bucal, desodorante y un jabón facial especial para hombres.

Le acaricia la espalda y espera a que se recupere un poco, aunque cuando la gente empieza a quedarse mirándolos, la conduce hacia el exterior del edificio, al otro lado de la calle, y deja la cesta tirada.

—Cuéntame qué pasa.

—Es por mi padre —le dice ella, meneando la cabeza aún entre lágrimas—. Pensar en él me pone mal.

Josh asiente.

—Háblame sobre él.

—¿Qué quieres que te diga? —Jess se seca las lágrimas.

—Lo que tú quieras. ¿Qué le gustaba? ¿Qué lo ponía de los nervios? ¿Qué es lo que más echas de menos de él?

—Pues... la Coca-Cola le encantaba —empieza, haciendo un ademán hacia el supermercado—, cómo no. Pero solo la compraba cuando estaba de oferta. Como si ese fuese un límite que no estuviese dispuesto a cruzar.

Josh se ríe un poco.

—¿Qué más?

Así que Jess le habla sobre su padre: que siempre animaba a los que estaban en desventaja, que apoyaba la justicia y la igualdad («Eso me suena de algún lado», le dice él, a lo que ella contesta «Ya, pero es que él lo decía en serio»), que siempre ayudaba a los demás y que hacía lo correcto, aunque, pensándolo mejor, quizá sí que tenía más matices de los que ella había creído en un principio («Como suele ser»). Le cuenta que, cuando era pequeña, la dejaba jugar con su triciclo dentro de casa y que eso la hacía sentir como si fuese la niña más afortunada del mundo entero. Que contaba chistes de los malos. De esos clásicos de padres. Que era la monda.

—Va a sonar muy trillado, pero me quería muchísimo —le dice—. Creía en mí. Creía que podía conseguir cualquier cosa que me propusiera. —Lo mira—. Es bonito tener a alguien que está completamente de tu lado, sin preguntas de por medio. ¿Me explico?

Josh asiente.

—Ojalá lo hubiese conocido.

Jess se pone de pie; ya se siente un poco mejor. Josh le pasa un brazo por los hombros y vuelven a cruzar la calle.

—Por cómo me lo describes, parece que era un muy buen hombre. De los que saben juzgar a las personas. —Le da un codazo, juguetón—. Seguro que me hubiese dado su aprobación. Te habría dicho que tienes un gusto excelente. ¿No crees?

—¡Ja! —dice ella, entre risas que esconden el hecho de que no contesta a su pregunta.

★ ★ ★

Más tarde, llama a Barbara para hablar un ratito.

—Hoy he llorado en la zona de refrescos del supermercado al pensar en mi padre. Estaban de oferta —le cuenta.

—Ay, cariño —contesta Barbara, antes de carraspear un poco y soltar una risa—. Y yo pensando que era la única que lloraba en el supermercado delante de las latas de Coca-Cola.

•

La oficina es un caos. A todos les preocupa el nuevo gobierno y no saben qué esperar de los siguientes cuatro años. Por mucho que nadie quiera reconocerlo (porque les da un poco de grima, como si se estuviesen beneficiando de los estragos de una guerra), les da mucho material para la revista. Los tuits, la indignación, lo absurdo que es todo. En la oficina casi se respira un ambiente frenético. Una sensación de pánico, aunque también de convicción. De que todos se encuentran en el lado correcto de la historia.

Publican un artículo sobre las granjas de troles en Rusia y las teorías conspiratorias de los de derecha, y la página tiene tantas visitas que colapsa por unos momentos.

Siempre hay algo nuevo sobre lo que escribir, por lo que, cada vez que Jess llega a la oficina, en lugar de darle los buenos días, Dax le dice «agárrate que vienen curvas».

Se da una alerta por tormenta invernal. «Quedaos dentro», advierte el canal de noticias de la ciudad, conforme la nieve empieza a caer. Jess enciende algunas velas y extiende unas mantas de lana.

—Me ha llegado un mensaje de la empresa de luz —se explica—. Decían que podía haber cortes fortuitos.

Fuera, todo está iluminado gracias a la luna en lo alto y a que todo está cubierto de nieve blanca. Hay silencio. El único ruido que se oye en el exterior es el traqueteo húmedo de los neumáticos sobre la nieve. En el loft, a la luz de las velas, Josh y Jess comen una pizza directo de la caja.

—Esto está muy bien —dice él.

—¿Y qué quieres hacer ahora? —pregunta ella.

Cuando Josh alza una ceja en un gesto sugerente, Jess se echa a reír.

Deciden jugar una partida de *strip* póker, aunque no encuentran ninguna baraja de cartas. Buscan y rebuscan en sus cajones llenos de cachivaches hasta que Josh suelta un:

—¡Ajá!

—¿Las has encontrado?

—He encontrado algo mejor —anuncia—. *Strip* Set.

—Hazte un favor y quítate toda la ropa ya —le dice Jess.

—Pero si no siempre ganas —contrapone él.

—Claro que sí.

—Que no.

Y entonces Jess gana.

Y Josh tiene que quedarse en pelotas sentado en el suelo de madera, tras haber perdido hasta los calcetines. Jess sigue completamente vestida. Con jersey y todo.

—Se te olvida que soy una prodigio del Set —presume.

—¿Sabes? —dice Josh, mientras recoge las cartas en una pila ordenada—. Este juego tiene una elegancia matemática que resulta muy atractiva.

Jess está de acuerdo.

—Es lo simple que es. Son solo símbolos, colores y tonos. —Se da un golpe con la baraja contra la palma—. Pan comido.

Una vez más, Jess está de acuerdo.

—También me gusta que, a pesar de que hay como setecientas mil posibilidades en las que no se puede formar ningún set, en un espacio finito de cuatro dimensiones, todo se reduce a un solo set, prácticamente.

Jess asiente: a ella también le gusta eso.

Josh baraja y vuelve a barajar las cartas de modo que sueltan un chasquido repetitivo.

—Además, el juego tiene una especie de armonía, porque todas las cartas tienen que ser distintas o iguales. Me gusta pensar que hay más combinaciones para ganar cuando todas las cartas son distintas que cuando son las mismas. —Entonces alza la vista hacia ella—. ¿Me explico?

—Sí, te entiendo.

Y sí que lo hace, sin duda. Josh está desnudo y ambos están enamorados y no hay más vueltas que darle. Todo es bonito y lleno de armonía. Se quedan sentados juntos, disfrutando del momento, y todo parece muy sencillo.

De pronto, él sonríe.

—¿Te acuerdas de Blaine? Aún recuerdo la cara que puso al perder. Creía que iba a lanzarte a los abismos del infierno por haberle ganado.

El recuerdo es lo bastante lejano como para hacer que Jess también sonría.

—Todos te tenían miedo —le cuenta él.

—¿Qué dices? No me lo creo.

—Que sí —le asegura—. Por aquel entonces no le aguantabas pulgas a nadie.

—¿Y ahora sí?

—No. —Niega con la cabeza—. O sea, aún defiendes tus opiniones, eso es obvio. Algunos dirían que no solo las defiendes, sino que las proclamas —la mira de reojo, para evaluar su reacción—, pero te has vuelto menos intensa.

—Mmm. Si tú lo dices.

—Es algo bueno.

—¿Que aguante más cosas?

—Que toleres más matices.

Jess tuerce un poco el gesto. Al venir de él, sabe que es un cumplido, pero no le sienta muy bien. Como si hubiese un nivel de gilipolleces máximo que aguantar, y el de ella cada vez tolerase más cosas. Como si tuviese menos principios o hubiese perdido interés. O como si ya no pudiera convencer a nadie.

—Mmm. Si tú lo dices —repite.

—Que es algo bueno, te digo —insiste él—. Estás evolucionando.

Un día, Jess encuentra un ramo de flores coloridas sobre la mesa: zinnias, rosas y lirios orientales. Hay una tarjetita pegada en el fondo del jarrón, y leerla la hace sonreír. Te quiero montones, reza la tarjeta.

Jess ve que Josh está en la habitación.

—¿Me estás poniendo los cuernos y no me he enterado? —le pregunta, mostrándole la tarjeta con una sonrisita encantada.

Josh la mira a los ojos y con toda la solemnidad del mundo, le dice:

—Nena, soy tuyo y de nadie más.

Las Chicas del Vino hacen una fiesta para celebrar el regreso de Jess. Una cenita y unas copas en su piso. Se pasan cuencos de ensalada en la mesa de un lado para otro y también botellas de vino californiano, el cual han hecho que les enviasen desde el Valle de Napa en cajas que tienen guardadas en la alacena como si se estuviesen abasteciendo para el fin del mundo. Parlotean sobre el tráfico y el tiempo y una marca de agua saborizada que se ha vuelto popular. Pero entonces cambia la conversación; alguien pregunta si han leído la noticia, esa que ha salido hace poco: De Blasio pretende presentarse para un nuevo periodo, y un periodista mordaz del *Post* ha hecho una lista de los pocos logros del político como alcalde de Nueva York. La lista la encabeza el hecho de que los hurones han dejado de ser un animal prohibido en la ciudad. Y, por alguna razón, eso desata un debate.

Las Chicas del Vino creen que es un buen movimiento, mientras que Josh considera que son paparruchadas. Ellas le preguntan qué es lo que tiene en contra de los pobres hurones, y él les contesta que no tiene nada en contra de ellos en sí, solo que no cree que merezcan tantísima atención. Entonces Noree declara que, pues, qué pena, porque el alcalde no está de acuerdo y, de hecho, ha demostrado ser un defensor de los derechos de los hurones. Lo cual hace que Josh se eche a reír y que diga que eso no le sorprende para nada, pues no es más que otro liberal insensato que se pasa el día perdiendo el tiempo a costa de los impuestos que pagan los buenos ciudadanos. Y lo dice tan pancho, mientras clava el tenedor en sus verduras con toda la tranquilidad del mundo, que es obvio que no pretende liarla parda. Y, aun así, eso es justo lo que hace.

Las Chicas del Vino sueltan un «eh, eh, eh, a ver un momentito». Y, por mucho que Miky intenta alivianar el ambiente con un chiste (¿Qué le dice un hurón a otro hurón?) y a todos les hace gracia y se echan a reír, las Chicas del Vino no están dispuestas a dejarlo pasar. Todo lo contrario. Se recogen la melena que les llega hasta la cintura en un moño en lo alto de la cabeza, como si se estuviesen preparando para meterse en una pelea, y repiten lo que ha dicho Josh sobre que el alcalde es «otro liberal insensato». Josh se disculpa y les asegura que no pretendía ofenderlas en absoluto («En serio, no quiero buscarle tres pies al gato, jaja, es que imaginaos si el alcalde se sale con la suya y termina convirtiendo la ciudad en una especie de utopía socialista en la que el gobierno regula el precio del alquiler y establece los impuestos en un setenta por ciento, ¿os lo podríais creer? Me parto de solo pensarlo, jaja»). Y, por mucho que esa sea su versión de una disculpa, lo único que puede pensar Jess es: *¡Noooooo!*

Aun con todo, las Chicas del Vino no han dejado de sonreír, o quizá sea que le están mostrando los dientes. Le preguntan, con toda la dulzura del mundo, qué objeciones podría tener a que el gobierno regule los precios del alquiler. Porque ¿acaso está insinuando que los pobres, los desamparados y los ancianos no tienen derecho a una vivienda digna?

Y Josh les dice que no exactamente, que solo está compartiendo su opinión sobre el hecho de que las ayudas sociales han demostrado ser cualquier cosa menos efectivas. Porque todo se basa en la ley de la oferta y la demanda.

Y entonces Las Chicas del Vino repiten «¡Ah, la ley de la oferta y la demanda!» con un tono de voz que es de todo menos dulce.

—¿Oferta y demanda? ¿En serio? Porque nosotras también llevamos Economía en la uni, ¿sabes? Y con eso no se resuelven los problemas del mundo.

Lydia les pide que por favor no se pongan a pelear («¡Mirad! ¿No os parece que el pollo ha quedado perfecto?»), a lo que Miky responde que, si se van a poner a pelear, ella va encantada a buscar la piscinita inflable y la gelatina.

Las Chicas del Vino insisten en que nadie está peleando, que no pasa nada, hasta que se inclinan hacia adelante.

Porque quieren saber qué opina Jess. Solo que Jess no piensa mojarse.

—¡Jess! —le recriminan—. ¡Tú mejor que nadie deberías saberlo!

Y a Jess le repatea que la metan en ese berenjenal. No le sienta nada bien que, por razones que nadie quiere decir, sea ella quien pueda proporcionar claridad moral.

—No nos digas que estás de acuerdo con lo que dice. —Y parece que la están retando. Por lo que Jess termina aceptando que, de hecho, su opinión es una especie de punto medio. Les explica que la regulación de precios del alquiler le parece una buena idea, aunque no sin una respectiva evaluación de por medio—. Si no, acabaríamos con un montón de vejestorios que dicen ser escultores y que pagan doscientos pavos al mes para vivir en un loft de tamaño descomunal. ¿Y sabéis qué? Eso sería una mierda.

—¡Claro que no! —le dicen. Porque, según ellas, los artistas son el alma de Nueva York.

Le explican que la ciudad se está yendo cuesta abajo de forma inequívoca hacia la ruina, que retrocede cada vez más hacia una hegemonía capitalista liderada por unos magnates rusos y unos multimillonarios chinos con sus empresas fantasma, sus bolsos de Gucci y sus hijos malcriados, mientras se apoderan de todas las propiedades. Adquieren edificios enteros para blanquear su dinero sucio y ni siquiera se molestan en habitarlos. Y eso está acabando con la cultura de la ciudad. Le está consumiendo la vida.

Magnates rusos y multimillonarios chinos, piensa Jess, *¿acaso se han olvidado de las herederas muchimillonarias de California?*

—Nueva York está lejos de ser un pueblo fantasma —opina Josh.

—Nueva York no debería estar en venta al mejor postor —opinan ellas.

Y, ante eso, Josh pregunta:

—¿Entonces a quién deberían vendérsela?

Más tarde, mientras enjuagan platos en la cocina, Jess y las Chicas del Vino vuelven al meollo. El problema es que Josh cree que sus amigas son estúpidas y ellas creen que el estúpido es él, y Jess se pone a pensar si en realidad la cosa es que todas las personas a las que conoce son una panda de estúpidos.

—Es tóxico —le dice Noree.

—Claro que no —refuta Jess.

—Pero se ha pasado tres pueblos —interpone Callie.

—No es para tanto —la tranquiliza Jess.

Entonces entra Josh en la cocina, con cara de perdido. Ha empezado a llegar más gente a la fiesta y, poquito a poco, todo se está desmadrando. En el salón, alguien ha puesto la música a tope, con lo que los vecinos han comenzado a dar pisotones para que bajen el volumen. Una de las amigas de yoga de las anfitrionas está haciendo el pino. Un tipo al que Jess no ha visto en la vida fuma marihuana de una manzana.

—¿Necesitas algo? —le pregunta Noree a Josh.

—¿Tenéis leche?

Noree pone los ojos en blanco antes de señalar la nevera.

—Creo que tenemos leche de avena.

—Ya, pero ¿de vaca?

—¿Eh?

—¿O una lata de atún?

—¿Cómo dices?

Jess quiere decirle a Josh que se está pasando de raro, pero, para cuando se vuelve hacia él, ya no está.

Las Chicas del Vino continúan con la conversación de antes.

—En serio, Jess. Creemos que has caído en el lado oscuro.

—¿En el lado oscuro? —pregunta Jess.

—Que te tiene atada en corto, vamos.

Jess va a buscar a Josh. Lo encuentra en el patio, agachado en un rincón, y se pregunta si es que se ha puesto malo. Quizás esté potando en una de las macetas, lo que sería de lo más asqueroso, pero estaría bien para darles una lección a sus amigas.

Desliza la puerta de cristal para abrirla, y cuando él se vuelve, no lo ve nada enfermo, sino todo lo contrario: tiene una sonrisa de oreja a oreja. Se pone de pie y, en medio de la oscuridad, Jess ve que tiene algo en los brazos.

—Mira lo que me he encontrado —le dice.

Jess sale al patio y, bajo la luz de la luna, apenas consigue distinguir una bolita de pelo con rayitas grises y una colita enrollada. Un gato.

—¿Es un gato bebé? —pregunta Jess.

—Una cría de gato, sí.

—¿Es callejero?

Josh asiente, mientras acuna más al gato contra su pecho.

—Te he encontrado perdidito por ahí, ¿a que sí? —le dice al animal, hablándole al oído en un tono de lo más empalagoso.

—¿Crees que deberías tocarlo así? —interpone Jess—. No te preocupa, no sé, ¿contraer hepatitis o algo?

—Solo se ha comprobado que los felinos pueden contagiar infecciones por protozoos a humanos —le informa él, sin alzar la vista—. E incluso eso es bastante improbable. —Se ha puesto a mecer al gato como si fuese un bebé, mientras le rasca las orejitas.

—Bueno, es minúsculo, así que seguro que necesita vacunas —dice ella—. Quizá lo que debería preocuparte es que él vaya a contraer hepatitis.

Josh se echa a reír.

—¿Quién es el que tiene hepatitis en este escenario hipotéti-co? —Entonces ladea la cabeza, alentándola a acercarse—. Ven a saludar.

Le hace un ademán a Jess hasta que ella se agacha a su lado. El gato está entre los dos, entretenido bebiendo de un platito con su lengüita diminuta. Cuando Josh le acaricia la barriguita, se pone a ronronear y se estira cuan largo es para frotarse la carita contra el dorso de la mano de él. Se pone a maullar con un sonido que parece una campanita en miniatura o una trompetita de juguete, y, de pronto, Jess siente que algo la supera.

Es una sensación que no reconoce. Quizás es el nirvana o una entidad suprema que la atraviesa. O simplemente el aliño de la ensalada que no le ha sentado del todo bien.

—¿Qué pasa? —pregunta Josh, al darse cuenta.

—Es que no entiendo... —Estira el brazo para señalar al gato— esto. A ti.

—¿Qué quieres decir?

—¿Por qué has dicho que Nueva York debería echar a los pobres? —dice Jess, de improviso.

—¿Cuándo he dicho eso?

—¡Cuando estábamos cenando! Hace nada. Cuando hablábamos de regular los precios de los alquileres y...

—Me refería a que regular el precio de los alquileres provocará un desequilibrio en el mercado y eso hace que la economía sufra una pérdida irrecuperable.

—Ya, pero es que no estábamos hablando de las curvas de la oferta y la demanda ni de teoría económica.

—¡¿Cómo que no?!

—No, de lo que hablábamos era... —Jess se interrumpe—. ¡Ay! ¡Ay, ay, ay! —se queja.

—¿Qué pasa? —Josh se inclina hacia ella—. ¿Qué te duele?

—El gato —contesta Jess—. Me está arañando. Ay. —El animal está sobre sus patas traseras, mientras que con las de adelante se aferra a la rodilla de Jess.

—No te está arañando, te está amasando. Es porque le caes bien. —Josh sonríe y luego se vuelve hacia el gato—. Jess nos cae bien, ¿a que sí? Cómo no, con el corazón tan enorme que tiene. Yo lo sé y ella también. —Se vuelve hacia Jess—. Mírala. La has encandilado. Te adora.

Jess baja la vista y parece que le dice la verdad. Porque, a pesar de que se acaban de conocer, la gata la mira con sus ojazos ambarinos, parpadea despacio y tiene una carita de lo más sincera, como si le estuviese entregando su corazoncito diminuto en bandeja. Y cuando posa la mirada en Josh, ve que él la mira del mismo modo. Y no puede soportarlo.

Al sentir que pierde un poco el equilibrio, estira una mano hacia él y lo atrae para besarlo. Él le devuelve el gesto enseguida y se acunan el rostro uno al otro, muñeca sobre muñeca. Dentro, alguien suelta un grito y oyen un cristal romperse, pero eso no interrumpe sus besos. Oyen otro estruendo y entonces Miky grita: «¡Si lo rompes, lo pagas!», y todo se queda en silencio. Como si una burbuja invisible los hubiese envuelto. A Jess siempre la sorprende lo suave que es él y el hecho de que podría quedarse entre sus brazos toda la vida, hasta que...

—¡Aquí están! Morreándose de nuevo.

Se separan.

Se ponen de pie y Jess se cubre los ojos con la mano como si estuviese viendo directamente hacia la luz.

Josh tiene a la gatita en la mano, acunada contra su pecho mientras le acaricia el cuello con el pulgar. La gata suelta un maullido diminuto.

—¿Qué pasa? —pregunta una de las siluetas que hay en la puerta—. ¿Qué es... eso?

—Es una gata bebé —explica Jess.

—Una cría de gato —corrige Josh.

Los ojos de Jess se acostumbran a la luz y ve que sus amigas están en la puerta. Al ver sus expresiones confundidas, proclama:

—¡Josh la ha salvado de un edificio en llamas!

—Ay, no, me muero. —Miky da un paso hacia ellos—. ¡Jooosh! —exclama, embelesada.

Las Chicas del Vino ponen los ojos en blanco.

Lydia hace un marco con los dedos.

—Me encanta esta imagen. ¡Esperad que os hago una foto!

Jess sonríe de oreja a oreja. Había echado de menos todo eso y le parece que todo sigue igual. Todo menos ella. Se siente diferente (más inteligente, más triste, más segura), y justo por eso sabe que todo irá bien.

Jess les dice a sus amigos que piensa quedarse, que es oficial.

—¡Has vuelto! —dice Paul.

—He vuelto.

—Bueno —dice él, mientras la atrae en un abrazo—, me debes como mil expresos, pero a este ya invito yo.

Miky y Lydia la llevan a comer *dim sum* para celebrar.

Miky hace un brindis por Jess y por las mejores amigas y por las empanadillas hervidas, y las tres hacen chocar sus cervezas Tsingtaos.

Y las Chicas del Vino, quienes le habían enviado montones y montones de mensajes mientras estaba en Lincoln para decirle que le mandaban todo su apoyo y ánimos y que esperaban de todo corazón que estuviese bien, le dicen, en tono sombrío:

—Justo a tiempo.

La investidura es el viernes. El sábado irán a la Torre Trump a protestar. Tienen gorros rosas y carteles con mensajes como: «LAS MUJERES SON EL FUTURO», «MUERE, NAZI DE MIERDA» y «MÉTETE MAR-A-LAGO POR EL CULO». Así que llevan a Jess al supermercado para comprar cartulinas y rotuladores gruesos.

Josh alza una ceja.

—Nuestra democracia está bajo ataque —se explica Jess.

—¿Y así es como la defiendes?

Jess lo quiere. En serio que sí. Lo quiere con locura y hasta el infinito.

El amor no juzga, piensa.

—No hablemos del tema —dice.

Otros temas sobre los que no hablan: Tenley, el artículo más reciente de Jess («Las mentiras más evidentes: un análisis de mil discursos políticos demuestra que los conservadores son diez veces más proclives a maquillar la verdad»), el dinero y la condenada gorra.

Jess está de camino al trabajo, casi en la puerta, cuando Josh la frena. Tiene las manos escondidas detrás de la espalda y sonríe como un psicópata.

—¿Has ido a la tienda? ¿Tan temprano? —le pregunta ella—. ¿Qué tienes ahí?

—Esto —contesta él, antes de extenderle un ramo de flores.

—Qué bonitas —dice, acercándoselas para olerlas.

—Como tú —añade él, sonriendo.

Jess le devuelve la sonrisa.

—¿Y qué tienes en la otra mano?

Josh se ríe.

—Ah, nada se te escapa, ¿verdad? —Le entrega una bolsita de regalo—. Para ti.

Jess la acepta y lee el nombre impreso en la bolsa.

—¿Has ido al Museo Intrepid? ¿Cuándo?

—Solo a la tienda de regalos —le dice—. Venga, ábrela.

Es un llavero con una única llave en él.

—¿Es la llave de tu corazón? —propone Jess.

—Del loft. Dado que no encuentras la tuya… Quería darte algo como regalo de bienvenida. ¿Sabes lo que es?

Parece uno de esos aviones antiquísimos con la cabina abierta y las alas extendidas. Es como de diez centímetros de largo, rojo y con una hélice pequeñita de color azul.

—¿Un avión?

—Un caza de la Segunda Guerra Mundial.

—Ajá…

—¿Conoces a Abraham Wald?

—¿El de la prueba de Wald?

—¡Ese mismo! Fue un estadístico magnífico que formó parte de un programa exclusivo de matemáticos durante la Segunda Guerra Mundial. Todo muy secreto, claro. El Grupo de Investigación de Estadística. ¿Te suenan?

Jess niega con la cabeza.

—Tuvieron distintos proyectos, pero uno de ellos era intentar descubrir cómo ponerles blindaje a los cazas. No se les puede poner un blindaje completo porque se vuelven demasiado pesados, así que uno tiene que pensar más allá. Entonces la Armada le pide a Wald que estudie los aviones que consiguen volver después del combate para que descubra en qué lugar reciben más disparos. Y, cuando observa los datos, el patrón queda clarísimo. Hay muchísimos más agujeros de bala en el fuselaje que en el motor. Prácticamente todos son así: el cuerpo del avión parece un queso gruyer, pero el motor está intacto. Así que ¿dónde crees que Wald recomienda que pongan el blindaje?

—Es una pregunta con trámpa, ¿verdad?

Josh asiente.

—Es una paradoja, sí.

Jess se lo piensa.

—En el motor.

—¡Exacto! ¿Y por qué?

—Porque me has dicho que era una paradoja y eso es justo en lo que no he pensado.

—Ja, pues sí. Es así. Lo obvio parece ser instalar el blindaje sobre el fuselaje porque es allí donde los están atacando, ¿no? Pero es lo opuesto. La razón por la que el fuselaje tiene tantos agujeros es porque puede resistir los ataques. Los aviones que reciben un disparo en el motor no sobreviven. A lo que voy es a que... Creo que la gente confunde el fuselaje con el motor, por seguir con la analogía, dígase la parte débil con la fuerte. Y lo que pretendía era que esto —señala el avioncito— te recuerde que... lo que hay entre nosotros se sigue poniendo a prueba, pero que no es la parte frágil. ¿Me explico? Seguro que hay una mejor manera de decirlo, pero es que los llaveros tienen sus límites. —Hace una pausa para esperar su reacción—. ¿Qué me dices?

—A ver, entonces es... ¿una metáfora?

—Sí.

—¿Sobre nuestra relación?

—Ajá.

—La paradoja de... Wald.

—¿Lo entiendes?

Jess asiente.

—Creo que es... superromántico.

Josh le sonríe.

—Sabía que te iba a gustar.

Jess se pone el llavero en el dedo corazón de modo que el avioncito descanse sobre su palma. Entonces lo envuelve en el puño.

—Gracias —le dice—. Me encanta.

Josh la besa y ella le devuelve el beso.

—Te quiero —dice él. Y ella le devuelve las palabras.

Le rodea los hombros con los brazos y él hace lo propio con su cintura. Se besan una y otra vez y, entre beso y beso, se murmuran lo mucho que se quieren hasta que Josh le da una patada a algo sin querer y el ruido hace que se detengan y miren hacia abajo.

Es uno de los carteles de Jess, los cuales ha dejado ordenados junto a la puerta.

Uno está bocabajo y en el suelo, mientras que el otro sigue apoyado contra la pared y reza: ¡No a Trump y a sus trampas!

Josh observa el cartel y luego a Jess. Entonces alza la vista al techo y después la baja hacia el suelo.

No dice nada.

Y ella tampoco.

Se quedan ahí plantados mirándose hasta que el silencio se vuelve insufrible.

Josh se toca el cuello de la camisa.

Con una uña, Jess le da vueltas a la hélice del avioncito (la cual tiene la textura de un cartón muy delgado) una y otra vez mientras reflexiona sobre la metáfora de la guerra.

Al final, tras lo que parece un siglo entero, Josh le dice, con sumo cuidado:

—Hoy es la investidura.

—Lo sé.

—¿Dónde vas a verla?

—No pienso verla —dice ella, negando con la cabeza—. No podría.

Josh la mira y parece confundido.

—Pero ¿no ibas a ir a la manifestación mañana? —le pregunta, haciendo un ademán con la barbilla hacia sus carteles.

—Sí.

—O sea, ¿piensas manifestarte en contra de un presidente que ha sido escogido tras un proceso democrático y... ni siquiera piensas informarte sobre en contra de qué estás protestando?

—Sé por qué estoy protestando. Por el racismo y la xenofobia y el machismo y...

—No va a ser para tanto. La retórica de una campaña electoral no equivale a las políticas de un gobierno.

—Ya, claro.

—Veámosla juntos —propone él, y Jess lo mira como si le hubiesen brotado otras nueve cabezas para acompañar la que ya tiene—. Lo único que quiero es que la veas. Para que te des cuenta de que no será tan malo como te imaginas.

—Tengo que ir a trabajar. —Hace un ademán hacia el bolso y el abrigo que la esperan.

—Pues trabaja desde casa.

—¿Y tú no tienes que ir a trabajar?

—Es viernes, no tengo ninguna reunión. —Josh se encoge de hombros—. Lo digo en serio, sé que te preocupa, pero tú tranquila que no será para tanto. —Entonces le dedica una sonrisa sincera y añade—: Ya lo verás.

Jess duda un segundo antes de volver a colgar el bolso.

—Bueno, vale.

Trabajan en extremos opuestos del piso: Josh en la habitación, dale que te pego con el portátil (porque nada que no sea un ataque nuclear podría socavar su productividad), mientras que lo único que puede hacer Jess en la cocina es quedarse mirando el móvil, distraída y nerviosa.

A las once y media, Josh le dice:

—Ya empieza.

Y Jess le contesta:

—Ya no quiero ver nada.

Solo que él ya ha salido de la habitación y va camino a la tele.

—No puedes esconder la cabeza en la tierra durante los siguientes cuatro u ocho años.

—¡¿Ocho años?! —A Jess la recorre un escalofrío.

—Venga —la anima, mientras levanta el mando—. Es tu deber cívico. Sea lo que fuere que te estés imaginando, será mucho peor que la realidad. Lo prometo. —Le hace un gesto para que se acerque y lo acompañe—. Venga, ven conmigo.

Pero Jess no se mueve.

—Ven, anda. —Le insiste con la mano.

Jess se sienta con él en el sofá.

Josh tiene el mando en una mano y le ofrece a Jess la otra. Entrelaza los dedos con los de ella y le da un apretoncito.

Busca la transmisión en directo en su servicio de *streaming* y le da al *play*.

En la tele, la caravana empieza con su larga fila de limusinas con las ventanas tintadas y adornadas con la bandera del país.

El día no podría estar más nublado.

El presidente electo tiene una cara que lo hace parecer entre malvado y distraído, con su corbata rojo chillón y la chaqueta del traje abierta.

Mike Pence, el vicepresidente, va detrás de él. El muy gilipollas.

La multitud se reúne en la Explanada: blancos arrebujados en mantas que celebran con sus gorras rojas.

Barack Obama está vestido para un funeral, con una expresión carente de emoción, mientras que Michelle se encuentra un paso por detrás de él y parece (o quizás es que Jess se ve reflejada en ella) presa de un miedo terrible.

Luego ven a Anderson Cooper, en el estudio de la CNN, sombrío y correcto.

Todo eso parece transcurrir en cuestión de segundos, y Jess siente que el corazón se le va a salir del pecho por una especie de emoción primordial. Miedo y resentimiento envueltos en una sensación de ansiedad.

Al final, Donald Trump hace su juramento presidencial con la Biblia, y, cuando se sitúa en el atril, Josh la mira y le pregunta:

—¿Lista?

El nuevo presidente empieza su discurso y Jess tiene que admitir que, por extraño que parezca, suena bastante coherente. Sus sujetos coinciden con sus predicados y las palabras que dice se encuentran todas en el diccionario. Lee, palabra por palabra, lo que tiene en el teleprónter.

Pero…

Es que eso no puede ser todo, ¿verdad que no?

Envía un mensaje al chat grupal que tiene con Miky, Lydia y las Chicas del Vino.

¿Estáis viendo la investidura?

Joder, sí

En la transmisión en directo de la CNN, un comentador escribe: «Es posible que este sea el mejor discurso que ha pronunciado hasta la fecha».

En el chat de grupo:

Este tipo está mal de la azotea, os lo juro.

¡¿Que los inmigrantes están destrozando el país?!

«Sin comentarios incisivos... El discurso parece digno de un presidente».

—¿Lo ves? —le dice Josh, a su lado.

Quiere ponerle fin a la matanza,
es que no puedo con esto.

«... correcto y unificador...».

Nos vamos a ir todos a la mierda

«Todos los ciudadanos del país se estarán preguntando cuál será el siguiente paso...».

Que me voy a Canadá, fijo

«... y el mensaje que transmite tanto el gobierno que se va como el que entra es que...».

—Oye. —Josh le da un toquecito—. Te lo estás perdiendo.

«... el momento de estar divididos ha llegado a su fin...».

Este Cheeto que tenemos por presidente

se alucina el nuevo Führer

¿Poner al país por delante?

¿A este tipo qué coño le pasa?

¡¿La sangre de los patriotas?!

Entonces el discurso termina y los presentadores de las noticias parecen suspirar del alivio. Reconocen que tal vez la seriedad de la ocasión ha hecho que su retórica se volviera más contenida. Reconocen que puede que hayan exagerado un poco.

«Es alentador que la transición haya sucedido de forma tan tranquila...».

Miky se suma tarde a la conversación. Les envía un emoji de un excremento y escribe:

Menuda mierda

«... y el país estará bien».

La transmisión se interrumpe con los anuncios, una pareja de mediana edad en bici que promociona un medicamento para bajar el colesterol.

Josh apunta a la tele con el mando para apagarla.

—¿Y bien? —le pregunta—. ¿Qué te ha parecido?

Jess se ha quedado de piedra.

—No ha sido Hitler en el Sportpalast, ¿a que no?

Niega con la cabeza, muy despacio, porque no hay palabras para expresar lo que siente.

—¿Lo ves? —Josh la acerca a su cuerpo, con un apretoncito en el hombro—. Tú tranquila que no pasa nada.

Agradecimientos

De no haber sido por estas dos personas, este libro no habría llegado a tus manos: Hilary D. Jay y Andrea Blatt. Hiljay, todas las personas creativas merecen tener una fan tan aguerrida e incondicional como tú, así como también una amiga tan increíble. Andrea, gracias por siempre ver el potencial que tenía esta historia, por hacer que alcanzara el máximo posible y por ser capaz de articularlo todo de forma tan bonita. También por ser la mejor agente literaria de la vida, ya que estamos.

A las editoras más inteligentes, maravillosas y atentas del mundo: Carina Guiterman y Lashanda Anakwah en S&S y Sophie Jonathan, Roshani Moorjani y Anne Meadows en Picador. Gracias por vuestro cariño, entusiasmo y paciencia. Antes no entendía a esas personas que les daban demasiado crédito a sus editores (en plan, ¿quién escribió el libro?), pero ahora sí que lo entiendo. Muchísimas gracias. Y también a todo el equipo de S&S y Picador por todo vuestro apoyo incondicional, os debo muchísimo.

A todos en WME: Andrea Blatt (de nuevo), Caitlin Mahony, Fiona Baird, Olivia Burgher y Flora Hackett, gracias por ver y creer. No me alcanzan las palabras para daros las gracias.

Y a todos los escritores y creadores que he conocido por el camino y que me han ayudado a darle forma a esta historia: Laura Bridgeman, Michelle Brower, Vanessa Chan, Jennifer Close, Anna Furman, Meng Jin, Olga Jobe, Rachel Khong, Lydia Kiesling, Danya Kukafka, Heather Lazare, Mitzi Miller, Rina Mimoun, Sarah Schechter, Emily Storms... Gracias por involucraros de forma tan seria y desinteresada en mi trabajo, incluso cuando aún no era un libro. Sobre todo entonces. Y un agradecimiento especial a Madeline Stevens, cuyos consejos tan infalibles me han ayudado a darle la sacudida exacta que necesitaba el manuscrito.

A mis amigos y familia: Julie Bramowitz, Katy Dybwad, Rose-Marie Maliekel, gracias por vuestra amistad. Jasmine Kinglsey, ¡gracias por invitarme a Lincoln! A Nico Fritsch, gracias por apoyarme tanto en mi trabajo principal como en esto. A los Marrs y a los Sullivan y a los Dybwad, gracias por tomarme en serio cuando os decía que estaba «escribiendo una novela»... durante tres años. Y a mi familia, gracias por vuestro cariño y apoyo desde el principio. A Michael Rabess, quien, después de ver que me mordía tanto las uñas, me animó a «enviarlo y ya», y a Margaret Rabess, a quien siempre le gustan las buenas historias románticas (y las malas también).

A mi madre, quien me enseñó a leer y a escribir y a amar los libros. Gracias por todo.

A Alex, gracias por ver la verdadera naturaleza de las cosas y por arrancarme del suelo cuando hacía falta. Y también por los hijos perfectos y preciosos que tenemos, sin los cuales seguiría siendo un cero a la izquierda a la hora de gestionar el tiempo.

Y, por último, gracias a ti por leer.

¿TE HA GUSTADO
ESTA HISTORIA?

Escríbenos a...

plata@uranoworld.com

Y cuéntanos tu opinión.

Conoce más sobre nuestros libros en...

 plataeditores

 PlataEditores